おおえ
けんざ
ぶろう

大江健三郎
文集

おおえ
けんざぶろう

さようなら、
私の本よ！

别了，
我的书！

[日] 大江健三郎／著
许金龙／译

人民文学出版社

著作权合同登记号　图字 01-2023-1678

SAYONARA, WATASHI NO HON YO!
by OE Kenzaburo
Copyright © 2005 OE Kenzaburo
All rights reserved.
Originally published in Japan.
Chinese (in simplified character only) translation rights arranged with
OE Kenzaburo, Japan
through THE SAKAI AGENCY.

图书在版编目(CIP)数据

别了,我的书!/(日)大江健三郎著;许金龙译.—北京:人民文学出版社,2023
(大江健三郎文集)
ISBN 978-7-02-017905-3

Ⅰ.①别… Ⅱ.①大…②许… Ⅲ.①长篇小说—日本—现代 Ⅳ.①I313.45

中国国家版本馆 CIP 数据核字(2023)第 045581 号

责任编辑	陈　旻
装帧设计	李思安
责任印制	张　娜

出版发行		人民文学出版社
社　　址		北京市朝内大街 166 号
邮政编码		100705
印　　刷		北京汇林印务有限公司
经　　销		全国新华书店等
字　　数		344 千字
开　　本		880 毫米×1230 毫米　1/32
印　　张		14.625　插页 3
印　　数		1—5000
版　　次		2023 年 5 月北京第 1 版
印　　次		2023 年 5 月第 1 次印刷
书　　号		978-7-02-017905-3
定　　价		56.00 元

如有印装质量问题,请与本社图书销售中心调换。电话:010-65233595

"大江健三郎文集"编委会名单

（按姓氏拼音排列）

顾　问：
　　陈众议　　刘德有　　莫　言　　铁　凝

统　筹：
　　黄志坚　　李　岩　　谭　跃　　肖丽媛　　臧永清

主　编：
　　许金龙

编　委：

陈建功	陈　旻	陈晓明	陈喜儒	程　巍
川村凑	次仁罗布	崔曼莉	丁国旗	董炳月
高旭东	侯玮红	黄乔生	李贵苍	李　浩
李建英	李敬泽	李修文	李永平	梁　展
刘魁立	刘悦笛	栾　栋	彭学明	平野启一郎
邱春林	邱雅芬	施爱东	史忠义	王　成
王小王	王亚民	王奕红	王中忱	尾崎真理子
翁家慧	吴　笛	吴晓都	吴义勤	吴岳添
吴正仪	吴之桐	小森阳一	徐则臣	徐真华
许金龙	严蓓雯	阎晶明	杨　伟	叶　琳
叶　涛	叶兴国	于荣胜	沼野充义	赵白生
赵京华	中村文则	诸葛蔚东	朱文斌	宗仁发
宗笑飞				

代 总 序

大江健三郎——从民本主义出发的人文主义作家

许金龙

在中国翻译并出版"大江健三郎文集",是我多年以来的夙愿,也是大江先生与我之间的一个工作安排:"中文版大江文集的编目就委托许先生了,编目出来之后让我看看是否有需要调整的地方。至于中文版随笔·文论和书简全集,则因为过于庞杂,选材和收集工作都不容易,待中文版小说文集的翻译出版工作结束以后,由我亲自完成编目,再连同原作经由酒井先生一并交由许先生安排翻译和出版……"

秉承大江先生的这个嘱托,二〇一三年八月中旬,我带着与人民文学出版社外国文学编辑室负责人陈旻先生共同商量好的编目草案来到东京,想要请大江先生拨冗审阅这个编目草案是否妥当。及至到达东京,并接到大江先生经由其版权代理人酒井建美先生转发来的接待日程传真后,我才得知由于在六月里频频参加反对重启核电站的群众集会和示威游行,大江先生因操劳过度引发多种症状而病倒,自六月以来直至整个七月间都在家里调养,夫人和长子光的身体也是多有不适。即便如此,大江先生还在为参加将从九月初开始的新一波反核电集会和示威游行做一些准备。

在位于成城的大江宅邸里见了面后,大江先生告诉我:考虑到上了年岁和健康以及需要照顾老伴和长子光等问题,早在此前一年,已经终止了在《朝日新闻》上写了整整六年的随笔专栏《定义集》,在二〇一三年这一年里,除了已经出版由这六年间的七十二篇随笔辑成的《定义集》之外,还要在两个月后的十月里出版耗费两年时间创作的长篇小说《晚年样式集》(*In Late Style*),目前正紧张地进行最后的修改和润色,而这部小说"估计会是自己的'最后一部长篇小说'"。对于我们提出的小说全集编目,大江先生表示自己对《伪证之时》等早期作品并不是很满意,建议从编目中删去。

在准备第一批十三卷本小说(另加一部随笔集)的出版时,本应由大江先生亲自为小说全集撰写的总序却一直没有着落,最终从其版权代理人酒井先生和坂井春美女士处转来大江先生的一句话:就请许先生代为撰写即可。我当然不敢如此僭越,久拖之下却又别无他法,在陈旻先生的屡屡催促之下,只得硬着头皮,斗胆为中国读者来写这篇挂一漏万、破绽百出的文章,是为代总序。

在这套大型翻译丛书即将出版之际,我想要表达发自内心的深深谢意,也希望亲爱的读者朋友们与我一同记住并感谢为了这套丛书的问世而辛勤劳作和热忱关爱的所有人,譬如大家所敬重和热爱的大江健三郎先生,对我们翻译团队给予了极大的信任和支持;譬如大江先生的版权代理商酒井著作权事务所,为落实这套丛书的中文翻译版权而体现出良好的专业素养和极大的耐心;譬如大江先生的好友铁凝女士(大江先生总是称其为"铁凝先生"),为解决丛书在翻译和出版过程中不时出现的问题而不时"抛头露面",始终在为丛书的翻译和出版保驾护航;譬如同为大江先生好友的莫言先生,甚至为挑选这套丛书的出版社而再三斟酌,最终指出"只有人民文学出版社才是最合适的选择";譬如亦为大江先生好友的陈众议教授,亲自为组建丛书编委会提出最佳人选,并组织各语种编委解决因原作中的大量互文引出的困难;譬如翻译团队的所有成员,无一不在兢兢业业地辛勤劳作;譬如这套丛书的责编陈旻先生,以其值得尊重的专业素养,极为耐心和负责且高质量地编辑着所有译文;又譬如我目前所在的浙江越秀外国语学院,为使我安心主编这套丛书而提供了良好的工作环境并协助成立"大江健三郎文学研究中心"……当然,由于篇幅所限,我不能把这个"譬如"一直延展下去,惟有在心底默默感谢为了这套丛书曾付出和正在付出以及将要付出辛勤劳作的所有朋友、同僚。感谢你们!

另外,为使以下代序正文在阅读时较为流畅,故略去相关人物的敬称,祈请所涉各位大家见谅。

一、从民本主义出发

1. 古义人:一个日本婴儿的乳名及其隐喻

日本四国岛松山地区的大濑村是座依山傍水的小山村,建于峡谷中一块纺锤形盆地。这座小村庄位于内子町之东,石锤山西南,为重峦叠嶂所围拥。小山村只有一条东西走向的街道,与从村边流淌而下的小田川大致平行。由于河流的上游和下游分别为群山所遮掩,盆地里的小村庄看似被山峦和森林完全封闭,状呈口小腹大的瓮形。一九三五年一月三十一日,一个小生命就在这个村子里的大江家呱呱坠地,曾外祖父随即为襁褓中的婴儿取了"古义人"这个含有深意的乳名。

所谓"古义人"之"古义",缘起于日本江户中期古学派大儒伊藤仁斋(一六二七年八月——一七〇五年四月)的居所兼授学之所"古义堂"。在位于京都堀川岸边的那所小院里,伊藤仁斋写出了其后成为伊藤仁斋学系重要典籍的《论语古义》《孟子古义》和《语孟字义》等论著,继而与其子伊藤东涯共同创建了名震后世的堀川学派,陆续拥有弟子多达三千余人。这位古学派大儒(或曰堀川派创始人)肯

3

定不会想到,《孟子古义》等典籍及其奥义,会经由自己学系的后人,传给乳名为古义人的婴儿——五十九年后获得诺贝尔文学奖的大江健三郎,并被其内化为自己的道德观和伦理观,成为静静流淌于其文学作品底里的一股强韧底流,而"古义人"这个儿时乳名,则不时以"义""义兄"和"古义"以及"古义人"等人物命名,不断出现在《万延元年的 Football》(1967)、《致令人眷念之年的信》(1987)、《燃烧的绿树》(三部曲)(1993—1995)和"奇怪的二人配"六部曲(2000—2013)等诸多小说作品中。譬如长篇小说《别了,我的书!》开首第一句便开门见山地表示:"虽说已经步入老年,可长江古义人还是因暴力原因身负重伤后第一次住进了医院。"为了更清晰地暗示读者,作者大江特意在日文原版正文第一行为"長江古義人"这几个日文汉字加了旁注"ちょうこうこぎと"。这里的"ちょうこう"是固有名词,指涉中国的"长江",而"こぎと",则是"古义人"之音读,在日语中与"古義堂"谐音,作者借此清晰地告诉读者,文本内外的古义人经由曾外祖父和古义堂所接受的民本思想,其源头在于长江所象征的中国。关于"古义人"这个名字的缘起,大江本人曾在《大江健三郎口述自传》里作如此回忆:

> 古义人的名字中,就融汇了这个学派的宗师伊藤仁斋的古学思想。我从阿婆那里只听说,曾外祖父曾在下游的大洲藩教过学问。他处于汉学者的最基层,值得一提的是,他好像属于伊藤仁斋的谱系,因为父亲也很珍惜《论语古义》以及《孟子古义》等书,我也不由得喜欢上了"古义"这个词语,此后便有了"奇怪的二人配"这三部曲①中的 Kogi②,也就是

---

① 在写作《大江健三郎口述自传》时,大江已发表同以长江古义人为主人公的《被偷换的孩子》《愁容童子》和《别了,我的书!》这三部长篇小说,后三部长篇小说《优美的安娜贝尔·李 寒彻颤栗早逝去》《水死》和《晚年样式集》尚未创作和发表,故此处有"三部曲"之说。

② Kogi 为"古义"的日语读音。

古义这么一个与身为作者的我多有重复的人物的名字。①

"古义"这个字词所承载的民本思想,与其后接受的日本战后民主主义思想以及经大江本人丰富和完善过后的人文主义思想一道,浑然形成大江健三郎之宏大博深且独具特色的文艺思想——勇敢战斗的人文主义和果敢前行的悲观主义。

2. 由莫言引发的思考和回溯

大江的曾外祖父与孟子学说结下的不解之缘,要从其家族所从事的造纸业说起。大江的故乡大瀬村所在地区的经济主要依靠农业和林业支撑,历史上曾是全国木蜡的主要产地,这里还生产利用森林中的黄瑞香树皮制作的纸浆,用以生产优质和纸。日本学者黑古一夫教授曾多次前往此地做田野调查,他认为"江户时代的大江家以武士身份采购山中特产,到了明治仍然继承祖业从事造纸业"②。其实,大江家作为批发商除了收购山中的柿干等山货外,从江户时代传承下来的造纸业才是其主业,自山民手中收集黄瑞香树皮并在河水中浸泡过后,将从中撕下的真皮加工为特殊纸浆,再向内阁造币局提供这种特殊纸浆以供其制造纸币。当时,日本全国一共只有几家作坊能够生产这种特殊纸浆原料。战后,由于货币用纸发生了变化,便不再使用这种纸浆原料。

为了更好地经营祖传产业,大江的曾外祖父年轻时曾前往大阪(或是京都),在古学派大儒伊藤仁斋学系开办的学堂里研习儒学,更准确地说,是研习孟子的相关学说,尤其是其中的民本思想和易姓

---

① 大江健三郎著,许金龙译《大江健三郎口述自传》,贵州人民出版社,二〇一九年三月,第10页。
② 黑古一夫著,翁家慧译《大江健三郎传说》,中国广播电视出版社,二〇〇八年三月,第22页。

革命思想。二〇〇八年二月二十一日下午,在东京都郊外小田急沿线的成城宅邸里,大江对来自中国的老朋友莫言这样解释曾外祖父专程学习儒学的原委:

> 曾外祖父年轻时曾在大阪的新兴商人间开办的私塾里学习孟子的相关学说。在当时的日本,普遍认为孔子的《论语》有利于天皇制,因而比较欢迎《论语》,同时认为孟子学说中含有反天皇制的因素,便对孟子及其学说持反对态度。不过也有个例外,那就是江户时期的儒学家伊藤仁斋对孟子持肯定态度,认为后世诸家大多根据其时的统治阶层利益来阐释儒学,比如对朱子学也是如此,这就越来越背离了儒学的真义,所以需要回到原典中去寻找古义,想要以此为据,用以构建自己的思想体系,他还写了一本题为《孟子古义》的研究类专著。相较于宣扬孔子及其《论语》的私塾古义堂所授教材《论语古义》,曾外祖父选择了《孟子古义》的学术观点,并将这些观点传给了儿时的我。早在孩童时代,我就觉得《孟子古义》中的"古义"是个好词,就接受了这其中的"古义"这个词语。①

在被莫言的同行者问及"你的曾外祖父是个商人,为什么要去学习儒学?"时,大江则这样对他的老朋友莫言解释道:

> 当时的日本商人都认为,经商是为得利,而若想得利,首先便要有义。若是不能义字当头,即便获利,也不会长久。本着这个义利观,曾外祖父就专程前去学习儒学中的"义",却不料被儒学的博大精深所深深震撼,更是与《孟子古义》中有关易姓革命的理论产生共鸣,在学习结束后,就带着据说是伊藤仁斋手书的"義"字挂轴回到家乡,却不再经商,而是在村里挂上那个"義"字挂轴,就在那挂轴下教授村里人学习儒学。再往后,就去邻近的大洲藩教授儒学去了。

---

① 根据二〇〇八年二月二十一日下午大江健三郎与莫言对谈现场所录文字整理而成。

莫言的访问引出大江对自身家学渊源的关注和回溯，那次访谈结束后，或许是认为自己未能更为透彻地向莫言阐释古学派的义利观，两年后的二○一○年三月，大江在刊于《朝日新闻》的专栏文章里，如此引用了三宅石庵①在怀德堂发表的讲义：

> 所谓利，是人的合理之判断，无外乎"正义"——义——的认识论之延长。实际上，商人绝不应考虑利用彼等职业追求利益，而应考虑从"义"这种道德原理出发之伦理性活动。义在客观世界中被转为行动之际，利无须努力追求亦不为欲望所乱便会"自然"呈现。"利者，纵然不使刻意相求，利亦将如影随形也。"②

这显然是日本近世儒学教育家对《易经》中"利者，义之和也"的解读，典出于《易经》"为乾之四德"中"元者，善之长也。亨者，嘉之会也。利者，义之和也。贞者，事之干也"。孟子在《孟子·梁惠王上》中亦曰："王！何必曰利？亦有仁义而已矣。王曰'何以利吾国？'大夫曰'何以利吾家？'士庶人曰'何以利吾身？'上下交征利而国危矣。"我们也可以将孟子向梁惠王所作谏言，理解为孟子学说在《易经》义利观的基础上所做的寓言式诠释。

3. 大江对"古义"的再阐释

与莫言的访问时隔大约一年半后的二○○九年十月六日，在台北举办的第二届"大江健三郎文学学术研讨会"上，大江对莫言、朱天文、陈众议、小森阳一、许金龙、彭小妍等中日两国作家和学者更为详尽地讲述了曾外祖父学习儒学的背景：

---

① 三宅石庵(1665—1730)，日本江户中期的儒学家，曾任怀德堂第一任堂主。
② 大江健三郎著，许金龙译《定义集》，贵州人民出版社，二○一九年三月，第280页。

……我在孩童时代有个名为"古义人"的乳名。我的曾外祖父是中国哲学的研究者。……伊藤仁斋作为研究日本近世的中国哲学的学者而广为人知，他运用中国古典的正统解读法，写了"古义"（系列）的论著，准确地说，是《论语古义》和《孟子古义》等论著。

　　江户时代，有着基于近世的领导人和政治家的中国哲学意识形态。日本一直存在来自中国朱子的朱子学传统，及至日本近世，就出现了两个不同于朱子学的、对于古典的理解。其一，是作为学者而出现的著名的荻生徂徕这个人物，他主张把中国哲学真正视作古老的文本，遵循文本的本义进行解读。他的这种解读就成了武士和知识阶层的哲学，当德川幕府封建体制崩溃、发生明治维新、发生叫作明治维新的革命之际，就成了赋予日本知识分子力量的思想来源之一。……不过在这同一时期，另有一个对民众传授中国哲学的人，传授与政府的、权力方的解读相悖的中国哲学的人，此人就是伊藤仁斋。我的曾外祖父学习了这种中国哲学，便在自己的房间里挂起从先生那里得到的字幅，那上面有了不起的大人物手书的"羲"字。曾外祖父将其悬挂起来，就在那下面教授我们那里的人学习中国哲学。曾外祖父说，这么大的字幅，是伊藤仁斋亲手所书。

　　这里需要介绍一下大江所说的、在日本以天皇为中心的意识形态之下，孔子与孟子学说在日本社会受容与传承的际遇迥然相异——"普遍认为孔子的《论语》有利于天皇制，因而比较欢迎《论语》，同时认为孟子学说中含有反天皇制的因素，便对孟子及其学说持反对态度"。以此观照孔孟学说东传日本的历史，孔子学说在圣德太子时期便奠定了儒家正统的地位，演变为天皇制伦理的法理基础和伦理基础，而孟子学说，则由于民贵君轻的基本政治伦理天然违背了天皇制自上而下的尊卑观，从而成为东传日本之儒教的异端。这种尊孔抑孟的主流意识形态，直至伊藤仁斋的出现，才得到反思和受到批判。

4.不受历代天皇欢迎的孟子及其学说

《论语》早在三世纪后半叶便开始传往日本,公元二八五年,"百济博士王仁由于阿直歧的推荐,率治工、酿酒人、吴服师赴日,并献《论语》十卷、《千字文》一卷,这就是汉文字流入日本之始。其后继体天皇时(513—516)百济五经①博士段杨尔、高丽五经博士高安茂、南梁人司马达赴日,又钦明天皇时(554)五经博士王柳贵、易博士王道良等赴日,这可以说是以儒教为中心之学术文化流入日本之始"②。如果说这大约三百年间的儒学传入是时断时续的涓涓细流,那么到了七世纪,即中国的隋唐时期、日本的推古天皇时期,这涓涓细流就成了奔腾于日本本土文化这个河床中的汹涌洪流,广泛而持久地滋润着干涸的本土文化。在这个时期,有史可考的日本第一位女天皇炊屋姬,也就是推古天皇,为了抗衡把持朝政的权臣苏我马子,故而册封自己的侄儿、已故用明天皇的儿子厩户皇子为皇太子,这位皇太子便是后世盛传的圣德太子。其对内实施了一系列改革,对外则不断派遣遣隋使和遣唐使,如饥似渴地吸收和消化来自中国的先进文化,这其中就包括从中国大量引入的儒学和佛教文化。圣德太子更是学以致用,很快便基于儒佛文化亲自拟就并于六〇四年颁布旨在对官吏进行道德训诫的《十七条宪法》,试图以此为基础建立以天皇为核心的中央集权体制。该《宪法》除去第二条之"笃信三宝"和第十条之"绝忿弃嗔"取自佛教经典外,其余各条尽皆出自儒学经典和子史典籍。北京大学哲学系的朱谦之老先生曾对此做过清晰的梳理:

---

① 五经为《诗经》《尚书》《礼记》《周易》和《春秋》这五部典籍,是我国保存至今的最为古老的文献,也是我国古代儒家的主要经典。
② 朱谦之著《日本的朱子学》,人民出版社,二〇〇〇年十二月,第4页。

第一条"以和为贵"本《礼记·儒行》及《论语》"礼之用和为贵";"上和下睦"本《左传》成公十六年"上下和睦"与《孝经》"民用和睦,上下无怨"。第三条"君则天之,臣则地之"本《左传》宣公四年"君天也"与《管子》;"天覆地载"本《礼记·中庸》"天之所复,地之所载";"四时顺行"本《易·豫卦》"天地以顺动,故日月不过而四时不忒";"上行下靡"本《说苑》。第四条"上不礼而下不齐"本《韩诗外传》及《论语》"道之以德,齐之以礼,有耻且格"。第五条"有财之讼,如石投水,泛者之讼,似水投石",本《文选》李潇远《运命论》"其言如以石投水,莫之逆也"。第六条"无忠于君,无仁于民"本《礼记·礼运》"君仁臣忠";"惩恶劝善"本《左传》成公十四年。第七条"人各有任,掌宜不滥,其贤哲任官",本《尚书·咸有一德》之"任官惟贤材";"克念作圣"本《尚书·说命篇》。第八条"公事靡盬"本《诗经·唐风·鸨羽》,《鹿鸣之什·四牡》之"王事靡盬"。第九条"信是义本"本《论语》"信近于义"。第十条"彼是则我非"本《庄子》;"如环无端"本《史记·田单传》。第十二条"国靡二君,民无二主",本《礼记·坊记》"天无二日,土无二主"及《孟子》。第十五条"背私向公,是臣之道矣",本《韩非子·五蠹》篇"自环者谓之私,背私谓之公",与《左传》文公六年"以私害公非忠也";"千载以难待一圣"本《文选·三国名臣传序》。第十六条"使民以时,古之良典"本《论语·学而》篇"节用而爱人,使民以时"。①

由此可见,无论在形式上还是内容上,《论语》和"五经"都对《十七条宪法》带来巨大影响,从而为建立以天皇为核心的中央集权体制做了前期准备。当然,我们在这里需要关注的是,这部宪法引入《论语》者有四,而引入《孟子》者则为一。也就是说,在大规模引入中国儒学的初期阶段,或许是对于孟子有关易姓革命的民本思想不甚了解,圣德太子还是对孟子表示出了敬意,尽管在《宪法》中的参

---

① 朱谦之著《日本的朱子学》,人民出版社,二〇〇〇年十二月,第5—6页。

考和引用大大少于孔子的《论语》。

圣德太子去世后,孝德天皇在大化二年(646)颁布《改新之诏》,史称大化改新,提出"公民公地",将皇族和大贵族的土地收归天皇所有,"确立天皇的最高土地所有权及以天皇为中心的中央集权制。儒学的天命观及与之相联的符瑞思想成为革新的重要理论基点"①,由此正式成立中央集权国家,并将大和之国名更改为日本国。随着神话传说故事《古事记》(712)和编年体史书《日本书纪》(720)的问世,日本历代天皇越发强调皇权天授、万世一系,及至明治维新后由伊藤博文起草并实施的《大日本帝国宪法》,更是借助日本传统中对天皇的尊崇,以法律形式确认天皇秉承皇祖皇宗"天壤无穷之宏谟"的神意,继承"国家统治大权"的上谕,其权力神圣不可侵犯,从而被赋予国家元首和统治权的总揽者之地位②,集统治权、军权和神权于一身。于是,"民为贵,社稷次之,君为轻",强调主权在民、人民福祉才是政治活动之最大目的等孟子的政治主张,便不可避免地与日本历代统治阶层的利益发生了猛烈碰撞。至于孟子所提"贼仁者谓之贼,贼义者谓之残。贼残之人,谓之一夫。闻诛一夫纣矣,未闻弑君也"③等易姓革命的政治主张,更是为日本历代统治阶层所不容,不但代表皇室利益的公家不容,即便是代表幕府利益的武家也决不能接受。于是,在孔子自被奈良朝奉为"文宣王"(768)并享有王者至尊的一千余年间,孟子非但不能享受亚圣的荣光,就连其著述《孟子》也不得输入日本,致使坊间四处流传,不可将《孟子》由唐土带回

---

① 刘宗贤、蔡德贵著《当代东方儒学》,人民出版社,二〇〇三年十二月,第155页。
② 请参阅收录于《日本国宪法》之《大日本帝国宪法》,讲谈社学术文库2201,第61—77页。
③ 引自伊藤仁斋著《孟子古义》第34—35页之《孟子·梁惠王下·2》相关内容。

日本,否则将会在回航途中遭遇海难……这大概就是大江健三郎对莫言所说的"普遍认为孔子的《论语》有利于天皇制,因而比较欢迎《论语》,同时认为孟子学说中含有反天皇制的因素,便对孟子及其学说持反对态度"的历史背景和政治背景了吧。

5. 以民意代天意的民本思想

这种尊孔抑孟的现象到了幕府时代也没有任何改变,"作为军事独裁政权的幕府政权一直提倡武士道及尚武精神,而儒家的伦理道德思想在武士道形成过程中成为一个重要的思想来源,统治者及其思想家们利用儒学阐释武士道,汲取了儒学忠、勇、信、礼、义、廉、耻等道德观念,依其统治利益所需改造儒学,冀以充实武士道"①。尤其到了德川幕府时期,"出于加强思想统治,维护并发展幕府政治、经济制度的需要,在国家意识形态方面,由佛儒并用转向独尊儒家思想学说,把儒学定为官学,同时强行禁止'异学'。……倡'大义名分',把纲常伦理绝对化的程朱理学作为占统治地位的主导思想"②。这里有两点需要注意:一是"依其统治利益所需改造儒学,冀以充实武士道";二是"把纲常伦理绝对化的程朱理学作为占统治地位的主导思想"。前者是说幕府根据其统治利益所需而任意"改造"儒学,用以"充实武士道";后者则表明被幕府选中的、可供其"改造"的儒学或曰官学,便是"把纲常伦理绝对化的程朱理学"了。由此可见,经过种种"改造"的这种所谓儒学,就只能是遭到严重篡改的"儒学",为统治阶层的伦理纲常保驾护航的"儒学"了。这种儒学,便是大江口中的"来自中国朱子的朱子学",也就是被权力中心所指定的官学。为了

---

① 刘宗贤、蔡德贵著《当代东方儒学》,人民出版社,二〇〇三年十二月,第156页。
② 同上,第167页。

对抗这种官学,"及至日本近世,就出现了两个不同于朱子学的、对于古典的理解。……有一个对民众教授中国哲学的人,教授与政府的、权力方的解读相悖的中国哲学的人,此人就是伊藤仁斋"①。

大江在这里提及的伊藤仁斋是江户时期古学派中具有代表性的重要学者,而伊藤仁斋所在的"古学派是日本儒学的重要派别,也是官学朱子学的反对派。古学派学者认为只有古代儒学才具有真义,汉唐以后的儒学全是伪说。他们尊信三皇、五帝、周公、孔子,以古典经典为依据,冀望从古典中寻找作用于社会的智慧源泉,重新构建不同于朱子学、阳明学的思想体系,实际是希望以复古的名义打破当时朱子学的一统天下。古学派的先导者是山鹿素行,另外两个著名人物分别是堀川学派的伊藤仁斋、萱园学派的荻生徂徕。他们在思想意识形态上具有共同的特点,政治上代表被闲置的贵族及中小地主阶级等在野民间势力"②。这里说的是在德川时代中期,占全国人口百分之八十多的农民附属于大小藩主,而这大大小小的藩主又附属于大名,各大名则附属于"大将军"德川幕府。随着德川幕藩制在政治方面和经济方面开始出现危机,其封建体制开始瓦解,近代思想也便从中逐渐萌发并发展起来,就这个意义而言,与朱子学对抗的古义学的出现和发展,也就是历史的必然了。尤其在享保年间,日本全国的农村经济因商业高利资本的侵入而衰落之际,风起云涌的农民暴动在震撼德川幕府封建统治基础的同时,也给维护封建等级制度和伦理纲常的朱子学带来沉重打击。正是在这种背景下,"初奉宋儒,……及年三十七八始出己见"的伊藤仁斋叛出朱子学,转而在《论语》和《孟子》等古典中寻找真义,认同孟子"天视民视,天听民

---

① 根据"大江健三郎文学学术研讨会"台北会议录音整理而成的资料。
② 刘宗贤、蔡德贵著《当代东方儒学》,人民出版社,二〇〇三年十二月,第164页。

听",即以民代天、以民意代天意的民本思想,主张以仁义为王道,所以仁者之上位,虽说是天授,其实更是人归。对于失去民心民意、引发天怒人怨的残暴之君,则认为其已被以民意为象征的天道所抛弃,从而可以对其放伐。

6.以革命颠覆不义的理想主义呼声

在详细阐释孟子的放伐理论时,伊藤仁斋更是在《孟子古义》里缜密地为孟子如此辩护道:

> 孟子论征伐。每必引汤武明之。及其疑于弑君者。乃曰闻诛一夫纣矣。未闻弑君也。盖明汤武之举。仁之至。义之尽。而非弑也。……何者。道也者。天下之公共。人心之所同然。众心之所归。道之所存也。传曰。桀放于南巢。自悔不杀汤于南台。纣诛于牧野。悔不杀文王于羑里。夫天下非一汤武也。向使桀纣自悛其恶。则汤武不必征诛。若其恶如故。则天下皆为汤武。不在彼则在此。不在此必在彼。纵令彼能于南巢牧野之前。得杀汤武。然不改其恶。则天下必复有如汤武者。出而诛之。虽十杀百戮。而卒无益。故汤武之放伐。天下放伐之也。非汤武放伐也。天下之公共。而人心之所同然。于是可见矣。孟子之言,岂非万世不易之定论乎。宋儒以汤武放伐为权变。非也。天下之同然之谓道。一时之从宜之谓权。汤武放伐即道也。不可谓之权也。①

在当时看来,伊藤的宣言是何等的大胆。如果说在中国的历史上,易姓革命早已屡见不鲜,素有改朝换代之说的话,那么在日本这个所谓天皇万世一系的国度里,伊藤仁斋的以上话语可谓大逆不道了。所谓弑君,用日语表述便是"下克上",明显包括"犯上作乱"和"以下犯上"等道德和伦理层面的指责,但是伊藤仁斋在纣王被杀这

---

① 伊藤仁斋著《孟子古义》卷一,第35页。

件事上,却全然不做这种语义上的认可,倒是完全依孟子所言,认为武王伐纣是诛杀贼仁贼义之独夫而非弑君,可作为正义行为予以认可和鼓励,因为"夫天下非一汤武也。向使桀纣自悛其恶。则汤武不必征诛。若其恶如故。则天下皆为汤武",更是强调汤武放伐是天下之同然的"道也",而不是宋儒(或曰维护幕府等级制度的朱子学)所批评的从宜之"权变"。

伊藤仁斋笔下的"道",其后被暴动之乡的年轻商人所接受、所宣传、所传承,并取其宗师伊藤仁斋居所兼私塾的古义堂之"古义"二字,为自己的曾外孙命名为"古义人"。这个乳名为"古义人"的孩子多年后在作品里借小说人物之口讲述了这个乳名的背景:"宴会将近结束时,大黄突然说起古义人这个名字的由来。当然,这是以笛卡尔的西欧思想为原点的,然而并不仅仅如此。在与大阪——当时的大阪——有着贸易往来关系的这块土地上,不少人曾前往商人们学习儒学的学校怀德堂。古义人的名字中,就融汇了这个学派的宗师伊藤仁斋的古学思想。"[①]至于伊藤仁斋在上文中提及汤武放伐时所认定并高度评价的"道",时隔大约四百年之后,大江在《万延元年的Football》里做出了这样的回应:

> 关于武装暴动的原因,那位与我有书信往来的老教员乡土史家,既未否定,亦未积极肯定我母亲的意见。他具有科学态度,强调在万延元年前后,不仅本领地内,即使整个爱媛县内也发生了各类武装暴动,这些力量和方向综合在一起的矢量指向维新。他认为本藩惟一的特殊之处,就是万延元年前十余年,藩主担任寺院和神社的临时执行官,使本藩的经济发生了倾斜。此后,本藩向领地城镇人口征收所谓"万人讲"日钱,

---

① 大江健三郎著,许金龙译《被偷换的孩子》,译林出版社,二〇〇八年十月,第109页。

向农民征收预付米,接着是"追加预付米"。乡土史家在信末引用了一节他收集的资料:"夫阴穷则阳复,阳穷则阴生,天地循环,万物流转。人乃万物之灵长,若治政失宜,民穷之时,岂不生变乎!"这革命启蒙主义中有一股力量。①

在这里,大江借小说人物之口说出"人乃万物之灵长,若治政失宜,民穷之时,岂不生变乎!"其以革命颠覆不义的理想主义呼声,显然来自《孟子·梁惠王下》的相关内容及其在日本的传承者伊藤仁斋的影响。不仅如此,大江还把以上经其改写的话语定义为"革命的启蒙主义",而且特意指出其中蕴藏着"一股力量"。更具体地说,这既是对孟子"贼仁者谓之贼,贼义者谓之残。贼残之人,谓之一夫。闻诛一夫纣矣,未闻弑君也"等易姓革命主张的认同,也是在借伊藤仁斋对此所做的解读而赋予故乡暴动历史以正当性和合理性,让所有暴动者及其同情者据此获得伦理上的支撑——"夫天下非一汤武也。向使桀纣自悛其恶。则汤武不必征诛。若其恶如故。则天下皆为汤武"。显然,故乡的历史暴动史实与先祖传播的孟子有关"民本"和"革命"思想融汇在了一起,森林中的农民暴动叙事所体现的朴素村落政治观和斗争史,恰恰是"民本"古义与"革命"的现代左翼思潮相结合的表现,更是大江在未来的人生中接受战后民主主义思想的伦理基础。

二、暴动之乡的森林之子

1.大濑村的暴动历史

作为大江文学的重要构成部分,大江的革命想象不仅萌发于曾

---

① 大江健三郎著,邱雅芬译《万延元年的Football》,人民文学出版社,二〇二一年四月,第88页。

外祖父《孟子古义》之家学影响，无疑也受到故乡暴动历史世代口耳相传的浸染，将边缘与中心的权力抗衡内化为一种本土化的体悟。大江的"古义人"乳名和其接受孟子民本思想以及易姓革命思想的土壤，恰恰是故乡大濑村这块历史上暴动频发的土地，正如大江在北京的一次讲演中所言：

> 而我，则在边缘地区传承了不断深化的自立思想和文化的血脉。对于来自封建权力以及后来的明治政府中央权力的压制，地方民众举行了暴动，也就是民众起义。从孩童时代起，我就被民众的这种暴动或曰起义所深深吸引。……我曾写了边缘的地方民众的共同体追求独立、抵抗中央权力的长篇小说《万延元年的 Football》。这部小说的原型，就是我出生于斯的边缘地方所出现的抵抗。明治维新前后曾两度爆发起义（第二次起义针对的是由中央权力安排在地方官厅的权力者并取得了胜利），但在正式的历史记载中却没有任何记录，只能通过民众间的口头传承来传续这一切。……与中心进行对抗的边缘这种主题，如同喷涌而出的地下水一般，不断出现在此后我的几乎所有长篇小说之中。①

那么，作为大江革命想象的原型，故乡大濑村的革命暴动，是如何在德川幕府和其后的明治政府中央权力及其各级官吏等代理人的压制下被频频触发的呢？这些革命原型又与大江自身的文学建构有着何种关联？

当然，由于官方长年以来的持续遮蔽或改写，我们已经很难从官方记载中查阅并还原当年的暴动起因以及过程等完整信息了。大江本人在其作品以及讲述中所提供的信息亦缺乏完整性和系统性，更

---

① 大江健三郎著，许金龙译《北京讲演二〇〇〇》，《中华读书报》，二〇〇〇年十月十八日。

由于其小说的虚构性,小说叙事的史料价值也有待考鉴。与此同时,通过口耳相传的民间文学形式以及亲身参与了暴动文化之传播的老人们,亦随岁月流逝而日渐减少,其所提供的信息亦有模糊不清之处。所幸笔者在当地做田野调查时,曾获得一份非公开出版的方志。结合当地老人的回忆以及大江本人的讲述或文字记叙,得以大致瞥见当地暴动的肇因和状貌。这份由内子町志编撰委员会编写的《新编内子町志》第七节之《农民暴动》这个章节里有一个题为"大洲藩农民暴动(骚動)"的列表2-7:

年　号	公元	暴动名称
寬保元年	1741	久万山騒動
延享四年	1747	御藏騒動
寬延三年	1750	内子騒動
宝暦十一年	1761	麻生騒動
明和七年	1770	藏川騒動
明和八年	1771	麻生騒動
寬政元年	1789	柳沢騒動
文化六年	1809	阿藏騒動
文化七年	1810	横峰騒動
文化十三年	1816	大洲紙騒動
文化十三年	1816	村前騒動
文政十一年	1828	菅田騒動
天保八年	1837	柳沢騒動
天保八年	1837	横峰騒動
文久二年	1862	小藪騒動
文久三年	1863	宇和川騒動
慶応二年	1866	奥福騒動
明治四年	1871	廃藩置県騒動

| 明治四年 | 1871 | 郡中騒動 |
| 明治四年 | 1871 | 臼杵騒動 |

——以上为发生于大洲藩或与藩相关联的暴动。其资料来源于影浦勉「伊予農民騒動史話」「愛媛鼎史」『大洲市誌』和「高橋文書」。①

这份列表清晰标注了大濑村所在的大洲藩地区,自一七四一年至一八七一年这约一百三十年间,发生被官方蔑称为"骚动"的暴动共计二十次。也就是说,暴动平均每六年半便会爆发一次。这里需要说明的是,图表所列远不及实际曾经发生的暴动次数,譬如一七八八年肇始于大江家所在小山村的大濑暴动,就未能列入其中。在这片范围有限的区域内,如此高频度(有的地方甚至重复数次)发生暴动的原因不一而足,不过其主因不外乎来自各级官府的压榨、商人投机、官商勾结、粮食歉收、物价(尤其是粮食价格)高涨等等,这一点从大米和大豆在一八六一年至一八七〇年这十年间的涨幅便可略见一斑(2-8):

年号	公元	大米	大豆
文久元年	1861	205 錢	218 錢
二年	1862	250 錢	272 錢
三年	1863	290 錢	260 錢
元治元年	1864	400 錢	364 錢
慶応元年	1865	650 錢	540 錢
二年	1866	2000 錢	1140 錢
三年	1867	1800 錢	869 錢
明治元年	1868	6000 錢	5700 錢

---

① 内子町志编撰委员会著《新编 内子町志》,一九九六年十月,第161页。

二年	1869	12000 錢	10000 錢
三年	1870	14500 錢	21000 錢

——以上为一石粮食之价格。其资料由知清吉冈文书所作。①

　　正如大江自述的"明治维新前后曾两度爆发起义（第二次起义针对的是由中央权力安排在地方官厅的权力者并取得了胜利）"②，即列表2-7分别发生于一八六六年的奥福暴动③和一八七一年的废藩置县暴动。从列表2-8可以看出，在大江经常提及的这两场暴动前后短短十年时间内，大米价格从一八六一年的二百零五钱猛涨至一八七〇年的一万四千五百钱，同期的大豆价格则从二百一十八钱猛涨至二万一千钱，前者涨至七十点七倍，后者更是狂涨至九十六点三倍。按照这个势头，未能列入的一八七一年（即发生废藩置县暴动之年）的涨幅估计越发让人心惊肉跳。至于物价何以如此疯涨的主要原因大致如下：首先是江户末期农民阶层开始分化，大量贫困农民为借钱度日而将农地转手他人，只能依靠佃耕勉强糊口；其二则是巧取豪夺了大量土地的地主和富商与藩府加强勾结，通过向藩府提供金钱而获得更多特权，转而利用这些特权变本加厉地盘剥贫困农民；再就是大厦将倾的德川幕府在政治上开始出现崩溃迹象，在经济方面则出现全国性物价高涨，尤其是猛涨的大米价格更使得贫困农民和底层民众的生活越发艰难；第四，雪上加霜的是，在庆应二年

---

① 内子町志编撰委员会著《新编　内子町志》，一九九六年十月，第190页。
② 大江健三郎著，许金龙译《北京讲演二〇〇〇》，《中华读书报》，二〇〇〇年十月十八日。
③ 一八六六年七月十五日发生在包括大江健三郎故乡大濑村在内的奥筋地区的、规模达万余人的农民暴动。因暴动领导人名为福五郎（亦有福太郎、福二郎、福次郎之说），当地人便取奥筋中的奥以及福五郎中的福，将该暴动称之为奥福暴动。

（1866），遭遇了前所未有的大歉收，与藩府素有勾结的投机商人乘机将大米价格猛涨。正如大江在作品里所总结的那样："人乃万物之灵长，若治政失宜，民穷之时，岂不生变乎！"于是，这一年的七月十五日，大江家所在的大濑村便爆发了名为"奥福骚动"的大暴动，前后历时三天，至十七日时共计波及三十余村庄，参与者多达一万余人。

这次暴动的经纬大致如下：该年七月某日，大濑村村民福五郎（亦有福太郎、福二郎、福次郎之说）因家中无粮，向村吏提出借用村中存米，随即遭拒，却发现村吏将米借给来村里出差的医生成田玄长，便与村吏发生激烈争执。福五郎由此痛恨贪图暴利的商人，决定发动村民一同上访，同村的神职人员立花丰丸于是承担其参谋，以福五郎之名撰写檄文并广泛散发于周围数十村庄，呼吁大家奋起暴动，不予合作之村庄则予烧毁！早已对为富不仁的富商心怀怨恨的数十村庄的农民纷纷加入暴动队伍。七月十五日晚间，赞成福五郎主张的大濑村村民捣毁村里的酒铺，在福五郎号令下前往内子镇，中途参加者络绎不绝，至十六日暴动队伍已达三千余人，当天在内子镇打砸店铺约四十间，继而在五十崎打砸店铺约二十间。及至十七日，共有三十个村庄、一万余人参加暴动。大洲藩府急遣信使往江户幕府报警，同时不断派人游说福五郎等三四位暴动头领，至当日晚间，福五郎等人被说服，继而解散暴动队伍。在参加暴动的农民相继回村后，三位暴动头领遭到抓捕，其中大濑村的福五郎以及同村的立花丰丸其后死于狱中……

诸如此类的暴动景象，通过世代的传述，在民间文学的传承下，从历历在目的口头讲述，化为跃然纸上的文学形象。这些暴动记忆和历史人物原型，促动大江以大濑为革命对峙的中心向压迫性体制发出挑战，而将暴动革命历史传承给大江的媒介，正是阿婆这位民间文学的讲述者,暴动革命故事则作为元文本化入大江对于村庄暴动的文学虚构之中。

2.阿婆的暴动故事元文本

为儿时大江栩栩如生地讲述奥福其人和奥福暴动这段历史的人,是大江家里名为毛笔的阿婆。多年后,《读卖新闻》记者尾崎真理子采访时曾提及大江面对阿婆栩栩如生的讲述而心神荡漾的过往:"那个'奥福'物语故事,当然也是极为有趣,非同寻常。据说您每当倾听这个故事时,心口就扑通扑通地跳。由于听到的只是一个个片段,便反而刺激了您的想象。"①于是大江便这样对记者回忆了当年的情景:

> 是啊,那都是故事的一个个片段。阿婆讲述的话语呀,如果按照歌剧来说的话,那就是剧中最精彩的那部分演出,所说的全都是非常有趣的场面。再继续听下去的话,就会发现其中有一个很大的主轴,而形成那根大轴的主流,则是我们那地方于江户时代后半期曾两度发生的暴动,也就是"内子骚动"(1750)和"奥福骚动"(1866)。尤其是第一场暴动,竟成为一切故事的背景。在庞大的奥福暴动物语故事中,阿婆将所有细小的有趣场面全都统一起来了。
>
> 奥福是农民暴动的领导者,他试图颠覆官方的整个权力体系,针对诸如刚才说到的,其权力及至我们村子的那些权势者。说是先将村里的穷苦人组织起来凝为强大的力量,然后开进下游的镇子里去,再把那里的人们也团结到自己这一方来,以便聚合成更强大的力量。那场暴动的领导者奥福,尽管遭到了滑稽的失败,却仍不失为一个富有魅力的人。我就在不断思考奥福这个人的人格的过程中,度过了自己的少年时代。②

---

① 大江健三郎著,许金龙译《大江健三郎口述自传》,贵州人民出版社,二〇一九年三月,第8页。
② 同上,第8—9页。

代 总 序

……

是祖母和母亲讲述给我并滋养了我的成长的乡村民间传说。在写作《万延元年的 Football》时,我的关心主要集中在那些叙述一百年前发生的两次农民暴动的故事。

祖母在孩提时代,和实际参与这些事件的人们生活在同样的社会环境里,所以,她所讲述的民间故事,常常会添加进她当年亲自见过的那些人的逸闻趣事。祖母有独特的叙事才能,她能像讲述以往那些口耳相传的民间故事那样讲述自己的全部人生经历。这是新创造的民间传说,这一地区流传的古老传说也因为和新传说的联结而被重新创造。

她是把这些传说放到叙述者(祖母)和听故事的人(我)共同置身其间的村落地形学结构里,一一指认了具体位置同时进行讲述的。这使得祖母的叙述充满了真实感,此外,也重新逐处确认了村落地形的传说/神话意义。①

病迹学(Pathographie)研究成果表明,儿时的生长环境对于成人后的价值取向和审美取向都将产生重要影响,这对于川端康成和三岛由纪夫来说如此,对于大江健三郎来说也并不例外。在"心口扑通扑通地跳"着倾听阿婆讲述奥福故事的过程中,少儿大江的情感却在不知不觉间开始倾向遭到压榨的暴动者一方,从而产生了与弱势群体共情的义愤,以至于"在不断思考奥福这个人的人格的过程中,度过了自己的少年时代"。然而,这种感情倾向却面临一个无法回避的尴尬,那就是在日本这个国度里,被称为"骚动"的农民暴动明显带有被官方蔑视的语感,而暴动本身更是被认为是"下克上"的大不敬,亦即中文语感中的"以下犯上"和"犯上作乱"之负面语义。这显然是儿时大江的情感所不愿接受的,正是在这种情感冲突的背

---

① 大江健三郎著,王中忱译《在小说的神话宇宙中探寻自我》,引自《我在暧昧的日本》,南海出版公司,二〇〇五年十一月,第7—8页。

景下,经由曾外祖父传承的易姓革命思想和民本思想才开始具有意义,才能为暴动之乡的这个小童提供了伦理上的支撑,用以抗拒"下克上"所带来的道德和伦理层面的负面指责,从而"在不断思考奥福这个人的人格的过程中,度过了自己的少年时代"之际,顺理成章地"在边缘地区传承了不断深化的自立思想和文化的血脉",将《孟子古义》中的易姓革命思想和民本思想内化为自己的道德观和伦理观,为其于日本战败后接受战后民主主义作了道德、伦理和理论上的前期准备。

另一方面,由于阿婆"在孩提时代,和实际参与这些事件的人们生活在同样的社会环境里,所以,她所讲述的民间故事,常常会添加进她当年亲自见过的那些人的逸闻趣事",而且阿婆"给我讲述(奥福)故事中的人物。故事情节只是一些片段,所以能够激发我勾连故事的能力。奥福是本地农民起义的故事中一个无法无天而且非常可爱的人物,用我后来遇到的语言来说是一个 trickster①"②,故而在引发少儿大江倾听兴趣的同时,还培养了其进行再创作的能力。

如果说,经由曾外祖父传承的《孟子古义》中的易姓革命思想和民本思想,从道德和伦理上支撑少儿大江"在边缘地区传承了不断深化的自立思想和文化的血脉"的话,那么,熟稔戏剧演出的阿婆用"独特的叙事才能"对儿时大江讲述当地暴动故事,在培养其勾连故事之能力的同时,亦为大江进行了一场文学启蒙,使得"从孩童时代起,我就被民众的这种暴动或曰起义所深深吸引。……我曾写了边缘的地方民众的共同体追求独立、抵抗中央权力的长篇小说《万延元年的 Football》。这部小说的原型,就是我出生于斯的边缘地方所

---

① 意为神话和民间传说中的精灵、既有社会秩序的破坏者。
② 大江健三郎著,王成译《我的小说家修炼法》,中央编译出版社,二○一九年十一月,第6页。

出现的抵抗",而且"与中心进行对抗的边缘这种主题,如同喷涌而出的地下水一般,不断出现在此后我的几乎所有长篇小说之中"!由此可见,从发表于一九六七年的《万延元年的Football》到晚近创作的长篇小说《优美的安娜贝尔·李 寒彻颤栗早逝去》(2007)以及《晚年样式集》(2013),随处可见的有关历史暴动叙事,既是大江的儿时记忆,也是其文学母题,还是其抗拒权力中心、用以构建根据地/乌托邦的重要依据。当然,这种叙事策略也使得其文学中的历史维度具有越来越开阔的空间。

3."我在文学作品中构建的根据地/乌托邦确实源自毛泽东"

仍然是在大江文学的历史叙事空间里,早在大江的少年时代,曾有两个于日本战败后从中国遣返回故乡大濑村的退伍老兵帮助大江家修缮房屋,在小憩期间,这两个退伍老兵盘膝而坐,聊起侵华期间所执行的杀光、烧光和抢光之三光政策,让少年大江第一次知道"皇军"在中国期间犯下的累累战争罪行,在其为之深感愧疚和惊恐不安的同时,也对战争时期军国主义教育之虚伪有了更为深刻的认识。这两位老兵还说起在中国战场攻打八路军根据地时狼狈情状,他们告诉在一旁倾听的少年:八路军的根据地大多建在地势险要之处。由于八路军与中国老百姓是鱼水之情,所以攻打根据地的日军部队尚未到达目的地,就有发现日军行踪的老百姓向八路军通风报信,于是八路军便在根据地设好埋伏,待日军进入伏击圈后就枪炮大作,打得日军如何丢盔弃甲、如何死伤狼藉、如何狼狈逃窜……

村里这两个退伍老兵的无心之言,却在少年大江的内心掀起巨浪:如果本地历史上多次举行暴动的农民也像八路军那样,在家乡深山老林里的险要处构建根据地的话,那么家乡的历史会如何演变?日本的历史是否会是另一种模样?带着这个久久萦绕于心的思考,大江在东京大学仔细且系统地研读了《毛泽东选集》四卷本,尤其关注第一卷里《中国的红色政权为什么能够存在?》。这篇文章是毛泽东于一九二八年十月五日所作,在第六章《军事根据地问题》中第一次提及"根据地"并做了如下阐释:

> 边界党还有一个任务,就是大小五井和九陇两个军事根据地的巩固。……这两个地形优越的地方,特别是既有民众拥护、地形又极险要的大小五井,不但在边界此时是重要的军事根据地,就是在湘鄂赣三省暴动发展的将来,亦将仍然是重要的军事根据地。巩固此根据地的方法:第一,修筑完备的工事;第二,储备充足的粮食;第三,建设较好的红军医院。把这三件事切实做好,是边界党应该努力的。①

所谓"根据地"是军事术语,而且从以上引文中可以发现其历史并不悠久,是军事对峙中处于弱势的红军为更好地保护己方有生力量而于险峻之处据险而守,同时争取时间和空间发展和壮大己方力量。中国第一次国内革命战争时期由红军创建的根据地如此,抗日战争时期由八路军所建的根据地也是如此,同时辅以游击战、麻雀战、坚壁清野、储存粮食、建立伤兵医院以及灵活运用"敌进我退、敌驻我扰、敌疲我打、敌退我追"等游击战术,与强敌进行周旋。

在东京大学就读期间学习了《毛泽东选集》中有关根据地的相关论述后,大江开始将这些论述与家乡的暴动史乃至日本的近代史联系起来加以思考。当然,历史不可复制,故而大江开始考虑在自己的文学作品中构建根据地,构建以中国革命模式复制的根据地。于是,"暴动"和"根据地"字样开始频繁出现在大江的小说文本里。譬如在不足十万字的小长篇《两百年的孩子》中译本里,如果用电脑检

---

① 毛泽东著《毛泽东选集》(第一卷),人民出版社,一九九一年六月第二版,第53—54页。

索"暴动"/"一揆",可以发现共有二十二处。对"逃散"进行检索,则有五十三处。两者相加,总共七十五处。这里所说的"逃散",是指在日本的中世和近世,农民为反抗领主的横征暴敛而集体逃亡他乡。这种逃亡有两个特征,一是数个、数十个村庄集体逃亡;二是这种有时多达数千人、数万人的逃亡,往往伴随着与领主武装的战斗。同样使用电脑检索的方法对《两百年的孩子》进行检索,还可以发现含有"根城"和"根据地"的表述各有二十处,一共四十处。这里所说的"根城",在日语中主要有两个语义,其一为主将所在城池或城堡;其二则是暴动民众的据守之地,或是盗贼的巢穴。"根据地"的语义为"军队等队伍为修整、修养或补给而设立的据点",在大江的文学词典里,这个单词显然源于中国第一次国内革命战争时期创建的根据地,抗日战争期间用以抵御侵华日军、争取抗战胜利的根据地;当然,这也是大江赖以在小说中构建根据地/乌托邦的原型。

二〇〇六年八月,笔者曾在东京对大江做过一次采访,现摘录其中涉及"根据地"的内容引用如下:

> 许金龙:您于一九七九年发表了长篇小说《同时代的游戏》,相较于中国传统文化中桃花源式的那种逃避现实的理想,这部作品中的乌托邦则明显侧重于通过现世的革命和建设达到理想之境。从这个文本的隐结构中可以发现,您在构建森林中这个乌托邦的过程中,不时以中国革命和建设为参照系,对以毛泽东为首的老一辈革命家所进行的艰苦卓绝的长征、建立根据地并通过游击战反击政府军的围剿、发展生产以提高物质生活水平等给予了肯定,也对江青等"四人帮"在"文化大革命"中祸国殃民的举止表示了谴责,同时也在思索中国在革命和建设过程中遇到的一些问题以及解决方法,试图从中探索出一条由此通往理想国的具有普遍意义的通途。当然,您在自己的文学世界里建立根据地的尝试,《同时代的游戏》显然不是第一次,也不会是最后一次。其实,

早在《万延元年的 Football》中,甚至更早的《掐芽打仔》等作品中,就已经出现了"根据地"的雏形。我想知道的是,您在文本中构建的根据地/乌托邦是否是以毛泽东最初创建的根据地为原型的?当然,您在大学时代学习过毛泽东的著作,那些著作里有不少关于根据地的描述,您是从那里接触到根据地的吗?

大　江:正如你所指出的那样,我在文学作品中构建的根据地/乌托邦确实源自毛泽东的根据地。而且,我也确实在毛泽东的著作中接触过根据地,记得是在《毛泽东选集》第一卷的前半部分。

许金龙:是在《中国的红色政权为什么能够存在?》那篇文章里?

大　江:是的,应该是在这篇文章里。围绕根据地的建立和发展,毛泽东在文章里做了很好的阐述。不过,我最早知道根据地还是在十来岁的时候。战败后,一些日本兵分别被吸收到国民党军队和共产党的八路军里。参加了八路军的日本人就暗自庆幸,觉得能够在中国的内战中存活下来,而参加国民党军队的日本人却很沮丧,担心难以活着回日本。他们之所以这么想,是因为在侵华战争中,他们分别与八路军和国民党军队打过仗,说是国民党军队没有根据地,很容易被打败,而八路军则有根据地,一旦战局不利,就进入根据地坚守,周围的老百姓又为他们提供给养和情报,日本军队很难攻打进去。后来在大学里学习了毛泽东著作后,我就在想,我的故乡的农民也曾举行过几次暴动,最终却没能坚持下来,归根结底,就是没能像毛泽东那样建立稳固的根据地。可是日本的暴动者为什么不在山区建立根据地呢?如果建立了根据地,情况又将如何?这是我一直在思考的问题,并且在作品中表现了出来。①

在以上引文中提及的长篇小说《同时代的游戏》第五章所叙述的故事发生在明治初年,村庄=国家=小宇宙这个共同体决心独立

---

① 大江健三郎与许金龙对谈:《大江健三郎将访中国,深受鲁迅及毛泽东影响》,《环球时报》,二〇〇六年九月一日。

于"大日本帝国",准备抗击帝国陆军的讨伐。长期以来,人们根据共同体的创始者破坏人通过梦境传达的指示,利用山里的特产木腊与海外进行贸易的盈余做了大量的战争准备,构筑起巨大的堤堰,蓄水淹没自己的村庄,并在堤坝上用沥青写上"不顺国神,不逞日人"的标语,以示与天皇治下的"大日本帝国"决裂的决心,同时进行坚壁清野,在山上的森林里储存粮食,建起野战医院,把壮年男女武装起来组织成游击队,还建立兵工厂以制造武器……除此以外,有人还考虑以各种语言致信各国,呼吁世界上被压迫的民族团结起来,说是"尤其是致中国的信,真想面交很快就将与大日本帝国军队开始全面战争的中国共产党军队"①。

在这些准备工作大致就绪后,政府派遣的"大日本帝国陆军混成第一中队"也临近了。这支武装到牙齿的正规军常年在这一带镇压农民暴动,现在受命前来攻打这个共同体,以将其纳入天皇统治下的"大日本帝国"势力范围。由于这一带山高林密,又是连日滂沱大雨,部队便艰难地沿着略微平坦一些的河滩溯流而上。在村庄这个共同体派出的侦察人员发现"皇军"已临近时,水库里的水也蓄到了最高水位,于是,村庄=国家=小宇宙的人们点燃预先埋置的炸药炸开堤堰,开始了长达五十天之久的、抗击"大日本帝国"陆军的游击战。

呼啸而下的洪水瞬间便吞噬了混成第一中队的所有官兵及其携带的军马。政府第一次派遣来的军队遭到了全军覆没的彻底失败。于是,其后又派遣了由一位作战经验丰富的大尉率领的中队前来攻打。共同体由此正式开始了抗击"皇军"的游击战争。

---

① 大江健三郎著,李正伦等译《同时代的游戏》,作家出版社,一九九六年四月,第232页。

当大尉率领的部队占领村庄时,却发现这是座空无一人的村庄,甚至看不到一条狗。也就是说,共同体实行了最为彻底的坚壁清野。部队在这个被废弃的村子里,连洁净的水都找不到一口,便派出小部队寻找水源,却被游击队打了埋伏。于是,被缴了枪械后释放回来的士兵报告说,游击队就在这山中的森林里。到了夜间,共同体放出的老狼以及野狗让士兵们感到惊恐,而游击队设置的、可以切割下双腿的陷阱,更是让士兵们不敢轻易进入山林。

不久,大尉便开始了他的第一次搜山清剿,部队排成横列,每隔五米站上一个士兵。而游击队方面则在转移非战斗人员的同时,由青壮村民组成若干三人战斗小组,利用有利地形埋伏下来,相机射击某一个搜山士兵,然后再将其两侧的士兵引诱过来一并射杀,使得"皇军"遭受巨大伤亡,不得不铩羽而归。

大尉指挥的第二次大规模战斗,是吸取前次横向搜山失败的教训,命令士兵纵向攻入森林深处,以破解"堪称游击战之基础的原始森林的神秘力量",并伺机破坏密林里的兵工厂,却被共同体的孩子们以迷路游戏的方式引入迷魂阵……当"皇军"士兵们被诱入伏击圈后,"游击队员从藏身之处用西洋弓射出的箭没有声音,突如其来的袭击防不胜防。森林里的大树很高,日光像雾一般从枝叶的缝隙泻下,难以计数的蝉发出震耳的蝉鸣,弓箭的声音根本听不到。埋伏者瞄准出现在树枝所限的狭窄空间处的敌人,箭无虚发。在惟蝉鸣可闻的巨大静默里,大日本帝国军队的士兵中有十二人中箭身亡,另有十二人身受重伤。没有一个士兵发现新设置的兵工厂"①。

由于游击队控制了水源,大尉怀疑水源被施放了毒药,不敢再使

---

① 大江健三郎著,李正伦等译《同时代的游戏》,作家出版社,一九九六年四月,第253—254页。

用那里的泉水,转而组织运输队从山外连同粮食一同运往驻地,从而加重了运输队的负担,致使行动迟缓,被游击队在途中趁天黑夜暗之机混入运输队,"结果是担任护卫的士官和两个士兵扔下运粮队逃跑了。于是,大量粮食就被运进了密林里游击队的帐篷"①。

在大尉审问游击队的俘虏时,这些俘虏提供的信息更是让大尉心智混乱。第一个俘虏状似老实地交代说:"这个抵抗战争是从整个中国以及藏在长白山山脉的朝鲜反日游击战传过来,组织了共同战线,甚至不久就有援军到达,实际上自己就是负责和海外联系的负责人……"②在他的话语中,不时还"夹杂着一些他瞎编乱造的中国话和朝鲜话"③。第二个俘虏的交代更是玄乎,说是把森林里新发现的矿物质送到德国加以精炼,以其为原料,即将研制出新型炸弹,如果炸弹中的化学物质出事,"半个森林就可能一扫而光"④……

在屡屡失败的压力下,大尉决定用最狠毒的手段镇压这些"为了反抗大日本帝国而钻进森林"⑤的顽固山民,那就是运来大量汽油,准备火烧森林,"漆黑之夜充血的眼珠上,也许映现出了他们追赶着躲避大火而东奔西跑的半裸的女人们,也许映现出他们自己正在强奸或杀人的自我影像。直到此刻为止毫无趣事可言的战争,使他们的意识浓缩为一个观念——战争就是血腥欲望的爆发,他们今天晚上得出了这个结论,并且决定今后一定照此实行。不久之后,在转战于中国和南洋各地时,他们的这个血腥欲望果然就得到满足了"⑥。

---

① 大江健三郎著,李正伦等译《同时代的游戏》,作家出版社,一九九六年四月,第260页。
② 同上,第263页。
③ 同上,第263页。
④ 同上,第264页。
⑤ 同上,第266页。
⑥ 同上,第271页。

面对火烧森林的严峻局面,共同体在疏散了儿童后便集体投降了,其中大约一半人口得到的却是大尉的如下话语:"你们是真正地对大日本帝国发动叛乱、掀起内战的人,你们犯下的叛国罪行必须受到应得的处罚,我以军事法庭的名义宣布你们的死刑!"在进行了五十天的抵抗之后,共同体中的大约一半村民被血腥屠杀了,死在大日本帝国的淫威之下……幸运的是,共同体的半数儿童却随着徐福式的大汉逃离了杀戮,踏上寻找希望的远方。

4."我在小说里想要表现的确实不是绝望"!

从以上梗概的隐结构中不难看出,对于《同时代的游戏》第五章中关于创建根据地和开展游击战的内容,中国的读者都会比较熟悉,准确地说,应是"似曾相识"。在《毛泽东选集》第一卷之《中国的红色政权为什么能够存在?》、第六章《军事根据地问题》中,毛泽东早在一九二八年就曾准确地指出:"巩固此根据地的方法:第一,修筑完备的工事;第二,储备充足的粮食;第三,建设较好的红军医院。"①大江在《同时代的游戏》中修筑水淹敌军的水库,正是第一条所说的工事,而且还是大型工事。而预先储备粮食以及抢夺敌军运粮队,则是第二条的完美体现。对于设立野战医院以及转送难以救治的伤员这一措施,我们完全可以理解为是对第三条"建设较好的红军医院"的模仿和再现。至于文本中更为具体的彻底疏散人口、切断敌军水源、深夜放狼以及野狗骚扰敌人、引诱敌军深入密林以便相机袭击等内容,恐怕中国的中学生都可以将其精准地概括为"坚壁清野""诱敌深入""敌进我退,敌驻我扰,敌疲我打"……这些战术是战争中弱

---

① 毛泽东著《毛泽东选集》(第一卷),人民出版社,一九九一年六月第二版,第53—54页。

势一方因地制宜地抗击强势一方的战术,在中国战争史上最早提出以上战术的是朱德,而根据国内战争的严峻局面对此予以总结并将其上升到理论和战略高度的则是毛泽东。尤其在抗日战争期间,八路军和新四军依据这个战略战术不断发展壮大,创建、依托根据地展开游击战,最终为赢得抗日战争做出了自己的贡献。

另一方面,从《同时代的游戏》这个文本中有关"尤其是致中国的信,真想面交很快就将与大日本帝国军队开始全面战争的中国共产党军队""这个抵抗战争是从整个中国以及藏在长白山山脉的朝鲜反日游击战传过来,组织了共同战线"等等表述,清楚地表明其作者大江健三郎非常了解中国共产党领导的八路军、新四军所进行的抗日战争及其战略、战术,这个了解既有少年时代的记忆,也有大学时代对毛泽东相关军事理论的学习,恐怕还与大江于一九六〇年夏天对中国进行为时一月有余的访问时所接受的相关影响有关。由此可见,大江在写作《同时代的游戏》这部小说前,曾充分接受中国有关根据地和游击战的影响,因而当其考虑在政治和文化意义上的边缘之地,也就是故乡的森林里构建根据地/乌托邦时,大量引入了中国式游击战的因素也就不足为奇了。

由此我们可以确定,作者大江健三郎在构建位于边缘的森林中这个根据地/乌托邦的过程中,确实在以中国革命和建设的模式为参照系,对以毛泽东为首的老一辈革命家所进行的艰苦卓绝的长征、建立根据地并通过游击战反击政府军围剿、发展生产以提高物质生活水平等给予了充分肯定,同时也在思索中国在革命和建设过程中遇到的一些问题及其解决方法,希望从中探索出一条由此通往理想国的具有普遍意义的通途,并试图在自己文本里设计出一个更具普遍性的乌托邦。

在此后出版的《致令人眷念之年的信》《两百年的孩子》《愁容童

子》《别了,我的书!》以及《水死》和《晚年样式集》等长篇小说中,大江对权力中心改写乃至遮蔽边缘地区弱势群体之历史的做法进行了无情的嘲讽,借助森林中口耳相传的神话/传说和历史复制乃至放大遭到政府遮蔽的山村和森林里的历史,把那座神话/传说的王国进一步拓展为森林中的根据地/乌托邦——超越时空的"村庄=国家=小宇宙",清晰地提出了文化人类学意义上的边缘与中心的概念,使其"得以植根于我所置身的边缘的日本乃至更为边缘的土地,同时开拓出一条到达和表现普遍性的道路"①。这种从边缘和历史出发的叙事策略显然与"马克思主义批评理论一直在努力使文学批评具有历史维度"的主张高度契合,因为这种主张"认为需要返回历史,把历史当作重要的出发点来理解文化生产、批评概念、意识形态、政治和社会的范畴"②。就这个意义而言,大江在小说文本中频频引入暴动历史以展开边缘叙事也就不难理解了。这里还有一个需要关注的地方,那就是从这一时期开始,大江在表述森林中那些神话/传说和历史时,清醒地意识到在日本这个封建意识和保守势力占据强势的国度里,包括森林中那些山民在内的弱势者的历史,一直被强势者所改写、遮蔽甚或抹杀。譬如发生在大江故乡的几次农民暴动,就完全没有被记载在官方的任何文件中。为了抗衡强势者/官方所书写的不真实历史,大江以《同时代的游戏》和其后的《M/T与森林中的奇异故事》《致令人眷念之年的信》和《优美的安娜贝尔·李 寒彻颤栗早逝去》等晚近小说为载体,从"根据地"民众的记忆而非官方记载中,把故乡的神话/传说乃至当地历史中一些具有重大意义的部分

---

① 大江健三郎著,许金龙译《我在暧昧的日本》,引自《我在暧昧的日本》,南海出版公司,二〇〇五年十一月,第96页。
② 张京媛著《新历史主义与文学批评·前言》,《新历史主义与文学批评》,北京大学出版社,一九九七年,第2—3页。

剥离、复制乃至放大出来,试图以此在某种程度上还原历史真实,回归历史原貌,进而抗衡官方书写或改写的不真实历史。

我们还需要注意的是,这种根据地/乌托邦叙事在大江的文学作品中也是在"与时俱进"——最初近似于中国国内革命战争时期和抗日战争时期的军事根据地,譬如《同时代的游戏》里的根据地和游击战;当其长篇小说《愁容童子》中的边缘性特征被中心文化逐步解构之后,在故乡森林里建立根据地的基本条件便不复存在,于是在《别了,我的书!》中,大江就通过因特网建立新型根据地,将根据地建立在边缘地区那些拥有暴动历史记忆的边缘人物的内心里,同时吸收和团结共同传承历史记忆的年轻人;及至在《水死》中,大江更是将抨击的矛头直接指向国家权力的象征:以修改历史教科书的形式强奸一代代青少年的日本文部科学省高级官员……

儿时的暴动记忆就这样在大江健三郎的诸多小说中不断变形,作者据此在绝望中发出呼喊,试图由此探索出一条通往希望的小径,正如大江在一次接受采访时所说的那样,"我在小说里想要表现的确实不是绝望"①!

三、一九六〇年的访华:由民本主义向人文主义嬗变

一九六〇年初夏时节,这个世界正处于躁动和不安之中——在亚洲的韩国,推翻李承晚政权的学生运动轰轰烈烈;在非洲,被西方大国长期殖民的诸多国家正全力争取民族独立,以摆脱殖民统治;在南美洲的古巴,反美浪潮一浪高过一浪;在拉美地区,同样正在兴起

---

① 大江健三郎与许金龙对谈:《我在小说里想要表现的确实不是绝望》,《作家》,二〇二〇年八月号,第54页。

争取民族独立的群众运动；在苏联，则因美国 U2 间谍飞机事件而怒火冲天；也是在这个时期，东西方首脑会谈正式决裂。六十年代冷战背景下的左翼反文化（counter culture）运动，更是使得全球青年先后掀起运动狂潮。众所周知，当时的日本更不是桃花源，反对《日美协作与安全保障条约》的全国性群众运动如火如荼，年轻学生们在这场运动风潮中纷纷走上街头。

一九六〇年，大江健三郎年届二十五岁，在校期间曾参加被称为"安保斗争"前哨战的"砂川斗争"。这里所说的"砂川斗争"，是指一九五五年以农民、工会会员和学生为主体的日本民众反对美军扩建军事基地的群众斗争，也是日本社会在战后迎来的第一场大规模反战运动。在此后的一九六〇年一月十九日，日本政府与美国正式签署经修改的《日美协作与安全保障条约》（简称为《日美安全保障新条约》），以取代日美两国政府于一九五一年与《旧金山和约》一同签署的《日美安全保障条约》。在国会审议过程中，有人对条约中"为了维持远东地区的和平安全"之"远东"的范围表示质疑时，时任外相的藤山爱一郎表示这个范围"以日本为中心，菲律宾以北，中国大陆一部分，苏联的太平洋沿海部分"。藤山对《日美安全保障新条约》之"范围"的解释，几乎立刻就引发人们对战前和战争期间的所谓"大东亚共荣圈"的痛苦记忆，不禁怀疑日本政府是否试图再次侵略包括"中国大陆一部分"的亚洲诸国。不同于砂川斗争时期以学生为主体的抗议活动，这时不仅学生对政府的意图产生怀疑，就连绝大部分民众也都对此产生了怀疑，从而相继投身到反对缔结《日美安全保障新条约》的群众运动中来。大江健三郎此时刚刚从东京大学毕业，在文坛上已经小有名声，却从不曾淡忘将人文主义传授给自己的渡边一夫教授所引用的丹麦语法学家克利斯托夫·尼罗普之名言"不抗议（战争）的人，则是同谋"，当然也必然地出现在了这数百万的示威群众之中。

二〇〇六年九月,在访问中国社会科学院的主题演讲中回忆当年这场大规模抗议活动时,大江表示"当时我认为,日本在亚洲的孤立,意味着我们这些日本年轻人的未来空间将越来越狭窄,所以,我参加了游行抗议活动。正是在这个过程中,我和另一名作家被作为年轻团员吸收到反对修改安保条约的文学代表团里"①。这里所说的文学代表团,是以野间宏为团长的日本第三次访华文学代表团。在这个大动荡的历史时期,在反对签署《日美安全保障新条约》的大规模游行示威活动中,青年作家大江健三郎开始了他的第一次出国之旅,与"另一名作家"开高健一同对尚未与日本恢复外交关系的中国进行了为期三十八天的访问。大江参加的这个访华团全称为"访问中国之日本文学家代表团",团长为野间宏(作家),团员计有龟井胜一郎(文艺评论家)、松冈洋子(社会评论家)、竹内实(随团翻译)、开高健(青年作家)、大江健三郎(青年作家),另有担任代表团秘书长的白土吾夫(时任日中文化交流协会事务局主任)。访问结束后,白土吾夫公布了一行七人计三十八日访华之旅的大致日程。这里需要说明的是,应该是顾虑到复杂的日本国内情势,出于安全考虑,这个日程并未列入当时被视为敏感的内容,譬如六月一日,日本文学代表团在广州参观毛泽东于一九二四年创办的农民运动讲习所;六月十六日,周恩来总理突然出现在代表团所在的王府井全聚德烤鸭店,对从东京大学毕业不久的大江健三郎进行慰问;六月十七日,代表团全体成员怀着悲痛心情,为悼念六月十五日晚间在国会大厦被警察殴打致死的东京大学女生桦美智子,前往人民英雄纪念碑

---

① 大江健三郎著,李薇译《北京讲演二〇〇六》,引自《大江健三郎文学研究》,百花文艺出版社,二〇〇八年七月,第1页。

敬献花圈并由团长野间宏致悼词……

　　就在日本文学代表团访华期间，反对岸介信政府签署《日美安全保障新条约》的日本民众在东京连日举行大规模示威抗议，六月五日，多达六百五十万示威者参加抗议活动；六月十日，为阻止美国总统艾森豪威尔于九月十九日访日，示威群众在羽田机场团团包围为艾森豪威尔如期访日打前站的总统秘书 James Hagerty，致使其最终被美军直升机救出；六月十五日，五百八十万示威群众参加反对《日美安全保障新条约》签字和阻止美国总统访日的活动；当天晚间，七千余名示威学生冲入国会，与三千名防暴警察发生激烈冲突，东京大学女生桦美智子被殴打致死，示威群众与政府之间的矛盾进一步激化；六月十六日，焦头烂额的岸信介政府请求艾森豪威尔延期访日，最终被迫取消访日安排。在条约即将生效的当天夜晚，三十三万示威群众再次包围国会，试图阻止条约生效。然而，声势浩大的日本安保斗争终究未能阻止条约自动生效，却也迫使岸信介内阁于六月二十三日下台，艾森豪威尔总统则终止访日。这里需要重点提请注意的是，随着岸介信内阁的倒台，其准备修改于一九四七年生效的《日本国宪法》第九条的计划也随之束之高阁，为日本战后持续维护和平宪法、走和平发展道路打下了良好基础。正因为如此，大江才能在半个多世纪后自豪地表示："在战后这七十年间，日本人拥有和平宪法，不进行战争，在亚洲内部坚定地走和平发展的道路，也就是说，在战后这七十年里，我们一直在维护这部民主主义与和平主义的宪法。其中最大的一个要素，就是有必要深刻反省日本如何存在于亚洲内部，包括反省那场战争，然后是面向和平……在战后这七十年里，日本没有发动战争，关于这一点，日本人即便得到积极评价也是可以理解的。"①"反省"是上述话语的关

---

① 大江健三郎与许金龙对谈：《我在小说里想要表现的确实不是绝望》，《作家》，二〇二〇年八月号，第54页。

键词,也是大江从人文主义者渡边一夫那里继承、坚守并内化了的道德和伦理——"保持具有人性的反省……因为我们已经决定将这种反省置于正面而去思考"①。当然,和平宪法第九条能维系至今日,也是有赖于大江等当年参加反对签署《日美安全保障新条约》的这一批抗议者以及后来者,尤其是民众组织"九条会"长年间的不懈努力。

就在这如火如荼的抗议活动中,青年作家大江健三郎受邀参加以老一辈作家野间宏为团长的日本文学代表团,前往中国进行为期一月有余的访问,以获得中国对这场大规模群众抗议运动的支持。在羽田机场与新婚刚刚三个来月的妻子由佳里以及作家安部公房等朋友话别时,大江特地叮嘱妻子:为了使八十年代少一个因对日本绝望而跳楼自杀的青年,因此不要生孩子。时隔三十八天后,还是在羽田机场,刚刚结束中国之旅回到日本的大江却对前来机场迎接的妻子说:还是生一个孩子吧,未来还是有希望的。那么,这一个来月的中国之旅到底发生了什么,竟使得大江的态度发生如此之大的变化?而且,发生变化的仅仅是对待生孩子的态度吗?我们不妨回顾一下大江访华的大致经过。

在这一个多月的访问中,代表团一行先后访问了广州、北京、上海和苏州等地,与中国各界进行了广泛接触和交流,参观了工厂、机关、人民公社、学校、幼儿园、展览馆等,并多次参加声援日本人民反对《日美安全保障新条约》的集会和游行。在此期间,大江应邀为《世界文学》杂志撰写了特邀文章《新的希望之声》,表示日本人民已经回到了亚洲的怀抱,并代表日本人民发誓永远不背叛中国人民的深情厚谊。此外,他还在一篇题为《北京的青年们》的通信稿中表

---

① 大江健三郎著《解读日本当代的人文主义者渡边一夫》,岩波书店,一九八四年,第79—80页。

示,较之于以人民大会堂为首的十大建筑,万里长城建设者的子孙们话语中的幽默和眼睛中的光亮,更让他对人民共和国寄以希望。大江发现,无论是历史博物馆讲解员的眼睛,钢铁厂青年女工的眼睛,郊区青年农民的眼睛,还是光裸着小脚在雨后的铺石路面上吧嗒吧嗒行走着的少年的眼睛,全都无一例外地清澈明亮,而共和国青年的这种生动眼光,大江在日本那些处于"监禁状态"的青年眼中却从不曾看到过。这个发现让大江体验到一种全新的震撼和感动,一如他在同年十月出版的写真集里所表述的那样:"我在这次中国之行中得到的最为重要的印象,是了解到在我们东洋的一个地区,那些确实怀有希望的年轻人在面向明天而生活着。我不认为他们中国年轻人的希望就会原样成为日本人的希望。我同样不认为他们中国年轻人的明天会原样与日本人的明天相连接。不过,在东洋的这个地区,那些怀有希望的年轻人面向明天的姿态却给我带来了重要的力量。"①

当然,更让大江为之震撼和感动的,是中国人民在真诚和无私地支持日本人民反对修改《日美安全保障新条约》。六月中上旬,东京连日来爆发了数百万人参加的大规模示威活动,而在上海和北京,大江一行则先后参加了一百二十万人和一百万人规模的示威游行,以声援日本国内的抗议活动。或许是出于保护大江健三郎这个青年作家的考虑吧,白土吾夫的日程记录里没有列入周恩来总理得知东京大学女生桦美智子于十五日夜晚被警察殴打致死的消息后,于十六日放下手中工作特地前来慰问大江健三郎事宜——这一天,周恩来总理及其随从人员赶到王府井全聚德烤鸭店的二层,就桦美智子在国会大厦被警察殴打至死、另有千余示威者被逮捕一事,向正在与赵

---

① 大江健三郎著,许金龙译「中国の若い人たち、子供たち」,『写真 中国の顔』,现代教養文庫,一九六〇年十月,第146页。

树理等人同桌就餐、尚不知情的大江健三郎表示慰问。四十六年后，在回忆当时的情形时，大江这样说道：

  在门口迎接我们一行的周总理特别对走在最后的我说：我对于你们学校学生的不幸表示哀悼。总理是用法语讲这句话的。他甚至知道我是学习法国文学专业的。我感到非常震撼，激动得面对着闻名遐迩的烤鸭连一口都没咽下。

  当时，我想起了鲁迅的文章。这是指一九二六年发生的三·一八事件。由于中国政府没有采取强硬态度对抗日本干涉中国内政，北京的学生和市民组织了游行示威，在国务院门前与军队发生冲突，遭到开枪镇压，四十七名死者中包括刘和珍等鲁迅在北京女子师范大学教授的两名学生。……我回忆着抄自《华盖集续编》中的一段话，看着周总理，我感慨万分，眼前这位人物是和鲁迅经历了同一个时代的人啊，就是他在主动向我打招呼……鲁迅是这样讲的：

  "我目睹中国女子的办事，是始于去年的，虽然是少数，但看那干练坚决，百折不回的气概，曾经屡次为之感叹。至于这一回在弹雨中互相救助，虽殒身不恤的事实，则更足为中国女子的勇毅，虽遭阴谋秘计，压抑至数千年，而终于没有消亡的明证了。倘要寻求这一次死伤者对于将来的意义，意义就在此罢。

  "苟活者在淡红色的血色中，会依稀看见微茫的希望；真的猛士，将更奋然而前行。……"

  那天晚上，我的脑子里不断出现鲁迅的文章，没有一点儿食欲。我当时特别希望把见到周总理的感想尽快告诉日本的年轻人。我想，即便像我这种鲁迅所说的"碌碌无为"的人，也应当做点儿什么，无论怎样，我要继续学习鲁迅的著作。①

---

① 大江健三郎著，李薇译《北京讲演二〇〇六》，引自《大江健三郎文学研究》，百花文艺出版社，二〇〇八年七月，第2—3页。

在大江的头脑里，血泊中的桦美智子与血泊中的刘和珍叠加在了一起，化为"虽殒身不恤"的女子英雄。中国人民的真诚支持，周恩来总理的亲切慰问，陈毅副总理的会见，尤其是其后第五天（即六月二十一日）晚间，毛泽东主席于上海接见日本文学代表团时所表示的"像日本这样伟大的民族，是不可能长期接受外国人统治的。日本的独立与自由是大有希望的。胜利是一步一步取得的，大众的自觉性也是一步一步提高的"①等勉励，给了日本文学代表团中最年轻的大江以极大的震撼和感动。多年后，大江曾对笔者表示：早在大学时代，自己就已熟读《毛泽东选集》四卷本，对其中的《湖南农民运动考察报告》《星星之火，可以燎原》《实践论》和《矛盾论》尤为熟悉，所以毛主席在会谈中的不少话语刚刚被翻译出来，自己便随即知道这些话语出自《毛泽东选集》哪一卷的哪一篇文章。会见结束后，毛主席等中国领导人站在门口，与日本朋友一一握手话别。当时，从东京大学毕业不久的青年作家大江照例排在日本代表团的队尾，终于轮到大江上前告别时，毛主席一手握住大江的手，用另一只手指点着大江说道：你年轻，你贫穷，你革命，将来你一定会成为伟大的革命家。这段话语其实是毛主席在会见期间对日本客人所说内容的一部分，大意是一个成功的革命家必须具备几个条件：一是要贫穷，穷则思变，才会参加革命；二是要年轻，否则很可能在革命成功之前就已经牺牲；三是要有革命意志，否则就不会参加革命。多年后当大江获得诺贝尔文学奖并接受德国一家媒体采访之际回想起了毛主席的这段话语，便对这家媒体不乏幽默地表示：毛泽东主席曾于一九六〇年预言自己将会成为伟大的革命家，现在看来，毛主席只说对了一半——自己虽

---

① 白土吾夫著「中国訪問日本文学代表団の三十八日の旅」，『写真　中国の顔』，現代教養文庫，一九六〇年十月，第 178 页。

未能成为伟大的革命家,却也成了伟大的小说家。在二〇〇八年八月接受另一次采访时,大江对采访者回忆道:与毛主席握手时,感到毛主席的手掌非常大,非常绵软,非常温暖,这种感觉已经连同毛主席当时所说的话语一道,早已固化在自己的头脑里,在每年临近六月二十一日的时候,就会提前嘱咐妻子订购茉莉花,因为日本原本没有这个物种,是从中国移植到日本来的,所以并不多见。及至到了二十一日这一天,自己就会停下所有工作,面对那盆订购来的茉莉花,缅怀一九六〇年六月二十一日夜晚聆听毛泽东主席和周恩来总理教诲时的情景。讲述这段话语的这一天恰巧也是六月二十一日,大江便对采访者指着花盆中绿叶掩映的小小白色花蕾如此说道:

> 今天,我妻子买来三盆白色的茉莉花(把"茉莉花"念成了"毛莉好"),是从中国移植来的,就摆在客厅的中央。花开得非常可爱,经常传来阵阵幽香。我想起自己二十五岁的时候,中国领导人在上海接见了我。我记得自己在见到毛主席和周总理之前,前方有一条狭长的走廊,走廊两旁开满了洁白的花。花的浓郁幽香从两侧沁入鼻腔(用左、右手的食指分别指向两个鼻孔),我们就沿着茉莉花曲曲折折地向前深入。走廊的尽头就是毛泽东主席、周恩来总理、陈毅副总理,还有当时的上海市负责人柯庆施。在我的记忆中,毛泽东主席、周恩来总理、陈毅副总理,还有茉莉花,都是紧紧联系在一起的。这就是亚洲伟大的人物给我留下的最美好的记忆。我和帕慕克见面时,经常对他说:"帕慕克,你记着,我是毛泽东主席的一位朋友!"(大笑起来)其实也不能算朋友,但我见过他!①

鲁迅的启示,周恩来总理的慰问,毛泽东主席的勉励,不可避免地为大江的人生观带来重大影响。这种影响首先显现在回国时在羽

---

① 大江健三郎与许若文对谈:《卡创作了一个灵魂,并思索着诗歌……》,《当代作家评论》,二〇〇九年第一期,第95页。

田机场对新婚妻子由佳里所说的那番话语——"还是生一个孩子吧,未来还是有希望的"。这种对未来抱持希望的积极变化当然也反映在了其后的创作态度中。相较于初期作品中在"铁屋子"里发出的"含着大希望的恐怖的悲声",在相继发表于《文学界》一九六一年一月号和二月号的中篇小说《十七岁少年》和《政治少年之死》中,大江简直就是在呐喊了。这两部短篇小说为姐妹篇,前者叙述了一个十七岁少年为摆脱孤独和焦躁,受雇于右翼分子,成为所谓"纯粹而勇敢的少年爱国者"。后者仍然以独白的口吻,叙述这个十七岁的主人公在忠君的迷幻中,"为了天皇而刺杀"了反对封建天皇制的"委员长"。这两部无情抨击封建天皇制之虚幻、右翼团体之虚伪的姐妹篇一经发表,随即受到右翼团体的威胁。在右翼的巨大压力下,刊载该作品的《文学界》没有征得大江本人同意,便在该刊三月号上发表谢罪声明。从此,《政治少年之死》在日本被禁止刊行,直至二〇一八年七月被收入讲谈社版"大江健三郎全小说"之前的这半个多世纪里,未能被收录在大江的任何作品集里。对于标榜言论自由和出版自由的日本这个所谓的民主国家,这个事实本身不能不说是个绝妙讽刺。当然,这两篇作品的创作对于大江本人来说也是一个历史性转折,此后,作为一名知识分子,大江总是有意识或下意识地站在边缘角度,开始用审视甚至批判的目光注视着权力和中心,越来越靠近鲁迅所坚持的批判立场。

  这次访问中国给大江带来的另一个重大影响,就是亲眼看到了革命获得成功的中国,并了解到中国革命的全过程。这已经不是此前空泛的革命想象,而是一个实实在在的成功范例,是中国自古以来的以民为本的最佳实践范例,是使得亿万民众得以摆脱战乱、贫困和屈辱,逐步走向富裕与和平的最佳实践范例。无疑,这是人道主义(由于人道主义和人文主义同出法语"humanism"之词源,我们当然可以认为这也是人文主义)在中国这片辽阔土地上获得的巨大成功。这个范例之所以成功,在很大程度上取决于在革命初期,毛泽东等革命家在实践中摸索和总结出"以农村包围城市,最终夺取全国胜利"的革命道路。中国革命的这个成功经验给了青年作家大江健三郎以极大启示,在思考故乡的暴动历史时便有了一个很好的参照系,同时开始考虑将这个策略移入自己的文学创作之中。也是在这一时期,在中国宏大革命愿景的反衬下,大江开始觉察自己"陷入了作为作家的危机,因为,我在自己写作的小说里看不到积极的意义……自己未能在作品中融入积极的意义并向社会推介。我意识到了这个问题,开始怀疑将自己人生的时光倾注到作家这个职业中是否值得"①。也就是说,为了迎合高度商业化的新闻界,刚刚踏足文坛的青年作家大江不得不接二连三地创作"有趣的小说"而非具有"积极的意义"的小说。倘若不如此,就可能像诸多崭露头角不久便被高度商业化的媒体短期使用后无情抛弃的新作家那样退出文坛。然而,无论是少年时代接受的战后民主主义教育,还是大学时代学习的欧洲人文主义,尤其是这次访问中国、亲眼看见人文主义在中国获得巨大成功后引发的诸多思考,都让大江开始怀疑是否值得用自己的整个人生来迎合新闻界的商业价值取向而不断写作以往那种"有趣的小说"。答案当然是否定的,因为这些"有趣的小说"对于深陷艰难困境的人类个体乃至群体完全不具备人文主义价值!大江由此开始有意识地把故乡的山林作为根据地/乌托邦,借《万延元年的Footabll》中的农村暴动叙事抗衡官方话语体系中的"明治维新百年纪念活动";尤其在《两百年的孩子》里,运用转换时空的科幻手法,

---

① 大江健三郎著,许金龙译《作为〈广岛札记〉的作者》,引自《广岛札记》,翁家慧等译,中国广播电视出版社,二〇〇九年,第1页。

让自己三个孩子的分身往来于以往、现在和未来,让他们目睹历史上的暴动,并经历未来日本复活国家主义之际,孩子们在故乡的山林中找到具有共产主义特征的、彼此友爱的乌托邦。这个故事的梗概大致如下:

三个小主人公决定在暑假结束前,再进行最后一次冒险,而这次冒险的目的地,则是八十年后的当地山林。当他们来到未来之后感到震惊的是,原本茂密的大森林由于人为原因而开始颓败,在他们无意中闯入一座超大型建筑物附近时,却因未携带所谓输入个人详细信息的 ID 卡,而被戒备森严的保安队关在屋子里,其后送交县知事进行讯问。这时他们才知道,县知事正在这里举办一个大型集会,奇怪的是,出席集会的那些动作整齐划一、鱼贯而入的少男少女们穿戴的却是迷彩服和贝雷帽。后来他们在农场/根据地询问千年老树遭焚毁之事时了解到一个让他们不寒而栗的事实:在所谓"国民再出发"的口号下,未来的日本政府"掀起了精神纯化运动"的国家宗教,利用被修改的宪法烧毁国家宗教之外的所有教会、寺院和神社,以取消人们原先无论是基督教、佛教还是神道教的宗教信仰,试图从精神上对国民进行高度控制。作为具体措施,则强制性地要求人们必须随身携带输入个人详细信息的 ID 卡。同样可怕的是,政府动员了全国百分之九十的青少年参加了这场运动,并让这些少男少女头戴贝雷帽、身穿迷彩服,组建为一支规模庞大、组织严密的准军事组织……

显而易见,大江是在借助专门为孩子们创作的这部小说教导他们和她们如何与过往的历史进行对话,如何了解历史事件在其发生之时意味着什么,如何理解该历史事件对于当下甚或未来具有怎样的意义。

或许是担心在这部小说里对孩子们提出的预警不够充分,还不足以引起孩子们的足够重视和警觉,大江在其后第三年出版的长篇小说《别了,我的书!》里,更是借用与其在文本内的分身"长江"之日语发音相谐的"征候"来表征自己的工作:"我要做的工作,是在某些事件发生之前,就收集其细微的前兆。在那些前兆堆积的前方,一条无可挽救的、不可返回的、通往毁灭方向的道路延伸而去。……我所要写作的'征候',则要以全世界为对象,预先摸索出它前进的方向和道路。"①而且,这位由民本主义出发的人文主义作家为了让大多数孩子们都能阅读到这些"征候",特意提出要把记载这些"'征候'的书架调到适当的高度,以便十三四岁的孩子谁都能打开箱子阅读其中资料。因为,惟有他们才是我所期待的阅读者,而且,有关'征候'的我的想法,也都是试图唤起他们颠覆记录于其中的所有毁灭的标志的想法"②。大江将自己的人文主义课程对孩子们阐释得非常清晰且浅显易懂:他要将通往"无可挽救的、不可返回的、通往毁灭方向的道路"之"征候"和"预兆"告知孩子们,以期让他们产生"想法",去颠覆"其中的所有毁灭的标志",以便"创造出明亮、生动、确实体现出人的尊严的未来",而非"充满黑暗、恐怖和非人性的未来"③! 我们可以将这段话语视作大江对孩子/新人的热切期许,还可以将其视为大江及其文学的人文主义核心价值观。

当然,未来也不是全无希望。还是在那片森林里,在两百年前农民举行暴动的旧址上,从南美以及亚洲各国来到此地的劳动者们以农场为基础,重新建立起了"龋根据地"。在这个根据地里,"由于成

---

① 大江健三郎著,許金龙译《别了,我的书!》,译林出版社,二〇〇八年十月,第318页。
② 同上。
③ 大江健三郎著,許金龙译《走的人多了,也便成了路!》,引自《大江健三郎文学研究》,百花文艺出版社,二〇〇八年七月,第21—22页。

年人在农场和食品加工厂里忙于工作,孩子们便依据'蟠根据地'从创始之初便传承下来的志愿工作制度过着集体生活。有趣的是,这里的语言是混有日语和父母祖国语言的各种话语,而孩子们则只使用自己的语言……"①

或许有人会认为故事并不能代表现实,更不可能是未来的真实再现,对于二〇六四年那个未来所显现出来的可怕前景,我们大可不必在意。遗憾的是,东京大学学者小森阳一教授肯定不会同意这样的看法。在讨论《两百年的孩子》这个故事里未来的可怕前景时,小森教授表示,大江在作品里描绘的可怕未来,实际上现在已经开始出现——日本政要不顾曾遭受侵略战争伤害的亚洲各国人民反对,接连参拜供奉着甲级战犯的靖国神社;日本政府强行通过所谓国旗国歌法,要求学校的教职员工和所有学生在开学和毕业仪式上起立,在国歌声中向国旗致礼,而不愿向那面曾侵略过亚洲诸国的国旗敬礼者,轻则影响升职,重则被开除公职,在右翼政客石原慎太郎任东京都知事期间,这种处分更是严厉,据小森教授说,他的几个朋友已经因此而被开除公职;就在前几年,日本数十位国会议员在美国报纸上刊载大幅广告,说是不存在慰安妇问题,还恬不知耻地说什么那些慰安妇是自愿卖淫者,其收入有时甚至超过日本军队里的将军;更让人忧虑的是,日本保守派正在竭力修改和平宪法,尤其是这部宪法中的第九条有关日本永久性放弃战争、不成立海陆空三军的条款,试图为全方位复活国家主义清除最大的障碍。日本筑波大学学者黑古一夫教授的观点与小森教授相近,他认为日本的政治主导权始终掌握在保守派手中,他们期望从根本上改变日本战后开始实施的民主主义,复活战前的价值观……

---

① 大江健三郎著,许金龙译《两百年的孩子》,百花文艺出版社,二〇〇七年九月,第254页。

综上所述,大江所描述未来社会的阴暗前景,就不是毫无根据的空穴来风了,而是基于对现实的忧虑甚或预警。为了大多数人的希望,大江通过《两百年的孩子》这个故事,以艺术手法为人们展示了以往(被官方遮蔽了的暴动史)、现在(日本当下试图修改和平宪法的政治现状甚或准备违宪参战)和未来(日本几十年后极可能出现全面复活国家主义的阴暗前景),并借法国诗人、哲学家和评论家保尔·瓦莱里之口,向我们表明了历史、当下和未来的关系。尽管未来的前景是黯淡的,但是这位老作家也明确地告诉人们,情况并没有糟糕到绝望的地步,那里毕竟还有一群心地善良的人在农场/根据地里坚持自己的操守,抵制来自官方的高压,烧毁严重侵犯人权的 ID 卡,以各种方式不让孩子们参加那个准军事组织,等等。至于如何在了解历史的基础上创造美好的未来,不妨以大江在北大附中结束演讲时的一段话语来提供一种参考:

> 你们是年轻的中国人,较之于过去,较之于当下的现在,你们在未来将要生活得更为长久。我回到东京后打算对其进行讲演的那些年轻的日本人,也是属于同一个未来的人们。与我这样的老人不同,你们必须一直朝向未来生活下去。假如那个未来充满黑暗、恐怖和非人性,那么,在那个未来世界里必须承受最大苦难的,只能是年轻的你们。因此,你们必须在当下的现在创造出明亮、生动、确实体现出人的尊严的未来,而非前面说到的那个充满黑暗、恐怖和非人性的未来。我憧憬着这一切,确信这个憧憬将得以实现。为了把这个憧憬和确信告诉北京的年轻人以及东京的年轻人,便把这尊老迈之躯运到北京来了。之所以这么做,是因为已然七十一岁的日本小说家,要把自己现在仍然坚信鲁迅那些话语的心情传达给你们。①

---

① 大江健三郎著,许金龙译《走的人多了,也便成了路!》,引自《大江健三郎文学研究》,百花文艺出版社,二〇〇八年七月,第 21—22 页。

对于这段话语中出现的通往"充满黑暗、恐怖和非人性的未来"之可能性,大江无疑是悲观的,却决不是绝望的,更是在鼓励中国和日本的孩子们"必须在当下的现在创造出明亮、生动、确实体现出人的尊严的未来",坚定不移地憧憬着孩子们通过自己的努力,将免于陷入"充满黑暗、恐怖和非人性的未来",并且借助鲁迅的话语引导孩子们"希望是本无所谓有,无所谓无的。这正如地上的路;其实地上本没有路,走的人多了,也便成了路"。由此可见,大江既是果敢前行的悲观主义者,更是勇敢战斗的、由民本主义升华的人文主义者。

四(上)、源自鲁迅的"始自于绝望的希望"

1.初识鲁迅

在论及大江文学中的世界文学影响时,学界一直关注来自拉伯雷及其鸿篇巨制《巨人传》、但丁及其不朽长诗《神曲》(全三卷)、布莱克及其神秘长诗《四天神》和《弥尔顿》、萨特及其存在主义代表作《自由之路》、巴赫金及其狂欢化和大众笑文化系统之论著、艾略特及其长诗《荒原》和《四个四重奏》、奥登及其短诗《美术馆》、本雅明及其论著《论历史哲学纲要》等作家、诗人和学者以及他们的作品之影响,却很少有人注意到鲁迅和他的文艺思想在大江文学生涯中的存在和重要意义。其实,早在少年时期、学生时代乃至成为著名作家之后,大江都一直在阅读着鲁迅,解读着鲁迅,以鲁迅的文学之光逆行于精神困境和现实阴霾中。

正如大江在晚年间(二〇〇九年一月十七日)对铁凝和莫言追忆其所传家学时所言:"我的妈妈早年间是热衷于中国文学的文学少女……"①大江的母亲,彼时的日本女青年小石非常熟悉并热爱中

---

① 大江健三郎、莫言、铁凝著,许金龙译《中日作家鼎谈》,《当代作家评论》,二〇〇九年第五期,第52页。

国现代文学。在一九三四年的春日里,小石偕同对中国古代文化颇有造诣的丈夫大江好太郎由上海北上,前往北京大学聆听了胡适用英语发表的演讲。在北京小住期间,这对夫妇投宿于王府井一家小旅店,大江的父亲大江好太郎与老板娘的丈夫聊起了自己甚为喜爱的《孔乙己》,由此得知了茴香豆的"茴"字竟然有四种写法。在人生的最后一天,大江好太郎将这四种写法连同对"中国大作家鲁迅"的敬仰之情,一同播散在自己的三儿子大江健三郎稚嫩和好奇的内心底里,使其随着岁月的流逝在爱子的内心不断萌发和成长。

二〇〇八年二月二十一日下午,仍然是在位于小田急沿线的成城别墅区的大江宅邸,大江对来访的老友莫言讲述家世时曾如此提及自己邂逅鲁迅的缘起:

……那是一九四四年十一月的一个冬日,是父亲在世的最后一天,恰逢一个传统节气,当时自己家里的经济条件还算不错,不少孩子依循旧俗到家里来讨点儿小钱,父亲坐在火盆旁喝酒,把零钱放在手边,邻居的孩子用草绳裹着的棒子在屋里叭叭地跳上一圈以示驱鬼,父亲就给几个小钱以作酬谢。冬日里天气很冷,自己陪坐在父亲身边,没人来的时候就陪父亲聊天。父亲便说起中国有个叫作鲁迅的大作家非常了不起。自己由此知道,父母曾于整整十年前的一九三四年经由上海去了北京,住在东安市场附近,小旅店老板娘的丈夫与父亲闲聊时得知眼前这位日本人喜欢阅读鲁迅作品,还曾读过《孔乙己》,便告知作品里的茴香豆的茴字有四种写法,并把这四种写法教给了父亲。父亲在世的这最后一天很长一段时间里,自己一直在倾听父亲讲述鲁迅及其小说《孔乙己》。父亲介绍了鲁迅这位"中国大作家"及其小说《孔乙己》之后,也说起了"茴香豆"的"茴"字的四种写法,边说边随手用火钩在火盆的余烬上——写下四个不同的"茴"字,使得第一次听说鲁迅和《孔乙己》的自己兴奋不已,"觉得鲁迅这个大作家了不起,《孔乙己》这部小说了不起,知道这一切以及茴香豆的茴字有四种写法的父亲也很了不起,遗憾的是自己现在只记得其中三种写法,却无论如何也记不得那第四种写法了。"母亲后来告诉自己,父亲当晚回房睡觉时,说是以前认为老大老二有出息,现在想来是看错了,以后健三郎肯定会有大出息,自己讲到鲁迅的时候,健三郎眼睛都是直的,都放出光来,这孩子对学问抱有强烈的欲望,其他几个孩子却没这种感觉,这孩子将来不会是普通人……

从以上这些文字可以看出,一九三五年一月三十一日出生的健三郎是在将近十岁时第一次听说鲁迅及其作品的,当时的情景连同对父亲的追忆一同深深地印在自己的记忆里,为其后阅读和理解鲁迅创造了条件。根据大江的口述,当年在上海小住期间,大江好太郎和小石夫妇购买了由鲁迅等人于一九三四年九月十六日刊发的《译文》杂志创刊号,那是一本专门翻译介绍和评论外国优秀文学作品的杂志,由鲁迅本人和茅盾等优秀翻译家承担翻译任务。在后来的漫长岁月里,那本杂志就成了母亲爱不释手的书刊之一。再后来,这本创刊号就成了其爱子大江健三郎的珍藏。

大江夫妇还在上海一家旧货铺各为自己选购了一只红皮箱。一大一小这两只红皮箱陪伴他们走完了其后的生涯,最终进入他们的爱子大江健三郎晚年创作的长篇小说《水死》,成为该小说具有隐喻意味的重要道具。

在中国旅行期间,这对夫妇正孕育着一个小小的生命,那就是在他们回到日本后不久便呱呱坠地的大江健三郎。诞下健三郎之后,母亲小石"一直没能从产后的疲弱中恢复过来",于这一年的年底前往东京的医院住院治疗,其间收到正在东京读大学的同村好友赠送的、同年一月出版的《鲁迅选集》(岩波文库版,佐藤春夫、增田涉译)。七十多年后,大江面对北大附中初一年级和高一年级近千名新生回忆儿时情景时曾这样说道:"母亲是一个没什么学问的人,可是她的一个从孩童时代起就很要好的朋友却前往东京的学校里学习,母亲以此作为自己的骄傲。此人还是女大学生那阵子,对刚刚被介绍到日本来的中国文学比较关注,并对母亲说起这些情况。我出生那一年的年底,母亲一直没能从产后的疲弱中恢复过来,那位朋友便将刚刚出版的岩波文库本赠送给她,母亲好像尤其喜欢其中的《故乡》。"①十二年后的春天,当健三郎由小学升入初中之际,作为贺礼,从母亲那里得到在战争期间被作为"敌国文学"而深藏于箱底的这部《鲁迅选集》,由此开始了对鲁迅文学从不曾间断的、伴随自己其后全部生涯的阅读和再阅读,并将这种阅读感悟内化为自己的价值取向,不断显现于从处女作《奇妙的工作》(1957)直至最后一部长篇小说《晚年样式集》(2013)等诸多作品之中。

2."我从十二岁开始阅读鲁迅作品"

一般读者阅读大江文学,初时可能会感到大江的小说天马行空、时空交错,从而很难将其统合起来。如果坚持读下去,最好多读几本大江小说,就会发现这其中有一个似曾相识的共性,那就是作者始终立足于边缘,不懈地对权力和中心提出质疑甚或挑战,为处于边缘的民众大声呐喊。换句话说,特别是对于熟悉中国现代文学的读者而言,在阅读大江小说或是解读大江文本之际,经常会隐约感觉到鲁迅的在场。二〇〇六年八月里的一天,笔者陪同中国社科院外文所所长陈众议教授前往位于东京郊外的大江宅邸,协调其将于翌月访华的日程安排。处理完工作后,出于研究者的职业习惯,笔者便对大江提出了自己的困惑:在您的小说文本中总能隐约感觉到鲁迅的在场,最初阅读鲁迅作品时您大概多大岁数?您阅读的第一批鲁迅作品都

---

① 大江健三郎著,许金龙译《走的人多了,也便成了路!》,引自《大江健三郎文学研究》,百花文艺出版社,二〇〇八年七月,第14页。

有哪些？哪些作品让您欢悦？哪些作品让您难受？哪些作品让您长久铭记？您是从哪里得到那些鲁迅作品的？……

大江坐在专属于他的单人沙发上，照例安静地低着头在笔记本上记录下所有问题，然后抬起头来回答说：自己从不曾想过这个问题，也从不曾有人提过这个问题，在记录的过程中，自己已经在回忆并且思考这些问题了。现在有的问题可以回答，有的问题则因为年代久远，记忆已经模糊不清，需要进一步调查过后，待去北京访问期间再一并作答。现在可以回答的问题如下：自己确实读过鲁迅作品，而且早在少年时代就开始阅读，至于具体是几岁开始阅读鲁迅作品，还需要进一步回忆。第一批阅读的鲁迅作品有《孔乙己》《故乡》《药》《社戏》《狂人日记》……

为了更好地梳理当时情景，这里需要用对谈的形式还原这次谈话的经过和大致内容：①

许金龙：我知道您在儿时就从母亲那里接受了鲁迅、郁达夫等中国作家的影响，这从您的一些作品和谈话里可以感觉出来。我还注意到您在一九五五年写了一首题为《杀狗之歌》的自由体诗，也就是被您称为"像诗一样的东西"的习作，这首自由体短诗只有几行，全文是这样的：

为了杀掉足以咬死你的大狗
你首先要摸弄自己的睾丸
再让你想杀死的狗嗅那手掌
在狗上当之际，乘机打杀
* 发出含着大希望的恐怖的悲声
狗（A）

---

① 大江健三郎与许金龙对谈：《大江健三郎将访中国，深受鲁迅及毛泽东影响》，《环球时报》，二〇〇六年九月一日。

抑或你(B)

死去

或者你们结婚(C)

*……鲁迅《野草》①

您在这里引用了《呐喊》中《白光》的这样一句话:发出"含着大希望的恐怖的悲声"。从您的这处引用可以看出,您在很年轻(或者很小)的时候就接触了鲁迅文学,我想知道的是,您最初阅读鲁迅作品是在什么时候?您又是在哪里接触到这些作品的?

大　江:现在回想起来,应该是在很小的时候开始阅读的。一下子说不清当时的具体年龄了,大概是在十二岁左右吧。《孔乙己》中有一段文字给我留下了非常深刻的印象,就是"我从十二岁起,便在镇口的咸亨酒店里当伙计"。这里所说的镇子,就是经常出现在鲁迅小说中的鲁镇。记得读到这段文字时,我就在想:"啊,我们村子里成立了新制中学,真是太好了！否则,刚满十二岁的自己就去不了学校,而要去某一处的酒店当小伙计了。"②这一年是一九四七年,读的那本书是由佐藤春夫、增田涉翻译的《鲁迅选集》。当时读得并不是很懂,就这么半读半猜地读了下来。是的,我是从十二岁开始阅读鲁迅作品的。

关于这本书的来历还有一个故事。我是一九三五年一月出生的,母亲生下我以后,她的身体一直到年底都难以恢复。母亲当时有一个儿时的朋友在东京读大学,这个喜欢中国文学的朋友便送了母亲一本书,就是刚刚被介绍到日本来的鲁迅的作品,记得是岩波文库本。母亲好像尤其喜欢其中的《故乡》。两年后,也就是一九三七年,这一年的七月发生了卢沟桥事件,十二月发生了日本军队进行大屠杀的南京事件,于是即

---

① 诗文中米花注为大江本人所注。或是出于笔误等原因,作者将典出于《白光》的"含着大希望的恐怖的悲声",误认为典出于《野草》。

② 大江健三郎小学毕业前,因家中贫困,母亲无力将其送到镇上的中学里继续读书,便在邻近的镇子找了一家店铺,打算等大江小学毕业后就送其去做不领工资的实习小伙计。

便在我们那个小村子,好像也不再能谈论中国文学的话题了。母亲就把那册岩波文库本《鲁迅选集》藏在了小箱子里,直到战争结束后,我作为第一届根据民主主义原则建立的新制中学的学生入学时,母亲才从箱子里取出来作为贺礼送给我。

许金龙:您当时阅读了哪些作品?还记得阅读那些作品时的感受吗?

大　江:有《孔乙己》《药》《狂人日记》《一件小事》《头发的故事》《故乡》《阿Q正传》《白光》《鸭的喜剧》和《社戏》等作品。其中,《孔乙己》中那个知识分子给我留下了非常深刻的印象,孔乙己这个名字也是我最初记住的中国人名字之一。要说印象最为深刻的作品,应该是《药》。在那之前,我叔叔曾从我父亲这里拿了一点儿本钱,在中国的东北做过小生意,把中国的小件商品贩到日本来,再把日本的小件商品贩到中国去。有一次他来到我们家,灌装了一些中国样式的香肠,悬挂在房梁上,还为我们做了中国样式的馒头,饭后还剩下几个馒头就放在厨房里。晚饭过后就问起我正在读的书,听说我正在阅读鲁迅先生的《药》后,他就吓唬我说:你刚才吃下去的就是馒头,作品里那个沾了血的馒头和厨房里那几个馒头一模一样。听了这话后,我的心猛然抽紧了,感到阵阵绞痛(用双手用力做拧毛巾状)。这是我有生以来第一次感受到这种内心的绞痛,不停地呕吐着,把晚饭时吃下去的东西全给吐了出来。

当时我很喜欢《孔乙己》,这是因为我认为咸亨酒店那个小伙计和我的个性有很多相似之处。《社戏》中的风俗和那几个少年也很让我着迷,几个孩子看完社戏回来的途中肚子饿了,便停船上岸偷摘蚕豆用河水煮熟后吃了。这里的情节充满童趣,当时我也处在这个年龄段,就很自然地喜欢上这其中的描述。当然,《白光》中的那个老读书人的命运也让我难以淡忘……

许金龙:鲁迅在日本留学期间,曾接触尼采、克尔凯郭尔、叔本华以及易普生等所谓"神思宗之至新者"的思想,尤其通过尼采和克尔凯郭尔这两位存在主义先驱,鲁迅发现了尼采提出的"近世文明之伪与偏",以及克尔凯郭尔主张的"发挥个性,为至高之道德",其后就在这种影响下写出了《野草》等作品。当然,法国的现代存在主义与这种思想也是相通的。我想了解的是,您在阅读和接受鲁迅影响的同时,是否把其中与存在主义相通的某些要素也一并吸收了过来,然后在大学里自然也是必然地选择了萨特和存在主义?

大　江:我不知道鲁迅先生在日本留学期间曾接触克尔凯郭尔等人的思想。你刚才说到我在阅读鲁迅作品的同时,把其中与存在主义相通的某些要素也一同吸收过来,并在此基础上选择了萨特和存在主义,关于这种说法,我从不曾听人说起过,当然,我本人也从未做过这样的联想。但是,这是一个很有意思的提法。现在细想起来,鲁迅确实和克尔凯郭尔并肩站在黑暗的、深不见底的绝望之海上寻找着希望……

许金龙:您可能没有注意到,其实在鲁迅和克尔凯郭尔这两位先驱者的身后,还有一位戴着用黑色玳瑁镜框制成的圆形眼镜的日本老人,正与这两位先驱者一同站在黑暗的、深不见底的绝望之海上寻找着希望……

大　江:(大笑)……

许金龙:说到绝望与希望这一话题,我想起了您于去年十月出版的《别了,我的书!》。这是《被偷换的孩子》三部曲中的第三部长篇小说。在这部小说的红色封腰上,我注意到您用白色醒目标示出的"始自于绝望的希望"这几个大字。如果我没有说错的话,这是您对鲁迅的"绝望之为虚妄,正与希望相同"在当下所做的最新解读。当然,在您对这句话的解读中,希望的成分显然更多一些,更愿意在绝望中主动而积极地寻找希望。

大　江:(大笑)是的,这句话确实源自鲁迅先生的"绝望之为虚妄,正与希望相同",不过,在解读的同时,我融进了自己的一些看法。我非常喜欢《故乡》结尾处的那句话——"希望是本无所谓有,无所谓无的。这正如地上的路;其实地上本没有路,走的人多了,也便成了路"。我的希望,就是未来,就是新人,也就是孩子们。这次访问中国,我将在北京大学附属中学发表演讲,还要与孩子们一起座谈。此前我曾在世界各地做过无数演讲,可在北京面对孩子们将要做的这场演讲,会是这无数演讲中最重要的一场演讲。

许金龙:从一九五五年到二〇〇五年,这期间经历了整整五十年,跨越了您的整个创作生涯。从您在一九五五年那个习作中所做的引用,到二〇〇五年《别了,我的书!》腰封上所标示的"始自于绝望的希望",是否可以认为,您对鲁迅的阅读和吸收贯穿于您这五十年间的创作生涯?另外,您目前还在阅读鲁迅吗?还是儿时那个版本吗?

大 江:我对鲁迅的阅读从不曾间断,这种阅读确实贯穿了我的创作生涯。不过,儿时阅读的那个版本因各种原因早已不在了,现在读的是筑摩书房的《鲁迅文集》,是竹内好翻译的。(说完,急急前往书房抱回一大摞白色封套的鲁迅译本,将其放在客厅书架上让我们观看)……①

由此可见,从少年时代因战后义务教育法的实施感到庆幸而与《孔乙己》中的"小伙计"产生共情,到青年时期面对日本社会复杂现实的绝望而借助《白光》发出了诗学的"悲声",鲁迅文学对于大江的整个创作生涯而言,已然语境化于大江所处的社会现实,且内化到了其"暗境逆行"的文学基调中。

3.大江文学起始点上的鲁迅

前面引文中的《杀狗之歌》里的米花注是大江本人打上去的,其实,这段话源出于《鲁迅全集》第一卷《呐喊》中的《白光》一文,说的是一个屡试不中的老读书人在迷幻中奔着城外的白光而去,"游丝

---

① 许金龙著《大江健三郎与中国》,《传记文学》,二〇二〇年第八期,第47—49页。

似的在西关门前的黎明中,战战兢兢地叫喊"出的无奈、绝望却又"含着大希望的恐怖的悲声"①。这就直观地说明,鲁迅的影响历史性地出现在了大江文学的起始点上,始自于少年时期对鲁迅的阅读和理解,使得大江此后在东京大学就读期间,不自觉地接受了鲁迅文学中包括与存在主义同质的一些因素,从而在其接触萨特学说之后,几乎立即便自然(很可能也是必然)地接受了来自存在主义的影响。当然,在谈到这种融汇时,必须注意到一个不可忽视的重要因素——鲁迅在绝望中寻找希望的有关探索与萨特的自由选择,其实都与人道主义传统有着密不可分的内在联系,因为这两者共有一个源头——丹麦宗教哲学家、存在主义哲学创始人索伦·克尔凯郭尔及其学说:人是哲学研究的对象,不单单是客观存在,要从个人的"存在"出发,把个人的存在和客观存在联系起来。

　　用短诗所引"含着大希望的恐怖的悲声"来表现大江当时的心境是比较贴切的。这首《杀狗之歌》的创作背景是这样的:在二次世界大战的最后阶段,少年大江所在村庄的所有狗都被集中在山谷中的洼地上屠宰,用剥下的狗皮制成皮衣和皮帽,用以装备侵占中国东北的关东军,使其得以度过当地的严寒。待杀的狗中就有大江家那条狗,大江带着弟弟眼看着整日跟随自己的爱犬被无情打杀却无力解救,只是下意识地把手指放在口里咬着,一直咬出了鲜血还浑然不觉。最让少年大江气愤的是,那个杀狗人面对狂吠不止的狗并不正面打杀,而是先把手伸到裤子里摸弄一下睾丸,再将那手掌伸到将要打杀的那只狗的鼻子前,于是狗立即安静下来,只是一味地嗅着那手掌上的睾丸气味。此时,杀狗人便乘机抡起藏在身后的木棒砸向狗

---

① 鲁迅著《白光》,《鲁迅全集》第一卷,《呐喊》,人民文学出版社,二〇一九年十二月,第575页。

的脑袋,一只又一只的狗就这样倒在了血泊之中:

> 我最初受到的负面冲击,就发生在战争临近结束的时候。有一天,一个杀狗的人来到我们村,把狗集中起来带到河对岸的空场去,我的狗也被带走了。那个人从早到晚一整天都在打狗杀狗,剥下皮再晒干,然后拿那些狗皮到满洲去卖,也就是现在的中国东北。当时,那里正在打仗,这些狗皮其实是为侵略那里的日本军人做外套用的,所以才要杀狗。那件事给我童年的心灵留下了巨大的创伤。①

引发大江这段儿时记忆的,据说是大江从朋友石井晴一处听说,东大附属医院里用于试验的百来条狗每到傍晚时分便一起狂吠。也是在这一时期,日本政府为扩建军事基地而强征东京郊外的砂川町农田,并动用警察镇压当地农民的反抗。于是,大批学生和工会人员为声援农民而前往示威,这其中也包括血气方刚的大江和他的同学们。在谈到那时的情景时,大江曾在一篇文章中写道:我出生在日本,这是一件多么不幸的事啊!这种阴郁的声音在我的身体内部开始发出任性而微小的余音。当时我刚刚进入大学,并参加了示威活动。显然,儿时的痛苦记忆与现实生活中的无奈和徒劳感,使得大江对医院里那些等待被宰杀的狗产生了某种程度的共情,觉得自己和同学们乃至日本的青年人何尝不是围墙中等待被宰杀的狗?!四十五年后的二〇〇〇年九月,面对中国社会科学院的数百名学者,已是诺贝尔文学奖获得者的大江健三郎这样回忆当时的情形:

> 在那段学习以萨特为中心的法国文学并开始创作小说的大学生活里,对我来说,鲁迅是一个巨大的存在。通过将鲁迅与萨特进行对比,我对于世界文学中的亚洲文学充满了信心。于是,鲁迅成了我的一种高明

---

① 大江健三郎与莫言对谈,庄焰译《二十一世纪的对话——大江健三郎 VS 莫言》,引自《我在暧昧的日本》,南海出版公司,二〇〇五年十一月,第22页。

而巧妙的手段,借助这个手段,包括我本人在内的日本文学者得以相对化并被作为批评的对象。将鲁迅视为批评标准的做法,现在依然存在于我的生活之中。①

如果说,萨特让这位学习法国文学专业的大学生感同身受地体验到了墙壁、禁闭、徒劳和恶心的话,那么,作为其参照系的鲁迅则让大江在发出"恐怖的悲声"的同时,还让他"含着大希望"。那么,这是一种什么样的希望呢?我们不妨来看看鲁迅在文本中的表述:

"假如一间铁屋子,是绝无窗户而万难破毁的,里面有许多熟睡的人们,不久都要闷死了,然而是从昏睡入死灭,并不感到就死的悲哀。现在你大嚷起来,惊起了较为清醒的几个人,使这不幸的少数者来受无可挽救的临终的苦楚,你倒以为对得起他们么?"

"然而几个人既然起来,你不能说决没有毁坏这铁屋的希望。"

是的,我虽然自有我的确信,然而说到希望,却是不能抹杀的,因为希望是在于将来……②

尽管由于认识上的局限,大江当时发出的这种"含着大希望的恐怖的悲声"还很微弱、无力和被动,却历史性地使得鲁迅与萨特作为东西方文学的一对坐标同时进入大江文学的起始点,并由此贯穿了这位作家的整个创作生涯,在不同创作时期发挥着不同程度的影响,最终在其长篇小说六部曲里达到高潮。

写下这首《杀狗之歌》半个多世纪后的二〇〇九年十月,大江在台北的"大江健三郎文学学术研讨会"上做小组点评时,如此回忆了自己从青年至老年的不同时期对"含着大希望的恐怖的悲声"这段

---

① 大江健三郎著,许金龙译《北京讲演二〇〇〇》,《中华读书报》,二〇〇〇年十月十八日。
② 鲁迅著《呐喊自序》,《鲁迅全集》第一卷,《呐喊》,人民文学出版社,二〇一九年十二月,第440页。

话语的不同解读：

　　……许金龙先生的论文非常深刻而且正确地表述了我少年时期是如何接触鲁迅的，这令我感到非常怀念。同时，也使我重又回忆自己、审视自己一直都在阅读的鲁迅文学。其实，在很长一段时间内，我并没有真正读懂自己持续阅读的鲁迅文学。……后来才发现，实际上自己在年轻时并没有读懂鲁迅。在《呐喊》这部作品中，鲁迅表示要在绝望中寻找希望，发出"含着大希望的恐怖的悲声"。我认为这是鲁迅思想中最难以理解的部分。绝望中蕴含着希望，这一点我非常理解。但是，所谓"恐怖的悲声"却是在我十几岁到三十五岁这段时期所无法理解的。此后，患有智力障碍的孩子出生了。三十岁、四十岁、五十岁的时候，我在自己的人生道路上、在绝望中寻找着希望并发出了"恐怖的悲声"。六十岁以后，直到现在七十多岁，我才得以理解，在恐怖的绝望的呐喊中蕴含着巨大的希望。这是非常重要的。年轻时，我就在鲁迅作品中读到发出"含着大希望的恐怖的悲声"。随着年龄的增长，而后我发现，这两件事其实是一样的。十五六岁的时候，我非常真实地发出了"含着大希望的恐怖的悲声"，却并不是抱有很大的希望。到了现在这个年纪才发现，其实这种悲声本身就蕴含着巨大的希望。刚才，许先生在论文中对我作品的评价是：《优美的安娜贝尔·李　寒彻颤栗早逝去》表达了最深沉的恐惧，却也表现出了最大的希望。其实，这也是我正在思考的问题。①

　　尽管年少时初识"含着大希望的恐怖的悲声"却难解其中奥义，基于儿时痛苦记忆且糅合鲁迅深奥话语的《杀狗之歌》毕竟写了出来，为其后改写为剧本《野兽们的叫声》做了前期准备。一九五六年九月，由《杀狗之歌》改编而成的这个独幕话剧《野兽们的叫声》获东京大学学生戏剧剧本奖。一九五七年五月，也就是写下《杀狗之歌》

---

① 大江健三郎著，许金龙试译，根据"大江健三郎文学学术研讨会"台北会议录音整理而成的资料。

两年后,剧本《野兽们的叫声》再次被大江改写为短篇小说《奇妙的工作》,投稿于校报《东京大学新闻》并获该年度的五月祭奖,其后被推荐为芥川文学奖候补作品。这部短篇小说一经发表,便连同其作者大江健三郎一同引起广泛关注,多年后,大江这样回忆当时的情景:《奇妙的工作》在校报上发表是一个契机,文艺报刊因此而向我约稿,我就这样开始了自己的创作生涯。

在鲁迅和萨特这对东西方存在主义作家的共同影响下,在传授人文主义精神的导师渡边一夫教授的引导下,二十二岁的大江健三郎于一九五七年正式登上文坛,"作为渡边的人文主义的弟子,我希望通过自己身为小说家的工作,使那些用语言进行表达的人及其接受者,从个人的以及时代的痛苦中得以平复,并医治他们各自心灵上的创伤"。

4. "鲁迅先生说,决不绝望!"

写下这篇"处女作"五十二年后的二〇〇九年一月,大江面对北京大学数百名学生回忆创作这部小说的背景时表示:

> 作为一名二十二岁的东京的学生,我却已经开始写小说了。我在东京大学的报纸上发表了一篇短篇小说,叫作《奇妙的工作》。
>
> 在这篇小说里,我把自己描写成一个生活在痛苦中的年轻人——从外地来到东京,学习法语,将来却没有一点希望能找到一个固定的工作。而且,我一直都在看母亲教我的小说家鲁迅的短篇小说,所以,在鲁迅作品的直接影响下,我虚构了这个青年的内心世界。有一个男子,一直努力地做学问,想要通过国家考试谋个好职位,结果一再落榜,绝望之余,把最后的希望都寄托在挖掘宝藏上。晚上一直不停地挖着屋子里地面上发光的地方。最后,出城到了城外,想要到山坡上去挖那块发光的地方。听到这里,想必很多人都知道我所讲的这个故事了,那就是鲁迅短篇集《呐喊》里《白光》中的一段。他想要走到城外去,但已是深夜,城

门紧锁,男子为了叫人来开门,就用"含着大希望的恐怖的悲声"在那里叫喊。我在自己的小说中构思的这个青年,他的内心里也像是要立刻发出"含着大希望的恐怖的悲声"。我觉得写小说的自己就是那样的一个青年。如今,再次重读那个短篇小说,我觉得我描写的那个青年就是在战争结束还不到十三年,战后的日本社会没有什么明确的希望的时候,想要对自己的未来抱有希望的这么一个形象。①

一个农村出身的青年,从偏远山村来到东京学习法语,却难以在这个大都市里找到一份固定工作,便将自己毕业即失业的黯淡前景投射于《白光》中屡试不中的读书人陈士成,用自己的作品发出"含着大希望的恐怖的悲声",直至整整五十年后的二〇〇九年才发现,其实"在恐怖的绝望的呐喊中蕴含着巨大的希望",在这个"巨大的希望"支撑下,大江逐渐走入了鲁迅思想的深邃之处。这篇小说的发表给初出茅庐的大江带来了喜悦和希望——"我觉得自己已经成了一个真正的小说家,并决心今后要靠写小说为生。在此之前,我还要靠打工、作家教以维持在东京的生活"②。然而,当自己兴冲冲地赶回四国那座大森林中,"把登有这篇小说的报纸拿给母亲看"时,却使得母亲万分失望:

> 你说要去东京上大学的时候,我叫你好好读读鲁迅老师《故乡》里最后那段话。你还把它抄在笔记本上了。我隐约觉得你要走文学的道路,再也不会回到这座森林里来了。但我还是希望你能成为像鲁迅老师那样的小说家,能写出像《故乡》结尾那样美丽的文章来。你这算是怎么回事?怎么连一片希望的碎片都没有?③

---

① 大江健三郎著,翁家慧译《真正的小说是写给我们的亲密的信》,《文汇报》,二〇〇九年一月二十二日。
② 同上。
③ 同上。

接着,这位母亲情真意切地谆谆教诲自己的儿子:

> 我没上过东京的大学,也没什么学问,只是一个住在森林里的老太婆。但是,鲁迅老师的小说,我都会全部反复地去读。你也不给我写信,现在我也没有朋友。所以,鲁迅老师的小说,就像是最重要的朋友从远方写来的信,每天晚上我都反复地读。你要是看了《野草》,就知道里头有篇小说叫《希望》吧。①

当天晚间,无颜继续留在母亲身边的大江带着母亲交给自己的、收录了《希望》的一本书,搭乘开往东京的夜班列车,借着微弱的脚灯开始阅读《野草》,就像母亲所要求的那样,当作"最重要的朋友从远方写来的信"阅读起来,在感叹"《野草》中的文章真是精彩极了"②的同时,刚刚萌发的自信却化为了齑粉……

当然,来自母亲的影响只能是大江接受鲁迅的契机和基础。对于一个着迷于萨特的法国文学专业的学生来说,鲁迅在《野草》等作品中显现出来的早期存在主义思想,那种"我只觉得'黑暗与虚无'乃是'实有',却偏要向这些作绝望的抗战"③的思想,恐怕也是吸引大江的一个重要原因。尤其是《过客》里极具哲理的文字,竟与大江心目中其时的日本社会景象惊人一致,而鲁迅思想体系中源自尼采和克尔凯郭尔这两位存在主义前驱者的阴郁、悲凉的因素,与萨特的存在主义中有关他人是地狱等思想亦比较相近,这就使得大江必然地将鲁迅和萨特作为一对参照系,并进而"对于世界文学中的亚洲文学充满了信心"④。当

---

① 大江健三郎著,翁家慧译《真正的小说是写给我们的亲密的信》,《文汇报》,二〇〇九年一月二十二日。
② 同上。
③ 鲁迅著《致许广平》,《鲁迅全集》第十一卷,人民文学出版社,二〇一九年十二月,第467页。
④ 大江健三郎著,许金龙译《北京讲演二〇〇〇》,《中华读书报》,二〇〇〇年十月十八日。

然，对于大江来说，鲁迅无疑是早于萨特的先在。只是囿于认识的局限，学生时代的大江对鲁迅面向"黑暗和虚无"而展开的"绝望的抗战"等思想理解得并不很透彻，这就使得《奇妙的工作》和《死者的奢华》等早期作品中多见禁闭、徒劳、无奈、恶心、孤独等元素，即便在《人羊》等同期作品中有少许反抗，这种反抗也显得被动、消极和软弱无力。当然，这种状况终究还是开始了变化——《掀芽打仔》原稿中的小主人公"我"最终死于村民的残酷追杀之下，这个结局却让大江想起了母亲的批评——"怎么连一片希望的碎片都没有？"于是将这个结尾改为开放性结局，让"我"在森林里暂时逃脱村民们的追杀，在山林中跌跌撞撞地向着不知方向的前方继续跑去。这处改写，在给这篇小说留下绝望中的希望之际，也为大江此后的创作奠定了方向。一如晚年间的大江在参观鲁迅博物馆后回忆当年情形时所言：

>　　……在我的老年生活还要继续的这段时间里，我想我还是会和鲁迅的文章在一起。从鲁迅博物馆回来的路上，我再次认识到了这一点。至少我现在能够理解，为什么母亲会对年轻的我所使用便宜的、廉价的"绝望""恐惧"等词语表现出失望，却没有简单地给我指出希望的线索，反倒让我去读《野草》里的《希望》。隔着五十年的光阴，我终于明白了母亲的苦心。
>
>　　……我想起了鲁迅先生说的"绝望之为虚妄，正与希望相同"。身患重病，又面临异常绝望的时代现状，鲁迅先生还是说，决不绝望！而且，也决不用简单的、廉价的希望去蒙蔽自己或他人的眼睛。因为那才是虚妄。①

由此可见，尽管面对着存在主义这一源于西欧哲学的精神命题，

---

① 大江健三郎著，翁家慧译《真正的小说是写给我们的亲密的信》，《文汇报》，二〇〇九年一月二十二日。

大江仍然一直站在东亚世界的宏阔视野和历史特殊性中,思考着自己与鲁迅文学的关联。鲁迅的存在主义倾向及其牵连的世界文学/哲学脉络,也与大江对法国存在主义传统的反思存在着更为深层的纠葛。从鲁迅与大江的存在主义纽带来看,二者的文学亦可被视作西方存在主义思潮在东亚不同时期、不同政治社会语境下的文学诠释。或许鲁迅深感自己的绝望呐喊终将消声于中国后帝国时代的精神"绝地",而与之相比,感受着鲁迅对于希望性力量的投注,大江选择占据偏远的故乡村庄这片日本帝制伦理斜阳之外的"飞地",来以它的新生神话和反抗史诗刺破绝望,并以积极前行的伦理(affirmative ethics)践行着从"绝地"到"飞地"的穿越,力图重构希望的轮廓。

四(下)、发自于边缘的呐喊

1."救救孩子"与"向尚未出生的孩子们敞开心扉"

在其后的写作中,大江对于绝望和希望的思考通过另一种形式体现出来——在长篇小说《同时代的游戏》等小说里,对权力中心改写乃至遮蔽边缘地区弱势群体的历史之做法进行无情的嘲讽,借助森林中口耳相传的神话/传说和历史复制乃至放大遭到政府遮蔽的山村森林里的历史,把那座神话/传说的王国进一步拓展为森林中的根据地/乌托邦——超越时空的"村庄=国家=小宇宙",运用人类文化学意义上的边缘与中心的概念,使其"得以植根于我所置身的边缘的日本乃至更为边缘的土地,同时开拓出一条到达和表现普遍性的道路"①。

---

① 大江健三郎著,许金龙译《我在暧昧的日本》,引自《我在暧昧的日本》,南海出版公司,二〇〇五年十一月,第96页。

发表于一九七九年的《同时代的游戏》中的"五十日战争"期间，村庄＝国家＝小宇宙的民众通过坚壁清野和麻雀战等多种战法与"无名大尉"指挥的"大日本帝国皇军"进行了殊死战斗，尽管这场力量极为悬殊的五十日战争最终以失败告终，很多村民为此牺牲了生命，作者却意味深长地在战争临近结束时，让"年龄不同的孩子们组成的这个队伍，年长的背着年小的，或者牵着他们的手，虽然都是孩子，却懂得不让敌军发觉，在那位大汉的带领之下，小心翼翼地朝原生林的更深处走去"①，以致在其后由日军"无名大尉"主持的极为严酷的军事审判中没有一个孩子遭到杀戮。在这里，作者意犹未尽地进一步指出："五十日战争结束之后，人们把带领村庄＝国家＝小宇宙二分之一的孩子进入森林深处的大汉，比作带领童男童女去创建新世界的徐福。"②显然，作者大江想要借此告诉他的读者，村庄＝国家＝小宇宙的人们尽管在五十日战争中失败并遭到日本军队的屠戮，但是他们的孩子们却逃离了"大日本帝国皇军"的屠刀，跟随徐福式的人物经由森林深处前往远方构建新的世界。或许，在大江的写作预期中，他的隐含读者将会为这些得到拯救的孩子未被黑暗势力所吞噬而感到庆幸，与此同时，他和他的隐含读者在这里或许还会产生一个带有倾向性的预期，那就是逃脱被吃掉之厄运、随同徐福式的人物前往远方"创建新世界"的孩子们，一定不会再去吃人，而"没有吃过人的孩子，或者还有？"③的美好心愿，则会在这个"新世界"里得以实现。

---

① 大江健三郎著，李正伦等译《同时代的游戏》，作家出版社，一九九六年四月，第 252 页。
② 同上。
③ 鲁迅著《呐喊》《狂人日记》，《鲁迅全集》第一卷，人民文学出版社，二〇〇五年十一月，第 454 页。

比上述尝试更为积极的,是大江在《奇怪的二人配》这三部曲中所做的进一步尝试——比如在《被偷换的孩子》里,借助沃雷·索因卡笔下的女族长之口喊出:"忘却死去的人们吧,连同活着的人们也一并忘却!只将你们的心扉,向尚未出生的孩子们敞开!"①这一小段话语会立刻让人联想到《狂人日记》的最后一句话语——"救救孩子……"②因为惟有孩子,尤其是尚未出生的孩子,才象征着新生,象征着未来,象征着纯洁,这新生、未来和纯洁中就可能会有希望,就可能会有光明,就可能不被人吃且去吃人。再譬如《愁容童子》里那位如愁容骑士般不知妥协也不愿妥协、接二连三遭受肉体和精神上不同程度的伤害的主人公古义人,最终仍在深度昏迷的病床上为如此伤害了他的这个世界祈祷和解与和平。不过,相较于约半个世纪前在《奇妙的工作》等初期作品群里对鲁迅作品的参考,在此时的解读中,大江更是在用辩证的方式理解和诠释绝望和希望,更愿意在当下的绝望中主动和积极地寻找通往未来之希望的通途,最终借助《优美的安娜贝尔·李　寒彻颤栗早逝去》到达了"群星在闪烁"和"光辉耀眼"的至善、至福的天国。

2."这是我人生中最重要的讲演"

为了把鲁迅的相关话语以及自己的解读直接传达给孩子们,近年来,大江在北京、东京、柏林等地与不同国别的孩子们频频进行面对面的对话,例如二〇〇六年九月十日,在北京大学附属中学结束自己的讲演时,他与中国的孩子们如此约定:

---

① 大江健三郎著,许金龙译《被偷换的孩子》,译林出版社,二〇〇八年十月,第237页。
② 鲁迅著《呐喊》《狂人日记》,《鲁迅全集》第一卷,人民文学出版社,二〇〇五年十一月,第455页。

七十年前去世的鲁迅显然是二十世纪最伟大的小说家之一。我和你们约定,回到东京以后,我会去做与今天相同的讲演。惟有北京的你们这些年轻人与东京的那些年轻人实现真正意义上的和解,并在此基础上展开友好合作之时,鲁迅的这些话语才能成为现实。请大家现在就来创造那个未来!

"我想:希望是本无所谓有,无所谓无的。这正如地上的路;其实地上本没有路,走的人多了,也便成了路。"①

在进入讲演会场前,对于这场期待已久的讲演,竟然使得大江陷入难以自抑的紧张情绪。随着讲演之日的临近,这种期待和紧张也越发明显。二〇〇六年九月十日清晨,在乘车前往北大附中前,大江在其下榻的国际饭店的餐厅用早餐时,其用餐量却远超平日——"夫人昨天晚间特意从东京挂来长途电话,嘱咐当天晚上要喝点儿葡萄酒以帮助入睡,今天早餐的饭量则要加倍,要鼓足气力做好今天的讲演,因为这场讲演特别重要,关乎中日两国的孩子们的未来!……"在前往北大附中的路途中,大江或是局促不安地不停搓手,或是身体左转、双手用力紧握上侧车门扶手。笔者与大江交往多年,多见其或爽朗、或开心、或沉思、或忧虑、或愤怒等表情,却从不曾目睹如此紧张局促的神态,便在一旁劝慰道:"您今天面对的听众是十三至十九岁的孩子,不必如此紧张。"大江却如此回答道:"我在这一生中做过无数场讲演,包括在诺贝尔文学奖获奖之际所做的讲演,却都没有紧张过。这次面对中国孩子们所做的讲演,是我人生中最重要的讲演,我无法控制住自己的紧张情绪……"

汽车驶入北大附中校园后,在校长康健教授的引领下,一行人向

---

① 大江健三郎著,许金龙译《走的人多了,也便成了路!》,引自《大江健三郎文学研究》,百花文艺出版社,二〇〇八年七月,第21—22页。

代 总 序

大会堂走去。这是一座刚刚落成的漂亮建筑群,划分为大会堂和教学楼等功能区。进入建筑群大门内的大厅后,康健引导大家正要往会堂入口处走去,此前因与康健寒暄已不显得紧张的大江此刻却再度紧张起来,他停下脚步窘迫地对陪同在身旁的笔者急切说道:"我还是觉得紧张,这种状态是无法面对孩子们发表讲演的,请与校长先生商量一下,可否帮我找一间空闲的房间,让我独自在那房间里待一会儿,冷静一会儿,我需要整理一下思绪……"康健听完转述后为难地表示,师生们此刻都在大会堂里等待聆听讲演,临近的教室和办公室全都锁了起来,只有学生们使用的卫生间没锁门。得知这一情况后,大江似乎松了口气,疾步走入男生使用的卫生间,虽说空无一人的卫生间里还算清洁,只是那气味确实比较刺鼻,未及人们上前劝说,便示意大家离开这里,以便让他独自待上一会儿,冷静一会儿……不记得是三分钟还是五分钟抑或更长时间,只听见门轴声响,大江快步走出门来,精神抖擞地说道:"我做好准备了,现在我们进入会场吧!"话音未落,便领先向入口处大步走去,在学生们热烈的掌声中登上讲台,丝毫不见先前的紧张、局促和不安。在介绍了自己从少儿时期以来学习鲁迅文学的体会之后,这位老作家直率地告诉学生们:

> 现在,日本与中国的关系并不好。我认为,这是由日本政治家的责任所导致的。我在想,在目前这种状态下,对于日本和中国这两国年轻人之间的未来而言,真正意义上的和解以及建立在该基础之上的合作,当然还有因此而构建出的美好前景,无论怎么说都是非常必要的。①

随后,这位老作家要求在座的中学生们与他共同背诵《故乡》最

---

① 大江健三郎著,许金龙译《走的人多了,也便成了路!》,引自《大江健三郎文学研究》,百花文艺出版社,二〇〇八年七月,第17页。

后一段话语以结束这次讲演。于是,近千名中学生稚嫩嗓音的汉语与老作家苍老语音的日语交汇成一个富有节奏感的巨大声响在会堂里久久回响——"我想:希望是本无所谓有,无所谓无的。这正如地上的路;其实地上本没有路,走的人多了,也便成了路"。大江这是希望中国的孩子们和日本的孩子们乃至亚洲各国的孩子们,都能在鲁迅这段话语的引导下,"在当下的现在创造出明亮、生动、确实体现出人的尊严的未来,而非前面说到的那个充满黑暗、恐怖和非人性的未来",为自己更是为了未来而从绝望中踏出一条希望之路。

3."始自于绝望的希望":为着悠久的将来

当然,这种危机意识或是恐惧、绝望却又竭力寻找希望的心情,不可避免地显现在大江这一时期创作的、以孩子们为阅读对象的《两百年的孩子》《在自己的树下》《康复的家庭》《温馨的纽带》和《致新人》等一批小说和随笔中。为了使得包括小学五年级孩子在内的中、小学生都能读懂,作者一改以复杂的复式语句和复调叙述为主体的冗长叙述,转而使用极为直白和易懂的口语文体,把当下的困难和明天的希望融汇在一个个小故事里。

在《两百年的孩子》以及此后于北大附中发表的演讲中,大江对"那个充满黑暗、恐怖和非人性的未来"所表现出的恐惧和戒备并非毫无缘由,其借助《两百年的孩子》等作品为未来的孩子们预言的危机非常不幸地正在一步步成为现实——这部小说问世三年之后的二〇〇六年十二月十五日,也就是大江对北大附中的孩子们发表讲演三个月之后的二〇〇六年十二月十五日,日本政府不顾国内诸多在野党派和民众的强烈反对,强行通过《教育基本法》修正案,要在基础教育中强调战争时期曾灌输的"爱国主义",为日本中小学教育重回战前的"道德教育"和进而修改和平宪法以及制定《国民投票法》

创造有利条件。面对以上这些有可能实质性改变日本社会本质和走向的严峻局面,大江并没有在绝望中沉沦,而是预见性地通过《两百年的孩子》等作品不断向孩子们提出警示,并亲自来到北京,呼吁中日两国的孩子们从现在起就携手合作,以创造出"明亮、生动、确实体现出人的尊严的未来,而非前面说到的那个充满黑暗、恐怖和非人性的未来"①。

在大江于北大附中发表讲演四个月后的二〇〇七年一月,他在写给笔者的一封私人信函里如此讲述了自己离开北京后的工作状态:

……在今年,将要进入自己最后的也是最大的那部分工作,我希望这是与此前所有构想全然不同的、具有决定性的作品。目前我还没有动笔,拟于二月开始写作,为此,已从去年年末开始认真做了尝试。不过,这也是我成为作家之后感到最困难的时期。总之,必须突破第一道难关。从现在开始直至月底,乃至二月上半月这段期间,我必须每天进行这种繁忙的创作尝试。②

经过种种艰难尝试后问世的那部"与此前所有构想截然不同的、具有决定性的作品",便是大江的长篇小说《优美的安娜贝尔·李 寒彻颤栗早逝去》。这个书名取自美国著名诗人爱伦·坡的代表作《安娜贝尔·李》的诗句,那首诗说的是一个处于热恋中的纯洁少女遭到六翼天使的嫉妒,夜里从云中吹来寒风将其冻死。与大江此前创作的所有小说相比,《优美的安娜贝尔·李 寒彻颤栗早逝去》确实显现出"一种令人意外的特质",那就是历经数十年的艰苦

---

① 大江健三郎著,许金龙译《走的人多了,也便成了路!》,引自《大江健三郎文学研究》,百花文艺出版社,二〇〇八年七月,第22页。
② 许金龙著,《译者序·"我无法从头再活一遍。可是我们却能够从头活一遍"》,《优美的安娜贝尔·李 寒彻颤栗早逝去》,人民文学出版社,二〇〇九年一月,第1—2页。

跋涉后,大江健三郎这位从绝望出发的作家终于为自己、为孩子们、为所有陷于绝望中的人,更是为着"悠久的将来"寻找到了希望。

4.鲁迅始终都是一个重要的参照系

在大江的这部长篇小说中,也有一位如同安娜贝尔·李一般纯洁的美丽少女,这位被称为"永远的处女"的女主人公"樱"身世悲惨,在二战末期,除了她本人被疏散到农村而侥幸活下来,全家人都在东京大轰炸中身亡。美国军队占领日本后,她被一个美国军人收养,身穿让邻居羡慕的漂亮裙子,似乎从此过上了幸福生活,并在那个美国军人摄制的电影《安娜贝尔·李》中饰演身穿"白色宽衣"的少女安娜贝尔·李,"樱"由此被电影界所关注,很快便成为著名童星,最终活跃在以好莱坞为中心的国际影坛。完成这部作品后,大江在《致中国读者》中这样表示:

> (自己)就写出了这部稍短一些的长篇小说《优美的安娜贝尔·李 寒彻颤栗早逝去》,意识到一种令人意外的特质正从中显现出来。最重要的是,我在这部小说的中心设置了一位女性。她与我大体上属于同一代人,作为少女迎来了战争的失败,在被占领时期不得不经历痛苦的生活。但是,她超越了这一切,通过不懈努力塑造出具有国际影响的电影女演员的成功人生。然而,现在她却要重新审视自己的一生。
>
> 她试图通过将一位女性为主人公的故事改编成电影来实现自己的想法。那位女性是日本一处农村(那是我至今一直不停写着的偏僻农村)从近代化进程开始之前便传承下来的大众心目中的英雄。当地农村的女人都支持这位既导演电影,本人也出演悲剧性女主人公的女演员,要帮助她实现这个计划。①

---

① 大江健三郎著,许金龙译《致中国读者》,《优美的安娜贝尔·李 寒彻颤栗早逝去》,人民文学出版社,二〇〇九年一月,第2页。

代总序

  在这位"具有国际影响的女演员"樱正要雄心勃勃地推进自己的电影计划时,却被制片人用"卑劣"手段送进了精神病院,于是,其处于巅峰期的演员生涯至此不得不画上句号,自此沉寂了三十年之久。在这种令人绝望的状态中,樱始终抱持一个不曾破灭的希望,那就是回到日本的那片森林中去,亲自出演那里两次农民暴动中的女英雄。就在这边缘地带的故乡森林里,在以边缘人物"母亲"和"妹妹"为中心的历代农村女人的帮助下,樱振作起来回到日本,"……摄影机分开被枫叶浓烈的红色映照着的树林所围拥着的女人们进入。樱那感叹和愤怒的'述怀'高涨起来,呼应着歌谣虚词的人们如波浪般摇晃。在那声浪的高潮点上,沉默和静止突如其来。'小咏叹调'充溢其间,此时,樱的喊叫声起,作为没有声音的回音,银幕上群星在闪烁……"①

  这里出现的"群星在闪烁"是个关键词组,使得人们立刻联想到《神曲》的《地狱篇》《炼狱篇》和《天国篇》各卷的最后一个单词"群星"。在《神曲》原著中,但丁在此处特意而且准确地使用了表示复数的 stelle 而非表示单数的 stella。《神曲》中译者田德望教授认为,"地狱是痛苦和绝望的境界,色调是阴暗的或者浓淡不匀的;炼狱是宁静和希望的境界,色调是柔和的和爽目的;天国是幸福和喜悦的境界,色调是光辉耀眼的"②。我们由此可以得知,"樱"在绝望境地里始终抱持着希望并为之不懈努力,终于在偏僻农村的森林里的女人们帮助下,从边缘地区边缘人物的记忆和传承中汲取力量,到达了"群星在闪烁"的"光辉耀眼"的"至善、至福的天国"。或者换句话

---

① 大江健三郎著,许金龙译《优美的安娜贝尔·李 寒彻颤栗早逝去》,人民文学出版社,二〇〇九年一月,第209页。
② 田德望著《译本序·但丁和他的〈神曲〉》,《神曲·地狱篇》,人民文学出版社,二〇〇二年十二月,第21页。

说,大江和他的女主人公"樱"都确信可以将鲁迅笔下的那座"绝无窗户而万难破毁的"令人绝望的铁屋子砸开,确信希望"是不能抹杀的",如同大江本人动笔写作这部小说前几个月在一次讲演时所引用的那样,"希望是附丽于存在的,有存在,便有希望,有希望,便是光明。……只要不做黑暗的附着物,为光明而灭亡,则是我们一定有悠久的将来,而且一定是光明的将来!"①其实,当大江在这个文本里为"樱"于绝望中寻找到希望的同时,就已经打破了那间"绝无窗户而万难破毁的"的铁屋子,就已经在黑暗中发现并拥有了希望和光明,尽管为了这一天的到来,从第一次正式阅读鲁迅作品算起,读者大江经历了整整六十年岁月;从发表正式意义上的处女作《奇妙的工作》算起,作家大江花费了整整五十年时间。大江在构思这部小说期间所表示的"与此前所有构想全然不同的""决定性的"等表述,指涉的无疑就是这里所说的始自于绝望的希望。如同大江于二〇〇九年一月在北京大学演讲时所说的那样,"我这一生都在思考鲁迅,也就是说,在我思索文学的时候,总会想到鲁迅……"②换而言之,在大江的整个创作生涯期间,鲁迅始终都是一个重要的参照系,根据这个参照系进行的五十年调整,使得大江文学也随之发生了相应变化,从不见希望的《奇妙的工作》等初期作品群出发,历经在绝望中寻找希望而苦心探索的《同时代的游戏》等作品群,终于借助《优美的安娜贝尔·李 寒彻颤栗早逝去》找寻到了希望,找寻到了始自于绝望的希望!如果说,"鲁迅和克尔凯郭尔并肩站在深不见底的、黑暗的绝望之海上一同寻找

---

① 鲁迅著《华盖集续编·记谈话》,《鲁迅全集》第三卷,人民文学出版社,二〇〇五年十一月,第378页。
② 大江健三郎著,翁家慧译《真正的小说是写给我们的亲密的信》,《文汇报》,二〇〇九年一月二十二日。

着希望"①的话,大江便是从他们倒下的地方继续前行,经历了万般艰辛后,终于在远方的黑暗中发现了光亮,那便是属于大多数人的光亮,孩子们的光亮,未来的光亮,人类文明的光亮。当然,那也是人文主义的光亮。

5."鲁迅先生,请救救我!"

然而,在文本外的实际生活中,大江却又很快螺旋一般陷入绝望之中。尽管他在此前的长篇小说《优美的安娜贝尔·李 寒彻颤栗早逝去》里一时找到了希望,可那也只是深深绝望中的些微希望,黑暗的绝望之海上的些微光亮。换句话说,正是因为那绝望越深,才越发要挣扎着去寻找希望、面向希望。而这希望的最大来源,莫过于自少年时代就已私淑的鲁迅及其人文主义光亮,有如孟子所云"予未得为孔子徒也,予私淑诸人也"②一般。在这个再次陷入绝望境地的艰难时刻,大江于二〇〇九年一月十六日再次踏上中国的土地,想要从私淑的鲁迅那里汲取力量。翌日晚间,在老朋友却也是"小朋友"铁凝特地为大江挑选的孔乙己饭店里为其接风洗尘时,他对铁凝、莫言和陈众议等几位老友说道:

> 我这一生都在阅读鲁迅。十岁的时候,我从母亲那里得到《鲁迅小说选集》,对这部作品的阅读,决定了我的一生!从十二岁开始阅读这部作品算起,我现在快要七十四岁了,在这大约六十余年间,我一直将鲁迅这个人物视为巨大的太阳。实际上我对这样伟大的作家是有着某种抵触感的。今天清晨六点钟我睁开了睡眼,直至大约七点为止,我一直

---

① 许金龙著《大江健三郎文学里的中国要素》,引自《大江健三郎文学研究》,百花文艺出版社,二〇〇八年七月,第89页。
② 《孟子译注》卷八"离娄章句下"第二十二章,杨伯峻译注,中华书局,一九六〇年,第193页。

在窗边神思恍惚地眺望着窗外的美丽景色。当时长安街上还不见车辆往来,只见火红的太阳在窗子遥远的正前方冉冉升起,周围却还是一片黑暗。这种景色在东京没有,在全日本也没有,太阳从平原上冉冉升起的这种景色。在眺望太阳的这一过程中,我情不自禁地祈祷着:鲁迅先生,请救救我!至于是否能够得到鲁迅先生的救助,我还不知道……①

为了更为清晰地梳理这段情景,这里需要将视点回溯至二〇〇九年一月十六日下午。当时,大江从首都机场乘上迎候他的汽车,刚刚在后座坐下,就用急切的口吻述说起来:在接到邀请访华的函件之前自己就已经在与夫人商量,由于目前已陷入抑郁乃至悲伤的状态,无法将当前正在创作的长篇小说《水死》继续写下去,想要到北京去找许金龙和陈众议这两位老朋友,见到他们之后自己的心情就会好起来,他们还会把莫言和铁凝这两位先生请来相聚,自己的心情就会更好。到了北京后还要去鲁迅博物馆汲取力量,这样才能振作起来,继续把长篇小说《水死》写下去……当他发现陪同人员为这种意外变化而吃惊的表情后,大江放慢语速仔细讲述起来:之所以无法继续写作《水死》,是遇到了三个让自己陷入悲伤、自责和忧郁的意外变故。其一,是市民和平运动组织九条会发起人之一、日本著名文艺评论家和作家加藤周一于二〇〇八年十二月七日去世,这个噩耗带来的打击太大了!这既是日本和平运动的一个巨大损失,也是日本文坛的一个巨大损失,同时也使得自己失去了一位可以倾心信赖和倚重的师友。其二,则是二〇〇八年十二月底,老友小泽征尔为平安夜音乐会指挥完毕后,回家途中带着现场刻录的 CD 到家里来播放给儿子大江光听,希望能够听到光的点评。谁知斜躺在沙发上久久不

---

① 大江健三郎、铁凝、莫言著,许金龙译《中日作家鼎谈》,《当代作家评论》,二〇〇九年第五期,第 54 页。

愿说话的光在父母催促之下,更是在父亲催促时轻轻推搡之下,竟然说出一句"つまらない"！在日语中,这个词语表示"无聊""无趣"或"毫无价值"等语义,这就使得小泽先生陷入了苦恼,他苦思冥想却仍然想不出当晚的指挥到底哪里出了什么严重问题,及至很晚之后,才在自己和妻子的苦劝之下郁闷地回家去了。当自己稍后去东京大学附属医院例行体检并带上大江光顺便体检之际,这才得知儿子的一节胸椎骨摔成了三瓣,从而回想起前些日子送客人之际,光在院子里不慎仰天摔了一跤,可能当时胸椎骨恰好顶在铺在路面的石头尖上。这种骨折相当疼痛,可是儿子是先天智障,自小就不会说表示疼痛的"いたい"而以表示无聊的"つまらない"代用之,自己作为父亲却未能及时发现这一切,因而感到非常痛心,更感到强烈内疚和自责。至于第三个意外,是因为母亲去世前曾留下一个早年在上海买下的红皮箱,里面有父亲生前与一些师友的通信,有些内容涉及当年驻守我们老家的青年军官,他们在战败前夕试图发动兵变杀死天皇以改变战争进程。就像去年年初莫言先生和许金龙先生来我家时曾对你们说过的那样,受 T.S.艾略特的长诗《荒原》中腓尼基水手死于水底这一情节的启发,我想要为同样死于水中的父亲写一篇小说,这就要参考父亲留下的那些书信内容。长年以来,由于担心书信内容被我写入小说里从而给整个家族带来伤害,母亲一直不让我使用那些材料,临终前还特意嘱咐我妹妹:要等自己死去十年之后,才能把红皮箱交给你哥哥健三郎。因为大江家族的男人都是短寿,估计你哥哥活不到十年之后,他也就看不到红皮箱里的书信了。当母亲定下的这十年之约到期时,我打开从妹妹那里得到的红皮箱之际,却发现用橡皮筋勒着的厚厚一叠信封里竟然没有一张信纸。问了妹妹后才得知,母亲在去世前的那几年间,为了保护整个家族的安全,她陆陆续续烧掉了所有信纸……换句话说,母亲烧掉了自己在《水死》

中需要参考的信函内容，因而《水死》已经无法再写下去了。在这接二连三的沉重打击之下，自己想到了鲁迅，想到要到北京来向鲁迅先生寻求力量……

带着这些悲伤、内疚、自责和抑郁访华后发表的、题为"在不明不暗的这'虚妄'中"的专栏文章里，大江是这样表达自己心境的：

> 在随后访问的鲁迅旧居所在的博物馆内，我在瞻仰整理和保存都很妥善的鲁迅藏书和一部分手稿时，紧接着前面那句的下一节文章便浮现而出——"倘使我还得偷生在不明不暗的这'虚妄'中，我就还要寻求那逝去的悲凉漂渺的青春"。我仿佛往来于自己从青春至老年在不同时期对鲁迅体验的各种切实的感受之间。而且，我还在思考有关今后并不很远的终点，我将会挨近这两个"虚妄"中的哪一方生活下去呢？①

其实，早在到达北京的翌日凌晨，大江很早就睁开了睡眼，站在国际饭店的窗前看着楼下的长安街。橙黄色街灯照耀下的长安街空空荡荡，很久才会见到一辆汽车驶来，再过很久后又会有一辆汽车驶去。在这期间，黑暗的天际却染上些微棕黄，然后便是粉色的红晕，再后来，只见太阳的顶部跃然而出，将天际的棕黄和粉色一概染成红艳艳的深红。怔怔地面对着华北大平原刚刚探出顶部的这轮朝阳，大江神思恍惚地突然出声说道："鲁迅先生，请救救我！"当回过神来意识到自己的话语及其意义时，大江不禁打了个寒噤，浑身皮肤起了一层鸡皮疙瘩。显然，在大江此时的内心底里，已然将跃然而出的朝阳视为大鲁迅的化身，在面对已与这朝阳化为一体的大先生面前，深陷绝望的自己下意识地发出求救的呼声也就顺理成章了，尽管话语刚刚出口，随即为自己的唐突打了个寒颤，且起了一身鸡皮疙瘩……

---

① 大江健三郎著，许金龙译《定义集》，新星出版社，二〇一五年一月，第170—171页。

怀着这忐忑的心境,大江走进了此行的目的地之一、位于阜成门内的鲁迅博物馆。走进博物馆大门后,随行摄影师安排一行人在鲁迅大理石坐像前合影留念,及至大家横排成列后,原本应在坐像正前方中央位置的大江却不见了踪影,众人四处寻找时,却发现这位老作家正蹲在坐像侧壁底部默默地泪流满面。这是私淑弟子见到大先生时的激动?抑或是委屈?还是心酸?……其后在馆长孙郁以及陈众议和阎连科等人陪同下参观鲁迅书简手稿时,大江戴上手套接过从塑料封套里取出的第一份手稿默默地低头观看,很快便将手稿仔细放回封套里,却不肯接过孙郁递来的第二份手稿,默默地低垂着脑袋快步走出了手稿库。当天深夜一点三十分,大江先生向相邻而宿的笔者的房门下塞入一封信函,在内文里有这样一段文字:

> ……我要为自己在鲁迅博物馆里的"怪异"行为而道歉。在观看鲁迅信函之时(虽然得到手套,双手尽管戴上了手套),我也只是捧着信纸的两侧,并没有触碰其他地方。我认为自己没有那个资格。在观看信函时,泪水渗了出来,我担心滴落在为我从塑料封套里取出的信纸上,便只看了两页就无法再看下去了。请代我向孙郁先生表示歉意。①

其后在向陪同人员讲述当时情景时,大江表示尽管那些信函内容自己全都能背诵出来,却由于泪水完全模糊了双眼,根本无法辨识信笺上的文字,既担心抬头后会被发现泪水进而引发大家担忧,又担心在低头状态下那泪水倘若滴落在信纸上将会造成无法挽回的损失,如果继续看下去,自己一定会痛哭出声,只好狠下心来辜负孙郁先生的美意……在回饭店的汽车上,大江嘶哑着嗓音告诉陪同在身边的笔者:

---

① 许金龙著《大江健三郎与中国》,《传记文学》,二〇二〇年第八期,第65页。

请你放心,刚才我在鲁迅博物馆里已经对鲁迅先生作了保证,保证自己不再沉沦下去,我要振作起来,把《水死》继续写下去。而且,我也确实从鲁迅先生那里汲取了力量,回国后确实能够把《水死》写下去了。①

这一年(二〇〇九年)的十二月十七日,长篇小说《水死》由讲谈社出版。翌年二月五日,讲谈社印制同名小说《水死》第三版。该小说的开放式结局,在为读者留下想象空间的同时,也留下了弥足珍贵的希望、黑暗中的光亮。

6."我的头脑里目前只思考两个问题,一是孩子,另一个则是鲁迅"

从鲁迅博物馆回国后完成的长篇小说《水死》问世一年后,具体说来,是二〇一〇年十二月二日,大江夫妇邀请他们的老朋友铁凝到位于东京郊外的大江宅邸做客,围绕鲁迅的书简、保罗·塞尚的画作《大浴女》与铁凝的长篇小说《大浴女》之间的互文关系等问题进行交流。铁凝带去的礼物是让大江夫妇爱不释手的《鲁迅日文书简手稿》,两个月后,大江曾在《朝日新闻》的专栏文章里坦诚讲述了自己与铁凝和莫言等中国作家的友谊基础和铁凝的礼物:"……无论人生观还是关乎文学的信条,我与他们所共通的,是对于鲁迅的高度评价,这一切存在于他们与我亲之爱之的基础中。去年年底,我收到铁凝君从北京带来的礼品《鲁迅日文书简手稿》,那是墨迹的黑色和格线的红色美丽至极的、鲁迅亲手书写的七十三封信函的影印版。"②

---

① 许金龙著《大江健三郎与中国》,《传记文学》,二〇二〇年第八期,第65—66页。
② 大江健三郎著,许金龙译《定义集》,贵州人民出版社,二〇一九年三月,第343页。

代总序

  那天的交流轻松愉快、舒适自然，竟然持续了约六个小时之久，①其中很长时间是大江对铁凝介绍他正在创作的长篇小说：自己正在创作一部新的长篇小说，估计也是自己写的最后一部长篇小说了。这部小说的主人公是一位上了年岁的女性，这位女性一直住在森林中的村庄里，她的哥哥曾获国际文学大奖，兄妹俩就通过一封封书简讨论有关孩子和新人的问题。当然，这兄妹俩在作品外的原型就是自己与妹妹。目前，这部小说已经写了三分之二。不过，自己是个反复修改稿件的人，如果说写一页大稿纸的时间是一个小时的话，就需要另外花费两个小时来修改这页稿子的内容。这已是多年以来的习惯了……说到兴奋处，大江从楼上的书房将已经完成的部分稿件取下来递给铁凝，指点着稿纸、小剪刀和糨糊瓶，在对铁凝介绍稿纸相关处的具体内容之际，顺便指出被修改处的痕迹……铁凝听着这部作品的介绍，不由得被小说内容深深吸引，不禁对大江表示，自己会为这部作品的中译本撰写序言……

  当晚在去意大利风味的餐厅用餐的路上，大江对一直陪同在身边的笔者表示：

    现在我想对你说说自己目前的工作状态和生活状态。目前，我的头脑里只思考两个大问题，一个是鲁迅，一个是孩子。自己是个绝望型的人，对当下的局势非常绝望，白天从电视看到的画面和在报纸中读到的文字都让我感到绝望，从来客的话语中听到的内容也让我绝望，日本的情况让我绝望，美国的情况让我绝望，中国的有些情况也让我绝望。每天晚上，在为光掖好毛毯后就带着那些绝望上床就寝。早上起床后，却还要为了光和全世界的孩子们寻找希望，用创作小说这种方式在那些

---

① 铁凝著《与大江健三郎先生对谈》，引自《用蓄满泪水的双眼为耳》，三联书店，二〇一六年九月。

绝望中寻找希望,每天就这么周而复始。这就是我目前的工作状态和生活状态。①

说出这段话语时,大江绝对不会想到,百日之后,更有一场天灾人祸引发的巨大绝望在等待着他。在《晚年样式集》里,主人公如此讲述了其在电视画面中看到的绝望景象:

> 翌日黄昏,结束了摄制团队的工作后,设置导演再次登上陡坡,听说小马驹已经产了下来。在黑暗的屋内紧紧挨在一起的马驹和母马很快浮现而出,长方形的画面里显露出饲养马匹的主人的侧脸,他一面眺望着屋外一面说着话,对面则是雨雾迷蒙的牧场……他那阴郁的声音响起:"无法让刚刚出生的小马驹在那片草原上奔跑,因为那里已经被放射性雨水给污染了。"②

至于先前说到的那部长篇小说,遗憾的是铁凝终究没能为其撰写中译本序。因为,在她从大江家离去百日后,在那部新写的长篇小说即将完成之际,日本突然发生了震惊世界的大地震、大海啸、福岛核电站大泄漏的天灾人祸,史称"三·一一东日本大震灾"! 在这个巨大灾难来袭的艰难时刻,大江感到即将完成的那部小说已经完全无法表现自己此时的绝望,更是无法帮助孩子们在这黑黢黢的绝望之海上找寻到希望。按照以往的习惯,这部厚厚的手稿应被付之一炬,不在这世上留下一片纸屑。不知是不是这位老作家还惦念着铁凝要为这部作品撰写中译本序言的话语,终究还是没舍得循惯例全部烧毁,而是存放在瓦楞纸箱里放入书库,而后振作起精神,开始着手撰写另一部表现此时此刻所思所想的长篇小说——《晚年样式

---

① 许金龙著《大江健三郎与中国》,《传记文学》,二〇二〇年第八期,第67页。
② 大江健三郎著,许金龙译《晚年样式集》,引自《大江健三郎全小说》,讲谈社,二〇一九年三月。

集》。在他的《晚年样式集》第一章第一节里,年迈的大江这样讲述着自己当时的情景:

> ……从三·一一当天深夜开始,整日不分昼夜地坐在电视机前观看东日本大地震和海啸以及核电站泄漏大事故的报道……这一天也是如此,直至深夜仍在观看电视特辑,特辑追踪报道了因福岛核电站扩散的辐射性物质而造成的污染实况……再次去往二楼途中,我停步于楼梯中段用于转弯的小平台处,像孩童时代借助译文记住的鲁迅短篇小说中那样,"发出呜呜的声音哭了起来"。①

显然,面对大地震、大海啸造成的巨大伤亡和惨重损失,更是因为核电站大爆炸和大泄漏将为人类社会带来的巨大且长久的遗祸,作者大江健三郎及其文本内的分身长江古义人与创作《孤独者》时的鲁迅产生了共情,并在这种共情的催化作用下"发出呜呜的声音哭了起来"。这是痛彻心扉的哭声,极度恐惧的哭声,深深懊悔的哭声,当然,更是"含着大希望的恐怖的悲声"!

7.他们的文学尽管多见黑暗、绝望和荒诞,最终想要传达给我们的却是呐喊和希望

这里所说的"鲁迅短篇小说",无疑是鲁迅创作于一九二五年十月十七日的《孤独者》,而"发出呜呜的声音哭了起来"这句译文,则是大江本人译自鲁迅文本"地下忽然有人呜呜地哭起来了"那句话语。对鲁迅文学有着深刻解读的大江当然知道,《孤独者》与此前和此后创作的《在酒楼上》和《伤逝》等作品一样,说的都是魏连殳等知识分子在那个令人绝望的社会里左冲右突、走投无路的窘境乃至

---

① 大江健三郎著,许金龙译《晚年样式集》,引自《大江健三郎全小说》,讲谈社,二〇一九年三月。

绝境。

  在持续观看灾区实况转播的情景和人们的姿容表情时,大江在文本内的分身长江古义人这位老作家突然理解了多年来一直无法读懂的《神曲》中的一段诗句——"所以,你就可以想见,未来之门一旦关闭,我们的知识就完全灭绝了"①。自己之所以在楼梯中段的平台上"发出呜呜的声音哭了起来",其实正是因为福岛核电站的大泄漏使得"咱们的'未来之门'已被关闭,而且我们的知识(尤其是我的知识也将不值一提)将尽皆死去……"②在这个可怕的阴影下,儿子大江光在小说里的分身阿亮的动作越发迟缓,话语也越来越少,记忆力更是每况愈下,这就使得阿亮的妹妹真木为之担心:

  在爸爸的头脑里,从那段诗句,从那段当城市呀国家的未来一旦丧失,我们自己积累的知识也将如同死物一般的诗句中,他联想到了阿亮的记忆,难道不是这样吗?!很快,记忆就将从阿亮身上丧失殆尽,他会随着一片黑暗的头脑机能逐渐变老,并在这种状态中走向死亡………

  在爸爸看来,都市和国家的未来将不复存在,我们积累的知识也将如同死物一般,在爸爸的头脑中,这段诗句或许与阿亮的记忆联系在了一起。不久之后,阿亮将丧失记忆,头脑里一片黑暗,上了年岁后就在这种状态中走向死亡……如果整个国家的所有核电站都因地震而爆炸的话,那么这座城市、这个国家的未来之门就将被关闭。我们大家的知识都将成为死物,该说是国民呢?还是该说为市民呢?所有人的头脑里都将一片黑暗并走向毁灭。在这些人中,就有将远比任何人都浑噩无知的阿亮。爸爸大概是联想到这种前景,这才发出呜呜的哭声的吧。③

  引文中的一些话语无疑将为读者带来无尽的恐惧和巨大的绝

---

 ① 但丁著,田德望译《但丁·地狱篇》,人民文学出版社,二〇〇二年十二月,第58页。

 ② 大江健三郎著,许金龙译《晚年样式集》,引自《大江健三郎全小说》,讲谈社,二〇一九年三月。

 ③ 同上。

望:未来之门已被关闭;我们的知识将尽皆死去;阿亮将丧失记忆,头脑里一片黑暗,上了年岁后就在这种状态中走向死亡……所有人的头脑里都将一片黑暗并走向毁灭……尤其令人恐惧和绝望的是,包括自己亲人在内的所有人并不是立即就灭亡的,而是在肉体毁灭之前,所有人的头脑里都将一片黑暗,然后在这无尽的黑暗和恐怖以及绝望中,如同凌迟一般痛苦和缓慢地走向死亡。

当然,更让这位老作家为之"因恐惧而发怔"的,是在福岛核电站大泄漏之后,面对全国民众要求废除核电站的巨大呼声,日本政治家和主流媒体相继表现出的近似歇斯底里般的疯狂思路——为了保持"潜在核威慑力"乃至实行核武装,绝不可以废除核电站!福岛核电站大泄漏七个月后,大江在《所谓核电站是"潜在性核威慑力"》的文章里引用了日本主流媒体和政治家的如下文字并表达了自己的愤怒:

> 日本……利用可成为核武器原材料的钚这一权利已被承认。在外交方面,这种现状作为潜在核威慑力而发挥着效用也是事实。
> ——《读卖新闻》社论,二〇一一年九月七日

> 维持核电站,可转换为想要制造核武器就能在一定期间内制造出来的那种"核的潜在威慑力"……去除核电站则会使我们放弃这种"核的潜在威慑力"……
> ——石破茂①,《SAP IO》,二〇一一年十月五日②

面对主流媒体主张继续维持"潜在核威慑力"的社论以及政府

---

① 石破茂(1957—),曾任日本防卫厅长官、防卫大臣、地方创生担当大臣、自民党干事长等职,主张扩充日本军备,突破二战后对日本自卫队规模的限制。
② 大江健三郎著,许金龙译《定义集》,贵州人民出版社,二〇一九年三月,第390页。

高官坚持借助民用核电站持续保有"核的潜在威慑力"的言论,大江愤怒且恐惧地表示:

> 我正是为以上两者间所共有的"潜在核威慑力"和"核的潜在威慑力"这种表述方式(虽然使用了貌似极为寻常的措辞方式,却仍然让我)因恐惧而发怔的。
>
> ……威慑,即 deterrence,用己方的攻击能力进行恐吓,以吓阻对手的攻击意图。就此事的性质而言,其态势可即刻逆转,这极其危险且巨大的永无结局的游戏就这样没完没了。所谓"核的潜在威慑力"假如是一种炫耀,是利用日本这个国家的核电站可随时制造出原子弹的那种炫耀,……东亚的紧张情势不也在朝着那个方向不断高涨吗?前面提到的那些论客,在怎么考虑何时、如何使他们信奉那个效力的"潜在性"力量"显在化"之战略,就不得而知了。
>
> 因这次大事故而回溯建设核电站时的情景,我们深切醒悟到直至今日的东京电力公司和政府的信息开示方法多么缺乏民主主义精神啊。然而,如这个威慑论般对民主主义的彻底无视,不更是未曾有过先例吗?
>
> 极为赤裸裸地表示去除核电站则会使我们放弃那种潜在威慑力的那位以熟识的低眉顺眼的忧愁面容进行威胁的政治家,他以为自己何时获得了国民的同意,这才手握这柄致命的双刃剑的呢?①

更有甚者,日本外务省外交政策计划委员会早在一九六九年就在《我国外交政策大纲》中如此表示:

> 关于核武器,无论是否参加 NPT(《核不扩散条约》),虽然当前采取不保有核武器的政策,却须经常保持制造核武器之经济与技术的潜力。②

---

① 大江健三郎著,许金龙译《定义集》,贵州人民出版社,二〇一九年三月,第390—391页。
② 同上,第392—393页。

由此可见，石破茂等日本诸多政治家之所以违背民意、居心叵测地坚持紧握"潜在核威慑力""这柄致命的双刃剑"，也只是日本政府既定核政策的延续而已，他们"试图在目前五十四座核电站基础上再增加十四座以上核电站"①，进而"将残存的铀和生成于核反应堆中的钚从核废料中提取出来"②进行核燃料后处理，进而"即便在作为民用设施而建造的铀浓缩工厂里，也能够制造出用于核武器的高浓缩铀。核燃料后处理工厂的制成品钚则可以直接用于核武器"③。大江在这里已经说得非常清楚了——近半个世纪以来，在日本政府"须经常保持制造核武器之经济与技术的潜力"这一政策指导下，日本目前所拥有的五十四座核电站和计划在此基础上再予增建的十四座核电站，显然已不是单纯用作民用发电那么简单，长年从这些核电站已经提取和将继续提取并囤积起来的大量核废料以及早已建好的后处理工厂，更不可能是为了民用发电，而只能是打着民用幌子的"潜在核威慑力"，更可能是大规模进行核武装而作的精心准备。大江及其同行者们是在担心，被称为"和平宪法"的《日本国宪法》第九条被修改之日，便是日本全面复活国家主义之时！当然，也会是日本大规模进行核武装之时！大江及其同行者们同样在担心，日本全面复活国家主义并大规模进行核武装之日，将会是日本重走战争之路之日，重走死亡之路和毁灭之路之始！由核大战所引发的末日景象，大江早在八十年代末和九十年代初，就在长篇小说《治疗塔》和《治疗塔星球》这两部姐妹篇里做了详尽描述，大概正是因为想到那个令人绝望且可怕无比的末日景象，大江在《晚年样式集》中的分身长

---

① 大江健三郎著，许金龙译《定义集》，贵州人民出版社，二〇一九年三月，第357页。
② 同上，第392页。
③ 同上，第357页。

江古义人这才"停步于楼梯中段用于转弯的小平台处,像孩童时代借助译文记住的鲁迅短篇小说中那样,'发出呜呜的声音哭了起来'"的吧!因为在他的认知中,这一天的到来不啻日本的未来之门将被沉重且永远地关上!

为了文本内外的阿亮和大江光这对永远的孩子的未来之门不被关闭,为了全世界所有孩子的未来之门不被关闭,大江借助刳肝沥血地写作小说而于绝望中挣扎着往来寻找希望,同时,也在频繁走上街头大声疾呼,呼吁人们认识到核泄漏的巨大危害,呼吁人们警惕日本政府借核电民用之名为核武装创造条件,呼吁一千万人共同署名以阻止日本政府不顾这种可怕的现实而重启核电站,呼吁人们反对日本政府和东电公司不顾日本国内民众和世界各国人民的抗议而计划强行向大海排放核废水,呼吁人们"救救孩子!"……在大江的认知中,他的文学文本周围的社会存在与文学文本中的社会存在显然是同质的,因而这位老作家拖着老迈之躯在文本内外往返来回地大声疾呼,无疑是对阿亮和大江光这对孩子永远的挚爱,也是对全世界所有孩子的大爱,这种大爱,在大江的小说中和他所有读者的心目中都在不断升华。这种大爱,在日本,在中国,在韩国,在全世界,都将成为一种希望!无论中国的鲁迅还是日本的大江健三郎,他们的文学所描述的尽管多见黑暗、绝望和荒诞,最终想要传达给我们的却是呐喊和希望,一种发自于边缘的呐喊,一种始自于绝望的希望。这无疑是一种大慈悲,是对所有处于各种暴力威胁之下的天下苍生所生发的大悲悯。这让我们立即想起大江在斯德哥尔摩的颁奖仪式上所说的那段话语:"作为渡边的人文主义的弟子,我希望通过自己身为小说家的工作,使那些用语言进行表达的人及其接受者,从个人的以及时代的痛苦中得以平复,并医治他们各自心灵上的创伤。……我仍将遵循这一信条,如若可能,愿以自己的羸弱之身,于钝痛中承受因二十世纪的科技和交通的畸形发展而积累的祸害。我更希望探索的是,从世界边缘人的角度展望,如何才能对全体人类的医治与和解做出体面的和人文主义的贡献。"

目 录

第一部 宁愿听到老人的愚行 …………………… *1*

 序　章　看呀！他们回来了 ………………………… *3*

 第一章　"小老头"之家 ……………………………… *32*

 第二章　阅读艾略特的方法 ………………………… *57*

 第三章　回到三岛问题上来 ………………………… *80*

 第四章　被摄像机所撩拨 …………………………… *101*

第二部 死者们的交流用火进行 ………………… *125*

 第五章　暧昧的软禁 ………………………………… *127*

 第六章　三岛＝冯·佐恩计划 ……………………… *144*

 第七章　在狗和狼之间 ……………………………… *166*

 第八章　鲁滨逊小说 ………………………………… *188*

 第九章　突如其来的虎头蛇尾（一） ……………… *207*

 第十章　突如其来的虎头蛇尾（二） ……………… *229*

第三部　我们必须静静地、静静地开始

行动·· *245*

第十一章　"进行破坏"的教育············· *247*

第十二章　怪异之处处于优势············· *268*

第十三章　"小老头"之家被爆破········· *290*

第十四章　"奇怪的二人组合"之合作··· *309*

终　　章　"征候"······························· *326*

小说作者大江健三郎与长江古义人的

　　对话·····························　[日]大江健三郎 *352*

第一部　宁愿听到老人的愚行

我已不愿再听老人的智慧

而宁愿听到老人的愚行

听到老人对不安和狂乱所感受到的恐惧

——T.S.艾略特①
西胁顺三郎 译

---

① 托马斯·斯特恩斯·艾略特（Thomas Stearns Eliot, 1888—1965），出生于美国的英国诗人、批评家，一九四八年诺贝尔文学奖获得者，其代表作为长诗《荒原》和组诗《四个四重奏》等。

序章　看呀！他们回来了

1

虽说已经步入老年，可长江古义人还是因为暴力身负重伤后第一次住进了医院，常有一些出乎意料的客人前来这家大医院的单人病房探视，这让他经常感到不知所措，甚至想自费在床下安装避客用的大口径管道。不过，多年未见的椿繁的出现，却给他带来了另一番感触。其实，当他最近听说此事时，对椿繁已经没有什么真实感了。堆积起来的有关争吵的记忆，使得古义人充满怀念和喜悦。

"你的初期作品里，有一段奇妙的开头，预言般地写着现在的咱和你的这种垂直与水平的对峙。"繁的话语中混杂着旧时语言和外国人的腔调。

"是什么小说呀？只要头部受到伤害，即使肉体上得到恢复，也总觉得有什么不放心，对记忆的唤起感到不安……"

"咱也在想，真会有这种事吗？就到成城你家里和千樫说了这事，还从真儿那里取来这册陈旧的文库本小说。"

繁从美国陆军①装备似的外套里取出书来，开始阅读像是在地铁里预先确认了的开首部分。

一个深夜，他用劳泰克斯牌旋转式鼻毛修剪器，修剪自己那尊骑在活过的腿脚上、尚未走出落满尘埃的小巷的鼻子，尽管犹如猴子的鼻孔一般里面没长一根鼻毛，可他还是反复修剪着。就在这时，也不知那人是从同一座医院的精神病区跑出来的还是路过这里的精神病人，总之作为男人来说，他的个头异常瘦小，犹如大胡子一般脸上都是毛发的面孔却是圆鼓鼓的，那家伙冷不丁偏身坐在他的床边，令人吃惊地叫喊道：

"究竟、你小子呀、是什么、是什么、**是什么**！"

繁高兴地笑了。

"现在，你还用那种夸张手法创造你的文体吗？这是约翰的英译本，那还是咱由于建筑系的纠纷，跑到东洋研究所担任语言学教师时的事了，把它作为日英两种语言对照使用的文本。来自日本的留学生也说呀，比起原文来，英译文本更容易理解。

"不过呀，古义，对于咱这样的读者来说，你所创造的文体还算不错，虚构和现实的纠缠更是有趣。关于劳泰克斯牌鼻毛修剪器，知道你喜欢那玩意儿，咱已经作为小礼品给你备下了。"

对于这个把自己称为古义的人，也就是在共同拥有四国森林中的生活经历的友人里还存活着的繁，古义人以病后少有的敏捷应答道：

"关于猴子的鼻毛，最初告诉我的，也是繁你呀。在《纽约时报》上发了文章，说是东京环境恶化，上野动物园的猴子长出了用于自卫

---

① 原文为 G.I.，由英语 government issue 的首字母复合而成。

的鼻毛。那还是你在美国和日本各半期间时的事。"

"后面还有呐,古义你在选举中声援过 Minobe① 的政策,说是在他的治理下,东京的空气已大见好转,就连猴子也不需要鼻毛了……"

然而,如此温和开始的相逢——分别十五年还是二十年了?彼此在用老人的时间感觉摸索着,用那并不久远的过去的暧昧的老人的时间感觉摸索着——随即便进入深刻交谈阶段。

"这是有关你家里的事。今天,真儿在写给咱的电子邮件里说,古义的身体已经恢复了,可她担心的是,你的心是否也回来了。她好像和你直接说起过此事。"

繁这样提起了话头。"就在千樫、真儿和咱谈论这个问题时,在一旁听着的阿亮突然问道:'爸爸会自杀吧?'"

"……我这不是刚刚生还过来吗?!……"

"说的是呀,"繁说道,原本隐于那张非常熟识的面孔之下的、与年龄相适应的严肃显现了出来,"咱呀,古义,虽说咱们都已来日无多,可咱相信,你是抱着继续活下去的打算回来的。可是呀,你将要给予真儿和阿亮……千樫暂且另作他论,如果考虑到塙吾良的因素,就更具有残酷的意味了……那样一种悬念,这可就有问题了。在阿亮的用语范围内出现'自杀'这个词,也是因为吾良之事吧。不过,以前你可是写过,你是抱着为了阿亮而对世间事物的各个方面进行定义的打算从事工作的。"

"那么,你为了阿亮究竟是怎样定义自杀的呢?是呼隆一声把满头白发的尸体推过去吗?"

---

① 喻指美浓部亮吉(1904—1984),此人于一九六七至一九七九年年间被选为东京都知事,是最初提出改革的东京都知事,在任上推进福利政策和公害对策,其政治倾向偏左。

"不是说了吗？我刚刚生还过来！"古义人听到自己那叹息一般的声音，"不过，如果说到真木①在担心，那还是因为我自己老大无成且率性而为的缘故吧……"

"因此，这个夏天，咱要在北轻井泽的别墅里生活，与你相邻而居。这是真儿、千樫和咱商量后得出的结论。关于房屋的买卖过程，古义你多少也听说了吧？我还要回加利福尼亚一趟，七月份再赶过来。当然，那也是因为自己的事务，你无须过于考虑这个问题。至于具体细节，会与真儿……她无意从事和父亲相似的工作，可在电子邮件上写的文章却很有趣……通过电子邮件继续联系。她该不是通过千樫而承续了舅舅的血脉了吧？"

2

进入恢复期后，老年人的自觉理应变得迟钝，可古义人却自觉到身体中存在着具有某种怪异之处的另一个自我，犹如彩色印刷的重影一般实实在在的双重存在。那里原先只有长年写小说的自我，现在出现的另一人则是年轻时想要写作却未能如愿的小说中的主人公，或像是催逼自己写那部小说的、年轻时期的自我。

从繁实际现身一事细想起来，他的名字最近确实出现在家庭成员间的谈话中。最初是千樫介绍了繁的近况，但是古义人觉得，倒像是存在于自己体内的另一个自我把他召唤来的。

"听说，繁叔叔辞去了在美国西海岸的工作。"千樫首先这样说道，"在慰问信中，他是这样写的。还问道，'病人能够和人说话了吗？'"

---

① 真木是真儿的本名，后者为昵称。

过了一会儿,她接着说:"繁还'考虑将在日本度过获得自由后的日子,但受不了东京的夏天,北轻井泽是否有合适的地方?'"

由于这个信息是真儿用电子邮件接收的,因此古义人记得当时答复得比较缓慢。自从经历过生死体验生还过来后,他讲话时就养成了时断时续的毛病,一直在看护着他的女儿从一开始就习惯了这个变化。

"繁……或许会来吧……已经多少年没见面了?孩子他妈,你刚才说什么?如果打算到北轻井泽,繁最初建的那房子,出院后我要用,另一处后建的房子嘛,无论借给他还是卖给他,都没什么不合适吧。"

"如果能那样就好了。可是,"千樫又说,"可是,孩子他爸,你过去和繁叔叔严重对立,能这么轻易地重归于好吗?"

"是啊,就我们的关系而言,从孩童时代起,就不知干过多少仗了……假如繁不介意的话,我当然欢迎。"

古义人后来回想起,当作为老作家的自我如此回答时,另一个自我却说道:如果与繁重逢,一定会出现非同寻常之事,你要做好勇敢迎接的准备。

3

古义人认可了另一个自我——在岁月流变的过程中,他只是重复着并不增长的年龄,现在也还处于称得上年轻的年岁——的怪异之处。他甚至在想,直至老年都在一直写小说的自我,早已决意去过宁静的生活,却丝毫不想抑制那家伙的怪异之处。

尽管如此,他还是在考虑,不要让另一个自我的怪异之处过于显眼,要过一种未曾有过的安逸生活,还要时刻警惕,不能让别人注意到那怪异之处。他甚至想到,倘若与这个尚看不透其真面目的家伙卷在一起,余生不多的自己或许也将迎来砰地迸裂开来的瞬间。在那个时刻到来之前,自己还需要在稳妥的生活中等待时机……

古义人忘不了从集中治疗病房被送入单人病房后随即陷入的苦梦。在梦境中,他睡在荧光标识浅浅映出"集体康复病区"的大病房里。那张原本就窄小的病床越发狭窄起来,这是因为虽然周围一片黑暗,一个身材略胖的德国人还是躺卧在身边,抬起两只臂肘看着书。他之所以能看书,是因为那家伙的眼镜架上也安装着荧光装置。这时,犹如螃蟹喷出温乎乎的气泡一般,那德国人口中呼出酒精气味,正朗读着其中一段。

古义人回想起,三十年前,在哈佛大学的夏季讨论会上曾出现相同一幕。

"这是以梦境形式再现当时的情景。"当古义人让自己如此理解后,又想起了自己将那段英文诗翻译过来的译句,便和着那声音吟诵道:

　　别了,我的书! 犹若必死之人的眼睛那样,
　　想象之眼迟早也必将闭合。
　　拒绝了爱恋的男人,会站起来吧。
　　"可是,他的创造之手已经远去。"

刚意识到这一切,梦境中的德国人早已不见身影,古义人便独自一人睡去。病床周围的黑暗中,地板上躺满了黑黢黢蜷缩着的身影,像是难以入眠般屏住气息。

"这些全都是自己创作出来的人物。"古义人心惊肉跳地想着。应该是撇下他们大步走了出去,自己却又回来了。而且,必须照看他们……

对于《洛丽塔》，那个德国室友的艺术水准实在不敢恭维，在因此而受到围攻的讨论会上，他表示拥护纳博科夫，说是早在自己和大家刚出生时，这位作家就已经是在柏林做出杰出业绩的流亡作家了。话虽如此，他还是不为大家所重视，于是此人花费一整天时间，从大学图书馆里找出这位作家俄语创作期的代表作《天赋》，并在深夜叫醒古义人，对他朗诵了这么一段。

古义人借阅了这册英译本，尽管自己没读过纳博科夫的其他作品，可他坚信，作品中那位在夜晚的菩提树林荫道旁对恋人吟诵这首诗的年轻作家，一定会有美好的未来。

另一方面，现在的自己是一个几乎做完了所有工作的老作家，而且辗转返回到一度离去的生的这一侧。此外，还必须照看在"集体康复病区"黑暗的地板上睡了一地的、自己的想象力的产物。这种事情是否可能呢……而且，今后自己必须加以照看的，还不仅仅是想象之眼的产物……

4

古义人在康复期连续失眠的一个夜晚，对另一首诗也能够作新颖而现实的解读了。

那次受重伤时，古义人曾为就这样前往彼界还是退回此界而冥思苦想，为这个选择耗尽了心血。至少，当时自己是这么认为的。前往彼界将会轻松快乐，相反，回到此界则将由自己来承担肉体的痛苦。然而，让守护在病床边的亲友们那大受震撼的哭喊，却的确是出自内心的苦楚。

返回到此界来的古义人所拥有的是确信，确信自己是在清醒且理智的状态下一直前行到生死分界点的。但也不能因此就认为，对于死为何物、死后如何等问题,自己就真的加深了哪怕些微的认识……

终于来到通往彼界的入口处,面前耸立着黢黑如铁板一般的东西,也知道只要等待那里自行开启,自己就不会有任何痛苦,可还是执意撞了上去。接下来,一如自己事先估计到的那样,咚的一声被反弹了回来。这个经历作为鲜活的记忆存留下来了,古义人真切地感觉到,今后,较之于生活在同一社会(世界)的人们,在生活中自己与死者将会更为亲近。

"原来是这个意思呀!"古义人觉察到,突然间竟深切领会了此前一直未能理解且难以忘却的艾略特的一段诗,这诗与西胁顺三郎①的译诗融会起来,存留在古义人难以入眠的头脑里。

> 我们与濒死者偕亡。
> 看呀!他们离去了,我们也要与其同往。
> 我们与死者同生。
> 看呀!他们回来了,引领我们与其同归。

5

就在这种领悟于古义人内部固定下来前后,家人注意到了发生在一家之长身上的异常变化,可是,她们一直试图通过稳妥方式来应对这个变化。

当家人在病房里谈话时,千樫对古义人这样说道:

"真儿说,她感到爸爸好像和已经死去的那些人……也包括

---

① 西胁顺三郎(1894—1982),日本诗人、英国文学研究者,著有诗集《近代寓言》等。

吾良……生活在一起……"

"我自己也觉察到了这一点。不过,在大白天的光亮中并没有这种切实感受。一睡着就立即做梦,因此睡醒时,或在床上睁开眼睛时,曾在梦境中见到的那些死去的朋友,倒比活着的任何人都更有现实感。"

听了这番回答后,平日里畏首畏尾的真木将她那连眼白也略微发黑、看似阴凉处一泓积水般的眼睛转向古义人,开始了像是经过准备的陈述:

"爸爸想起故去的那些老师和朋友时,感觉是在和那些人进行对话。我知道爸爸有这个习惯。吾良舅舅去世后,你不是一直在和录音机说话吗?我问了妈妈,妈妈说,这也许和爸爸长年从事小说创作的生活经历有关……

"另外还有一个情况。我时常感到……爸爸好像打算和另一个自己生活在一起。夜已经很晚了,爸爸还在和像是年轻人的那个人说话,还把那年轻人称作古义。

"有一次,似乎在安慰那个一面哭泣一面说话的年轻人,在我倾听的过程中,连爸爸也哭了起来,也不知怎么回事,好像在模仿对方那年轻的哭声……"

对于这个生性极为谨慎,可一旦向某个方向开始前进后便不会犹豫半分的女儿,古义人闭口不语,于是千樫接过了话题:

"那么,真儿你害怕了吗?"

"我考虑过这个问题,天亮之后……以前,每当我和爸爸两人单独相处时,就会感到紧张,可这次却没有……我觉得,我的心情非常自然。接下去,即使是白天……"

"在大白天,你爸爸也看不到幻影吧。"

"不是这样的。"真木罕见地反驳母亲,"就是现在,我甚至也能感觉到,爸爸似乎正和那年轻人在一起。"

古义人因此而知道,自己最近感觉到的事物已被女儿察觉。

"还有一个人,他与你那些故去的朋友不同,你还经常和繁叔叔谈话。"

"是吗?确实如此,繁竟然不可思议地出现在了我的梦境中。"

"最近,真儿经常用电子邮件同繁叔叔联系,是吗?"

"我是躺下后才被告知那事的。但是我想到的,是真儿所说的、另一个自我现身了,就是同样年轻的繁呀。"

"……既然说到了繁叔叔的话题,那我就说几句。我与繁叔叔之间的商量,由于真儿帮着用电子邮件进行沟通,因而进展比较顺利,还谈到了新的内容。

"关于家中今后的经济问题,最近也在考虑出售北轻井泽的地皮和房屋。只是呀,暂且不说后来新建的房屋,最初那座小一些的房屋,是繁叔叔设计的,也算是当年的年轻建筑家繁叔叔的代表作吧。我想把这处房屋留下来,可是通过大学村介绍来的那些买主,全都要连地皮带房屋整体买下,然后拆除上面的旧房。大学村工会也表示,最好不要把地皮分割得过于零碎。

"真儿同繁叔叔就此事进行了磋商,以此为契机开始和他互通电子邮件。现在对方希望,留下供你静养的场所,也就是那座小一些的房屋,其余部分就连同土地一起,作为繁叔叔他本人和他那些青年朋友在日本的根据地。我们则支付地租,使用那座小一些的房屋。由于邻居是繁叔叔……如果你们能够回复到原来那样的关系……我认为是值得欣慰的……"

"在目前这个交涉阶段,假如繁这么提出来了,他那方面不就没问题了吗?在我来说,和繁已经是老相识了,相互间有一些盘根错节的地方。"

真木和千樫都从古义人的态度中得到鼓舞，把有关北轻井泽交易的资料搬到了病床边。

"繁还没从圣地亚哥大学建筑系退休吧？他为什么想回到曾那样憎恨的国家来？甚至还说出根据地这样的话……"

"繁叔叔据说因九一一纽约恐怖事件深感震撼，九一一之后美国的政策走向也让他讨厌。而且呀，真木甚至感到非常惊讶，繁叔叔竟然那么担心你的事故……说是他和爸爸的关系好像会就此了结，将变得徒劳的部分过多……对于双方来说，相互间的存在也将全都完蛋……"

古义人沉默无语，他不得不承认这一点。因为，在重伤后的那些夜晚，无论如何也无法解决的诸多苦恼之一，就在于经过这么一番"问题化"处理后，对于繁，自己有着与此相同的想法……

或许是注意到古义人因手中无事而空寂无聊的模样，千樫递过一柄大号手镜，想让丈夫看看自己那张手术后从未打算看上一眼的面孔。不管对于古义人还是对于吾良，倘若对他们有必要，千樫从不曾收回自己的主张。现在，她就以这种固执一直等待着古义人窥视镜中的自己。

听说，当时进行手术是为了降低已经达到危险水平的颅内高压。切割下头盖骨进行必要处置后——阿亮恰巧也是如此——贴上塑料板再将头皮覆盖回原处的部分，在朝西打开的窗子泻入的略带红色的光亮映照下，表面出现明显的高低不平。

千樫等待古义人放下手中的镜子，她说道：

"听说家门口有个带着高级数码相机的人过来过去的，所以呀，出院后要注意些，以防出来散步时被不留神拍了照片。"

"或许呀，会像当时对付守在门口的那些自称为右翼的家伙那样，总能逃开吧。"

"你已经不年轻了……最好还是不出门吧。"

"也没什么想要去见的人了,闭门不出倒也无妨。"

"北轻井泽的事进展比较顺利,已经是现在这个岁数的爸爸,假如能够与相同年岁的繁叔叔进行对话……那就太好了!"真木在一旁说道,"我觉得,听到你们俩年轻时的对话是很重要的,可是迄今为止,爸爸并没有谈及有关繁叔叔的事吧?我认为这很奇怪,通过电子邮件和我联系的繁叔叔可是一个很有意思的人呀。"

"我觉得自己比真儿更了解繁叔叔,可我也认为,情况确实像她说的那样。"千樫说,"事故之后,我开始读你的小说,曾一度感到不可思议。也不知从什么时候起,你不是被批评为'私小说'作家吗?关于这一点,我觉得能够以包括我本人体验在内的经验进行反驳。但是,与这个层次所不同的是另外一点——此前你也许只写和自己有交往的那些人的事……

"尽管如此,你不是还没写过有关繁叔叔的事吗?

"我确实感到不可思议,你为什么要从自己的小说中尽量抹去繁叔叔的痕迹?"

古义人运用躺在病床上的人惯用的权利,如同虚弱的病人那样因疲劳而闭上双眼。同时他在想,就算自己现在决定写繁,也是难以简单地对千樫和真木进行说明的。古义人意识到,自己获得了前所未有的自由。他认为,这是在母亲故去后才获得的。更准确地说,是在颅内积满瘀血时陷入的那个痛苦梦境中与母亲和解之后才获得的。

6

战争结束前两年的那年三月,比古义人大两岁的椿繁虽说还是一个孩子,却独自一人从中国一路来到日本四国的森林中。古义人的母亲一直赶到长崎迎候他的到来。母亲显出少见的蓬勃朝气,走起路来如同装了弹簧一般,这使得古义人不禁也抖擞起了精神。在当天剩余的时间里和翌日整整一天,古义人一次次地前往高岗上繁将要居住的屋子巡视,母亲正在那里做着清洁工作。那是一座拥有前院的房屋,从那里俯瞰下去,峡谷里的所有房舍尽收眼底。从峡谷里仰头看上去,那房屋竟似漂浮在盛开的白色桃花丛中。古义人挥舞着竹竿,不让前来吮吸花蜜的栗耳短脚鹎把那桃花弄得凌乱不堪。

高岗上的房屋,是繁的母亲的娘家,她在继承这处房产时将其改建成了平房。那里一直由古义人的阿婆照看,也是附近自称为古义人父亲的弟子的那些年轻人聚会的场所。那还是在战争期间,他们都是一些因身体有问题而没被军队选中的主儿。节假日里,他们还经常接待来自驻扎在松山的联队里的士官们。由于国家实行管制,父亲无法继续从事家传祖业,便独自住进那里的书房,由远房亲戚家的女儿负责家务。

在繁即将回国为升入松山的中学而做准备时,父亲搬到了位于峡谷和松山的中间处、那帮年轻人利用古义人外祖父另一处宅地改建而成的修炼道场。

为了繁而把房子交出去固然不错,只是迎接他的准备就全是古义人母亲的工作了。较之于父亲对有关繁的一切事务概不插手的态度,对于母亲忘我地服务于高岗上世家出身的繁的母亲,古义人和妹妹亚沙倒是觉得理所当然。在古义人的母亲来说,繁的母亲是她非同一般的朋友。对于"上海阿姨"的儿子繁要到峡谷里来,不仅母亲,就连古义人和亚沙也热切地盼望着。

薄暮时分,繁乘坐据说与其实业家父亲有业务往来的那家公司的卡车到了。一条铺石路通往高岗那边,卡车在连接石墙下那个小小广场处停下来。母亲最先走下驾驶室，她戴着方格花纹头巾，连看也不看古义人他们一眼，就指挥峡谷里的男人们从车厢卸下行李。这时，繁缓慢地下了车，圆圆的皮鞋头在夕阳下辉耀着光亮。繁目光敏锐地从人群中找出古义人，向他走近四五步后便站下，隔着一段距离直盯盯地打量着他。繁敞开现出黑色光泽的罗纱外套的衣领，露出用纽扣一直紧紧扣着的学生服。浅黑色的长脸如同大人一般威严，可是眼睛和眉毛却让人联想起女儿节陈列的偶人。面对因打怵而沉默不语的古义人，繁开口说道：

"你就是古义？从写信的笔法上看，倒是和都市的孩子没什么区别，可见面一看，你就是深山里的土著山民嘛！本来还说，将来你在必要的时候做咱的影子武士①，可你却没有一点儿和咱相似的地方！"

说着这话时，繁像是惦记从车厢卸下的行李，随即绕到那边去了。古义人并不理睬因担心而转来转去的亚沙，回到面向沿河道路的家中，经由黑暗的土间前往孩子房间。为了把自己那张因愤懑而赤红的面孔在家里所有东西中隐匿起来，他连电灯也没打开。

在母亲的劝说下，当然，是为了从翌日起就要在同一所国民学校里上学的繁，古义人还是帮了一阵子忙。亚沙后来回忆说，至少在刚开始的那几周内，古义人和繁的关系非常亲密。可在古义人的记忆里，自己却始终没有得到繁的平等对待。古义人还认为，繁在和自己说话时，从不曾用正眼瞧自己。

繁刚开始适应峡谷间的生活，母亲就不再督促古义人关照繁的事务。紧接着，古义人与繁之间关系亲密的时期便结束了。即便在国民学校的校园中，直到下课后感觉实在漫长的薄暮时分，在孩子们

---

① 为了欺瞒敌人，平时就乔装为主将的武士。

游戏玩耍的峡谷空间里,古义人也在繁的行动范围之外。尽管与亚沙的回忆存在差异,但在古义人的记忆中,情况就是这样的。不过,另一种情景——在排列着书籍的榻榻米上,自己和繁面对着面,两人度过了充实的日子——不断涌现在记忆里却也是事实……

　　自那以后,繁开始交往的人,是疏散到这里来的关西一带都市的孩子们。这些特权阶层的四周,围拥着为他们跑腿的农村孩子,这使得古义人突然将迄今出于义务感而承担的工作视为卑贱的行为。古义人开始寻找隐匿之所,一个不仅不会遇见繁和他的那些伙伴,甚至也不会遇见国民学校任何学生的隐匿之所。在母亲于上衣内侧缝上的类似口袋的袋子里,古义人揣上父亲的植物图鉴走进了森林,在那里消磨自己的时光。

　　就在这一阶段,发生了一起离奇、可怕的事情。"上海阿姨"让繁捎来的礼物,是一架德国产双筒望远镜。也不知放置在哪儿更为妥当,就慎重地放在了佛龛上。在一个月蚀之夜,古义人带着这架望远镜登上了可以俯瞰峡谷的阵之森林。然而,古义人很快便和母亲一起被叫到了相邻小镇的警察署。

　　在阴暗的小房间里,他们把双筒望远镜放在满是划痕的桌上等待着。父亲终于乘坐三轮卡车出现在这里,是从与峡谷村子夹裹着小镇的另一侧的修炼道场赶来的。最终,只是没收了那架双筒望远镜。由于此时已经很晚,早已没了公共汽车,古义人和母亲只好走回村子。又过了几天,在预科练①年轻人于远离峡谷人家的地方开设的采炼松根油的工厂旁,古义人被"在"②里农家的一位老人叫住,老人这样问道:

---

① 海军飞行预科练习生之略称,旧日本海军为培养飞行员于一九三〇年创建,其成员于"二战"后期大量参加海、空特攻队。
② 日本的偏僻小村落。

"可干了了不起的大事呀！你小子，是要给从土佐湾飞到山这边来的敌机发信号吗？"

古义人明白，除了家里人之外，知道"上海阿姨"所送礼物的，唯有繁一人。

那是繁在峡谷里住下后的第一个冬天。国民学校的学生全体集中在操场上，这是一个被包围在因积雪和污泥而显得肮脏的田埂间的狭小操场，由颤抖着的瘦小身体拥挤而成的一个大疙瘩。在这之后，大家要行进在贯穿峡谷的道路上，最终将登上三岛神社的石阶，在最高处的正殿前整理队伍，祈求战争取得胜利。大家等待着领队的校长到来，但是校长一如每当此时都会姗姗来迟那样迟迟不至，教师们也不前去催促。

繁和他手下那帮跑腿的揉开并逼退因寒冷而显出阴郁、沉闷面容的孩子们，径直向古义人走来。接着，繁这样说道：

"你小子的老娘，不是咱妈的朋友，只是被带到上海去的女用人，让她作为乳母在那里打工。工作干完后，咱爹就让你妈怀上了你小子，然后，咱爸就把她送回这深山里来了。尽管如此，你小子假如喊咱叫大哥，咱可饶不了你小子！"

古义人向着比自己高出一头的繁猛扑过去，两人扭作一团，在积雪融化了的泥水地上翻来滚去。原本用一颗陶质纽扣系着的上衣撕开后露出了胸脯，自己那没穿衬衣的、瘦削的土黄色胸部，被繁那白嫩、壮硕的肩头紧紧压住。尽管如此，也不知怎么想的，古义人接住被繁的手下踢过来的石块儿，调整了一下握姿，就往繁那个剪着齐眉短发的脑袋上砸去……古义人成为作家后曾多次写到这个情景，却没有提及那个正在战斗的孩子想要杀死对手，也就是说，没有提及自己存在着暴力冲动……

不久后，古义人在大桥的桥头处再度遇上"在"里那位老人。老人说道：

"你小子，真是个让人害怕的家伙！"

自那以后，直到升入邻镇高中而离开峡谷，古义人再也没有被孩子们真正接纳为伙伴……不过，繁在那个早晨大声说的那些话并没有在峡谷里流传开来，古义人也没有就此事的真伪询问过母亲。话虽如此，母亲无疑已经知道了那天发生之事的详细情况。这件事的一端牵连着自己，这让古义人感到极为羞耻。

古义人再度直视着母亲说话——已经很久没有这样了——是在翌年三月。当时，繁顺利通过中学的升学考试，正要搬离高岗上的家前往松山市内。相关手续也好，准备工作也好，全都由母亲一手承担。古义人无意间听说，不仅繁在升学考试前使用的参考书，就连从上海带回来的那些有趣的书，也全都被他分送给了这两年间结交的朋友。亚沙告诉母亲，听说繁对别人讲，如果那些书就那么留在这里，照看高岗上房屋的长江家里的人就可以随心所欲地使用了。而繁本人却讨厌这样。

繁搬走后不久，母亲把白米装进军袜①并缝上袜口，带着几只这样的布袜去了松山。古义人在想，这大概是为在战时配给制度下开始借宿生活的繁送去的吧。虽说是在峡谷里，可家里并不是农家，古义人家本身的粮食也很紧张。因此，当母亲大清早出门时，古义人和亚沙都深切地感到自己受到了不公正待遇。

夜晚回到家里的母亲满是尘土，身子缩得很小，神态疲惫且不愉快，却从把米袋也放入其中的大提篮里取出作为礼物的书籍递给了古义人和亚沙。在母亲备好那顿迟到的晚餐的折叠式矮饭桌上，亚沙翻开自己得到的书看了起来，可古义人却碰都不碰一下自己的书。

---

① 用白棉布制成，初为军需品，因其物美价廉且结实耐用，民间大众也广为穿用。

沉默无语地吃了那点儿可怜的食物后,古义人正要回到自己的房间去,却被母亲叫住了:

"那是我去了像是有书的人家,用米换回来的东西,所以,古义也要读!从繁那里要来书再交给你之类的事,我不做!"

于是,对于把《哈克贝利·费恩历险记》和《尼尔斯骑鹅旅行记》拿在手里的古义人来说,一个崭新的读书时代开始了!

《哈克贝利·费恩历险记》是岩波文库的两卷本,惧怕松山再度遭到烧毁全城的空袭,市民以其交换大米也是可能的。不过,即便在孩子看来,塞尔玛·拉格洛芙①的译本也不是寻常可以得到的那种装订本。古义人多年后得知,那个版本是笃学之人自学了瑞典语后研究、翻译,并以私家版的形式发行的。或许是"上海阿姨"通过东京女子大学同窗会的关系先弄到手,然后把这书送给了繁,再辗转到了古义人的手里?……

其后,母亲一度曾试图在古义人和繁之间斡旋。战败之际,被修炼道场那帮年轻人抬到城里去的父亲凄惨而悲壮地死去后,古义人升入松山的中学的希望便完全不可能实现了。不过,村子里设置了新制中学,不仅古义人要升入这座学校,根据新设定的学区制度,就连正在松山的中学里学习的繁,也要转学回到邻镇的新制高中。母亲的斡旋设想,就开始于得到这个信息的时候。从新制中学升到那所高中去的古义人和即将转学回来的繁,终于要在同一座学校里学习,成为朋友之事也是可能的……

为了确认此事,母亲去了一趟松山。可是,她回来时却显现出在峡谷内难以想象的、复杂的疲劳神情,躺下后一连睡了两三天。显

---

① 塞尔玛·拉格洛芙(Selma Ottilia Lovesa Lagerof,1858—1940),瑞典女作家,一九〇九年诺贝尔文学奖获得者,其代表作为《尼尔斯骑鹅旅行记》等。

然，斡旋没有取得成果。

第二年夏天，当繁的一家从上海撤退回来时，母亲知道自己的构想完全落空了。伴随繁的父亲回国的女性，并不是生养了繁的那位闺中密友。因此，母亲为繁这一家子做的最后一件事，就是卖掉高岗上的宅屋，再把房款寄给繁的父亲，作为他在东京刚刚开始的事业的资本。然后，繁很自然地被父亲接回东京。当时，母亲被繁的父亲告知，"上海阿姨"本人决定留在中国生活，可母亲却没有对古义人和亚沙说出这个变故。

古义人与繁再度相会，是在他开始小说家生涯并与千樫结婚、生下阿亮一年之后。在一帮诗人和话剧女演员等新朋友的鼓动下，古义人在北轻井泽买下一块从低矮的岳桦和白桦林中分割出的土地。围绕头部先天性畸形的新生儿阿亮的诞生，古义人曾写过一部长篇小说，这部小说后来被评选为某文学奖，他将那笔奖金用于这么一个构想：修建一座别墅，供自己和将会出现智力问题的孩子一同生活。不过作为具体计划，他还不打算立即就在那里建造房屋。

凑巧，一家大型建筑公司和该公司出资新创办的建筑杂志联袂推出一个策划，那就是举办一次竞赛，以资助一些买入土地后缺乏建房资金的年轻艺术家。作为年轻作家，也可以在文章中描绘自己梦寐以求的别墅的印象。倘若被选中，便以此为基础，由年轻建筑家提出设计方案，然后再度举办竞赛，由主办这次活动的建筑公司根据最优秀的设计方案进行施工。

古义人写的，是题为《"小老头"之家》的文章，标题真实地显示出古义人生涯中第二次热衷于艾略特的时期。接下去，古义人顺利入选，而将其文章化为建筑方案并因此而获奖的，正是多年不见后突然在他面前现身的椿繁。

7

　　古义人同意卖出自家在北轻井泽的全部土地和建造在那里的两座房舍中的新房，真木随即以确定下来的条件为基础，及时发出了相关电子邮件。出院后的七月中旬至整个八月都是酷热难耐，真儿希望古义人在北轻井泽这个已经习惯了的环境中度夏养病，并请繁和他那些年轻朋友住在呼声可闻的近处。这个希望的强烈程度，远远超出了古义人的意料。为此，古义人询问了千樫：

　　"真儿呀，她觉得从儿时起就很熟识的繁是个和自己很亲近的人。要到这里来的繁喜欢真儿……吾良也是如此……在疼爱真儿这一点上，还真是那样。

　　"可是呀……他和我之间那些事的底细，暂且就不说了……自分手后经过很长时间，他因性骚扰被加利福尼亚的大学开除等，这里的周刊杂志也登了有关消息。刚巧，那时她正好是对这类事情非常敏感的学生，肯定也是因为这个缘故吧……"

　　"也是因为吾良舅舅的事情，真儿并不依据新闻媒体写的东西来判断人，所以……关于你，无论因特网上的回帖写得多么严重，她也不为所动。"千樫说道，"而且，阿亮和真儿不是曾在四国老家度过夏天吗？那时，老祖母对他们说了很多，说是繁叔叔当时是个非常逗趣的孩子……她甚至还讲，看到你和他在一起，是她最大的快乐。"

　　"……就我的记忆而言，在峡谷里，我和繁亲密交往的期间非常短暂。在那以后，就一直是空白，即便我来到东京，两人明明在同一座大学里，也没有任何联系……

　　"假如没有'小老头'之家那件事，也许这一辈子也不会有任何交往。"

"话虽这么说,可你们一旦再会,不就马上开始密切往来了吗?因为我就是当事人之一,所以记得非常清楚……吾良自不必说了,就连篁先生也被卷了进去……当时我就在想,对于你来说呀,他终究是个特殊人物。在那以后,发生了各种各样的事情……"

古义人也询问了真木,想知道她对繁的具体印象。也不知怎么回事儿,真木好像从古义人的妹妹亚沙姑姑那里,从吾良舅舅那里收集到了不少有关繁的信息。

"我曾问过亚沙姑姑:在爸爸描绘森林中的孩子们生活的作品里,你认为是否有以繁叔叔为原型的人物?姑姑告诉我,无论繁叔叔还是'上海阿姨',作品中都完全没有写到,这是非常奇怪的。

"我还问过吾良舅舅:在你和爸爸相识相交的高中生时期,他说过关于繁叔叔的什么事吗?吾良舅舅告诉我,他没有直接听说过有关繁叔叔的话题,可他认为,爸爸觉得在自己的身体内部,有一个让自己不停追赶的原型,因而绝不敢懈怠半分……当舅舅见了繁叔叔后,立即明白这家伙就是古义人从孩童时代就仿效其生活方式的原型。

"结果呀,我从爸爸这里直接听到的、有关繁叔叔孩童时代的往事就成了中心。不过,这与老祖母讲述的'自己的树'那个传说相关联。峡谷里的人,在森林里都有一棵属于各自的'自己的树',降生以前的灵魂,就栖息在那棵树的根部,那人死亡之际,灵魂就会离开身体回到那里。是这么说的吧?说是峡谷里的孩子只要在'自己的树下'耐心等待,就会遇见上了年岁的自己。我觉得这一段特别有趣。

"于是我就对爸爸说,前往'自己的树下'实际等待,是需要勇气的。这是我在阅读妈妈在爸爸写的随笔中画上插图的那本书时的事。于是,爸爸就告诉我:不,那是繁回到峡谷后不久,我们还是好朋友那阵子一起去的。"

在旁边整理医院的支付单据的千樫这时插嘴说道：

"我也读了那篇随笔，觉得其中似乎有什么东西没写出来。于是，在着手画插图前，请你爸爸做了详细说明。说是孩童时的爸爸和繁叔叔攀向高处森林之际，繁叔叔说，当上了年岁的爸爸过来时，就威吓他，于是带上了木棒……想起来了吗？在我的插图画中，一个老人和一个孩子隔着一株大树面对着面，但是，那孩子似乎在用什么东西暗中保护着自己。是这样的吧？从读者那里，我也收到了说是产生了这种效果的信件。

"我呀，并不认为孩童时的爸爸要攻击已经成为老人的那个未来的自己。我觉得，尽管如此，在森林里与陌生老人面对着面的孩子呀，如果他想要保护自己，倒是更现实一些……于是，孩子时的爸爸就请上繁叔叔一同前往，而繁叔叔则体谅到了爸爸的不安。"

"我也这么认为。说什么繁叔叔闹出了各种纠纷……即便说不上是犯罪者，他的凶暴也至少可以把他送进精神病院等，我并不相信这些……

"现在，即便我与繁叔叔通过电子邮件交谈，我也不相信……可是呀，我觉得，当两个孩子进入森林时，为了自己和爸爸而带上木棒，也是很正常的吧。"

对于真木的这番话，千樫没再说什么。不过古义人也知道，真木与母亲持有相同看法。她们虽然也知道繁叔叔非同寻常的生活方式，却还是无保留地接受了老祖母对他的信赖。而且，她们还以自然而然的演变形式实行眼前这个计划，这个让古义人在整个夏季里都和繁在相同处所一同度过的计划。迄今为止，除了外国的大学提供的房间以及教员宿舍，古义人还从不曾与家属以外的人在一个房舍里共同生活过。

虽说并不是隐于这个想法之后的算计，可她们大概认为，这个夏天，她们难以从长年就诊的大学附属医院把阿亮带到远处，陪同病后的古义人苦度避暑生活。在现今仍存活着的朋友之中，早已不存在既有暇一同避暑且非常好奇的人了，而从不曾在这个国家的大学里任过教职的古义人，也想不出愿意牺牲暑假来帮助自己的学生。

也就是说，繁主动提出的这个要求，与千樫和真木为北轻井泽的土地和房屋寻找合适买主的想法不谋而合，对于一家人来说，真是撞上了求之不得的好运气。

"尽管如此，繁呀……彼此都已经进入人生的最后阶段了，那就携手补偿最初没能完成的友谊吧！"

养成自言自语怪癖的古义人确认千樫和真木都已离开病房后，他这样出声地说道。

8

第二天清晨，古义人很早就睁开了睡眼，等待着医院的例行晨检，做完这一切后，便再度沉沉睡去。将近中午时分因意识到什么而醒来时，看到真木凭依着床边的椅子，挺直背部站在眼前。她那目不转睛地凝视着自己的、平日里总显得忧郁的眼白里，渗入了血水般的色泽。古义人记得有一次曾看到同样的情景，在漠然的同时，他感到某种危险正在逼近。

"通过与繁叔叔往来联系的电子邮件，一切都已经商定好了。可是，"真木做好准备，这样开口说道。

"繁又提出了新条件？"

"那倒没有。是有关我的事……妈妈从一开始就知道……有一些情况，我觉得必须向爸爸汇报……

"如果爸爸也以为,与繁叔叔之间的交涉只是始于偶然,那么,就不觉得进展得过于顺利了吗?"

"繁和我的交往已经中断很多年了,而且,我又处于目前这种状态,因此,假如没有真儿和妈妈,就不可能有人把这件事推进到现在这个程度。"

"从七月的第二周开始,和繁叔叔一起居住的那些年轻人就要到北轻井泽来了……他们现在应该已经到达日本。至于繁叔叔,他正在韩国出席以建筑和政治为主题的研讨会,其后要回美国处理一些事务,然后再来日本。

"从那时起,就算启动北轻井泽的项目了,所以爸爸出院的日子也要从那时开始倒计时。"

"是两组不同的人进行的共同项目吧,也许会有一些复杂之处的。"古义人说道,接下去,谈话的氛围使得他难以轻松地说出感谢的话。

真木像是在点头表示首肯,她提起精神说:

"有一些事,如果不对爸爸说出来,就不公平。自从必须考虑出院的事情后,妈妈和我就商量,想请一个靠得住的人协助我们。数来算去,吾良舅舅也好,篁叔叔也好,从事编辑工作的金泽叔叔也好,全都死去了……妈妈就提起了繁叔叔的名字。于是,我就用电子邮件询问繁叔叔,'最近有来日本的安排吗?'这就是事情的发端。繁叔叔说是正巧他想结束大学里的工作,目前正在考虑几个方案,恰好在这时收到了我的电子邮件。然后,他就开始认真考虑回日本来干一番事业。与此同时,爸爸康复的势头也很好……妈妈甚至说,'真是不可思议呀'。"

"我可没意识到这一切。"怀着因自己的迟钝而引发的不安,古义人这样说。

"现在,终于到了最后决定的时候,当然也想得到爸爸的认可,就重新阅读了此前发送给繁叔叔的所有电子邮件。我觉得,让爸爸在不了解我对繁叔叔所说内容的情况下和他会面,这对爸爸是很不公平的。"

"好吧,明白了。"古义人说,"我总是用这种说法先声夺人,真儿你倒是学会以其矛攻其盾了。怎么样?你把打印好的电子邮件带来了吗?就是以前发给繁的那些有关我的电子邮件。我觉得,阅读了那些东西后,事态就会清晰起来的。"

"……繁叔叔一直在收看我的电子邮件,然后做了回复。我更想让你看他的回复。"真木用怯怯的声音回答说,"只是很长……"

真儿,你与千樫无论怎么商量,还是不能对古义述说,结果还是一个人独自苦恼。我在想,大概是这么一回事吧:

据你所说,古义或在梦境中,或在即便醒来也会被拖曳到此前所做之梦的梦境中,与似乎出现在他眼前的人物说话,频繁地诉说般地说话。说是六隅许六先生呀、篁君呀、吾良君呀,这是他的主要诉说对象。好像我也会出现……

古义像是回到了年轻时的自我,当然,真儿也不熟悉的那位年轻的古义会用叽——叽——的声音诉说,甚至还会流下眼泪,所以呀,在他身边旁听大概会很辛苦。深夜里,只有真儿一个人!难道古义就没考虑过,自己所说的内容可能被真儿听了去?

通过真儿的电子邮件知道这个情况后,我之所以感到腻烦,是觉得古义又开始了。你在补写的内容中也提到在吾良突然死去后,古义借助田龟进行的通讯。就在那事的翌年,我在德国参与波茨坦广场再开发的收尾工程,知道他来柏林自由大学任教职,也没前去见他,在回美国的中途顺便去了东京。毋宁说,与古义保持这种冲突状态倒也不坏,我顺便去东京,就是为了向千樫表示对吾良的哀悼之意。那时,也看到了已经出落成大姑娘的真儿和沉稳如成年人一般的阿亮……

我听了千樫的介绍,说是深夜里,正和吾良说着话的古义的声音,如水滴般——这是最贴切的比喻了——从二楼飘了下来,她感到非常苦恼,也为古义本人担心。那时也是这样,我就在想,这古义又开始了。从以往的孩童时代起,古义就曾这样。那是我去了村子后不久的事,是在和古义还是好朋友那阵子。说是老祖母曾告诉你,只是看见我和他,就让她很高兴了。这都是非常真实的啊,只有古义做出一副忘却了的模样。

那阵子,秋天的台风季节来临了。从一个到我在上海的家里来的中国青年那里,我曾听过他家乡那可怕的洪水。所以呀,峡谷里的大水就同那青年讲述的内容重叠起来,我因此而感到恐惧。

连日来都是大雨滂沱。由于大都市都因空袭而烧毁了,因此把木材拉往山外的卡车在峡谷里往来不断,那是一个滥伐森林的时期。峡谷里的河流马上就涨水了。接着,大水终于冲了下来。妹妹亚沙不愿离开她母亲,于是古义独自来到高岗上的我家借宿。我们把枕头并在一起睡,我因此而高兴得难以入眠。但是,我刚觉得古义睡着了,他便像醒着时那样,不,更像是鸿篇大论似的说了起来。

我也从老祖母那里听过这个传说,说是峡谷里的人死去后,其灵魂马上就会飞上森林中那棵"自己的树"的根部,就在那里停留下来,然后还会飞下峡谷转世投生……于是我就担心,他该不是被那个灵魂附体了吧?又是大雨,又是大风,我家有三面被森林包围,所以暴风雨的声音就非常可怕……河里水流的声音,从房屋正面被风刮了过来。可话虽如此,对我说个不停的古义的声音呀,却更加可怕。

　　古义呀,当然,他的话语中带有当地口音……现在还有这种口音吧?尽管如此,他还是像朗读写在书上的文章那样叙说着!该不是从那时起,古义就在考虑离开山村,到东京去用那种语言干下去吧?不过当时叙说的内容呀,都是村里发生的逃散①啦,曾祖父杀死被大家推举为暴动领袖的亲弟弟啦,等等。或许,他在通过这种叙述方式,来训练想要成为小说家的自己。虽然我感到恐怖和生气,可他还是让我就这么听着!

　　台风过去后,峡谷里的河水也清澈起来,一闪一闪地反射着太阳的光亮,那天白天,我让古义把逃散和暴动的传说再讲一遍,他听了这话却猛然一哆嗦,生气地说,那是从老祖母那里听来的,是不可能对我说的。我觉得,这也是我和古义的关系开始变坏的一个起因。就像是找了一个意想不到的接口挑衅似的,他那大耳朵变得血红,当真就生起气来了!

　　假如真儿告诉古义,他现在仍然一面睡觉一面叙说,而且,当古义知道真儿以他遗传下来的记忆力记住了梦话的内容时,他还会猛然哆嗦吧?

　　大家都知道真儿是个生性谨慎的人,即便对我说了古义如此这般一面睡觉一面说梦话,也不会讲他说了如此这般的内容,从不曾在电子邮件里引用梦话中的任何一句话。我觉得这样做是很辛苦的。因为,在我的记忆里,那位又小又老实的少女,总是独自一人面对古义说出的所有话……

　　可尽管如此,我还是觉察到在你的电子邮件里,唯有一句话

---

①　在日本的中世和近世,农民和山民为逃避年贡和徭役而采取的一种抵抗形式,人们舍弃土地逃亡至其他领地或城镇。

明显暗示出了古义在夜里所说梦话的内容。因此,就从我的嘴里把这句话说出来吧。假如被我言中的话,那大概就是作为古义的女儿无论如何也难以说出口的话了。

真儿,你不是取代整天忙这忙那的千樫而在管理寄给古义的邮件吗?在那之中有一封,不,更准确地说,是有一类信函对于古义的事故幸灾乐祸,说是即便头部的伤被治愈,心里的伤也难以治愈。所以,在古义于并不久远的未来自杀之前,他们会持续这种批判和声讨。你在电子邮件中写道,很多封这类信函一直在不断寄来,对方甚至还描画了配有说明的插图,说是古义与妻兄这两个人或前或后地排在一起吊着脑袋……

如果我的臆测与真儿所担心的事情相同,那你在电子邮件中无意泄露出来的自杀这个词汇,就是真儿你从古义的梦话里听到的核心内容了。我认为,实际上这并不是一件很容易的事。

那么,该怎么办呢?那就把真儿的不安,与千樫同我正在洽商的处置建筑物的问题联系起来,把我在日本生活的根据地就选在北轻井泽,如何?如果我和我的朋友们起居于相同地界内的那所大房子,而古义则生活在原来那处"小老头"之家,我们就将在时隔多年后重新比邻而居,每天不都可以在一起说话了吗?

9

古义人抬起眼睛,看着仍像刚才那样如同凝冻起来一般的真木。只见她低俯着纸张般缺乏光润、白里泛黄的圆脸,面颊上流淌着泪水。不知从何时起,千樫也出现在病房里,她走到真木身后,宛若缠绕在年轻却是坚挺的树干上的常春藤一般,紧紧抱住那显得僵硬的肩头。古义人知道,千樫准备从自己或许会表现出来的蛮横中保护女儿。其实,这只是她在显示她所具有的那点儿物理性对抗力而已。这时她开口说道:

"由于真儿的努力,繁叔叔才会到这里来,我对此感到很高兴。不过,就像我们对吾良帮不上任何忙那样,繁叔叔也好,我也好,真儿也好,或许对你也帮不上任何忙。话虽如此,我们还是希望事态能够顺利进展。

"所以呀,真儿,假如你对让爸爸阅读的繁叔叔那些电子邮件很介意的话,那就给目前还在韩国的繁叔叔发一个新电子邮件去,询问他是否可以在会议结束后回美国时顺便到东京来一趟。在北轻井泽的共同生活开始之前,先让爸爸和繁叔叔他们两人叙谈一番,怎么样?"

就这样,尽管有所预期,还是让古义人感到突兀的、繁的那次探视,终于填补了常年的交往空白。

第一章 "小老头"之家

1

　　出院那天,在书房的床上躺下休息过后,古义人走进隔着走廊的书库,随即感到一阵眼花①,他却仍然站立不动,品位着眼花这个词汇的语意。

　　迄今为止,古义人一直把眼花这个词汇理解为眩晕,大多以目眩或是耀眼为主。可古义人现在感觉到的则是黑暗。在一片漆黑中,他一动不动地站立着。然后,他只取过一本书,便重又回到床上。这是有生以来购买的第一本在原诗旁配有译文和解说的艾略特诗集,是由深濑基宽②翻译的。

　　书上包裹着防尘书皮,古义人拆开这书皮,细细端详着当年并不多见的布质封皮。原先的淡淡绿色早已褪色,茶色污迹从上端边沿处往下渗透……这书还是十九岁那年冬天,古义人在大学的

---

① 在日语词汇中,表示眼花的 kuramu 和表示黑暗的 kuramu 发音相同,故有下文的"黑暗"一说。
② 深濑基宽(1895—1966),日本英国文学研究者、随笔家,著有《艾略特的艺术论》、随笔集《深濑基宽集》、译著《艺术的命运》等。

生协①书店购买的。他两手捧着书,翻开开头部分的页码——那里的页码被翻起了卷边,就像自然打开的一般——后,随即便被深濑基宽译诗的文体所吸引,甚至觉得透过这诗歌,看见了五十年前的自己。

> 这就是我,无雨月份里的一个老头儿,
> 让那小童念书给我听,企盼着天降甘霖。
> 我从不曾站立在激战的城门,
> 也不曾沐浴雨水,
> 更不曾在没膝的盐碱沼泽地里,挥舞着大砍刀
> 在飞蚋的叮咬下,进行战斗。
> 我的住处,是破屋烂房,

自战争结束到那时,只有九年时间。若以战败之日为折线,把自己有生以来的岁月对折起来比较一下,就会发现战后这段时间还是要短一些。从战败那天起,古义人便从被作为士兵送上战场的噩梦中解脱出来。然而,他也经常感觉到,在获得自由的内心里,持枪战斗的那种默然的梦想却也开始萌发。这是因为他意识到,自己已经失去了这个机会。而且,他与那位在诗歌中感慨自己没能参加战斗的叙述者之间,存在着深深的沟壑。古义人认为,只能把自己比作那个朗读书本的小童角色……

当初购买《艾略特》这本书的最大理由,就是印刷在页码下端的原诗。现在,古义人注视着那里的原诗,同时在想,无论是当初试图全力解读这首诗歌之际,还是十年后写出《"小老头"之家》那篇文章的时候,其实自己并不具有真正解读原诗的能力。为了建筑杂志而

---

① 生协为"学生协同组合"的简称,相当于消费合作社。

前往业已完工的别墅拍摄照片时,古义人爬上尚未拆去的木架,在刚去掉型板、没有进一步打磨混凝土表面的壁炉烟囱上,他被要求用原文写上《小老头》开首部分那一节诗,用的是试烧壁炉时烧剩的焦木桩。

为了拍摄深夜播出的简短文化新闻,初创期的电视台也一同前往,台里的工作人员希望古义人朗读刚刚写下的那诗句。在他练习了一两次之后,繁要求予以替换,并出色地朗诵出来。尤其是电视台的那位工作人员,不加掩饰地表现出对古义人的轻视,使他为之意气消沉。

仿佛依偎着四方形烟囱修建的、细高细高的二楼那个小房间,原本设定为古义人的工作间,可在那间三铺席①房间里放进一张书桌后,就显得狭小局促了。于是,繁便写实地设计出这么两行诗:

　　我的住处,是破屋烂房,
　　而且,房主是蹲坐在窗台上的犹太人,

不管怎样,就在古义人、千樫和刚出生不久的阿亮这个三人小家庭来这里度第一个夏天时,吾良和繁造访了这座难以居住的房屋。那是因为吾良看了电视节目后,要求千樫把建筑师介绍给他。吾良这样对繁表达了自己的感想:第一次看到的实景中,"小老头"之家二楼部分和烟囱之间,不妨说,飘溢着一种微妙的不自然。第二周他们又来了。吾良前不久曾在好莱坞电影中饰演配角,并因此而记住某种特殊制作技术。这次他们一来,吾良便花费时间为自己的脸部化妆,然后将穿着灯芯绒上衣却没打领带的上半身从窗口显露出来。为他拍摄这幅照片的摄影师,是由繁来担任的,

---

① 以铺席张数计算房间面积的量词。

在多才多艺方面,他与吾良颇为相似。据说,后来吾良在英国电影《吉姆爷》①中应邀饰演部落首领的儿子,就是因为这幅照片的缘故。

2

古义人一家每年夏天都要到这座别墅来,可随着孩子的相继出生和成长,"小老头"之家便显得越发局促了。也曾进行过一次扩建,并在扩建时努力不损害原有样式和风格。又经过一些年头,当古义人获得国外的一项文学奖后,便在那块地皮的深处建造了一座更为宽敞的小楼。这小楼被命名为"怪老头"之家,摘自对古义人非常重要的另一位诗人叶芝的诗句。

七月初,古义人独自——或者说,与有着怪异之处的另一个自我一同——来到北轻井泽。这三十年间,除了前往墨西哥、美国以及德国的大学从事教学工作的那些年头外,古义人的每个夏天都是在这座别墅里度过的。至于去年,则从春季就和阿亮生活在四国的母亲遗赠的屋子里,到了夏天,就因伤住进了医院。

千樫和真木暂时住进了"小老头"之家和将交付给繁的"怪老头"之家,对这两座房子进行两年以来的第一次大扫除。在这期间,古义人和阿亮留守在东京的家里,确认了千樫母女返回东京时将要乘坐的特急电车后,古义人把阿亮留在家中,自己则去往北轻井泽。在车站前,从北轻井泽别墅区赶来的千樫和真木把出租车转交给古义人,古义人在续乘前与她们大致说了几句话。

---

① 由美国导演理查德·布鲁克斯于一九六五年根据约瑟夫·康拉德的原作拍摄的电影。

轻井泽虽说天空阴沉，不过并没有雾气，真木那穿着夏用外套的肩头处却被濡湿，这让古义人感到不可思议。但当他乘坐的出租车往上驶向浅间的途中，雾气却浓密起来，在车子往群马县那边下行时，这雾气就变成了绵密的细雨。越过县境之后，在坡道缓下来的地方，温度计显示为十七摄氏度。这一带的别墅区在战前由法政大学相关人员组成的工会初创，所以被称为大学村。通往位于别墅区边缘的"小老头"之家的道路上，形成了几个大面积的水洼。从道路两侧遮过来的枹栎叶片，仿若厚厚地抹上了绿色油漆，衰弱的古义人觉得自己受到这精气的压迫。

　　由繁设计的"小老头"之家刚建成时，地界内除了四五株高大的红松外，岳桦、白桦以及水榆都还很弱小。仿佛依偎着那座木结构二楼的混凝土四方形烟囱，就从那些小树丛中脱颖而出。

　　红松在二十年前的一场台风中倒下了，剩下的落叶乔木却一个劲儿地疯长，长得令人惊异的高。混凝土烟囱和二楼的屋顶也因而显得低矮了。一些被折成约两米长的松树枝堆积在一处，把这些树枝弄成适合于放入壁炉燃烧的长度，是古义人每个夏天的工作。树枝大致已经烧完了，可古义人已经难以胜任这项工作了。剩余的几根树枝从接近地面之处开始腐烂，体积并不很大的残骸暴露在外面。目前正处于病后恢复期的古义人，站在阔别已经整整两年、总体上已经陈旧不堪的房屋面前……

　　古义人没有很多时间沉溺于悠长的感慨之中，他觉察到有人而回身看去时，却只能仰视那位长着一个大脑袋、浓黑头发白皮肤的三十多岁的男子。那人略微低下头说道：

　　"是长江先生吧，您在路上遇见夫人了吗？我是弗拉季米尔，为给繁先生打前站而来到这里。只是夫人她们一离开这里，配电盘呀什么的就搞不清楚了。夫人她们为这里做了大扫除，临走前，说是有关别墅的文件放在长江先生的工作间里了……要让您费心了……"

确实是外国人的语调,不过,颇有气势的说话姿态和古老词汇,却让人产生了一些联想。面对默默点了点头的古义人,那人得体地继续说道:

"原本应该等繁先生到达后再向您做介绍的,却突然冒昧地打了招呼。早在学生时代,我就着迷地阅读先生的作品。"

总之,尽管和对方握了手,古义人却连寒暄的话也没说,就走进了千樫她们没有锁上的"小老头"之家。

改建时,楼梯上包括木材已经翘曲的地方也都原样未动。现在,古义人踏着这楼梯,进入犹如塔一般的那个三铺席房间寻找文件。找出那本用合成树脂封皮装订的文件册后,他便向外推开并未拉上窗帘、由中间向左右对开的窗扇,在尘土中探出了上半身。听到这动静后,那个走进阳台旁的草丛、站起身来的人,仰起了从正上方看下去如同孩童一般的脸。

古义人晃动着手中的文件以便让他看清。从这三十多岁男子浮现出的表情可以看出,他正忍着不让自己笑出来。这个看似聪敏的人物,当然会知道"小老头"之家的由来。他大概会这样告诉繁:长江先生向我展示了而且,房主是蹲坐在窗台上的犹太人这一演技。不过,目前自己实际上离那样的人物也不远了……古义人就以这样的姿势把文件扔向下面那人,而对方则在空中准确地接住了文件。

"谢谢您的关照!"言过谢后,那人就大步往地界深处走去。在相同平面上,由于枹栎林的遮挡而不可能看到,即便在小塔上,从这个高度望过去,也只能看见"怪老头"之家和粗野驶入这一侧树丛繁茂处的黑色客货两用车。一位也是三十来岁的东方人——不过,看上去似乎不是日本人——女性正要从碰巧打开的驾驶室下来,她向这边挥动着如同圆棒一般的胳膊。古义人也大幅度地回礼致意,目送那男子踏着在略显红色的茶色落叶上新飘落的今年黄色落叶离去。女子从车上下来向那男子迎去，同时注意脚下不被滑倒。并不见走近她身旁的男子回过身来，向她指示古义人的方向。两人随即开始了从客货两用车上往下卸货的工作。

3

两天后，繁到了。古义人在起居室的壁炉前放置了扶手椅，从椅子处伸手可及的范围内配置了辅助书桌和低矮的书架，并安置好了真木送来的辞书类和有关艾略特的书籍以及卡片盒。他抬眼望去，只见那辆客货两用车从这片地界的入口处径直开进来，在阳台前放下繁后，以和前进时相同的速度往后倒车。毋宁说，像是要将自己的身体暴露在"小老头"之家整栋建筑前似的，繁面对房屋一动不动地伫立着。虽说他身材高大，身肥体壮，却不见他站在医院病床旁时让古义人感觉到的壮年的精气神，确切透出的那种上了年岁的、平静的举止，使得古义人感受到心理上的冲击。

为了不使繁受到意外惊吓，古义人发出声响打开玄关①大门，又歇了一口气，来到用圆溜溜的小石子覆盖住混凝土地面的阳台上。

"前一阵子，你去医院看望我，谢谢。你位于真木和我之间，把她作为互通电子邮件的对象，多亏了你的帮助，真是太好了。"

"还不到一个月，你就精神多了。"繁将原本向上仰着的脑袋转而面对正前方，意外地显出不设防的微笑，"不是病人了，该不是想要着手干些什么了吧？"

"不、不……包括学生时代在内，面对工作如此振作不起来，这

---

① 原为禅寺院里进入客殿的出入口，后泛指住宅正门。

还是第一次。"

繁岔开古义人坦率的感慨,把小型旅行提包放在阳台的木质构架上,然后再度环顾着"小老头"之家。

"在那里,把像阳伞的六等分那样的屋顶镶上去,使一楼显得开阔起来。负责扩建工程的那家伙,是咱在美国教过的学生。他在写给咱的信上说呀,你让他留意对咱设计的建筑要'保存和再生'。

"在转悠到这里来之前,还去看了对面的房子,那家伙干的不赖呀。构想是有内在联系的,从整体上看,扩建工程并无不妥之处。尤其是这边的改建,算得上是麻烦的工程,把施工队整得服服帖帖的吧。"

"除了负责自来水管线工程的家伙外,其他人员还是你施工时的那个班子。后面那座小一些的楼房后来不是不能用了吗,虽说建了兼作书库的工作间,可每年来到这里时,自来水管都会破裂。那家伙既没有修理能力也缺乏诚意。于是,千樫在说明时就表示,那座房屋只能废弃了,因此需要进行改建,让施工队把那家伙剔除在外。在建那座新家时也是这样。"

"因为千樫和吾良很相似,因此咱认为呀,她甚至可以成为建筑家。处理人际关系时,她自有一套惩戒的规矩,肯定会有一些同行看走了眼,被她狠狠地教训过。那可不是咱的事!"

"为你打前站的那些人也是有其规矩的,尤其清清更是如此。至于弗拉季米尔嘛,还没有让我看到他的真面目。"

"咱对他们说了,在咱到达之前,他们只能与古义在最小程度内进行对话。"

"对了,千樫说呀,要原样保留你们家与这里之间那片可以遮挡视线的、繁茂的杂木树丛,对我们双方的生活都比较方便。她让把这个意思先对那两人说一下,说完后她就回去了。于是,就由我出面说

39

了这个意思。也只是说了个大概。先进来休息一会儿？"

"是啊，作为重逢象征的聚餐还要等上一阵子，就先进去一会儿吧。弗拉季米尔去了国道中途那家大超市购物，清清已经去接他了。"繁赞同地说道。

古义人到达这里的翌日下午，觉察到"怪老头"之家那边已经开始收拾庭院，便想起千樫的叮嘱，于是向这块地皮的深处走去。最初，古义人买的地皮位于大学村的尽头，在更深一些的处所，是每逢下雨便成泽国的一大片洼地，这块洼地一直闲置在那里。泡沫经济初期，从那洼地往上去的地方动工开发与大学村没有关联的另一个别墅项目。看到这情形后，千樫预见到那洼地的边缘将要修建道路。不过，倘若不是大学村工会的会员，是无权延长自来水管线的。因此，除了千樫，那块洼地不可能出现其他买主。在这种情况下，她以低价买下了那块闲置的地皮。十年后，在那里建造了"怪老头"之家。

那洼地目前仍有积存着雨水的水洼。古义人向那洼地走去，清清却自上往下，使用链锯砍伐而来，一直到枹栎开始群生之处。圆锥绣球、五加、李树等因其花儿而为千樫所喜爱的树丛惨遭砍伐，开始枯萎的绿叶、叶背生有白色柔毛的树枝堆了一大堆。从清清那里听到关于施工计划的说明后——让施工队平整地面，把这里修建为供停车用的场所——古义人也只能告诉对方：这样也可以，但下面包括湿地在内的那一带则请不要沾手。

先前，古义人以老人的敏锐听觉听到链锯的音响，他整理着装束，也不知出于什么想法，连胡须都剃刮一净，在他来到这里前的那段时间内，砍伐作业是肯定会进展到如此程度的。自从出院以来，当决定开始某种实际行动时，古义人总能感到自己那慢慢吞吞的做派。他嗅着弥漫在周围的青草和树叶的气味，清清则像是在为砍伐树木这件事本身而得意。

一旦入秋后树叶飘落下来，就会像千樫所担心的那样，枹栎树丛对面的"小老头"之家肯定会裸露出来。从二楼小房间看过去，"怪老头"之家大概也会同样如此吧。以改建狭小的旧楼和新建那座新楼为契机，建筑杂志开始登出年轻建筑家的照片。他在以冬季景色为背景拍摄的照片旁的说明文字中写道，自己只是对同一个概念做了一些修改，然后重复运用这种手法建造了新旧两座建筑物——如同繁一眼就看出其实质的那样。

古义人对清清说了那些要求后便打算返回，却被清清所挽留，她的工作刚刚告一段落，因而想多聊上一会儿，把牛仔上衣披在染有花样的立领丝绸衬衣上走了过来，送上看来确实是中国人爱用，而在日本不常见的塑料瓶装名牌乌龙茶。

略显外突的圆润额头和凹下去的下巴被柔软的皮肤包裹着。对于这个因轻微劳动而面泛红潮的姑娘，古义人没有与其继续谈下去的话头，可清清却在不断寻找共同话题。于是，古义人再度说起先前曾来送还被借文件册的弗拉季米尔说过的话。

"弗拉季米尔像是在为繁的衰老而担心。还说，这衰老是从九一一恐怖事件开始的。不过，繁来医院探望我的时候，看上去非常健康呀。"

"不是那回事！"清清口气强硬地说道，较之于日本姑娘，她脸上浮现出的微笑显出另一种魅力，"我所说的否定话语接续在文脉的哪儿？你并不清楚吧？这样的日语就是不行呀。我也不认为繁先生是健康的。不过，并不像弗拉季米尔所说的那样始于九一一。这就是我要否定的地方。我在圣地亚哥刚开始师从繁先生时，他确实很活泼，根本不像是日本人！可是，自从夫人因患疑难病症去世后，繁先生就成为老人了。而九一一，则发生在那以后。"

"可弗拉季米尔却说,当世贸大厦坍塌之际,繁因为过于靠近现场而负了伤,自那以后,身体一直都不好……"

"在日本的报纸上,有过关于那种事故的报道吗?"清清从容不迫地予以否定,"繁先生很快就预见到大厦将会如此坍塌。在办公室的电视里,我们看到喷气式客机撞进了大厦,于是繁先生就说,去见证将要来临的坍塌吧!他还说,这场坍塌,将是世界大都市多米诺骨牌式的坍塌的开始。"

来到峡谷间的繁有编造假话的毛病,虽说古义人自己也有相同个性,可还是被繁骗得很惨。古义人不禁回想起了自己被骗的不愉快经历。

当繁接受古义人的邀请到家里来的时候,曾说过下面这番话语,以便布上一条防线,防止弗拉季米尔和清清之间那些不甚一致的话语分别传到古义人这边来。

"你阅读了艾略特,用语言为自己想要建造的家宅作了素描,而且,还起了《'小老头'之家》这个标题。那时候咱呀,当然还没对那首诗产生深刻的思考。只要在纽约看着地面行走就会很清楚,在那座被密密麻麻的建筑物完全闭锁着的都市里,当发现眼前突然出现了一个豁口时,肉体性灾难对我也产生了联动,我确实被击垮了!

"……于是,《小老头》中的一段诗句便大声回响在咱这花白头发的头脑里。我洞悉这一切,现在,还有什么理应赦免之物吗?不妨考虑一下!就是这么一些内容啊!你也是如此,受了那么严重的伤害,当时,你的头脑里回响的不也是相同的这一段吗?!"

古义人让繁看了他建起后便没再改动过的壁炉。建筑家站在连接餐厅与玄关的狭小空间处,凝视着壁炉以及古义人放置资料准备读书的地方。然后,他在搁置于阳台那边的旧藤椅上略微坐了坐。古义人介绍道:

"千樫在轻井泽的旧家具店……你也知道那里有不少这样的店铺,据说它们都是从东南亚采购来的……发现了这椅子,觉得挺合适的。"

"做工确实不错!这种用竹片缠绕细小木料的构造非常牢固,甚至会是一种特殊的木料吧。在发现这些物件的眼力上,千樫与吾良是共通的。"

"……今天早晨也是如此,就坐在这藤椅上,阅读以前你也曾读过的那个版本的艾略特。一面缓慢地看着书中的文字,一面查阅辞书……年轻时的自己呀,因为心气浮躁而难以理解的地方……在心里存有很多。不过,竟难以想象地平静下来了。我甚至联想到了老年人的堕落之类的问题。"

"是老年人的堕落吗?"繁任凭身体躺靠在藤椅上说道,"毋宁说,那是咱的主题啊!假如是青年的堕落,迄今为止看的可就太多了,可是,我觉得他们的堕落是有限度的。不过,若说起老年人的堕落,那可就完全彻底地没了限度。"

接着,繁直直地挺起后背,如同去医院探望时那样有力地说道:
"和现在正说着的话没什么直接联系,只是年轻时知道的那些人都上了年岁……以前呀,在飞越太平洋的飞机里,我读了夹放在《先驱论坛报》中的英文版《朝日新闻》……发现上面有一篇写你的文章,在引用素材时写道:都知事芦原①在接受记者采访时这样说:长江……而且用的是 that man 的称谓,也就是那个家伙……根本没有朋友。那家伙是个乖僻的人,只顾考虑自己的事情……

"于是呀,咱真就扳起手指头数了起来。仔细一算,古义的那些

---

① 芦原的日语发音为 Asihara,与东京都前知事、右翼文人石原慎太郎名字中的石原之发音 Isihara 相近。

朋友一个接一个地都死去了……当然，塙吾良也是如此。在咱与你没再联系的那段时间里，篁呀，从事编辑工作的金泽呀……这么说来，就咱来说，和你远隔太平洋，又没有任何音信，对于你来说，不就成了死去的那些朋友中的一人了吗？反过来说，我感到你也成了我那些死去了的朋友中的一人。因此，我觉得必须采取一个方法。联想到最近遭遇到的这个飞来横祸，实际上你不是险些送了性命吗，古义？"

"……毋宁说，我感觉自己已经死了一回，其后又生还过来了。我还有一种感觉——也算是托福吧，此前积淀在瓶子角落的东西全都被冲洗一净。

"……这次，你要在相邻的屋子里生活，对于我来说，也只理解为就这么一回事吧。可这种态度对于千樫来说，她却好像感到有些遗憾。因此她告诉我，是真木在发给你的电子邮件中向你提出来的。我还知道，在那个过程中，你以各种方式接受了真木的提议。不过，要说我因此而对你觉得过意不去，那倒未必如此。现在正是好机会，能够每天同你交谈，我感到很高兴。像这样感知事物，在我来说还是第一次。总之，谢谢你……"

这时，繁并没有等待古义人继续说下去，也没有接过话头想要说些什么，而是为自己与古义人共享这沉默而感到惬意。古义人也意识到，在繁和自己之间，还从不曾共同拥有过这种性质的沉默时间。

古义人前往厨房端回一个托盘，里面有昨晚拔下软木塞后还剩下大半瓶的加利福尼亚红葡萄酒，还有也是快递公司直接送上门来的奶酪和面包。当他再度前去取过酒杯回到这里时，繁正在认真查看葡萄酒标签，像是曾在那产地生活过多年似的。而且，繁往两人的酒杯里斟注葡萄酒的姿势，也算得上比较优雅。古义人在想，相隔多年之后，在这种氛围中一同度过这时光，并朗诵已在内心涌起的艾略特诗句——就像繁刚才那样——该是多么愉快呀。对于繁来说，这理应不是唐突的引用，因此，他甚至会予以应和吧。在与繁中断联系的这数十年间，古义人之所以热衷于不断阅读《四个四重奏》，是因为这和自己的小说家工作有关，同时还有另一个与此不同的原因，那就是以人生各个不同时期的状况为基准来进行阅读。繁也是如此，作为美国好几所大学的建筑学教授，作为调查世界各地村落的专家——把他推往那个方向的，是古义人的朋友、建筑家荒博。虽然繁曾说过"与那个人比较起来，自己简直就是外行"的话，可在目前这个年龄上，应该不会拒绝被别人称之为专家——并且以与此并行的、不断丰富的人生阅历，他一定能够加深解读艾略特。为什么？因为那是古义人在自己人生中所确认的、上了年岁以及迎来暮年的内容，即便对于繁，他也不可能采用全然不同的面对老年的方法……

繁往正在如此思考、默默小酌的古义人的杯中加斟了葡萄酒，然后大大方方地也斟满了自己的酒杯，接着他开口说道：

"咱偶尔想到了这么一件事，那就是清清有中译版的……是简体字译本，咱多少也能阅读，有清清在帮助咱嘛……你年轻时写的长篇。咱在读这长篇时有一个意外发现，以你在斯德哥尔摩获得文学奖为契机，中国一口气出版了你的两种小说选集。清清让她在大陆的母亲把书寄了过来，她阅读了这篇作品。最初，她可是以 Misima[①]为研究对象的。弗拉季米尔同样如此。早在苏联时期，你的作品曾被大量翻译介绍，而三岛的翻译介绍则是从苏联解体后才开始。他作为比你要晚的文学一代被接受，似乎很有一些新的人气。清清也是在与三岛研究的对比中阅读你的作品的。她母亲当然支持她的阅

---

① 指代日本作家三岛由纪夫（Misima Yukio, 1925—1970），其代表作有《金阁寺》、"丰饶之海"四部曲等。为方便阅读，此后将把 Misima 译为三岛。

读和研究。

"那么,你在那本书中写道,曾被自己的父亲这么说起过:不可指望别人为自己而死,那是人世间最为邪恶的堕落。那究竟是你的创作?还是你在孩童时代确实被这么说起过?"

"是父亲突然这么说起的。那时我想起这件事,也没有进行缜密的思考,只是作为自己孩童时代以来的迷写进了作品里。不过,在当时那场大学运动①中,一位处于前沿的记者曾悯笑着对我说,'果真存在着为了长江而去死的人吗?!'尽管我认为事情并不是这样的,却还是满面通红。"

繁用锐利的目光注视着古义人,随后将视线转向虚空,用经过充分准备的口吻说:

"读了那一段后,我想起了一件事。就是咱母亲啊,每当咱情绪低落时就对咱说起的话:你的生命中有一个孩子,一个会代你而死的孩子。当你感到痛苦时,只要一想起这个孩子就会产生勇气,所以你不要忘记。

"为什么那个孩子会代别人而死?由于咱难以接受,母亲就反复这样说道:现在你是孩子,所以也是孩子的那个人……当你成为大人的时候,同样也成为大人的那个人……因为你和那个人呀,就是这么一种同生共命的关系……

"咱乘坐上海丸到达长崎,与前来接船的你母亲一同进入森林深处时,就见到你了。'啊,这家伙就是可以代咱去死的那个人吗?'咱感到自己的心情非常不好。咱母亲和你母亲啊,好像缔结了这种密约,真是一对实在奇怪的朋友。"

---

① 二十世纪六十年代末在日本、美国、法国和原西德等西方国家兴起的学生运动。学生们以大学校园为舞台,向学校当局提出自己的诉求。在日本,则以一九六八年围绕校园民主化而展开的运动为高峰。

"我父亲所说的,是代我去死的别的孩子。而你母亲所说的,则是我代你而死。"

"尽管如此,事情的起因,该不是咱们的两位母亲有过这样一个密约,那就是把各自的孩子培育成可以为对方的孩子去死的那种人?

"在咱出生以前,咱母亲把她从孩童时代起就亲密交往的朋友,也就是你母亲叫到了跟前,说是请她陪护自己直到生下孩子。可是过了一年后,母亲还是不让她回国,因此你父亲就来中国接她回去。结果,他们夫妻俩去北京转了一圈后再度来到上海,然后从上海回到了日本。就是在那次旅行过程中,他们有了你。"

"你曾说了一个不同于此的故事,所以才发生了我砸破你脑袋的风波。我一直不能忘掉那场砸伤你的风波,无论是在阿亮出生时,还是我这次受伤后,我都在考虑那次风波。"

古义人这么说着,繁对此却是沉默不语。

"……读了真儿的电子邮件后,咱当时想到的,是担负着两位母亲之间密约的两个人,已经上了年岁,不久后就要脸碰脸地生活,这倒也算是有趣。这就是咱所想到的。"

4

当古义人拿来另一瓶葡萄酒时,繁已经准备好了新的话题。

"弗拉季米尔和清清真是厉害,古义。你多少也觉察到这一点了吧?咱嘛就不用说了,就连你、古义,说起到日本来研究什么的外国人,你不也见过很多吗?!当然,他们和她们并不是日本人。

"可是呀,那些外国人都会像弗拉季米尔和清清那样,断然认为即便日本消失了也无所谓吗?

"你知道吧,咱本人给自己下了一个定义,一直自称为异日本人。话虽如此，咱只是在上海出生并度过童年，与现在的归国子女并无二致。咱母亲呀，不愿回到战败了的日本，和中国青年一起消失在了远方。也有一种说法，说是他们去了延安。在这一点上，我认为她是很独特的。

"而且，我也是从某个年龄段开始就长住美国，在生活中并不觉得对日本有什么特别的思念。对于那几位仍然想要把咱作为日本人来对待的伙伴，我甚至还夸示过身为异日本人的自己。可是，当咱把这样一个自己与弗拉季米尔和清清进行对照时，却发现在对待日本这个国家的态度上，咱与那两人还是存在着决定性的差异。

"直截了当地说，弗拉季米尔和清清呀，认为日本这个国家即便在不远的将来不存在了，他们也不觉得有什么大不了的。日本大使馆和日本的签证即便消失了，他们大概也感觉不到有什么了不得的变化。这种事态即便在两三年内发生，他们也肯定会无所畏惧。因此呀，有趣的是，他们却还要学习日语，学习日本文化，还要主动到日本来生活……

"日本的保守政治家以及保守派论客们，经常会危言耸听地说一些歪理，不是说什么'再这么下去，日本就要灭亡了'之类的话吗？但是，即便在他们的内心里，就是在梦中也不曾想过这样的事。在日本人来说，原本就没有灭亡的想法。这就是咱的观察报告。

"而且，进步派也没有这样的想法。不过也有例外，那就是年轻时代的咱母亲和你母亲呀，在追慕来到东京的中国作家的过程中所结识的、后来好像在上海和北京仍继续交往的那些研究中国文学的日本青年。不久后，其中一位成了小说家，战败后，他在上海写下了《曾有一个国家叫日本》的诗，据说还曾构想了相同内容的小说。不过，咱也不能因此而认为他在内心里确实就是这么想的。因为，他们还是回到了战败的日本。咱刚才说了，在这一点上，咱母亲是很独特的。

"总之,你现在去新宿,询问过往行人'在不远的将来,日本有可能消失吗?'这个问题,咱觉得,是不会有人回答'是'的。不过呀,假如你问的是弗拉季米尔和清清,他们大概会对你说,'为什么不可能这样呢?'就日常感觉来说,就是这样的。

"以这个发现为发端,古义啊,咱也开始思考一个新的问题。咱打算把这个想法告诉你,在此之前,想先把咱的伙伴介绍给你。而且呀,古义,当你也感觉到他们是如何的独特时,到了那个阶段,还有一个要对你提出的构想……

"如果说,咱母亲和你母亲之间有一个密约……也就是说,她们呀,希望咱和你意识到彼此间是一种可以为对方而死的关系。而咱们呢,则如此这般地成了老人,已经大致做完了在现世必须做的工作。在这种处境中,如果想要彻底尝试并从事某种全新的事业,那不是很可能成为一件趣事吗?这可是由非常难得的缘分结合而成的二人组合所要干的事呀!

"……对了,清清和弗拉季米尔好像从超市买好东西回来了。从今天晚上八点开始,就在你为咱提供的房子里,举办正式介绍他们和你的晚餐会吧。今天早晨,咱给东京的千樫打了电话,据说出院以来,你好像还是第一次参加这样的活动。不过,你没有理由拒绝吧?咱们呀,咱再说一次,毕竟上了年岁,睡个午觉,去醒醒这葡萄酒吧。"

5

昨夜的大雨使得两座屋子间的洼地成了泽国,古义人打消经由宅地范围内的道路前往"怪老头"之家后门的念头,来到由大学村工会管理的道路，从建筑用地的外侧绕了一个圈，走上被杂木林围拥着的道路。

从客货两用车的停车处向右转去，再往被砍伐下来的灌木堆积成小山的那面斜坡往上走不久，在半道上便隔着枹栎树丛看见"小老头"之家。从那里再往下走去，古义人就面对着建于八年前、与"小老头"之家的设计思想相呼应的"怪老头"之家的玄关了。清清好像正在厨房里忙碌，前来迎接古义人的，是身穿泛着光泽的黑色长袖衬衫的弗拉季米尔，以及没有系领带、穿着深绛色夹克衫的繁。古义人一面惦念着自己的短袖敞领衬衣，一面从弗拉季米尔手中接过斟上香槟的酒杯。这时，繁已经在醉态中显现出笑闹的倾向。

"围绕这个家对你说三道四会显得很可笑，可眼下咱正对弗拉季米尔进行说明。弗拉季米尔认为这个家与你目前所在的那个家相映成趣，他为此感到佩服，尽管他只从外部看过对面那个家。"

"最初，千樫是打算拆毁对面那屋子的，想要把'小老头'之家的风格和感觉复制到这座屋子上来。在那过程中，因改建过对面那座屋子而熟识了的建筑家承建了这边的屋子，是他说服千樫把对面那屋子也保留下来，而且把那风格也反馈给了新建筑的设计。"

"我请繁先生带我到二楼的书库和书房看了看。较之于我所认识的那些作家的住宅，这是一个绘画作品比较少的家。"弗拉季米尔说，"取代绘画作品的，是用柔软的石材做成的城堡模型以及民间工艺品……也有俄罗斯偶人……墨西哥金属丝手工艺品，我说的是正在入浴的骸骨，挺有趣的。"

"当时觉得，与其把墙壁用来悬挂绘画作品，还不如布置更多的书柜。"古义人辩解过后，转向繁诉说道，"不过呀，这次出院后回到东京的家里，却发现自己对书库中的藏书提不起兴致。也有想要阅读的书，可抽出一两册后，就觉得看不下去了。虽说让真木送了一些书到这里来,可是所谓老人的欲望,难道连看书的兴趣都枯竭了吗?"

"咱可不知道你其他的欲望,不过,今天下午,古义,你不还在认认真真地读着书吗?!"繁安慰道。

"刚才我说绘画作品少了一些,不过,玄关的那幅铜版画可是好东西呀。"弗拉季米尔说道。

三人各用一只手端着玻璃杯,同去观看那幅铜版画。粗线条围起的长方形内的大部分画面,是一只用力叉开两条前腿的长毛狮子狗,它正向这边伸出硕大的脑袋。看上去,它用更接近于人而不是狗的面部表情"嗷"地张开大嘴笑着。尽管如此,从它的眼睛——其中一只像是受了伤似的现出白色——中还是可以看出威吓的神情。壮硕的前肢沉入路面的沙砾之中,后肢则踏在散乱的报纸上。

在用软铅笔标注的印刷种类旁写着一九四五,然后是 D.A. Siqueiros 字样的签名。

"这是那位西凯罗斯①吗?"身着中国丝绸女装的清清问道。

她送来的食品中,有切成薄片并抹上鳀鱼酱的法国面包,有墨西哥风味的调味酱,还有当地生产的、在超市广告上被称为"高原蔬菜"的萝卜切成的细丝。

"那时我四十岁,因此已经是很久以前的事了。自从我上大学以来,六隅先生就一直是我的恩师,他的去世使得我心理失衡,就志愿去了墨西哥城那座叫作'墨西哥学院'的研究生院大学。"

"这其中的话说起来可就长了。"繁从清清手中接过托盘,帮着分置菜肴,并斟满香槟酒,同时这样说道。

"那就长话短说吧,我带走了家中的一半存款以充生活费用,所

---

① 西凯罗斯(David Alfaro Siqueiros,1896—1974),墨西哥画家。

以当学期结束时收到薪水后,并没有需要花钱的用项……因而就买下了这幅画。

"这幅用西班牙语中'Perro',也就是狗这个标题命名的作品,据说是为抗议镇压新闻的群众运动而创作的版画。"

"比起所说的内容来,这个一九四五倒是更为重要。因为呀,对于古义来说,他这个人的一生都在执着于始自一九四五年的那几年间。"

"那时,只不过是一个孩子吧?"清清敏锐地反问道。

"所以呀,总是……这么一回事嘛。这些往事说起来也会很长。"繁说。

"那就请坐在餐桌旁吧,在那里再向您讨教。"清清从繁手里接过托盘,显出女主人的威严说道,"繁先生,您喝酒时可要适可而止呀。"

古义人在宽大玻璃窗的正对面入座,其他人也都在餐桌前坐下。透过玻璃可以看见的大学村与式样新颖的小别墅形成鲜明对照。在与小别墅相连接的那一段区域内,由于尚未到入住季节,四处还不见灯火,背后的树林却都已经暮色昏沉了。晚餐是由清清制作的加利福尼亚风格的中国菜肴,古义人于席间就四国森林中战败前后的往事回答了清清刚才的提问。在听古义人讲述的过程中,繁详细打听出清清和弗拉季米尔在他们孩童时代的往事,表现出对古义人的关怀,让他了解这两位年轻人的情况。于是,谈话便成为两位年轻人恰当的自我介绍。然而,当晚餐快要结束时,醉态越发明显的繁用他那富有特点的口吻,反复说起同峡谷中的古义人见面时的情形。

"在当时的中国呀,日本已经明显露出败象,咱就这么个小孩子,独身一人从中国前往陌生的土地,是去会见咱的那个叫作古义的分身。咱在上海被告知,只要去了日本那座叫作四国的岛屿,就会有一个可以为咱去死的分身。母亲真是一个奇怪的人啊。"

"可是,见了我之后不久,毋宁说,繁你却想终止这种彼此作为分身为对方而生而死的关系……我觉得,你这么告诉过我。"

"那是因为呀,古义,你过于朴实,期盼着咱的到来,在那深山里度过了童年。你非常需要分身,在咱从上海来到山里以前,你不也曾和别的分身住在一起吗?至少你是这么打算的,这可是从你妹妹那里听来的。"

说了这番话后,繁又说起古义人与另一个古义悲哀且滑稽地分别的往事。对于古义人来说,这段往事与其说是当时年纪尚幼的亚沙的亲眼所见,还不如说是自己在小说中因细节描写而引发的感觉。说上一阵子后,繁将自己的脸直直地转向古义人:

"你已经觉察到当时是你和那个分身分别的时机,才上演了与那个回归森林的分身分别的一幕。如此一来,不就可以祓除附着在你身上的恶魔了吗?在斯德哥尔摩的授奖理由中,不是说到祓除恶魔是你的文学的根本性主题吗?

"紧接着,下一个分身出现了。古义,那就是咱呀!可是,你很快也完全看透了咱。咱这方面也有一些原因。不过,其后一直贯彻那个方针的,则是你,像是要把最初那个分身如同恶魔一般永远祓除了似的。直到在'小老头'之家重逢以前的这段时间,对于年轻人来说,这可是一段太长久的时间啊。在那之后,咱们两人间的交往又一度中断。在这个问题上,咱这方面也有很大原因。

"不过,现在,险些死去又生还了过来,你呀,古义,在医院难以入眠的那些夜晚,你向六隈先生、吾良、篁等死去的人以及咱发出了SOS信号。真儿一直是这么说的。在真儿看来,那些人中还存活着的,就只有我一个人了,所以,不就只能向咱发送电子邮件吗?咱也就不顾麻烦,回应了这个要求,于是咱现在就来到了这里……就是这么一回事。"

　　繁的这些话，即便说到这个程度，也不是可以轻易置若罔闻的。然而，刚才这些话实际上也是逗弄清清他们发笑的话引子。在古义人来说，唯有这一段时期无暇前往国外，不过，以前他可是每隔上几年就要去外国的大学工作一阵子。而且，那里的同事都是具有骄人业绩的教授，他们那饱含知性微笑的谈话，总会引起学生敏感的反应，而这种反应则是他们表现自己的接受能力的手段。对此司空见惯的古义人发现，繁的说话技巧也是如此。果然，他接下来的话语就让那两人也笑不出来了。

　　"咱在想呀，年过六十五岁前后的人，即便是醉酒后的自杀，大多也是因为对老了以后……这已经在逼近了……的生活感到不安。"繁开始说道，"尽管在外人看起来，是多么具有才能和业绩的人物。咱是从吾良的自杀中想到这些的。古义，你在生气吧？咱可是知道的。不过，咱可是依据事实才这么说的呀。

　　"就从最基本的事情开始说起吧。小说家和电影导演，在职业构成要素上存在着差异。小说家一旦登上文坛，即使后来他的书卖不出去……就算他对目前正写着的东西最终能否成书都没把握……可在他的自我意识中，不仍然认为自己还是小说家吗？也就是说，他可以独自一人继续写作下去。

　　"但是，电影制作则需要某种规模的资金。必须雇请各种工作人员，必须进行演员角色分配。然后，在实际指挥团队的过程中，需要摄影，需要编辑，等待作品制作完毕后，还需要开展宣传活动。上了年岁后，即便下定'那么，接下去就再拍一部电影吧'的决心，那可也是庞大的工程呀。

　　"他原本并不清楚在新生代中是否拥有自己的观众。受欢迎的年轻导演一部接一部地首映具有票房号召力的新作。目睹这情景，上了年岁的自己,今后还能够继续制作电影吗?迄今一直从事导演工作,其本身不就只能说是一种侥幸吗?因而陷入了这种不安之中……"

"吾良呀,毋宁说,即使在壮年时期,他也是那种说话胆怯的人。"古义人认可道,"不过,我并不认为这种趋势不断加剧并最终导致了他的自杀。"

繁反而表现出犹如天真的老人一般不加掩饰的恶意:

"老夫子你自身又当如何?刚才咱说了小说家与电影导演之间的比较,下面要说的话会与之矛盾吧。比如说,三岛又怎样呢?倒是Tanizaki① 年过七十之后,还能努力写出赢得读者的小说来。简直就是不加掩饰。可是,三岛却不是那样聪敏的作家。"

繁用像是要继续讲下去的口吻说道"进一步说来,你呀",却在紧接着的那个瞬间试图作近乎自虐的转换,这也是他的性格。

"上了年岁的建筑家就不存在对老了以后的生活的不安吗?应该说,这是一个值得探讨的问题。怎么样?假如在这样一座林子里的、原本就说不上不时髦的别墅区,上了年岁的建筑家和小说家,由于对生活感到不安而可怜地上吊自杀的话……与焦急等待戈多②直到疲倦至极的爱斯特拉冈和弗拉季米尔的情形有所不同,在这里呀,如果说起能够悬吊老人身体的树枝……还有细绳……一定会有很多。"

古义人无意中看到了探到眼前的玻璃窗近旁来的青冈栎树枝。在建造这座房屋时,围绕是否砍去这根眼看就要长到玻璃窗上来的

---

① 指日本作家谷崎润一郎(Tanizaki Junitiro,1886—1965),其代表作为《春琴抄》等。
② 荒诞剧本《等待戈多》中被流浪汉爱斯特拉冈和弗拉季米尔苦苦等待却不可能出现的人物。

树枝,千樫与建筑家的立场相互对立。最终,基于对当地树木生长状况所拥有的经验而提出意见的千樫赢得了胜利。青冈栎的树干长高了,正生机勃勃地伸展开那树枝,枝头挂在玻璃窗边,成为窗外的一道风景。繁也抬起眼睛,像是在打量那树枝合适与否。

"贝克特①的会话超越其他想象,顺利而现实地进入了这样一个地点。"古义人说,"可是,贝克特却没有考虑从那里进一步展开。毋宁说,唯有如此才能显现出他的独特。"

古义人的话让繁感受到了其中的从容,繁好像开始焦躁起来,接着便显得无精打采,他这样说道:

"爱斯特拉冈和弗拉季米尔都是在第一幕和第二幕之间……应该是从昨天到今天之间……一下子老了许多吧?咱俩的会话也是如此,大概不会展开到实施上吊吧。也是在此之间,咱们上了年岁。而且,该来的总会到来。就是这么一回事。

"哎呀,从现在起,在这整个夏季里,也让这两个来日方长的伙伴看着老年人的滑稽而开心吧。在咱们能力范围内,不也要拿出精神来好好地生活吗?古义!"

---

① 贝克特(Beckett Samuel,1906—1989),出生于爱尔兰的法国剧作家、小说家,一九六九年诺贝尔文学奖获得者,其代表作为剧本《等待戈多》等。

第二章 阅读艾略特的方法

1

晚餐会开始不久,古义人就将围绕在"小老头"之家生活期间而考虑的方案具体化了,那就是学习,一节一节地正确朗读艾略特的文本。清清接受了指导朗读的任务。

"清清还很年轻,虽说英语不是母语,古义,在美国学习的中国留学生的那种努力,可真是不得了啊。"

"但我的年龄比看上去要大得多。而且,发音和努力也不是正比关系。"清清尽管把繁的话驳了回去,却显然对这个话题产生了兴趣。

"我选修的学分,是来自南非的一位著名老师的讲座。虽然我不太明白艾略特在表现些什么,不过,那时我对文本的朗读可是很出色的。

"我希望,能向长江先生请教有关您自己以及三岛等同时代的日本文学问题……"

"古义和我呀,一起确定一下条件吧。清清,夏天的东京并不是工作的合适场所。在这里一面呼吸着山里的空气,同时,请接受扮演朗读艾略特让他听的那个小童……女童的角色。"

翌日清晨,清清一大早就过来商量相关事宜。这天上午十点,于古义人在壁炉前放置扶手椅的地方,第一节课开始了。

最先被选择的诗当然是《小老头》。清清用古义人提供的文本朗读了开首部分那一节。古义人一面听着,一面用红色铅笔在自己的文本上画着记号,这是他长年以来在自学过程中养成的习惯。然后,他就遵循这记号——这是清清作为教学者而提出的方法——出声地读出这一节来。当清清表示此处不行时,古义人便据此纠正自己的读音。然后,清清再度朗读,往下一个小节而去……

在自学过程中,古义人无意间养成了带口音的毛病,因而,现在首先需要意识到朗读中那些没有根据的口音毛病,而倾听清清那质朴的发音对此是非常有益的。而且,这样做本身也是一种令人高兴的体验。清清的英语是她十八岁去加利福尼亚后开始学习的,可在古义人听来,却是质量很高的发音。

然而,在第一天的授课中,清清却对这种教学方法显得厌倦。翌日上课时,她直率地说出了自己的感受。最初,包括繁在内,大家把每节课的时间定为一个小时,可清清却认为这很不合适,于是他们上课的时间便被改成了四十五分钟。其间,已经用这方法上了四五次课。

在这过程中,为了上课,古义人与清清所坐的位置也发生了变化。古义人依然坐在扶手椅上,而清清则将餐厅餐桌旁的椅子调为自由角度后落座。用这种方法集中地进行四十五分钟的授课,每节课结束后,在其后的十五至二十分钟内,清清四处任意走动并提问,而移坐到藤椅上去的古义人则开始回答她的问题,由上课转为悠闲自在的对话。

在这样的对话时间里,清清从不言及先前出声朗读的艾略特的诗歌。古义人觉得清清的朗读可以用美妙来表述,可正因为如此,才更觉察到个中的奇怪。然而,一如在晚餐会上所表白的那样,对于艾略特诗行的表现内容等问题,清清竟然丝毫提不起兴趣,也不曾拿起并翻阅古义人放在藤椅旁低矮窗边上的那部平装大开本艾略特研究专著,那本书恰巧是清清所说的来自南非的学者林道尔·戈登①的专著。

古义人也从不曾向清清推荐那些研究书籍。对于这位充满抱负从中国农村——位于从山东省青岛市经由高速公路行驶一个小时的地方,据说那里种植面向日本出口的蔬菜——远渡美国,虽然以进入建筑系为目标,其兴趣却逐渐转至日语和日本文化,专攻日本经济并取得硕士学位后还在日本商社工作过的人,自然不可能去亲近那些研究艾略特的书籍。

2

邀请清清领读艾略特原诗的授课,在她和弗拉季米尔开车前往东京的日子里便停课。不过,起初那些天却是每天都在上。于是,相互间逐渐适应后,古义人便从清清那里听说了她开始对日本产生兴趣的起因。那是因为,她刚到美国留学不久,便观看了塙吾良出演的、即便在美国也算成功的电影《蒲公英》②。

清清还以她特有的直率对古义人说,她对长江古义人这位与塙导演有着私人关系的作家产生了兴趣,而将他们之间的关系告诉给她的人,则是繁。

---

① 林道尔·戈登(Lyndall Gordon,1941—),南非学者、传记作家,著有《艾略特评传》《弗吉尼亚·伍尔夫评传》等学术专著。

② 原文为英语 Dandlion。

"这次决定阅读艾略特,是因为我从繁先生那里听说,长江先生和塙导演都曾读过艾略特。"

"如果是从繁那里听说的话,那你知道吗?他最初在这里建造这座房屋,也是与他和我对艾略特所抱有的兴趣有关。在建造这座房屋期间,吾良也经常过来。包括繁在内,一起谈论有关艾略特的话题。

"最初,早在上高中二年级时认识了吾良,从他那里接触了两三篇兰波①的诗,是用法语学习的。可以说,我就是从这里开始对外国文学产生兴趣的。"

"繁先生还说:那时,古义是在写诗。"

"繁大概是听吾良说的吧。上高中时,我们班里有一位文艺部委员,让我帮助编辑文艺部的杂志。我之所以接受这个邀请,是因为吾良曾告诉我他会写诗,我是为了帮他获得发表空间才去的。

"即将把稿件送往松山监狱里的印刷厂时,我也向吾良催稿,却被他冷淡地说道:你就真的认为咱会写诗?

"于是,就由我来写那个页码上的诗。结果,我意识到自己并不适合写诗。"

"为什么?"

"因为,我觉得所谓诗人,都是一些特殊的人……兰波呀艾略特他们被称为特殊的人,那是理所当然的。可我说的并不是这个意思,而是更为一般性的……能够成为诗人的人和不能成为诗人的人是存在差异的,早在那时,我就很清楚地知道了这一切。

"我知道自己成不了诗人,但我觉得吾良却是为成为诗人而生

---

① 兰波(Jean Nicolas Arthur Rimbaud,1854—1891),法国诗人,著有诗集《地狱的一季》《灵光集》等。

的人。"

"刚才已经说了,我之所以开始学习日语,是因为看了塙导演的电影。每次观看他的电影时,我也会认为,这人就是诗人。可吾良为什么没有写诗?"

"……我也经常思考这个问题。"古义人说道。(从一开始就觉察到一种徒劳感,尽管如此,古义人还是被卷入久违了的、想要就吾良进行交谈的氛围之中。)

"在我的朋友中,除了作曲家篁透外……你从由繁在大学里主持的音乐会上听过他的音乐吧?……吾良是一个无人可比的独特人物,也就是说,他是符合我的定义的诗人。只有在谈到关于他和诗歌的话题时,我才能感觉到自己真的很了解诗歌。长大成人后的吾良,再不曾像当年面对十六七岁的我说起兰波时那样热烈地谈论过诗歌……不过,比如说,就在这块土地上说起过有关艾略特的话题等,也是让我难以忘怀。

"这个夏天,我来到北轻井泽,在今后与繁进行谈论之前,试着和他小叙。可在这个过程中,怎么会没想起吾良的那些事呢?我为此而感到诧异。吾良曾那么经常地对我说起有趣的话题,把我引向去干某事的方向……"

"我听说,塙导演也介入了'小老头'之家的设计构想。"

"发现建设公司和建筑杂志的共同计划,并联想到艾略特的'小老头'的,是我。将其变成建筑计划的,是繁。不过,在实际建造过程中一再为繁提供启发的,则是吾良……在那期间,较之于我和繁,还有我和吾良这两对关系,我觉得更为密切的关系,却产生在繁和吾良之间。

"那时,我的妻子(吾良是她的哥哥,这你已经知道了吧?)也在说,吾良和繁的交往好像比较特别。这种看法与妻子对吾良的未来走向感到担心重叠在一起……之所以这么说,也是因为吾良那时仅在外国的电影里担任过几个角色,只是一个特殊的、具有独特风格的演员而已……他决心成为电影导演,则是在那很久以后的事了。我认为,妻子内心里有一种不安,担心与繁过于接近的话,吾良有可能会不明白自己是怎么一回事。"

然而,听了古义人在陷入过度沉思中所说的这些话后,在返回地界深处的那座房屋之前,清清提示了一个有关繁的、出乎古义人意料的消息:

"繁先生呀,把自己的房间当成了后宫。他从周刊杂志剪下裸体照片页码,扔得满房间都是……《花花公子》以及 Penthouse① 的裸体照片可真是露骨。每次我来到这个国家,较之于产业界的任何新发展,给我留下更深刻印象的,是日本的摄影师在审查界限内是如何努力更新那些裸体照片的。"

清清说这些话是出于什么意图?是想对古义人表示这样的意思吗?——虽说已是老人了,但在繁的身体内部,有关性的欲望还没有绝灭。不过,自己并没有从教授对学生这种师生关系中逃逸而出,并在与繁的交往之中开放那种性关系。

古义人在想,如果确实是这个意图的话,那么,她已经成功地传达了。

3

古义人来到北轻井泽后体会到的,是随着自己上了年岁,每天如何早早就睁开了睡眼。每天清晨刚一起床,就用咖啡器具制作咖啡,

---

① 美国男性杂志的日本版,由讲谈社出版。

稍微吃上一些面包和腊肉以及奶酪，便开始阅读艾略特。原本以为已是早晨才从二楼卧室下来的，但透过疯长的乔木树梢看见天际开始泛白的时候，却已经读了两个小时的书，疑是曙光的光亮终于充溢在树丛之间。

继续阅读下去，也就到了上午十点，于是开始动手整理四周。也要为清清备上咖啡，等待她的到来。除了前一天夜晚下雨这个特殊情况外，她总是沿着被灌木围拥着的后面那条小路前来。从她开始进入古义人的视野范围，直到她意识到这边的视线而有所准备，在此之间显现出的中国女孩儿那种大胆神态倒是颇见情趣……

而繁呢，每当黄昏开始降临，就前来邀约古义人一同散步。唯有在古义人和清清一起朗读艾略特的课程开课不久后的那天，繁曾与清清一道前来，从壁炉边观看着或许会有益于自己"听觉想象力"的清清的朗读，还带走了包括《听觉想象力》这篇论文在内的海伦·加德纳①的专著。过了一个星期，他提起了与该书内容全无关联的、有关艾略特的话题：

"自从和你一起阅读艾略特，清清也在紧张了。咱可什么也没说。她今天说呀，她和你阅读艾略特，与美国大学里的氛围可是不一样啊。

"咱也觉得情况基本如此。让对方舒缓地朗读'小老头'，然后对此进行提问，这不是非常重要的程序吗？但是，清清却说，古义简直就是诗歌开首部分那位老人的素描——这就是我，无雨月份里的一个老头儿,/让那小童念书给我听，企盼着天降甘霖。

"因此咱呀，就这样说了：古义当然不是在清清面前显示演技。能够如此静心倾听那首诗，恰恰说明他的态度虔诚。肯定是古义迄

---

① 海伦·加德纳（Helen Gardner, 1908—1986），从历史主义立场出发的批评家。

今的阅历,让他因为刚才所说的这就是我,无雨月份里的一个老头儿这诗句而沉浸在了感慨之中。

"因此,咱也试着重新阅读了'小老头'。咱自身虽说并不是你,却意识到是在用小说家的方式……那也是私小说家的作风……进行阅读。即便从咱们议论'小老头'之家那些事情时算起,也已经是经历了漫长的岁月。

"在思考这些事情的过程中,我觉察到一个问题。那就是与你重逢的那个夏天,咱们和艾略特写下那首诗时的年龄相差无几。可是,咱们从不曾考虑过这样的问题。至于对方是叫作艾略特的大诗人,咱们也不觉得有什么不可思议。

"不过,吾良曾经发过你的牢骚,说是'对诗人如此顶礼膜拜,是古义人的弱点'。你便从吾良手边取回自己非常珍惜的《艾略特》,回应说根本就不是这么一回事,一如深濑基宽在这里写着的那样……

'就连艾略特的诗歌,年轻时也是……'之类的评语,唯有对这位诗人难以成立。作为诗人的艾略特,早在十九岁时就写出了'无雨月份里的一个老头儿'这样的诗,无论好也罢坏也罢,你都必须承认这个事实。

"你说,三十岁的自己无意颠覆身为老人的深濑基宽说出的如此这番话。

"可是,吾良和咱却有着不同考虑。从那一阵子起,吾良就开始用导演的眼光来看待问题了。他把小老头视为作品中的一个人物。吾良和西洋电影进口公司老板的女儿刚结婚,就去了欧洲很多地方,他说,自己实际上偶尔邂逅过小老头那样的人物。他像是醉心于那种姿势。当然,咱在内心里也有咱自己的小老头像。反正,咱和吾良在心中描绘出的老人,是蹲坐在窗台上的奇怪房主,在这样的状态中回顾着自己的生涯。吾良和咱呀,都在用各自的方法挨近那个姿势。也就是'你既无青春亦非高寿/只是在午睡的梦境中/邂逅了二者'。对于年轻时代在心中描绘出的咱们,这倒也是挺适合的。

"不久后,吾良和咱都预感到将要苦度凶险的人生。结果,就成为这样的老人了。有了这样的思想准备后,咱们便对比着小老头,曾梦想能够如此看待世界:这个老迈之身呦。/租住此屋的各位房客,/无雨季节里一个枯涩头脑的思想内容。

"就这样,吾良当时呀,古义,经常批评你对诗歌的解读。而且,那是对你的人生所进行的预言式批评。吾良曾这样说起过吧:古义人呀,既没能赶上战争,也没有参加革命斗争,早在读高中时他就对自己灰心失望了。如果是那样的话,在那之后,在不可靠的人生中,就是打算把自己托付给那不可靠也无所谓。不过你呀,现在似乎为艾略特而深受感动,陶醉在表现出来的、出色的哲学式思考,如同抚今追昔一般深受感动。即使写小说,也都是写以此为基础的思想。如果不可靠,那就不可靠吧,你不是在过一种是实在的人生。早在高中时就已经灰心失望。这样的人生,你终将成何物?

"即便如此,古义,看上去你仍然无动于衷,因此吾良就开始生气,和咱一起去喝酒。于是呀,他就对咱说了:尽管这样,可古义人还是小说家,这家伙还琢磨出某种独特的写作形式,确实有异于通常的私小说,打算大量引用奥登啦布莱克啦,来继续书写他那毫无情趣的人生;

"就是现在,也还在不知腻烦地写着有关阿亮诞生的那些事;可那些事物怎么可能变得有趣?他为什么不优先考虑度过有趣的人生?千樫怎么会选择那家伙为人生的伴侣?我觉得实在不可思议。

"在那个夜晚,古义,咱的头脑里曾闪过一个念头……都已经上了这个年岁，可不许发火生气啊……咱在想，吾良这是在唆使咱夺走千樫并远走高飞？吾良并不希望自己的才女妹妹成为智障儿子和她的丈夫——只知道一味书写有关那个儿子的一切——的牺牲品。这样的事情也是有可能的吧？

"又过了一阵子，吾良看出阿亮身上独特而有趣的地方，甚至为此拍了一部电影。可是呀，那却是因为千樫凭借她的才能和忍耐力把阿亮培养成音乐家，他才这样的。对于吾良来说，丝毫不存在基于人道主义而对残疾儿产生的同情。关于这一点，你古义比谁都清楚吧？！"

充分确认古义人的表情后，繁变换了攻击手法，他说道：

"说到吾良对你进行的有关批判呀，我认为有些还是准确的。这也是他喝醉的时候经常说的话。

"吾良说，你刚成为作家，就开始写随笔和评论，尤其是政治性文章，他是无法相信那些东西的。长江古义人果真关心那些政治性课题吗？长江古义人恐怕不是那样的人吧？说的都是这些内容。每当吾良这么说的时候，咱也发自内心地表示赞成。

"而且现在呀，咱在考虑这么一个问题。你的政治性或是社会性思考方式，更直白地说，就是思想，在措辞方面……这么说吧，古义，这里所说的政治性、社会性、思想，不也就是措辞的问题吗？……一切都源自于艾略特的那首《小老头》。咱就是这么考虑的。

"而且，咱这样说，并不只是对你进行批判。曾那般彻底地在十九岁二十岁那个年龄上，接受了还是外国诗歌的影响，那可是非同小可！"

繁在薄暮时分的这次散步——其后半程的雄辩，其实是在"小老头"之家阳台上的小酌中进行的——其间所说的一些话，使得古义人为之心动。

那就是繁所批评的、在这个国家的媒体界生活了将近五十年的自己的政治性、社会性思考方式、思想，也就是自己的措辞，一切都源自于《小老头》。

倘若情况果真如此，那么，自己目前在"小老头"之家开始着手的工作，不也是合乎情理的吗？刚一这么想，自我嘲弄的想法便随之出现。总之，古义人觉察到，自己并不情愿和繁这么个伙伴一同度过这个夏天。

4

过了三四天，繁再度前来邀约薄暮时分一同散步。他说道：

"如此认真阅读，你是否有一个计划，想要围绕艾略特写点儿什么？"

"浸淫于诗歌的语言中，令人为之茫然，当你想要了解'这个人在考虑着什么？'时，却又说不出确切的东西来，便只能无奈地叹息道，'真难啊！'"

"说是清清无意中忍不住笑了出来？她在担心，你该不会因为生气而打算解雇她吧？"

"有那样的事吗？"古义人心不在焉地回答。

他的头脑里想的是，尽力想要满足清清心愿的繁，在这一点上显得甚至有些可爱。

"我在为清清考虑能够持久而有趣的工作。"繁从同未曾剃刮的白色胡须相般配的面颊到眼睛周围都染上了红晕，正因为如此才更显得可爱。

古义人回想起，早在课程开始不久，清清就像是用插图进行说明一般说起过的、有关繁与她本人之间距离的话语。不过，仅就"繁先生的后宫"云云而言,并不意味着她在向古义人传达超出这句话语本身的什么弦外之音。

在此期间,古义人想起了那件事:

"她工作起来很认真。当她指出我的发音以及语调上的问题后,在进入下一节之前,我便调整自己在大声阅读时对其意义的理解。有时就需要查阅辞书,有时则沉默思考。值得庆幸的是,在这种时候,那人什么也不说,只是一声不响地等候着我。

"现在,我们从《小老头》一下子跳了过去,开始阅读《四个四重奏》了。关于这首连缀而成的长诗对现在的自己之重要,已经对你说起过吧?我们首先从'烧毁了的诺顿'开始读起,直到最后部分。西胁是这样翻译那五行诗句的(古义人这么说着,取出总是带在身边的卡片):绿叶丛中孩子们的/隐藏的笑声传来/快呀,来吧,此地,立即,始终——/与过去和未来相连相延/这空虚而悲哀的时间荒唐无稽。

"也就是说,在现在这个时间点的前面和后面,寂寥而悲哀的时间正在扩展开来。孩子们隐藏起来发出的笑声,回荡在我们老年人的胸中。在这里,最初的主题……现在这个时间的,也就是说唯一性,在不可随意懈怠这个感觉上,是令人信服的。

"当第二次、反复阅读时,进展方法终于从那里偏离而出,陷入了沉思。如此一来,清清就扑哧一声笑了出来,说是'Ridiculous the waste sad time'①,可其中表示荒唐 ridiculous 这个单词不正好与我的相貌重合吗?这是美国的学生爱说的话语。说了这话并笑出声以后,清清就老老实实了。"

"由于清清很在意它,咱也就重新读了一遍。于是,就有了想要

---

① 前文诗句中"这空虚而悲哀的时间荒唐无稽"之意。

请教你的问题。那已经是很多年以前的事了。当时,吾良作为一名人气电影导演负有盛名,甚至还在洛杉矶开设了制片事务所。咱呀,那个时期因为一件怪事而被赶出大学。来到旧金山的吾良和梅子收到了要求采访的申请,咱就作为这次采访的翻译而被雇用了。

"吾良开口就说,要以艾略特的诗歌为题材拍摄电影。提问的记者曾在吾良遭黑社会袭击时写过一篇很好的文章,这时他却认为,吾良所说的大概是日本式笑话。

"工作结束后外出吃饭时,咱就向吾良确认刚才的话题,知道他想要认真进行拍摄。他还说,在编写脚本过程中,肯定会得到古义人的帮助。"

古义人为此做了说明。那个时期,吾良制作的电影一部接一部全都获得巨大成功,对此,吾良从内心里感到厌烦,于是想拍摄一部让观众难以接近的电影。

当然,不会用拍摄商业电影的方法来制作这部电影。作为电影的表现方式,他要制作出从不曾有过的新东西。就这一点而言,古义人从中感受到了久违了的、吾良与生俱来的稍显认真的劲头。于是,古义人随之也来了干劲儿。

起初,在附近摄影场工作的吾良溜达着来到古义人家,聊起了古义人当时正热衷于阅读的《四个四重奏》的话题,吾良便表现出兴趣,回去时带走了两本书,一本是英国版的很漂亮的书,这本书是多出来的;另一本则是上田保、键谷幸信的译本《艾略特诗集》,其中的四重奏只译出了《烧毁了的诺顿》。下一周,吾良再度来到这里,是为了谈论被唤起的电影构想。

"'这首诗的叙述方式无与伦比。'吾良这么说(说话时的神态确实极为坦率并充满感佩之情),'这是要设计一个戏剧性镜头,把一个像是我的人物迅疾放入其中。并不是个人性的我,而是具有高度普遍意义的我，还不能损失我的鲜活和生动。倘若是表现这种我的诗歌的话，还是存在的。比如说，我们年轻时沉溺其中的《杰·阿尔弗瑞德·普鲁弗洛克的情歌》，就是这样的诗歌。不过，这首诗暂且另作他论。一开始，就明确地定义过去的时间、未来的时间以及现在的时间，让我走进庭院。就是这种技巧！虽说是我，却又超越了我。那个我静静地移动，这就是真正的电影技巧。而且，要超越迄今为止拍摄的所有电影！

"'……你露出了值得怀疑的神情，那只是因为你不经常看电影的缘故。你不也这样认为吗？那就是在艾略特写出如此走入庭院的我以前，还不存在能够出色描绘出这样的我之移动的诗歌。假如情况不是这样的话，你是不可能推荐我阅读这首诗的。

"'昨天夜里，我梦见自己漫步于那座庭院，看见正在拍摄莲花镜头的我自己的背影！'

"而后，吾良用软芯彩色铅笔画上漂亮的旁线让我看，那是他直至十五六岁时充满热情画出来的作品。

　　　　接着，池塘中因阳光形成的梦幻之水溢出
　　　　于是，荷花娴静地　娴静地浮升而起
　　　　水纹成为光团的中心辉耀闪烁
　　　　接着，他们出现在我们身后　被池水所映照
　　　　不久，一片云彩飘过　水池里空空如也
　　　　去吧　小鸟说道　因为枝叶繁茂之处有很多孩子
　　　　带着感动隐起身躯　抹去欢笑。

"'在拍摄这个镜头的过程中……拍摄梦幻之水呀、荷花呀、光团中心水纹的闪烁辉耀的过程……在现在这个时间段我感受着这一切。也就是说，比目前生活得更好的我自身，也将被很好地拍下来。'"

"塙吾良导演竟有着这样的初衷呀。"繁毫不掩饰他的惊异。

5

那个周末接近中午时分,古义人正要结束以清清为对象的上课时间,繁出现了。他说,附属于国道沿线那家超市的诸多店铺的一角,有一家法国口味餐馆;从东京迟归的弗拉季米尔顺道去了那里,说是那儿的菜肴非常地道,建议花费一些时间,就在那家法国餐馆用午餐。清清兴冲冲地打电话预约好餐位,便沿着灌木间的小径跑回去更换衣服了。不多一会儿,弗拉季米尔就把黑色的客货两用车开到"小老头"之家的入口处。

繁坐进弗拉季米尔身旁的座位,把三岛的《金阁寺》俄译本和从古义人那里借来的艾略特原文扔在身后座席的角落。清清穿着丝绸印花旗袍,由于裙裾的开叉较高,上车时从开叉处露出了大腿部位,在一边坐下后迎入了古义人。

繁像是这一行的领头人似的回首致意,用重逢以来第一次使用的英语说道:

"在咱们必须同日本人打交道的场所,要制造出语言障碍来。"

对此,清清用她那在阅读艾略特的课程中被古义人听惯了的英语解释道:

"繁先生本来就是一个不说日语的人。在圣地亚哥期间,也就是我最初前往繁先生任教的教室听课期间,从不曾听见他用日语与来自日本的特别研究员和留学生谈话。而我则为了学习日语,是请繁先生用日语和我谈话的特别学生……弗拉季米尔也曾提出同样请求。繁先生却很自然地用日语和长江先生交谈,对此,我甚至觉得吃惊。因为,即便出席日本的学会,繁先生用的也是英语。

"来到东京后,我明白了一件事:如果同为东方人的我不想被日本人歧视,那就最好使用英语。在东京与来自中国大陆的朋友重逢并用中国话交谈时,我会感到对方的眼神是中性的,可一旦使用日语交谈,就觉得自己被视为低一个等级,尤其是来自日本女性的视线。

"至于弗拉季米尔,他说,只要对方知道他是俄罗斯人,再听他用日语进行交谈,便会显出充满亲切感的敬意。即便如此,弗拉季米尔考虑到我的境况,前往东京时还是用英语进行交谈。我想,这就是繁先生提议今天在餐馆仍然使用英语说话的原因。"

"可我的英语却会成为你们的负担……"

"古义,这些年来你不也一直在提高自己的英语吗?倒是与叶芝的路数相似呀。"繁接着说,"'随着年岁增长,人们也在进步。'"①

"可是,那后面还有一句'尽管如此,尽管如此'②。所以呀,尽管如此,尽管如此。"古义人答道,并没有什么不愉快的情绪。

耸立着两株高大栗树的那一大片地界上,排列拉面店、书店、土特产铺、铺陈着均为一百日元杂货的店铺,以及在这些店铺后面的餐馆。繁为大家点了胡萝卜汤、罐装花椰菜、烤牛肉套菜。接着,面对写在明信片般卡片上的加利福尼亚葡萄酒的品牌和价钱,繁哼哼唧唧地咒骂——在这一点上,使用英语是妥当的——过后,选择了其中的两瓶。不过,弗拉季米尔的话随即表示出,这个午餐会的焦点将不会放在吃什么以及喝什么上。

"关于三岛的问题,我想向长江先生请教。我担心的是,三岛这个问题的设定,对于这个国家的文学研究者而言,是否只是一般性问

---

① 原文为英语 For men improve with the years。
② 原文为英语 And yet, and yet。

题……"

"很明显,咱一直用那种说法指导弗拉季米尔他们。"刚刚愁眉苦脸地试尝了葡萄酒的繁说道,"与其说是有关三岛的文学评价……因为弗拉季米尔也知道,古义对此持否定态度……毋宁说,是有关三岛试图发挥作用的社会性鼓动,以及政治性和文化论性质的依据。弗拉季米尔想对你说的就是这个问题。不过,首先还是由咱和古义来展开绪论吧。"

"是呀。"古义人应承道。

"咱们呀,在初次见面后的将近二十年间隔里,既有保持着紧密关系的时期,也存在音信不通等各种状态。当然,事情源于咱移居到美国,在洛杉矶的纪伊国屋书店发现了久违了的你的短篇小说集……那些系列短篇写的是布莱克的诗,以及那些诗在你和阿亮共生过程中带来的觉醒……之后。那部小说集题名为《跳蚤的幽灵》①,看来三岛的问题果然出来了。

"在那部作品里,你提到'三岛和长江的暴力和性'……说的是从事那项研究的普林斯顿大学的女大学生的来访,她首先就向你问起对三岛肉体的印象。

"你在作品里说,从照片上看,他是一个肌肉发达的壮汉,可实际上呀,即便在日本人中也只是一个小身量、矮身材的人。在你这么回答时,阿亮却从一旁大声说:'那确实是一个很矮的人呀,那人就这么矮!'他一面说着,一面伸出摆成水平状的手掌,放在离地板约莫三十公分高度的地方比画着……

"你在小说中设计了这个情节,那时咱就在想,这个情节来自于

---

① 大江健三郎曾于一九八三年出版短篇小说集《新人啊,醒来吧!》,其中包括《跳蚤的幽灵》等七部短篇小说。

咱到你家谈起有关三岛的话题时,当时只有六七岁的阿亮摆出的姿势。"

"的确如此。我们谈话时,一旁的阿亮突然说出的那些话,给我留下了强烈印象,就把它写进小说中去了。"

"当时咱也感到了震撼。那是阿亮……与智力发育迟缓没有关系,以幼小稚童的独自感受来理解的。"

古义人尽管觉察到弗拉季米尔和清清通晓事情原委,却还是大致做了说明。——三岛闯入市谷①的陆上自卫队东部方面总监部并在那里切腹,刚被砍下的脑袋在地面滚动着。把那脑袋立在地板上拍下的照片,便出现在被限定的报纸版面上。阿亮看了那照片,就存留在记忆里了。

那是三岛事件的第二年、天气还比较寒冷的时候。繁承接了札幌的体育馆建设工程,把在机场买下的毛蟹作为当地土特产,顺便带到成城的长江家来了。三岛对螃蟹抱有异常的恐怖感,即便高级餐馆的餐桌上出现的是河蟹,也还是引发了一场大骚乱,后来很多人都知道这段经历。于是,一边品尝毛蟹一边谈论三岛似乎是一个不错的主意。

古义人和繁面对放置在桌上的毛蟹相向而坐,撇腿偏身坐在旁边地板上的阿亮也从自己的盘子里取过毛蟹吃着。在那过程中,阿亮突然开口插入大人们的谈话,同时富有效果地用沾满毛蟹肉片和三杯醋②的小手掌,比画着被立在地板上的三岛那被刚刚砍下的脑

---

① 陆上自卫队在东京市谷的基地所在地。一九七〇年十一月二十五日,三岛由纪夫率私人军队楯会的几位骨干成员闯入该基地,在东部方面总监室将总监制服并扣作人质后,从总监室阳台上向集中起来的自卫队员发表鼓动性演说,遭自卫队官兵群起反对后,回到室内切腹自杀。

② 用糖或甜酒,与酱油和醋各一份混合而成的调味料。

袋的高度。

"那天晚上,咱和古义围绕三岛展开的谈话,囊括了咱们的所有三岛问题。咱就是这么告诉弗拉季米尔的。"

"你好像很清楚三岛事件,不过,"古义人直接对弗拉季米尔说,"大概你也读了三岛的不少小说吧?那么,关于在社会上广为流传的那些疑问,反正随时都可以回到那上面去的,我们就首先通过小说来讨论三岛问题,怎么样?"

"我也正想如此。"弗拉季米尔答道,"我首先想向小说家长江先生请教的是,三岛在构思长篇小说的时候,说是如果不能决定最后那一行,就无法开始写作……这是真的吗?"

"你本人读了三岛的小说后是怎么想的?比如说,你读了《丰饶之海》全卷,会怎么想啊?"

"我觉得,第二卷《奔马》的最后一行为该卷非常出色地收了尾。"

清清也探过小小的圆脑袋加入了讨论。

"我不认为三岛仅仅以写下那一行为目的而创作了整个第二卷。尽管我也能理解,作家设定好故事结构后,有时会决定,'好吧,就用这一行来确定基调吧!'"

"如果是想出确定最后部分的那一行,并完成了所构想的故事,那与有关三岛创作的传说并不矛盾呀。"弗拉季米尔说。

"在动手写小说之前,作家就要确定事物呀、时间和场所呀,以及最初情节的展开。通常不都是以这种方式起笔的吗?!在如此这般地往下写的过程中,这个往下写本身就会发挥作用,引导作家选择写作内容。这样一来,毋宁说他的创作方法也是很常见的。

"如此一来,作家才开始把握故事的展开。而且,还将调整此前已经写好的内容,这种事例也是常有的。"

"繁先生说过,这就是长江先生写小说的方法。可他还说过,三岛不同,因为作为小说家,那人是天才……

"接下去我想要问的,是这么一回事:三岛连自己的人生规划都设定好了,尤其在他生涯的后半期,该不是首先设定好作为主人公的自己要说的最后台词,然后便走向那里并创作了人生的故事吧?"

"说到三岛人生的最后台词……不是报道说,是切腹之际发出的吆喝声吗?"

"繁先生还告诉过我,说是长江先生对三岛可是经常为所欲为地进行 derisively①……"

"古义,说到咱们这一代人,也就是 mockingly② 呀,就是经常愚弄人,就是这个意思。"繁说道。

"我认为,三岛的最后台词,是对集合在指挥部广场上的那些自卫队员发表的演说。"弗拉季米尔继续说。

"如果是那样的话,三岛事先不就必须准备两个演说文本了吗?也就是说,与刚才所说的确定最后一行之后再进行写作的话不是自相矛盾吗?"清清说道。

弗拉季米尔对此却不予理睬,于是她转向古义人陈述起来:

"我们曾围绕这一问题讨论过多次。说到三岛进行演说并唆使自卫队员发动政变,恐怕他本人也不会乐观地认为,听他演说的自卫队员当真就会当场发起政变吧。不过,他不也要考虑到演说获得巨大成功,自卫队员奋起政变的可能性吗?都说三岛是一个谋划周密的人,看来还是传说化了。"

"但是,假如政变获得成功的话,作为那场政变的领袖,三岛的

---

① 英语,意为挖苦、嘲笑、奚落。
② 英语,意为嘲笑、讥讽。

人生将还要继续下去……因此在那种情况下,还远远谈不上所谓结束人生的话语。"

"……那么,你想向我提问的核心在哪里?"古义人向显得比较从容的弗拉季米尔问道。

"我想要问的是,三岛在构想自卫队的政变时,是认真的吗? 也就是说,是作为可能实现的计划而进行构想的吗?

"三岛当初开始'楯会'运动时,他是怎么考虑的? 以'楯会'为基础,今后号召自卫队进行政变,可这一计划却不被接受,从而导致自己切腹自杀这样的结局? 如果说,是沿着这个思路考虑而在内心里写下那最后一行,我觉得那种人简直就是病态了……"

"你本人,不那么考虑吗?"

"我更接近于长江先生有关小说的看法,不过,这是从三岛决定组建'楯会'这个私人军事组织以及其后的几个活动而开始的。借助队员们的训练与自卫队建立联系后,由于是东京大学法学部出身的著名作家,于是同高层也开始交往起来了。尤其当时正值七十年代反对安保条约期间,学生们的街头斗争也很激烈,三岛便由此而产生了危机感。

"据说,个别自卫队干部对此抱有同感,在行动方面也与他们步调一致。因此,我觉得不能把由'楯会'主导的自卫队政变这种构想说成是荒唐无稽。我还曾阅读过这位干部的手记,他是一面考虑'退出之时'一面与三岛接触的。然而,三岛却没有'退出之时'的概念。大概是到了那个阶段,最后一行才浮现在头脑里的吧。

"参加'楯会'的青年们情绪开始过激,这是三岛从思想上和感情上进行煽动的结果。与此同时,被繁先生称为头脑聪敏的三岛也清楚地知道,由'楯会'独自发动的政变是不可能获得成功的,便将计就计地利用此前与自卫队交往的关系,把那位干部本人扣为人质并发表演说，试图煽动自卫队发起政变，其后切腹自杀。

"只要'楯会'运作起来，对于小说家来说，归纳这个故事恐怕并不困难吧？而且如果切腹自杀，日本的舆论就都会猛地转而一致认为那是认真的！据繁先生说，拉上英俊青年一起切腹自杀，原本就扎根于三岛的美学。"

"那么，弗拉季米尔的想法，与以长江先生为首的那些批判三岛的日本人的想法不是没什么差异吗？"

"不，不一样！清清，你应该清楚我接下去要说的意思。"

弗拉季米尔表现出强烈的感情，不过，喘了一口气后他又冷静地继续说道：

"长江先生，我在考虑，三岛既然计划得如此周密，另一个故事的构想也是可能的吧？那就是这么一种积极意义上的构想：在'楯会'的主导下，挑动自卫队进行政变，而且遭到了第一次失败，却没有因此而气馁，甚至将计就计地利用因失败而招致的国家镇压。

"按照这种构想，虽然取得了进展，也还是遭到了自卫队队员们的嘲笑和喝倒彩。假设三岛把总监扣为人质并退守到总监室内，与试图救出总监的自卫队队员进行战斗，最终被逮捕起来的话，事态将会如何发展呢？相应地，一些民众不就会认为'他的想法和行动是真心和认真的'并予以理解吗？

"另一方面，思想犯/政治犯三岛在审判时所作陈述将被报道，即便是有罪判决后的狱中生活，也是会不断报道的。在这过程中，他不是可以作为政治领袖而赢得不可动摇的认可吗？当刑期结束后，三岛将满头白发，可他即便在服刑期间也不曾中断的肌肉锻炼却收到明显效果，气宇不凡地回到狱外的自由世界。

"三岛回归到因泡沫经济而使得整个日本沉浮不定的社会，并再度组织起'楯会'。假设事态发展到了这一步，情况又将如何？就在新组织的'楯会'积蓄力量之时,泡沫经济开始崩溃。你想象到这种事态了吗?在这个基础之上的第二次政变计划还会遭到自卫队队员们的严肃拒绝吗?"

在古义人整理思路、准备回答之前,繁插嘴说道:

"对于这个问题,咱的看法是这样的,弗拉季米尔。在现实中,三岛一如大家所知道的那样死去了,因此,制定出这个现实性构想并予以实践的人,就不可能是三岛。因此,你所提出的三岛问题,也就必须更为一般化之后再展开论述。这个问题暂且如此,弗拉季米尔,对你来说,也是有意义的吧。即便刚刚讨论到这里,不是已经很有意思了吗,古义?"

"倘若离开那样死去的三岛而在此基础上讨论三岛问题,今后仍继续探讨下去确实是有意义的。"

弗拉季米尔兴奋起来,淡蓝色的眼睛和粗黑的眉毛、剃刮过胡须的深色皮肤上泛起红潮的面颊、被唾液濡湿后闪耀着光亮的大嘴唇……与此同时,他身边从先前就沉默不语的清清那仿佛抹了粉一般白皙、却血色不匀的小脸上,淡然的眼神①也在飘忽、闪烁……

繁认为话题已经告一段落,便抓过那两瓶葡萄酒,然后把其中一瓶中的少许残酒倒入玻璃杯中,细细凝望着。杯中悬浮着的沉淀物清晰可见,繁摇了摇头,示意清清再要一瓶酒来。

---

① 原文用与眼睛的日语发音 me 谐音的"芽"表示。

第三章　回到三岛问题上来

1

下一周,繁剃去胡须,身着套装,抱着鼓鼓囊囊的纸袋出现在了阳台上。他说道:

"在东京的饭店住了两天,由咱以前的学生介绍,两个年轻的日本人来见了我。"

脸上虽然露出与年龄相若的疲惫,却也显出勃勃的性质。

"向千樫报告了和古义在北轻井泽的生活,还带来了这爱尔兰麦芽酒。已经是吃晚饭的时候了,喝上一杯吧!"

古义人从厨房里取来水、冰和酒杯,又返回去用盘子端来奶酪,繁则打开用圆柱形纸盒包装的酒瓶。两人小酌着威士忌,眺望着黄昏中树身高大的岳桦和白桦树丛。在这个时分,只要不下雨,就如同高原上似的,黄昏中略显白色的光亮总会弥漫开来。

"还见到了真儿……阿亮当时正在作曲,是大提琴组曲,说是目前正在创作'快步舞曲'①。"繁说道,"看样子,千樫是想通过咱把各

---

① 十七八世纪流行于欧洲的一种三拍舞曲。

种事实转告给你。那就开始向你报告吧。"

"大概她在电话里对你说,因为有些话不好直接对我说,便让你前来转述的吧?"

"重要的是,那问题对咱是必要的,毕竟连地皮带屋子都已经是咱的了。"

"这么说来,繁现在可就是我的地主了。"

"不让你考虑经济上乱七八糟的事,这是千樫的原则。咱到这里来也试着过了一阵子,估计此处可以作为咱和弗拉季米尔以及清清甚至能够过冬的根据地使用。如果重新修改一下取暖设备的方案,应该比较容易。开往东京的新干线的乘车时间缩为一个小时以来,有一次,咱在电车上曾向坐在一起的熟人详细打听过这事。

"那么,至于你的经济问题,上次得到的那笔奖金,你好像同编辑金泽一起商量并决定了用途。你不是把那笔钱分成了三等份吗?一份是你想捐献出去的,另一份打算注入阿亮的基金中,还有一份则修建了目前被咱买下的那栋屋子。

"然后,你受了重伤,千樫修改了原先的方案,总之,说是为了维系在东京的家里的生活开支,需要抽用新书和文库本加印时的版税以及翻译版税。咱看了最近三年的所得税申报资料,纯文学的骤然冷却也真是够彻底的。

"前景比较严峻,你出院后只能回到社会、继续你的小说创作。在这一点上,千樫和咱的看法完全一致。

"如此决定下来后,千樫可是一个务实的人,说是如果咱打算在这里落脚的话,就让咱激励古义重新开始写小说,并让咱校对古义你写的原稿。还说,假如古义开始写原先说要在晚年写的那部鲁滨逊小说,只有咱,才最适合于承担这校对工作……鲁滨逊小说!千樫现在的唯一的指望就是这个吧?想到这里,咱的心一下子就收紧了,古义！鲁滨逊小说，你还记得吗？"

古义人不记得了！

"起初，咱也对千樫的话感到困惑，就请真儿把千樫所说的写在纸上。是 Robinson……这是在用法国方式说鲁滨逊漂流记呀？我说了一句俏皮话，却在那个瞬间想了起来。

"咱和女学生之间出了问题从而惹出麻烦来，就是在那稍前一些时候，把那女学生带到东京时的事！古义，当时你正在阅读塞利纳①。在学生时代，你一直是萨特的弟子，对于他的敌人塞利纳你从不看上一眼。这大概是你从六隅先生的遗物中得到那本七星丛书版②后才开始着迷的吧？

"在那种情况下，你这人呀，对咱这里的那些事不作理会，只是一味地谈论塞利纳。女学生那时正在读《个人的体验》③，说是想要见你，咱就把她给带去了。她是犹太人，而且，就像当时的美国大多数学生那样，说到塞利纳，就认为他不外乎是写了反犹太人小册子的法国反动派。

"于是，她就因为你痴迷地大谈特谈塞利纳而生了气，要把咱拉回旅馆去，可咱正在喝酒，就没搭理她。

"她独自回到旅馆，随即就吸食了在加利福尼亚悄然流行的毒品，然后想再到你家来找咱，途中却和出租车司机发生了纠纷，被警

---

① 塞利纳（Louis Ferdinand Destouches，1894—1961），法国作家，原名为路易 - 费迪南·德图施，塞利纳原是其外婆的名字，作者在发表《茫茫黑夜漫游》（亦有《长夜行》之译名）时以其为笔名。

② 七星一词典出于法国文艺复兴时期的七星诗社（La Plèiade），现专指法国最大的伽利玛出版社发行的一套精装丛书，通常称为"七星丛书版"。被收入该丛书的都是公认的经典作家和作品。

③ 原文为 A Personal Matter。大江健三郎曾于一九六四年出版长篇小说《个人的体验》。

察追问那毒品的来源，便说是从你这里得到的！

"她担心如果说出是从美国带来的，就有可能不准再度进入日本。当时一家刚创刊的艺能周刊杂志报道了这件事。咱那时已经回到美国，没去替你洗冤屈。其实，咱呀，也包括她在内，都遭了很大罪。

"可是，至少在那个夜晚，咱们却是做梦也没想到会演变为这么一个事件，还在继续谈论着塞利纳。渐渐显出醉态的古义就宣布说：是的，自己要写鲁滨逊小说，那是自己晚年的工作。你还说，那部小说中将出现一个重要的配角——繁……

"千樫对你提出了质疑：你在小说中写了我们家成员、吾良，还有四国的母亲，却从没写过比所有朋友都更早相交的繁叔叔。这事有些不可思议，不过，你是在考虑那部鲁滨逊小说吧？

"你是这样回答的。自己肯定将会继续从事写小说的工作，不过，如果上了年岁并在创作上走到尽头的话，就去写那部独具风格、波澜壮阔的冒险小说。凭借这部小说，从书写自己和家庭成员因而不知不觉走进死胡同的现在脱身而出。那部小说，就是以繁为不可或缺的重要人物的鲁滨逊小说！

"自己的一生虽说不曾发生什么趣事，不过也有一个奇特的事情，那就是关于自己诞生的来龙去脉，而繁便和这件事有关。从那时开始，繁将出现在与自己一生相关的各种场合，总之，他被扯进既有痛苦也有快乐的各种事情之中。那些痛苦和快乐今后也还会有吧。把那些体验联系起来，繁和自己那纠缠不清的一生便会浮现而出。你说，将会写成这样的小说……

"而且，古义很可能喊叫出来，说那是自己和椿繁的共同作品也未尝不可。我们有一部鲁滨逊小说！

"千樫记得那时的往事。说是你这次能和咱在北轻井泽相邻而居的契机固然不少，可最重要的那个难道不就是鲁滨逊小说吗？不曾说起共同作品之类的古义人却说到这是与繁叔叔的共同作品,这是非常特殊的。她还说,假如这次古义人重新写小说,也就是鲁滨逊小说,假如与相别多年后再度邂逅的繁叔叔每天对话后进行创作,然后请繁叔叔阅读那写好的部分,这两人就算是居住在最理想的环境之中了。

"围绕鲁滨逊小说,那天晚上自己热烈辩说的情景,古义,你想起来了吗?"

尽管如此,古义人仍然想不起来!

繁终于断了念头。

"想不起来了是吧?古义,哎呀,咱觉得也许有这么一件事……听真儿说,你头脑中有一个以往好像从不曾想到的洞穴……咱和她曾谈论过此事。

"此前不久,真儿开始阅读你那些未发表的原稿和笔记,似乎还用电脑进行整理。说是那里面列有鲁滨逊小说这一项,因此她重新对照笔记中的相关记述进行了核对。也没限定到什么时候为止,只说让她把调查结果送到北轻井泽来!古义,咱们就先等那材料来了再说,好吗?"

2

繁还带回另一个工作计划。在越南战争期间,一批科学家协助美国政府进行军事研究,他们模仿希腊神话中的勇士制造了一个被称为"贾森机关"①的装置。大学里出现一些批判那些科学家的青年

---

① 美国侵略越南期间成立的一家向政府提供咨询的机构,由十四位精通核物理和核兵器的科学家所组成。该机构的名称贾森(Jason)则为希腊神话故事中的勇士伊阿宋(Iason)之英译。

学者。古义人负责制作报道这些活动的电视节目，繁则作为平等合作伙伴参加了这项工作。节目播放后，发现尚未播映的录像带中有一部分下落不明，便怀疑被繁提供给了大学当局。事情一直悬而未决，这也是古义人与繁后来长期不睦的一个重要原因。

　　这一次，繁和那个电视摄制组的制片人在东京见了面，并不提及刚才那问题的黑白是非，那个制片人说是想向自那次分手以来再无往来的古义人提一个建议，繁便将这个计划带了回来。

　　制片人本人也已经远离拍摄现场的工作，成为节目制作公司的老板。那家伙对于经历了重大事故后正在恢复之中的老年人古义人产生了兴趣，说是提出了如下建议：干吗不尝试拍摄长江古义人的独白——或是与繁的对话？慢悠悠地做也没关系，如果能够考虑制作这个节目的话，可以提供摄像机和其他相关器材。

　　繁对这个计划产生了兴趣，他还说，先前刚就此事进行说明，弗拉季米尔和清清就兴奋起来。其实，当俄罗斯或中国的电视摄制组来到加利福尼亚时，弗拉季米尔和清清便参与了他们的拍摄工作。他们两人原本对电影就有兴趣，也正在学习摄影的具体技巧。因此，一旦摄影器材和录像带送到，他们就想以古义人为对象进行摄制。

　　古义人却认为，目前自己与繁他们刚刚开展的关系，也仅限于和清清之间的阅读艾略特的课程而已。在得知古义人应承此事后，原制片人的公司随即将其公司的摄影器材——似乎不是新式的——送了过来。

　　一台摄像机、用于照明和录音的器材，还有大量录像带，被装在便于在外景地搬运的几个轻金属提箱里。

　　显而易见，当繁与弗拉季米尔和清清开始商议准备工作时，繁比任何人都积极地想要取得领导权。

　　"在吾良从事电影摄制的初期，咱是他的工作人员。《葬礼》的布景,是在汤河原他的家中,而那房子本身是咱设计的。那时,吾良摄制的电影还只有一个短片子,与其说是导演,大家倒是更自然地觉得他是具有个性的电影演员。不过,吾良早就预见到要在那所屋子里进行拍摄,说是要注意让摄像机能够自由移动。咱按他说的那样设计了。因此,当拍摄一开始,就一直紧挨在导演的身旁。古义,就由咱来拍你吧。"

打开摄影器材箱的那天下午,繁就已经进入了工作程序。

古义人坐在安乐椅上,从清清开课以来就座的固定位置开始,繁把一切都挨个儿向东移动了一公尺以设定布景。沿着壁炉右后方混凝土烟囱的纵向长窗透入的光亮,与起居室东面镶嵌固定住的玻璃窗中射入的光亮一起洒在了古义人身上。录像用的摄像机安放在壁炉台面上,当古义人在椅子上坐下时,他的上身立即占满了镜头。当然,仅靠这些自然光还是略显阴暗,便将照明器具布置在椅子右侧的地板上,贴着铝箔的反射板也竖立在玄关对面的空间。

繁确实显示出了年轻时的经验,缜密地一一确认了应当予以固定的机位、角度,还有照明和录音。负责录音的弗拉季米尔把屁股落在铺在炉灰之上的木板上,伸出了手中的录音麦克风。清清站在照明器具后面,繁则面对监视器调整好了摄像机。

繁的意图,是把设置在壁炉周围的那些器材原样定位,以便每天进行摄影工作。古义人坐在扶手椅中,按照正看着监视器的繁发出的零碎指示而调整,清清和弗拉季米尔也针对并不很自然的姿势热心地予以纠正。

在那过程中,一旦倒放刚才的录像,古义人便也会被拉去观看。就在这时,他受到了冲击。

"这可是大病以来第一次拍摄的活动画面呀!所受到的伤害超出了这个年岁所能承受的程度。被痛打了一顿……事实就是如此……真是一个令人悲伤的老人。"

古义人实在担心,清清接下去会围绕自己额头稍上位置的那个凹陷处再说上些什么。那个凹陷如同用小型鱼糕板压出来的一般。

然而,清清只说了以下这句话:

"我觉得,视线的方向存在问题。"

"是呀,"繁说道,"你没再使用目线①之类奇怪的日语,在这一点上,我也表示赞成。"

"长江先生,你一人说的那部分有些僵硬,不妨由繁先生叫一声,长江先生则将面部转向那里,那样就会自然了。"弗拉季米尔说,"至于视线方向的问题,如果繁先生叫一声并引导长江先生说话,这个问题也是可以得到解决的。"

"咱也在考虑这样做。假如这个系统能够固定下来的话,古义想要说话时,一个人就可以进行录像了。那么,这样还能拍摄把篁先生呀吾良呀,还有亡故的那些人都叫回来进行对话的镜头,虽然实际上镜头中只有古义一个人。"

古义人不禁为之感到一阵近似于惊异的心动。

"……现在呀,古义,刚才所说的一个人就可以进行录像,说起来,还是从你那里受到的启示。

"你每天晚上看完书后,临睡觉前都会坐在那张椅子上喝酒吧?咱也在大致相同的时间喝睡前酒。可是呀,在厨房里嘎吱嘎吱地捣鼓会妨碍清清的睡眠,咱可不愿意那样,就把酒倒进杯子里,在咱们的地盘上一边走一边喝。那时候呀,咱经常在周围看着古义的模样。你差不多都是对着谁在攀谈哪。"

"你这么一说,我倒是想起有一天,感到繁你就依靠在那株高大

---

① 在日语中,目线亦有视线之意,易被初学日语的外国人作为视线这个词使用。

的粗齿栎上往这边打量。不过,深夜里在家喝酒,因为看谁都像是从彼界归来的人……繁也是如此……因此我也没感到多么惊讶。"

"最重要的是,没觉察到老夫子你自己曾一度死去然后又活转过来吗?"

"我是这么认为的,繁先生是受长江先生的夫人之托,才来看看情况的。"清清说道。

"与其说受千樫所托,还不如说是因为听真儿说起她在医院里于夜深之时所看到的反常情景。"

较之于回答清清,繁的这番话语更是在向古义人做说明。

3

然而,正式开始摄影后,繁却奇怪地僵硬起来。当然,古义人在一个人说话时就更不容易了。于是,弗拉季米尔建议把清清假定为听众。清清毫不犹豫地接受了这个角色,她这样问道:

"长江先生曾经不无遗憾地说,从年轻时起,就曾和那位作家、那位学者见过面,说过话,却从不曾谈到任何本质性的话题……这究竟是怎么回事呀?"

把她作为谈话对象后,也是因为阅读艾略特那个课程的缘故,古义人流畅地回答起来:

"我很早就涉足媒体界,因此经常与各种有趣的人直接会面并交谈。我所说的就是那种人。尤其是经常与文科类学者们交谈。不过到了现今这个年岁,那些人中的不少人已经去世了。我觉察到那个时候终于来了,便开始重新阅读他们的著作。

"我深切地认识到,尽管此人曾与自己那般频繁地交谈,可确实没有说起任何重要的内容。这样一来,便觉察到内心里好像冷却下来。那位学者在其人生中,就因为与我谈话而浪费了相应部分的时间。我是说,是我让他徒劳了……"

"清清,我们替换一下。"繁随即介入进来,"古义,这一番话语中又显现出了你思维方式的片面性。对方呀,如果并没有要对你说重要话的心情,你就不必因此而独自烦恼。

"可事实上,在迄今为止的长时期里,在大学的会议上遇见的那些废物中,你和那家伙谈得很深。时至今日还惦记着此事的家伙虽说不多了,可毕竟还有那么几个人。而且,咱呀,惦记此事的那些家伙大多和咱一样,也都上了年岁。"

"是啊。从年轻时我就知道那家伙的事,由于把他看成半瓶子醋的缘故,也就一直没去认真解读他的工作。这就是此事的起因。"

"交往的朋友中这人那人的,也都会有这种事。咱并没有因为彼此是朋友关系,自以为非常了解对方而忽视他的研究内容。咱可是知道,那家伙呀,在他的领域里从事着领先于时代的工作。不过,可悲的是,由于对那个领域咱是外行,咱不可能完全精通他们的所有新工作。"

"是的,而且,得知他们中有谁死去时,比如,当知道某个英国文学学者的研究确实具有独到之处时,自己就会很痛苦,尤其是那些对自己非常重要的人,更是让咱感到心情沉重,瘫软无力。"

古义人现在正显出瘫软无力的表情,繁用锐利的目光打量着他,同时继续说道:

"这里的老建筑家,确实总是失败,愚蠢至极……还因为暴力行为而被视为狂人,甚至差一点儿被做了脑白质切除手术,可尽管如此,总算回到了原先的职位。这样的人生,迄今究竟一直希求到了什么?咱的极限之所,你并不真正了解吧?这里所说的希求这一词,可是你母亲在写给咱母亲的信(咱父亲怎样才能把这信寄送到连下落也不明的母亲那里去呢?)中,说这是古义经常使用的词。正因为你有一种自觉——并不了解咱情况的那种自觉,才没把咱写进小说里去的吧?

"想到这里,你才感到痛苦,心情沉重,瘫软得站不起来了吧?在你说出鲁滨逊小说时,咱就在想:古义这是第一次要真的开始解读咱的人生了。可现在看起来,你呀,古义,已经完全忘了鲁滨逊小说这个概念本身!在这次机会中,面对把话筒伸到面前来的咱而接受采访,你意下又将如何?"

古义人对此并没有表示异议,只说了一句,"弗拉季米尔就像现在这样接着做下去吧。"

于是,也可以说是繁的个人演出的这段录制工作便开始了。

"咱这次小住日本,打算试着重新审视古义与自己的关系。"冲着古义人正笨拙地面对着的话筒,繁摆出一副巧妙回答的模样。

"咱在战争时期前往四国的森林,在那里遇见了古义。说起来,起初关系还是比较亲密的,可后来咱渐渐把你作为一个用来被欺负的角色。不过呀,当时咱也意识到你对咱是重要的,因为在那个村子里,除了古义,再没有别的孩子能像咱希望的那样来认识咱自己。假如咱不能以那样的形象被你接受,就会把你视同部下的那些虾兵蟹将一样相互嬉皮笑脸,那样的话,你就不会与目前就在这里的咱继续交往了吧。

"贝克特经常引证贝克莱①的这样一句话——'存在就是被感知'。对于孩子来说,这句话尤为正确。如果没有你,咱就不可能作为咱而存在。然而,咱却一味地伤害了你。

"在承认这一切的基础上咱继续说下去。如果没有咱,你也不

---

① 贝克莱(George Berkeley,1685—1753),英国哲学家。

会是现在的你吧。古义,你不会怀疑咱说的这些话吧?那时候,咱作为你母亲在上海的朋友的儿子出现在四国的森林里,剥夺了此前你在森林中独自享有的特权。假如没有这一段经历,古义,当时你还会认为在那片土地上没有自己的场所吗?我觉得你不会那么想。正因为如此,咱们俩才是贝克特所说的互补的一对呀!

"虽说是因为咱最初所做的那些事引起的,古义,后来自从你开始无视咱的存在以后,咱就陷入了痛苦之中。在贯穿那条峡谷的简陋国道上,沉默不语地与咱错肩而过并因此伤害了咱的孩子,古义,除了你以外不会再有第二人。当时,咱甚至想杀了你。

"再往后,咱三十来岁的时候,因为'小老头'之家那件事和你再度相逢,很快就同吾良相交相识。后来我看出来,这个青年才俊(虽然他当时只出演过两部外国电影,可全身都洋溢着那种才气)尽管和古义人同样是互补的,可也是互相伤害的一对。毋宁说,这就是咱后来同吾良成为朋友的动机。"

4

这天一直干到夜幕降临,稍微吃了些东西后又继续拍摄起来,因而就停了清清翌日的授课。然而,第二天刚过晌午,繁便独自一人出现在"小老头"之家。围绕昨天的拍摄,他提出了包括自我批评在内的严厉批评,认为最大的失误在于参与拍摄的这几个人在考虑想要制作的录像内容时,其想法过于暧昧了。

"拍摄计划本身要重新制订。最初谈起拍摄内容时,说的是这么一个设想:你在与那些人交谈,你觉得他们是和自己一同从彼界回来的,而我们则用录像带摄下这个谈话场面。就这么干吧!这样一来,首先是和吾良。"

"说的是啊,不过,恐怕会很困难吧。"

"即便有困难也要克服,这可是演员在表演时的工作。"繁断然说道。

繁再度和弗拉季米尔以及清清一同回到"小老头"之家,此时他已经准备好了新的拍摄计划。摄制工作开始之后,弗拉季米尔的作用尤其显眼。在昨天的工作中,觉得他像是繁上课时的助手,只说了很少一点儿意见。今天,他只是依据新确定的方针麻利地工作着,甚至让人怀疑他本人才是这个新计划的策划者。

首先更正的,是原本将摄像机固定在壁炉台上的基本做法。不过,这有一个附带条件,那就是早先那种方式如果更为便利的话,就要恢复到原有状态。摄像机被放置在了弗拉季米尔的肩膀上,他肩膀的角度在身体结构上与日本人有所不同。

繁就现场的布置本身提出了新的想法。由于此前摄像机是固定在壁炉台上的,古义人也就只能面向那壁炉。因此,繁采取了另一种方式,要让被拍摄的人物可以在那里自由活动,于是把扶手椅挪到了壁炉东端近前处,让古义人坐在那个能从细长的高高窗口直接看到粗齿栎树梢的位置。接着,刚准备从古义人耳后拍摄他的头部,起居室东侧的空间里,一张用图钉把蒙皮钉在大圆弧木结构上的椅子就显现在画面中心。

"这张椅子本来是放置在千樫寝室里的,"繁说,"也贴着轻井泽旧家具店的标签。如果在欧洲,这样的椅子好像到处都有。不过,在这里确实难得一见。对这张椅子,吾良一定也很中意。

"假如从这个角度拍摄古义的独白,那张椅子上愁容满面的吾良……他也像你说的那样,一度死去,后来又和你一同回到了这个世界。就是这么一个人,正坐在那里……咱想把这个场景拍得渗入到观看录像带的那些人的想象力之中。"

拍摄开始之后，繁专司把话筒棒伸到古义人面前去的工作。对于繁装腔作势的演出，负责照明的清清不以为然，露出嘲讽的表情，一直沉默不语。不过，在工作的认真程度上，她却是丝毫不逊于弗拉季米尔，因此，这种做法或许是她这个年龄段的人共同工作时的类型吧。

古义人投入到繁的演出中来了：

"倘若从彼界返回到这里来的吾良坐在那里，我当然有想和他继续交谈的话题。如同繁看穿的那样，自从住到北轻井泽以来，之所以喝酒喝到很晚，就是因为一直在和吾良说着那些话……

"我想要说的是，希望在繁正为我制作的、唤起这种心情的场面中继续就这个话题说下去。那就是大醉之夜的自己、同时确实又没有醉倒……也许，只是因为安眠药的效用而感受到了相同效果……就是在病房里仍然不停叙说并因此让女儿担心的那个自己，与白天那个老作家的自己应是两个人而不是同一人。因为，深夜里喋喋不休的我觉得被一个年轻人缠住了，被自己此前从不曾想到过的、说起来宛如执着于狂想一般……或者说，执着于狂想是其常态的、有着怪异之处的年轻人缠住了。

"现在，我并不在那种状态之中。在明白这一点的前提下，处于那种状态中的我，面对一同归来的吾良进行了多次谈话……就在繁从粗齿栎的那一侧一面喝着杯中酒一面看着我的那些个夜晚……我想再度提起那个话题，并用录像设备录制下来。因为，我记得非常清楚。而且，如果那个录像设备能够放映出这场景来的话，白昼里的自己，也许还会忆起一些更为清晰的事情。

"其实，近来一直如此这般地面对吾良这么说，是出于一种悔恨，那就是自己为什么不曾为吾良的电影创作剧本。于是，便对着不再拍摄电影，也许正坐在那里听着迟来的构想的吾良，叙说着自己现在能够写出的电影剧本。

"这是那次身受重伤之前一天的事。朋友们在离我出生的老屋不那么远的一个业主的度假村里,同早年的熟人们聚集在一起,进行了一场后来导致我身受重伤的那场老人们不自量力的游戏。这就是那场老人游戏前一天夜里的事。

"当时,以一家杂志的文章为契机,围绕当年和吾良在高中时代经历过的一件事,我发现了连自己也感到意外的另一种解读。这就是事情的发端。

"第二天,我的脑袋就涂满了鲜血,徘徊于生死边缘。然后就是住院生活。在那期间,由于老人的脑子容量有限,一些新的构想随即就消失了。白天躺在病床上,我丝毫不去考虑那一切。

"然而,随着住院时间的延长,我确实展开了关于那家伙的构思,那个从老人的身形中分身而出、有着怪异之处的家伙在深夜里凑上前来说出的构想。终于,完成了展示给吾良看的电影剧本。现在来到北轻井泽,每当深夜里喝酒时,电影剧本的话语就会完整地浮现而出。

"当时战败还不到十年,联合国占领军在松山附近也建立了基地……也就是在结束占领前不久,我和吾良经历过的那件事。多年来,我和吾良一直把那件事称之为**那事**。也就是说,未能将内容语言化,我们在将其语言化前逃了出来。关于这个事件,繁也不可能从吾良那里听说过。

"**那事**的舞台位于叫作奥濑的地区,离峡谷并不很远。说起这个地名,繁或许还有一些印象。之所以这么说,是因为在你从上海回来住进可以俯视峡谷的那个高台上的家里时,曾住在那里的我父亲便移居到了原为我外祖父所有的那块土地。

"父亲后来被奥濑的修炼道场的弟子们抬了出去,在战败后的混乱中死去。他是居住在农村的超国家主义者,说起这种离奇古怪的男人,在战争期间的日本倒也不算稀罕。

"继承了父亲遗留下来的修炼道场的人物制订了一个计划,要在媾和条约生效前一天,武装袭击将于那天关闭的占领军基地。道场的中心人物为此盯上了我,当时,我还在松山高中读书,与吾良是好朋友。那事就这样开始了。

"攻击需要武器。基地里有武器。当时,我和吾良在美国文化中心结识了一位从事外语教育的军官,打算从他那里搞出曾在朝鲜战争中使用过并出了故障的自动步枪。

"至于那以后的进展情况,我将从写过的小说中进行归纳。因为那样更易于理解。

"我在小说里这么写着:在交涉的过程中,两位少年把美国军人皮特约到了奥濑农场。皮特用车子带进去的有故障的武器被道场的伙伴们抢夺过去,皮特本人被他们杀害了。两位少年从此一直痛苦地生活在那个罪恶感之中。

"然而,在那次身受重伤的前一天夜晚,涌现在我头脑里的梗概与此却完全不同:只是武器被骗抢,皮特本人并没有被杀。皮特和两位少年中的吾良向美军通报了袭击基地的计划。集结在基地大门口的美国大兵,击毙了用有故障的自动步枪摆出攻击模样的袭击者。营养不良的农村青年们的尸体,躺倒在基地的大门前……

"为何要用故障自动步枪进行攻击?那是因为,只要摆出一副游击队发动进攻的架势,美军基地的守备部队或许就会将他们全歼,假如实际攻入后再遭到全歼,就将成全攻击一方的大义。因为指挥那些年轻人的头目,只是认为在联合国军占领日本期间,假如从不曾进攻过一次基地,就将是事关日本国家的历史耻辱。

"来到北轻井泽以后,我每每于深夜饮酒,是在把写下的剧情梗概化为电影剧本,向从彼界归来、坐在那里的吾良——现在,坐在那张椅子上聆听着的所谓吾良,确实在出色地演出——进行叙述。

"我记得,这个奇怪故事中的构想……也就是皮特和吾良向基地司令部进行通报以及游击队被歼灭的构想……在身受重伤的前夜和翌日清晨,还存留在自己的头脑之中。可是,身受重伤以后,唆使我把这个构想从头到尾完全加工成令人绝望的自杀式爆炸的那人,就是缠住老小说家的那个有着怪异之处的家伙,也是个年轻的家伙。"

5

繁做了一个示意动作。古义人的话语很长,其间已经更换了两次录像带。弗拉季米尔小心翼翼地把摄像机放置在地板上。由于运转着的摄像机并不发出声响,在觉察不到被拍摄的真实感受中,古义人觉得自己一直是在对着空椅上的吾良述说着。

繁也第一次喊了声"好!",感到心中有了底。

"……现在还有另一个电影剧本,原本是想让吾良拍摄的。就是这么一个镜头:美军基地大门前,身着海军复员时穿的制服的同伙们,被经历过朝鲜半岛战事的那些美国大兵击毙。观众应该明白这是一场手持有故障的枪支进行的突击,吾良大概会把这个可怕的假象拍摄成充满力度的镜头。

"这个镜头,还有被你刚才说到的自杀式爆炸这句话所唤起的各种想法,两者纠缠在了一起。清清,咱说话时会提高声音,让你在厨房里也能听得到,你能去厨房给咱们弄点儿红茶或咖啡什么的吗?

"说起自杀式爆炸,就当下世界的语言状况而言,是指巴勒斯坦人把炸药绑在身上,针对以色列军队发起的行动。

"但是,作为这同一世界的语言而为大家所熟知的,还有曾用于特攻的'神风'。兵营里的美国大兵们一定觉察到了尚存留在记忆里的'神风'的威胁。

"可实际上,那些青年抱着的是损坏了的自动步枪,他们只能竭力用口喊出乓乓乓的声响。我想,从头至尾拍摄下那个突击场面的影片,一定具有很强的表现力。如同模仿战争游戏的孩子们发出呐喊一样,他们挥舞着不能发射的枪支发起冲锋。迎接他们的是美国大兵的枪口。从那些枪口中发出的是吾良所喜欢的巨大音响,还有立刻就降临的绝对静寂……残血由颈动脉流出来,滴答滴答地响……咱觉得,这个画面抓住了观众的心。然后,难以计数的日本人肯定会将其视为自己的'神风'特攻般的自杀式爆炸恐怖行动来接受。

"实际上,直至占领期结束,这个历史事实,('不,在我和吾良的想象中,这种事情只是或许存在。'古义人凭借白天的老人所具有的辨别能力予以订正,繁却根本不予理睬。古义人于是意识到,繁现在正取代那张空椅上的吾良述说着。)由于日本媒体对检查持有难以克服的恐惧,一直未能予以报道。不过,超过一千万的观众会产生这样的认识:啊,还发生过这样的事情呀……至少,这种事情是可能发生的。这不就给日本人带来了一个巨大的冲击吗?在世界范围内都会大受欢迎的,如此一来,你不就和吾良一起被全世界接受了吗?

"而且,因此而被挑起的日本青年中,难道就不会出现一些年轻人利用前往冲绳观光的机会,攻击把士兵送往伊拉克的美军基地吗?

"咱之所以唤起这种妄想,是咱刚才在想,在日本这个国家里,现在有许多可能采取类似于自杀式爆炸恐怖行动的年轻人。拥有健全身体、大学毕业后不谋取固定职业而靠打零工生活的年轻人究竟具有多大规模?他们可曾做过模拟试验?

"咱想询问吾良的是：吾良兄，你使用长江的剧本，只是在拍摄你那当属一流的电影时，这个不可思议的残酷的自杀式爆炸的恐怖行动镜头，会成为这个故事的结局吗？或是把它放在电影题名之前……那种情况下，吾良采用的是黑白新闻片的色调吧……？大概那时就会拍摄成面向现在的故事吧？

"如果是后者的话，咱就打算对吾良这么说：如此一来，吾良兄的电影不就恰好表现出这个国家的政治状况和社会实情了吗？而且，还是在面向不远的未来的情况下恰好表现出来的。也就是说，吾良兄，在你的电影首映后的很短时间内，不就会发生影片中的场景被置换为现实的事件吗？"

为大家送上咖啡后，清清目不转睛地看着繁。弗拉季米尔则将视线从繁和清清的身上移开，眺望着树叶因被久违了的雨水冲刷而显出的勃勃生机。意识到其他人比自己更不愿意打破这沉默后，繁转向古义人说道：

"就咱现在的心情呀，咱想说的是，某一天，在东京，从那些毕业后只做临时工、外表上和纽约的年轻人一模一样的青年中，出现一个有胆识并愿意进行自杀式爆炸恐怖行动的实践者……咱想说的是这样的时代。

"古义，关于这一点，你是怎么考虑的？今天拍下的这些录像，是你围绕新方案进行的谈话，那是你从吾良或许能够拍摄的电影中，也是从你身受重伤前一天夜晚得到的信息中设想出来的新方案。现在，咱像是围绕吾良来展开这个新方案。不过，怎么样？今天夜晚你假如仍继续对吾良叙说你的新剧本的话，恐怕很难把咱刚才说过的话从头脑中抹去吧？

"咱并不是说长江古义人在期待着那种恐怖期望论。如果能够假定吾良回到此界并坐在那张椅子上，那么六隅先生也会在附近，因为你可能会有这样的感受。你是不会让六隅先生看到你违背他的人道主义的!"

"不过,就你重患之后的感觉而言,身为老作家的你虽然不服从管制,不是仍然被无疑就是你自己的那个年轻人缠住了吗?你不打算让那个有着怪异之处的家伙评论一下咱的看法吗?"

弗拉季米尔把摄像机牢牢扛在肩头并找好位置,清清则随着他的动作把话筒伸到了古义人面前。古义人开口说道:

"我也不得不思考,假如真的像繁所说的那样,这个国家出现一个不曾有过的煽动家,在他的身边,集结起同样不曾有过的那种类型的年轻人……尤其从自己的内部,我会遭到那个有着怪异之处的年轻家伙的催逼。我将在那家伙的摇晃下睁开睡眼,重新喝起睡前酒并不得不进行思考。

"那个年轻的实践者,不管他属于革命派还是反动派,都不可能是出于大义而有所行动的那种类型。我觉得,他只是对煽动家所指示的恐怖手法有兴趣才付诸于那个实践的。

"而且,我还觉得,那个恐怖实践大概也只局限于自杀式爆炸。因为,想要干点儿什么的年轻人,在电视里每天都能看到那些真实的有关恐怖行为的报道。如果收看电视卫星的世界新闻,确实是在不分昼夜地进行报道。他们知道,成功率最高的恐怖行动,正是自杀式爆炸。

"某一天,他们被上级所赏识。于是接受了任务并行动起来。看准了被指定的目标后,便兴奋且周到地准备起来。他们并不是头脑愚蠢的家伙,也不是粗暴的家伙,毋宁说,是一些时尚的年轻人。在那过程中,即便煽动者失去踪影,实践者也将自行负担费用并提出新的行动方案。甚至会是这样一种情形吧……

"接下去,这些同伙便任意挑选他们中意的汽车,然后在盗来的汽车上装满炸药飞速行驶。这有可能多次发生。就在我们所在的东京，连续发生自杀式爆炸恐怖行动的日子该不是就要来临了吧？

"在这个国家里，毕业后只做临时工的、忧郁的年轻人集中在大都市里，可到目前为止，为什么还没有发生那种恐怖事件呢？正如缠住我的那个有着怪异之处的年轻家伙用纯真的眼神对我说的那样：毋宁说，唯有如此，才是在不可思议的国家日本应该发生的。"

古义人停下了话头。等候在一旁的清清撤回正对着古义人面部的话筒，转向仍扛着摄像机的弗拉季米尔说道：

"像这样无组织无纪律的个人恐怖行为，究竟具有什么意义呢？"

较之于被催促着回答问题，弗拉季米尔更像是深思熟虑地将摄像机放在身旁，然后向古义人询问起来：

"还是要回到三岛问题上来。不过，比起长江先生所惧怕的个人恐怖行为，不是更应该考虑具有明确主张的有组织的恐怖行为吗？比如说，为什么不考虑自卫队的政变呢？自从三岛在市谷毅然决然地行动以来，已经过去了三十年之久，自卫队为什么到现在还没有发生政变？"

"在这个国家里……驻日美军暂且另作他论……不存在像自卫队那样强有力的武装集团。政界、官界、实业界的腐败现在不是正让大家都吃惊地说出'竟然如此吗''竟然如此吗'？目前的现状存在着能让自卫队员满意的深奥的理由吗？如果长江先生的各位朋友能从彼界回到此界，那么，为什么三岛就不能回来？"

"现在日头还很高，那个有着怪异之处的年轻家伙大概也还没缠上古义吧。"繁说，"弗拉季米尔，假如你所说那种事态成为现实，首先必须寻找逃亡之所的，就是古义这样的民主主义者呀。在那过程中，他大概也是要考虑的吧。"

第四章　被摄像机所撩拨

1

　　录像摄制完毕后，清清用事先备下的材料麻利地为大家做出一顿中餐。除了这中餐，大家还喝了一点儿从加利福尼亚用木箱寄给繁的葡萄酒。当"小老头"之家只剩下古义人独自一人时，面对放在餐桌上的、此前四人每人只喝了一杯的高度葡萄酒，他甚至没有继续喝酒，只坐在了扶手椅中。

　　从孩童时代起，古义人就显现出一种性格，那就是很少什么也不做。尤其是成人以后，除了工作，为了无论在何时何地都能读上书，会随着时间和场所的改变而事先选择几种书籍备读。作家的生活对此倒是正好合适。不过，从这次结束住院生活后的情况——千樫和真木最先觉察到这个变化，好像还曾商量是否要向他本人指出——看来，有了一个新的习惯，那就是什么也不做。而古义人则认为这显然与自己步入老境有关。

　　古义人就那样开始打起盹儿来，并且一直睡了过去。当感觉到声响而睁开睡眼时，室内早已漆黑一片，窗外则是月光满地。接着，就发现阳台上站着一个像是老人的身影，正嘟嘟哝哝地敲打着窗子。

古义人起身——因膝头撞在侧书桌上而发出呻吟——走过去，摁下室内外照明灯的开关，把左手端着酒杯敲打窗子的繁迎了进来。当他为繁——也是为自己——准备好杯子和饮用水，并把餐桌上的威士忌酒瓶拿过来时，繁已经占领了那张扶手椅，古义人便坐在铺陈于壁炉内并放上椅垫的木板上。这地方原本是清清操控麦克风时的工作场所。

"弗拉季米尔把摄像机放回到了咱最初确定好的机位上，清清把话筒也放在了那里，"繁环视着周围说道（他的声音显出了醉意），"打算让咱俩重新拍摄这录像吗？"

"我可是很疲劳了。"

"那么，就由咱来说吧。把摄像机的开关设定为自动状态，至于话筒嘛，那就拜托你了，先拍一点儿试试看，咱事后负责核对监控器。刚才，弗拉季米尔刚刚换好录像带，清清就对古义你说的话泼了凉水，摄影工作便因此而告结束。所以呀，机器里肯定还剩有录像带。"

繁本人在镜头前稍稍试了试，并略微调节摄像机的方向和高度。他先喝了一口杯中的酒，然后把杯子搁在一边，开始调整自己的坐姿，而古义人则端着酒杯，用另一只手支着话筒。拍摄就这么开始了。

"古义，咱之所以决定在北轻井泽住上一阵子，其目的之一（即便不是最重要的目的，也是与它有所关联），就是为了让你写出长篇小说。你身负重伤以后，真儿在电子邮件中也在担心，古义你还能重新开始写作小说吗？咱与千樫谈过话后，才知道她对这个问题的担心也非同寻常。于是，由她提出的鲁滨逊小说这个球呀，就踢到了古义你这里。起初，咱以为这个事没什么大不了的。因为呀，那同你的鲁滨逊也是一致的。可是，你根本回忆不出那个构思。现在，在东京你家的书库里，真儿肯定把你那装着笔记和未发表的书稿的箱子翻得乱七八糟……

"因此呀，咱想出了另一个办法，那就是在今天拍摄录像的过程中，使其成为具有现实性的构思。你呀，古义，首先就从你和咱这互补的二人组合出现在舞台上这个场景开始写起。就写贝克特式的、你和咱之间的对话。作为小说导入部分的镜头，则从描写舞台人物之处开始。

"首先，是你。一个重伤后刚刚恢复的老人，与年龄相称的秃了顶的脑门上，如同雏鸟肌肤般柔嫩的皮肤上，刻着一道道长长的皱纹。老人坐在古旧的扶手椅上，在放置于膝头的椅垫上，搁着一块在柏林买的、镶着木框的人造板，手里握着一杆鹈鹕牌钢笔。是小说家。加利福尼亚大学伯克利分校的校报登载过你的漫画，那幅漫画便是你身为客座教授的肖像。咱是很久以后才发现的。猫头鹰似的①标题。也就是说，被错看为猫头鹰的那副圆框眼镜，现在也还戴着呢。

"在你身旁，咱躺卧在沙发……如此说来，这个房间倒是有必要摆上沙发……上，这个不服老的老头脑袋里浮现出粗鲁的英语台词，因为需要进行翻译，便转而以结结巴巴的语调叙说起来。他们周围的舞台装置，完全是咱设计的'小老头'之家。

"两个老人在舞台上的对话……话虽如此，却有不时出现的沉默，也有脱离话题的饶舌……的整体将被描述下来。

"因而，就把这里作为舞台，录下你和咱之间的交谈。这也要拍好几盘录像带呢！

"然后把录像带送给真儿，请她用文字处理机进行处理。如果

---

① 原文为英语 Owlish。

你能从中整理出定稿的话,第一部也就算完成了。至于作品的精细加工,因为那是你人生的习惯,所以咱大概没必要催促了吧。

"至于第二部嘛,就是在刚才的舞台上充当配角,用相互争执不下的英语和日语引起话头的那个老人的人生故事。而小说家老人则将这一切写在铺于膝头木板的纸张上……

"这个部分呀,转而叙说咱在美国的生活,这也是通往第三部分的很有技巧的程序。小说家年轻的时候,在外国文学的影响下开始创作小说。当时的创作,显现出反抗这个国家的私小说形式的那种风格。现在,实际上在用日本式的写作手法,只写家庭成员的生活。不过,这位小说家却想成为一个描述从不曾目睹的巨大事件的文学家!怎么描述这个巨大事件?第二部将成为探索这个问题的桥梁。

"面对小说家讲述在美国度过辛酸的前半生的这位老人,现在,与同志们一起回到了日本,想要进行决定胜负的最后一搏。这最后一搏才是最大的目的,为此才回到了曾一度舍弃了的国家。从准备阶段开始详细讲述这大决战的,是在第三部里,由小说家去做。在目前这个阶段……之所以这么说,是因为小说与现实的界线变得越发模糊了,不过,这正是你的技巧吧,古义,你承认吗?……我还不好说,这大决战究竟可以发展到什么程度。因为,从实际决出胜负的结果来看,出现低级差错也是常有的事。虽说有可能使得东京都中心区出现相当规模的崩溃,却也有可能如同孩子们在高级公寓间的草坪上燃放的焰火一般转瞬即逝……

"正因为有这样的担心,上了年岁的魔术师才把小说家老人作为闯入未来的编年史作者……也就是说,是作为书记员而录用的,他将把写于今天的日期,改为稍微提前一些的日期。

"大决战假如获得成功,全世界的读者很快就会通过阅读了解到发生在这个大都市的事件的总体形象。当那最后的战斗如同纸捻包火药的小焰火那样'噼里啪啦——咻'地完结时,古义,你也会留下迄今没能写出的那种性质的长篇小说。即便在现实里没有发生这样的事件,整个事件的全过程,也会灌输到小说家的想象力之中。作为实施犯罪行为的老人知道,因为小说家拥有长达四十五年的人生习惯,应该能够完成这部小说。"

繁从安乐椅上伸长手臂,试图把古义人从壁炉中拖拽而出,却抓上用安哥拉兔毛包裹着的话筒。同样醉醺醺的古义人不由得向前扑倒,后背磕碰在壁炉的边缘,然后被拽到了繁的身边。

繁用一只手撑持着古义人,另一只手则往自己的酒杯里斟满了威士忌。古义人也是酒醉人不醉,仍不放下手里的酒水。两人脸靠着脸朝着摄像机干了一杯。

2

当古义人想要重新站起身来时,繁这次不是运用腕力,而是把自己那占满椅子的魁梧身体往一边挪了挪,便把被揪住肩头的古义人塞进了那个空隙。然后,他把从古义人那里取过的长长话筒支在两人面前,面对壁炉台面上的摄像机调整着姿势。

"那么古义,你怎么看待咱为了让你完成后期工作而进行的构思?"

"关于千樫她们委托你从旁协助的鲁滨逊小说,标准并不一致呀……难以草率地答复你。"古义人说道,"这么说来,我倒是想起来了,鲁滨逊呀,就是《茫茫黑夜漫游》中那个不可思议的、虽不是主角却也不可缺少的角色……

"不过,在谈论那个问题之前,想请你把自己的一些想法告诉我。在美国,你还拥有终身教授资格,可你像是要舍弃这一切,加入到弗拉季米尔和清清的策划中并回到日本来的。对于打算为那个策划而建立根据地之事,你也很清楚……这才把后面连房子带土地全都买了下来。

"我想知道的是,究竟是什么使得你做出如此重要的选择?繁,你呀,是一个经历过大起大落、最终却获得成功人生的人物。即便对于这样的你来说,那也算得上是大决战了,而且好像还不会回头……是什么让你如此支持他们的行动的?

"今后,你仍然……在什么程度上呢?试图把我也拉扯到其中去。围绕这个图谋,我感到你似乎还隐藏着更大的东西。

"我好歹从那个重大事故中生还……有生以来还是头一次经历……过来,制订出在这个别墅开始自己的康复期的计划。就在这时,繁你出现了,提出了一个让千樫感到无比宝贵的建议。于是,事情就这样开始了。

"接下去,你突然与弗拉季米尔和清清共同启动了非同寻常的计划。其根据地就在这里,甚至还在期待着我的协助。

"繁,我所知道的仅此而已呀……我确实有一种想要协助你们的心情,可是心情也就仅仅是心情而已。

"繁,你是在认真地对待你的同伙和那个大决战吗?究竟是什么原委让你积重难返地走到了今天这一步?或许不如说,是你首先有了独自的世界观和构思,然后才把他们拉进来的吧?

"不管怎么说,我都不认为自己能够胜任像你这样单枪匹马的、非法运动组织的一个成员的角色……"

繁抬头向细长窗子的外侧望去,开始思量起来。月亮已经隐入云中,即便在刚才为迎接他而打开的长明灯范围内,黑黢黢的树丛也因为刮起的风而剧烈摇晃着。自从古义人开始每个夏季都到北轻井泽以来,树身已经长高了三倍以上,从高处遮蔽住了天空。乌云一旦开始翻涌,树丛随即就会充满下雨的征候。纵然在夜晚也是同样如此,毋宁说,黑黢黢的树木在黑暗之中的摇晃,有一种透不上气来的紧迫感。听着繁咳痰的很大声响,古义人却认为,较之于醉酒,繁更像是被痰困扰着。

"咱一直在考虑,你肯定会估计到的。"为了压住簇拥着房屋的茂叶发出的音响,繁提高了声量,"弗拉季米尔和清清,属于一个在世界很多地方拥有据点的组织。

"因此,就从咱和清清、弗拉季米尔之间的关系是如何开始的……来讲吧。

"在美国的大学教师里,咱是个不多见的另类。咱一度在事业上陷入僵局,后来是从最低谷恢复过来的。因此,与其说咱是一帆风顺的教师,倒不如说咱与学生们一直过从甚密。关于这一点,就是系里也是承认的。

"然而最近十年以来,却觉得这样做毫无意义。不但对我,就是对学生们也是如此。这种感觉转变成大学生活中的不满并日积月累,很难不再度引起爆发。咱事事都与建筑学系的同僚们发生冲突,成了教师中的麻烦制造者。不过,自第一次起就很清楚地知道,与咱冲突的对手从一开始就有妥协之意,也就是说,他只是让我处于孤立境地。在那过程中,与教授建筑学比起来,比较文化论的课程逐渐成了咱的工作。比起建筑专业的同僚,咱倒是更经常地与批判人类学研究者交往,后来竟至成为这种情景……

"那么,咱的所谓不满都是些什么东西呢?假如让咱从作为教师而感到幸福的时候说起,那就是每年都会认识不少新生,在最初阶段,都是一些毫无情趣的家伙。那些学生很快就会有趣起来,渐渐开始拥有各自的语言,从其内部和外部的人际关系中挖掘出自己的语言。咱呀,就在一旁关注他们在此过程中逐渐形成自我特色的工作。

时不时地也会以议论的方法帮上一把,见证那些家伙最终形成自己的语言风格。咱以为这样做很有意思。

"咱相信,这才是教育。假如每年都来一个这样的学生,与咱结成教学关系,咱就感到幸福了。而且,实际上他们也确实来了。现在仍然活跃在大学里和社会上。大学里的学生运动掀起的余波还在。加利福尼亚的大学甚至就是这些运动的据点。与古义有着某种关系的加利福尼亚大学伯克利分校大概也是如此吧?

"不过从某个时期开始,那些拥有自己语言、正在形成自己文化的学生却失去了踪影。更为糟糕的是,咱曾发现一个学生具有独特的语言,咱关注他那独特语言的形成,让我吃惊的是收到他的本科毕业的论文,就把他送到了新泽西州以及马萨诸塞州的研究生院。后来那家伙作为能人回来了。于是咱们进行了交谈,却发现那家伙独特的语言已经丧失了!

"他在外面学习时髦的语言后回来了,也可以说那是一种具有权威性的语言。然而,那不是因为那家伙而有了新意的语言。像这样被当作有才华的学生竟然连续出现了两三个,与其说咱感到失望,毋宁说是感到震惊……其实,那种具有权威性的语言,该不是咱在课堂上就为他们备下的吧?为他们做了这前期准备工作的人,难道不是别人,而恰恰是咱自己?

"听了咱的这些话后,刚才提到的那位批判人类学研究者便告诉咱:西欧人在太平洋诸岛发现了另一个种类的文化,就想把对该研究有帮助的那些优秀的语言学信息提供者培养成学者。事情就这么开始了,甚至还出版了与他们共著的专题研究论文,可是,果真就因此而把他们改变成新人了吗?繁现在感受到的苦恼,与西欧那些研究者一直在叹息的原因该不是同一回事吧?如果那些研究者不算迟钝的话。

"咱呀,于是醒悟到要让那些新来的学生,也就是让那些从自己的岛屿上带来了独特文化语言的家伙,分别掌握自己的独特语言和学院派的语言。这就是咱变化的开始。

"在那以后不久,弗拉季米尔和清清就来了。在咱和弗拉季米尔以及清清之间,建立起一种在咱的课堂里还从不曾有过的新型关系。针对咱曾学习过却又忘却之事……他们开始有意识忘却①。咱发现了能够对咱教过却不正确的内容予以有意识忘却的伙伴。

"而且呀,古义,就像咱先前说过的那样,咱热切希望与他们结成某种新型关系。对方也是如此,他们同样希望接纳咱。我想,情况如果不是这样,也就不可能发展到今天这个地步。就拿弗拉季米尔来说,咱对他的好感也是显然易见的吧?但是,在他的身上,却也存在着咱难以窥见的另一面啊。

"清清也是……古义你已经看出来了吧……她确实是一个独立性很强的家伙。清清呀,起初就非常积极,从进入咱的课堂时开始,似乎就全身心地对咱开放。然而咱觉得,咱过去倒是有些小瞧她了。她是个内心非常坚定的家伙。来到此地住在一个屋子里后,就是大白天也不请咱到她的房间里去。"

3

"现在呀,咱觉得回到了自己人生中最为激进的时期,要把那些伙伴推向大决战中去。因此,咱制订出力所能及的计划。弗拉季米尔和清清在等待着来自世界某个地方、将于某个时刻送达的指令。但是,与咱和古义你似乎有着某种关联的贝克特呀,在《等待戈多》

---

① 原文为英语 unlearn。

中就已经做了证明,证明一味等待者的等待价值全然不存在。咱必须从自己的角度提出设想。

"于是,咱就向弗拉季米尔和清清提示了建议书的写法……话虽如此,并不意味着想要用权威性话语来引导他们,那是不可以的。关于他们的上级组织,咱可什么也不知道。

"咱只是告诉他们,这样的计划是可能的,并向他们提示了制作过程。弗拉季米尔、清清,还有他们的同伙们将如何处理?说实话,在现阶段还没听到相关消息。

"可是,一旦开始实际运作,古义,在咱的计划里,你的参与将是非常重要的。刚才已经多少抢了你的话头,咱认为你没有完全拒绝。就刚才所说的那几句话来看,你依然保留了意见。不过,早在孩童时代咱们关系还算亲密那阵子,一旦意见有所保留后,却总是比咱更早冲出去的,不正是古义你吗?……

"因此,现在我就更详细地继续说下去。

"那么,咱的策划呀,有关这个策划的叙述风格像漫画一样单纯化。弗拉季米尔也好清清也好,都是在漫画时代成长起来的。最初让他们着迷的来自日本的文化信息,就是动画片和卡通。咱首先就考虑到他们将向更年轻的朋友进行说明,便制作成漫画一般单纯的文本。

"现在,假如弗拉季米尔和清清的朋友们来到东京的话,尤其是那些超高层大厦群,任何一座都将清晰地出现在他们的视野中。关于那些曾设计这些大厦的建筑家集团和负责施工的技术家集团,咱都拥有相关信息。设计者也都曾把学生带去参观那些大厦的建设过程。

"咱呀,古义,倒不是以自己身为建筑界的名人而自负。因为,唯有那些才是漫画。咱不是那样,这就开始漫画一般单纯的说明吧。

在什么部位安放多少爆炸物,尤其是超现代的建筑才能轻易遭受损害?这并不是非常困难的计算。

"具体程序一旦开始启动,计算组也好行动组也好,咱都会把他们训练成优秀的成员。然后,古义,弗拉季米尔和清清的'日内瓦'……提到这个孩子气的黑话,反正早晚也会这么说的吧……把咱的战术,作为在世界各地把战略予以具体化的一个内容而采用,一旦发出实施这个计划的决定……就会有一些打算请你承担的工作。

"古义,你并不是一个可以在行动现场工作的人。到目前为止,你经常因此而招致嘲弄和痛骂。现在更是如此,不要说参加行动了,身受重伤后,你不是自认为你是正养着伤的'怪老头'吗?你就是这么一个人,因此,正在考虑你能够发挥作用的角色。

"而且那个计划呀,也不会违背你的生活准则,你那自命为六隅先生弟子的你的以人道主义为核心的生活准则!为什么这么说呢?因为这个工作不是要杀死很多人,而是恰恰相反——挽救原本将要死去的那许多人!在目前这个阶段,咱所能说的,也就这些了。

"因为他们没告诉咱将要干什么以及如何干,古义,你就期待着终将面对那个场合时的惊异和兴奋吧。这事目前并不那么急迫!

"不如说说眼下的事吧。咱想请你铭记于心的,是艾略特的这一小段诗句:别让我听到长者的智慧,而宁愿听到他们的愚行……

"因为咱自身呀,古义,就经常这么想。唯有他们对恐惧和狂乱的恐惧在撼动着咱这一句,请不要说出来。不过,在咱们这个年纪,假如真有与那家伙没有缘分的人,咱可就敬而远之了。"

说完这话后,从繁那毛孔醒目、面部肌肉黑红且肥厚的脸上,昂扬之情瞬间便消逝殆尽。古义人从他业已失去力量的手指间抽出了酒杯。繁的脑袋往后仰去,喉咙处松弛的皮肤暴露出来,发出了粗重的呼吸。怎么处置这个庞大的身躯呢?

111

古义人自觉到病后体力的衰退，而且已经不可能再恢复了。为了让繁舒舒服服地继续睡下去，也就只能让他如此了。从稍早一些时候开始，古义人就已经感觉到清清或是弗拉季米尔站在阳台外不远处的黑暗里。如果是前来接繁的话，他们应该收拾录像器材，并把繁带回"怪老头"之家去。

古义人把自己从繁那沉重的身体上剥离开，就独自上二楼的寝室去了。自"小老头"之家落成之时就是自己寝室的那个房间过于狭小，古义人便使用了千樫的寝室。现在回想起来，刚才与繁干杯时，在两人的周围，回来了的吾良，还有箺……与此人不时显出的幽默一同……也是，好像都现出一副让人难以对付的醉态，并把他们现出醉态的面孔靠在一起。而自己呀，并不是那个老人，那个畸形的、孱弱的、面露凶相的、有着伤疤的老人，而是有着怪异之处的年轻人，自己就把那年轻人的面孔与他们放置在了一起。

4

凌晨周围还黑着时候，古义人醒了过来。

去了洗手间并喝了水后又回到床上，将要睡去的时候，却听见琉璃鸟在空中的高处……更准确地说，是在空中的深处……鸣啼。再度睁开睡眼来到楼下一看，已是将近正午时分了。古义人觉察到昨夜他们喝酒并操作摄像机的地方已经被整理过了。

但是，古义人甚至都不愿意过去查看一下，就穿过餐厅，背起放置在玄关旁的旅行用小背包并戴上登山帽，离开了"小老头"之家。他知道，做早餐的食品材料已经用完了。通往"怪老头"之家的路上，可以看到人影在灌木和茂盛草丛深处晃动，即使沿着大学村私有道路开始往西走去，后面也没有传来招呼声，于是古义人继续往前走去。

越过大学村的地界,一条南北走向的宽幅铺沙道路出现在眼前。一旦天降大雨,坡道就如同河流一般,沿着这坡道,古义人的双脚在被水流冲刷出的沟槽里打着滑往上走。从那里穿越国道后,便走上一条被高大杉树围拥着的、略显昏暗的道路。在这条坡度缓和的上坡路走上大约二十分钟,就来到了超市和小店铺猬集的地方。刚才穿越过的国道在北轻井泽街区的尽头绕了一个大弯,便往浅间方向而去,而猬集着的超市和小店铺正对着这里。

先前刚刚越过国道,从背后那条铺沙路赶上来的汽车便沿着国道转弯驶去。看上去,好像是弗拉季米尔的那辆客货两用车。如果开车前往超市的话,这样选择路线是很自然的。赶到超市时,古义人停下脚步,向耸立着的两棵栗树和圆木房屋的展示场所之间望去。他在想,乘坐客货两用车而来的繁他们或许正在那一带。

虽说旺季已经开始,可由于泡沫经济冷却后的不景气仍在持续,超市中的顾客也是稀稀拉拉的。古义人购买了食品原料和饮用水,还买了一瓶贴有陈酒标签、产于琉球的烧酒。这与昨晚和繁喝酒、交谈直到深夜的趣事直接相关,只是下次要喝的,就是这烧酒了。

古义人并不是有条理地回想起繁所说的那些话。毋宁说,说着话的繁那醉得疲软无力的身体不时闪现出的狂妄劲儿,使得古义人回想起与壮年时代的繁喝酒时的情景,并为此而感怀不已。

不过,古义人认为,要将繁设想出的小说第一部分中两个老人的对话归纳为贝克特风格,就显得如同繁的作风那般粗糙了。有一次也曾对他说起过,除了贝克特,无论是谁,都不可能体现出贝克特风格。可是,如果那么干——比如在用摄像机拍摄的同时,老人们进行谈话,倾听并反驳对方的意见——的话,不就可以与一度死去并已前往彼界的他们、觉得是和自己一同返回到此界来的朋友们自由展开对话了吗？而且，还可以用录像带记录下这一切……

　　当然，摄像机并不能摄下从彼界返回来的那些朋友的姿势，也无法录下他们的声音。不过，我们可以看见他们的姿势，可以听见他们的声音。尽管难以让摄像机感应到这一切，但我们如果重复自己耳朵听到的那声音，再与本人的发言对照起来，就可以留下那"对话"了。在昨天与繁的对话中，自己不就听到了吾良所说的声音，看到了他一个个瞬间的表情了吗？假如摄像机能够拍摄下我这边对此的反应……

　　在原本打算作为试验的这次摄制录像的最初阶段，围绕与已故亡友生前进行的对话，古义人述说了伴随着恐惧的感觉。那时自己清楚知道的，就是那种恐惧是在对已故学者亡友的书进行重新解读时被引发的。在那次重大事故发生之前，一直与古义人同住在森林中家里的那位研究古义人的美国女性，曾引用诺斯罗普・弗莱①写过的内容，说是重新解读就是对文本结构的内在关系进行阅读，要把徘徊于语言迷宫中的阅读方法改变为具有方向性的探究。

　　古义人要重新解读已故亡友的书。假如他因此而受到强烈刺激，在有生之年就该主题提出质疑并被要求回答……他在品味这些头晕目眩般的想法。与此相关的是，针对和先行故去的朋友们一同归来的自己按现在的思路提出的质疑，朋友将会开拓出新的天地。古义人在想象着这样的对话。

　　至于重新解读亡友的书，情况同样如此。正是现在，自己就有着关于亡友一生的展望。在此基础之上，与归来的朋友展开的对话，恰好就是具有方向性的探究。自己完全能够理解朋友所说——即便那

---

①　诺斯罗普・弗莱（Northrop Frye,1912—1991），加拿大文艺批评家，著有《批评的剖析》等。

是一种连摄像机附属的话筒也无法感应到的细微声音——的话吧。而且,那将实实在在地引导自己来到仅凭一己之力所无法到达的前方吧。

昨天夜里直到很晚,在与繁一同面对摄像机谈话时,自己首先感悟到的,便是吾良的实际存在。而且,作为正在重新解读之人的、具有方向性的探究所查明的……

在那种实感中,与归来的他们进行交谈。用自己的声音重复他们每个人对自己所说的话。是的,就把这种方法作为深夜中面对摄像机进行对话的基础吧。如此一来,与归来的死者们展开的对话记录,将会接连不断地存留下来……

接下去,从某个时候开始,如同繁所设想的那样,把那些录像带交由真木用文字处理机进行整理,自己再阅读经过整理的内容。这也像繁所指出的那样,已然成为自己的人生习惯,在将近七十岁的人生中,这是唯一赢得的职业技能。假如对那些文章进行改写,与一度死去后重又归来的朋友展开的对话,或许就会显现出一种不可置疑的现实感……

这样一来,自己在身受重伤以来丧失掉的、开始重新写作的线索,不就正好被自己找到了吗?并不是喝醉酒的繁一时兴起说出的那个草率想法……

在与超市主体建筑隔着一个院子、拥有烤面包房的面包店里,古义人买了此前也经常购买的"乡下面包",量却是平时的三倍。那是因为清清说过,这种面包比旧金山的好吃。古义人重新整理旅行用小背包中买下的东西后把背包背在肩头,也是因为加了酒瓶的缘故,竟比平日里重了许多,却好像反而使得他的精神为之一振。古义人觉察到,在自己的身体内部,比平日里要积极的某种东西,自事故以来已经在开始恢复。

穿过国道并走上杉树林中那条下坡路后，古义人有意识地回头看去，现在还能清晰分辨出的客货两用车驶出超市出入口，正加速往大学村那边驶去。

"这到底是怎么一回事？"古义人思考时不觉说出声来。倘若是弗拉季米尔的车子，在自己离开"小老头"之家来到此处的这条路线上，像是多次预测到自己的前进方向并每每抢在前面的那个人，也就只能是他了。难道他们有了监视自己行动的必要？

紧接着，古义人清晰地回想起醉酒之后的繁对着摄像机说出的行动构思的后半部分！

昨天夜里，自己真正感兴趣的，是繁在诉说长年生活在美国期间的那些充满苦难的日子时，说出的有关那部长篇小说第二部的话。当然，繁倾注了最大热情的，还是他因此而结束在美国的生活，与年轻朋友们一同回到日本，准备进行大决战的那个构思。那确实显示出了繁的魔术师风格，可在自己来说，并没有真心接受的打算，只是将其作为醉话而觉得有趣而已……

然而，倘若那就是繁的真心告白，情况会怎样呢？虽然他说弗拉季米尔他们的"日内瓦"尚未采用这个构思，可如果实际展开相应研究，并被"日内瓦"所要求的话？

今天早晨醒来后，繁肯定会为自己干下的事而愕然吧。然而，繁因此而尾随自己却又是怎么一回事呢？

古义人逐渐加快步子，行走在下坡的道路上。在他的头脑中，昨夜里繁那可怕的——话虽如此，却也含有不少可笑之处。事实上，自己当时屡次三番地笑了出来——讲话神态已经复活过来。古义人在想，倘若不通过录像带确认繁热切表演的那场荒唐无稽的闹剧，便无法确定其中一些东西。由于冬季漫长时日的积雪而延迟放暑假的当地小学放学了，在那些身着防交通事故外套的孩子们的眼睛里，会怎么看待这个陷入沉思,并显出发呆模样的老人呢?这倒是不妨予以关注的,可是……

5

赶到"小老头"之家地界的入口处时,隔着略显茂密的灌木看去,只见繁正坐在"小老头"之家阳台上的木架上。这时,还很少见到居住在别墅区的人们来来往往,在这一片寂静之中,繁不可能没注意到自己的脚步声,可即便走到近旁,他那上体前倾的姿势也看不出任何变化。繁穿了一件褪了色的细斜纹布衬衣,外面套着格子西装背心,显现出不曾见过的"老人二世"神态。面对向自己打招呼的古义人,他只是抬起了浮肿的、浅浅的暗红色脸庞。

"在栗树那里的超市,看见了弗拉季米尔的车子,你同他们走岔了吗?"

"不,"繁无精打采地回答,"咱留在家里了……"

"进屋里说话?"

"在周围转了一圈,正在这儿休息……能给一杯水吗?"

为了打开大门上下两道门锁,古义人费了一些周折。锁门时也必须发出很大声响并用力才能关上大门。在闲置的这两年期间,大门早已鼓胀或是弯曲变形了。该不是古义人锁门时发出的音响,使得弗拉季米尔他们尾随监视的吧?

繁蠕动着松弛如口袋般的喉头喝着水,随手把杯子搁放在木架上后,用小心翼翼的语调说道:

"昨天晚上,事先把门锁上就好了。弗拉季米尔和清清来这里接咱,在咱坐在扶手椅上睡去那阵子,他们看了监视器。在那过程中,咱也醒了过来……"

云块在岳桦、白桦，还有高出一截的松树的树梢对面飘浮着，繁仿佛眩晕似的抬头看着那些云块。昨天夜里就已经感觉到，繁的大鼻子上的毛孔比较醒目，在古义人的眼里，这个形象正与早年为修建这座房屋而再会时他那白皙的容貌重叠在了一起。现在的容貌，倒是与因常年生活在美国而形成的攻击性生活态度相匹配，不过，没有依靠并看不到前景的这种表情竟会如此这般地表现在这张面孔上吗？古义人的内心不禁为之而触动。

"不知古义注意到没有……醒来后你去了趟卫生间吧？当时，咱们还在看着录像呢。因此，在你更衣下楼来之前，就急急撤回去了。

"那时，咱和你喝了个痛快，在高谈阔论……一个劲儿高谈阔论的，只是咱吧……录像带，被弗拉季米尔带回去了。对于可能给他们的运动带来毁灭性伤害的情报被咱们泄露到电视公司的人可以看到的录像带上去这件事，弗拉季米尔和清清觉得受到了打击。"

"不过，拍下的不就是你所说的构思吗？让我重新写小说的那个构想。我并没有听说弗拉季米尔和清清的运动是实际存在的呀。"

"什么？咱不是对你说的很清楚了吗？咱说了弗拉季米尔他们试图在东京干的那个，以及正呈报给'日内瓦'那事……而且咱……用过去的老话说就是……作为同路人想要提供的战术。弗拉季米尔和清清看到那一切而感到紧张，毋宁说，那也是很自然的。"

"你说的话并不是政治运动现状报告那样的东西。轰轰烈烈大干起来的有关大决战的话语，还有如同纸捻包火药的小焰火那样完结所引发的恐惧，这才是漫画的剧本。当真相信这一切，并跑去报告新闻媒体和公安什么的，这事并不是那样的性质嘛。"

"古义，你所理解的就是这么一些玩意儿吗？作为大模大样的知识分子，你就这样在听我说的话吗？在纽约实际发生了九一一事件以后，你们这种知识分子认为东京不会有人策划像九一一那样的大决战吗？认为东京不可能发生像九一一那样的事件吗？

"果真有些伙伴在考虑那种大决战，而且正在为此做着准备。古义，你的想象力衰退到了如此地步吗？竟全然不考虑那种伙伴们所做的事。不管怎样，昨夜你在听咱说那些话时，看上去倒像是一个具有孩子气的勇敢老人！想要追赶并超越弗拉季米尔和清清他们的老人！

"暂且不说你是否具有把咱的话语与现实结合起来的魄力，面对从咱口中说出的那许多话，而且，面对将其作为当事者的证言而泄露给新闻媒体的可能性，弗拉季米尔和清清为之感到愕然。咱觉得他们的这种反应并不是没有道理！"

繁站起身来，把已然烧红了的面孔朝向正面的粗齿栎。在他的眼角处，汗或是泪的小水滴泛着光亮。接着，繁说起了全然没有关联的其他话题。

"古义，你把陀思妥耶夫斯基的书第一次拿到手里的那个瞬间，咱看见了。

"为了从上海到森林峡谷的那次旅行，咱母亲定做了一个打开箱盖就成书架的箱子。对于孩子来说，那箱子是过于沉重了，在上下船的时候便请服务员帮忙。在那箱子里，装着岩波文库的外国文学经典。当时咱十岁，一本也没读过。前来帮我整理行李的古义你呀，向立着书架的地方看了一眼，就不由得把你的手伸向了《罪与罚》的书脊。咱未予理睬。

"就是借给你，在当时那个年龄上，你也是不可能读下去的。可是从那以后，咱就经常焦躁不安地想，那家伙也许正在阅读陀思妥耶夫斯基。这种情绪一直持续到高中快毕业时。后来，当咱终于读完一本时,你对咱说:把陀思妥耶夫斯基全部读完!时至今日,咱可还在继续读着。

"因而,咱就要向古义提起《群魔》的话题了。就连弗拉季米尔和清清,还有前不久来到东京的年轻朋友,也总是说起有关《群魔》的话题。你知道被陀思妥耶夫斯基用为作品原型的涅恰耶夫①事件吧?弗拉季米尔他们之所以把上级组织称为'日内瓦',就来源于涅恰耶夫说是带回来的'日内瓦指令'。就是来自于巴枯宁的'把世界革命的火种引发的动乱,在俄罗斯全境展开!'的那条指令。

"即便《群魔》中的、彼得·韦尔霍文斯基的指令书是伪造的,'五人小组'里的沙托夫也是要被杀死的吧。咱认为,九一一事件以后,在世界所有地方都有人举着自己那一伙儿的'日内瓦指令'开展运动。即使他们的'日内瓦'什么的只是幻影,弗拉季米尔和清清的运动却是现实存在的。"

"接受了'日内瓦'指令的、弗拉季米尔的手下,会像对待沙托夫那样,以可能泄露情报为由前来杀我吗?"

"咱可没说《群魔》本身就是现实。不过咱可是说了,弗拉季米尔和清清他们呀,是人类中一个新的种族。"

"你是要把我引诱到那个新种族的图谋中去吧,假如认真看待昨晚的谈话。事实上,缠住我的那个有着怪异之处的年轻人对此倒好像很起劲儿。不过,对于繁是弗拉季米尔他们的同路人一说,作为想象力已经枯竭了的老人,无论是昨晚还是现在,我都无法信以为真。"

"对于咱来说,清清是一个特殊人物。排除弗拉季米尔这个人,

---

① 涅恰耶夫(1847—1882),俄罗斯虚无主义者,无政府主义活动家,民粹主义运动积极分子。陀思妥耶夫斯基小说《群魔》里主人公的原型。

咱就无法把清清带到这里来。但是事情并不仅仅如此。因为咱从不曾忘记,自己想要成为建筑家的动机,是广岛和东京的那幅大废墟全景图造成的冲击。"

6

那是同为古义人旧友、建筑家石崎信年轻时创作的全景图拼贴画。古义人陷入沉思,沉默了一会儿,稍后说道:

"现在我意识到了,"他接着说道,"昨天晚上,繁你独自返回来以我为对象进行拍摄,那不是你个人的心血来潮吧。如果说,你是弗拉季米尔和清清他们那个运动的同路人,那么在这里看见你与我的关系,他们肯定会感到不舒服的。说到从孩童时代开始的交往这个话题,新种族是无法让人理解的。

"所以他们就告诉你,要把原打算一起住到秋天的我完全拉拢进来。弗拉季米尔几次提出三岛问题时都把话题往那方向引,这其中肯定存在着某种缘由。在'怪老头'之家的讨论会上,关于这个问题的争论是可能取得基本一致的看法的吧?于是,你就拿出了真正的干劲儿,为了向我提出这个问题,这才折返回来的吧?"

"情况确实如此。说起小说家呀,就是安排好场景然后进行推理。"繁说道。

"然而,繁你却对我说过了头。看了录像带后,弗拉季米尔和清清想到我有可能成为告密者。如果你所说的他们那个活动计划确实存在的话,他们是不可能不作如此考虑的。

"虽然没收了录像带,他们仍然惧怕我今天回到东京对媒体说出这一切。于是就尾随盯梢,观察我的动态了,是吗?"

"……情况确实如此。"繁反复说道,"清清他们的过度反应非常激烈。咱和他们一起重新看了那录像带。他们确实有具体的计划,由于咱根本不了解来自'日内瓦'的指令,因而也就不可能很具体地说到相关事项。咱对他们说了,确实没那么做。

"咱对他们说,咱所说的,只是咱正考虑的那些事,唯有那些才是'老人的愚行'之梦想,难道不是这样吗?……咱对他们说,即使长江泄露给媒体,也只能被理解为另一个'老人的愚行'……

"对此,清清是这样反驳的。在咱对你说的那些内容里,包含了清清他们本身的'五人小组'以及'日内瓦'的实际存在。即便长江把这些内容只是泄露给媒体,大概也是不会被忽视的。因为在这个国家的媒体界,长江是受到重视的……

"弗拉季米尔比清清的看法更偏激,他认为,如果长江现在就离开轻井泽前往东京的话,清清所惧怕的事态就将开始出现;这个根据地就必须放弃;在向'日内瓦'报告这个事态的过程中,自己这些人的运动就被日本媒体报道的可能性无疑也是存在的;答复这个报告的第一个电子邮件,恐怕就是'对于业已逃亡的长江,已经无可奈何。要处理掉为建立根据地而工作的美国那位大学教授',等等……

"咱再说一遍,弗拉季米尔和清清可都是新种族。假如你在栗树那里的超市的出租车站乘车前往轻井泽,咱就肯定不会平安无事了。"

"去超市买了早餐用的那些零七碎八的东西,就这样回来了。"古义人说,"对于这样的我,他们会采取什么态度?"

"他们害怕你从这里悄然离去,会继续进行监视的。早在你还没起床之前,弗拉季米尔就把这里的电话线给处理了。因此,咱给真儿挂去电话,说是'小老头'之家的电话出了故障,如有急事需要联系时,就给'怪老头'之家发来传真。如果有必要的话,你也可以使用那边的电话。"

"这意味着我已经被软禁在'小老头'之家了吗?"

"咱已经告诉弗拉季米尔和清清,说是你不可能忍受这种状态。不过,不也是毫无办法吗?弗拉季米尔他们在监视你的同时,已经与东京取得联系。他们的援军很快就会赶到的。

"古义,你认为这是咱的被迫害妄想症吗?"

"不,我并不那么认为。"古义人看到一辆与往常那辆客货两用车不同的、车身沾满尘土的车子挡在地界入口处并正往里开来。不管怎样,自从这次重伤以来,定居在自己身上的那个有着怪异之处的家伙所期待的,不正是眼前的这种困境吗?

从车上下来后,在弗拉季米尔的引领下,一个中年男人和四五个年轻人向这边走来。繁看着他们,像是要让两人间的私下交谈就此结束似的说道:

"咱只能说出艾略特的原诗——Think/Neither fear nor courage saves us。深濑基宽是怎么翻译这一句的?"

"考虑一下吧/恐惧也好勇气也罢,全都不能拯救我们。"古义人答道。

第二部　死者们的交流用火进行

死者们的交流

超越生者们的语言,用火

进行。

——T.S.艾略特

西胁顺三郎 译

第五章　暧昧的软禁

1

接下来的三天，无论从外部还是内部，古义人的生活都因此而发生了变化。不过，情况是否掌握在第一天出现的中年男人及其下属手里，则是难以确定。之所以这么认为，是因为他们即便是在暗处进行监视，毕竟没有再度出现在古义人面前。古义人甚至在想，或许是繁在乘机实施他自己的构思？难道他想借此将弗拉季米尔和清清的上级组织予以神秘化？倘若果真如此，繁就有可能大笑着说"那全都是笑话"……

总之，若说起外部变化，那就是繁让古义人也熟识的、卡车上印着公司名称的那家建筑公司前来搭建脚手架，用以修理"小老头"之家的屋顶。

繁看清楚弗拉季米尔和他们的援军进入"小老头"之家的地界时，他从落叶上跳起来迎上前去，同走在前头的弗拉季米尔交谈了几句，并没有让大家走近古义人所在的阳台。他独自一人折返回来，说是要古义人回到屋里去。几天以来，古义人不曾走出"小老头"之家，因此，听到了搭建脚手架的那家建筑公司的年轻老板与繁在阳台上的谈话。

"小老头"之家并不大，与壁炉、烟囱组合修建的屋顶比寻常别墅要高出一截，因而需要搭建真正意义上的脚手架。搭建材料中的单管（镀锌铁管）和板，以及用金属加强了的铺底板材，用载重量为一吨半的小卡车运了过来。"把这些东西组合起来的金属构件有两种……"繁却接过话头指着建筑公司老板正在展示的东西说，"那叫klamp，我们也把它叫作直高夹具和活夹具。"繁的话中表现出专业知识的一个侧面。

脚手架的强度——构造整体的强度自不必说——必须达到相当程度，因为工程一旦正式开工，屋顶的瓦将被全部卸下，计划铺在瓦下面的土也需要搬上去。建筑公司老板开始热心地进行说明，繁却命令他说，最上面那层搭好后，就去地界深处那座楼房的小仓库，那里存放着两块铁板，把那两块铁板也给抬上去。

面对这位疑惑不解的老板，繁维持着自己的权威，告诉他，自己在美国的大学里教授建筑专业，想在这里试验新的技法。

建筑公司老板又说，这里是降雪较多的地区，可这家屋顶铺的却是沉重的西班牙瓦，当时承包了这工程的父亲就曾说了其中利害，却根本就不被对方所接受。繁便推诿地告诉建筑公司老板，那时设计这屋子的建筑家就是自己。

建筑公司老板接着说，七月很快就要结束了，在整个八月里，大学村将停下所有工程，因此，即便现在搭建脚手架不也没什么作用吗？繁只说了，"由于漏雨，需要在夏季里进行应急修理。"然后就结束了谈话。

在铁管脚手架的包围中，引起古义人从内部产生变化的，首先始自于两个年轻人的同居生活。

脚手架工程刚一结束，繁便再次考察了"小老头"之家。建有壁炉的客厅深处、卫生间和浴室在通往二楼的楼梯一侧，而原先为真木所使用的小房间则在楼梯另一侧，两者对楼梯形成夹持之势。在小房间的东面，有一个鼓突出来的大房间，里面有阿亮的寝室部分，还有一部分如果铺上床垫便可成为两张客用床铺，繁请求把那里提供给两个年轻人使用。

他还要求，把真木那个小房间也提供给将要来到的女性。那姑娘将照顾两个年轻人和古义人的餐事。他说，那两个年轻人将于今晚到达这里，他们并不是曾被弗拉季米尔召到这里来的那些人。

紧接着，繁对古义人说：

"你把大门钥匙拿出来。如果那两个年轻人来得也很晚，他们大概不好意思把你叫起来。今晚就不让他们向你打招呼了，直接让他们进来吧。咱会把屋内的草图发给他们。

"说是叫作大武和小武，两个名字的读音都是 Takeshi①，汉字则都是武士的武字……为了有所区别，把岁数小一些的那个用片假名叫作小武。大武二十岁，小武十八九岁吧。他们只有两个人，却意气风发地要进行自我教育。大武呀，在你读大学那阵子叫文二……现在则叫文科三类，据说他考入东大的文科三类，后来中途退了学，还让弟弟小武停止应试。

"这类事情在美国可是司空见惯，不过在日本这个国家、具有强烈应试意识的社会里却是稀罕事。他们是独特之人，奈奥似乎留下了这样的印象。这里说到的奈奥，就是刚才提到的那个姑娘，是咱的学生。现在，她正在东京准备博士课程。至于他们的关系嘛，据说，她是那两个年轻人的保护者。如此行事的姑娘，在这个国家里也是不多见的吧。"

---

① 在日语中，两人名字中的武字之发音均为 Takeshi。

"这里有一些多出来的寝具，那还是两年前的夏天，千樫为来这里访问的编辑而准备的。就把这些寝具取出来吧。"古义人答道。

虽说事态发生了变化，古义人的生活依然是坐在壁炉前的扶手椅中阅读艾略特。这一天也是如此，正当他阅读艾略特之际，繁从超市买来了食品，并前来与他交谈。古义人丝毫不抱希望地认为，自己思考的内容虽然不少，可眼下，也就是在弗拉季米尔、清清以及繁他们明确表明将来的前途之前，自己即便考虑那些具体事情也只能是徒劳。繁引自于《小老头》并要求自重的恐惧和勇气，其实都是自己所拥有的，可现在根本不认为这些能为自己的行动做出些微的引导。

总之，就在他从藏衣室里取出对繁应承过的那些寝具时，开始下雨了。先是使得葱茏的树丛阴暗雨水降落。古义人有心察看说是千樫曾对繁说起过的漏雨状况。当初，改建——包括在不损坏原貌的前提下进行扩建——工程施工之际，尤其是壁炉、烟囱的周围未经任何改动。负责这个工程的年轻建筑家曾说，屋顶的连接处并不合适。一旦出现漏雨现象，首先受到影响的肯定是正下方的那个小房间。

如此说来，十五年前也是如此。古义人想了起来。改建一事始自于千樫的新设想，那就是把旧屋完全拆掉，然后重建新屋。古义人于是劝阻说：不过，还是要考虑到那是建筑家椿繁初期设计的作品。他本人前来这里看了这屋子。当时已是秋季，下起了小雨，因而白天里壁炉也烧上了。入夜后，古义人爬上竣工时曾作为书斋的小房间，小房间连接着壁炉的混凝土塔（烟囱发挥着俄式壁炉的功用）。古义人在那里喝着兑了水的威士忌，一直喝到很晚。在那过程中，古义人注意到略带热度的混凝土表面竟冒出了水汽。那不是混凝土壁在出汗，大概是漏下的雨水流到了这里。古义人于是查看低矮的天花板，却发现挨着混凝土壁的地方都已经腐蚀，一经触碰，就大面积地剥落下来。

古义人避开那里静静坐下，一动也不动，觉察到和那个秋天的夜晚一样，在什么也听不到的树林里，唯有耳鸣，却从那耳鸣的深奥之处，听到了无音的喊叫声。古义人下楼取来深濑基宽翻译的《艾略特》，尽管远未到黄昏时分，却把昏暗起来的小房间里那个没有灯罩的电灯泡点亮。那时也带来了同样的书。在拆毁"小老头"之家以前，之所以阅读曾为建筑计划之源的诗歌，是打算与这个屋子进行告别。

　　现在，古义人想要完整阅读那一节——看到弗拉季米尔领着那几个身强力壮的家伙从车上下来时，繁为警告自己而引用的——诗歌。

　　　　恐惧也好勇气也罢，全都不能拯救我们。违背自然的
　　　　恶德
　　　　产生于我们的英雄气概。诸般美德
　　　　也因我们犯下的无耻罪行而被强加。
　　　　看吧！从悲愤之果的树上抖落而下的这些眼泪。

　　接着，古义人掘出了新的记忆。被终行里眼泪那个词汇所吸引，当然，也有威士忌带来的醉意，十五年前的古义人流出了眼泪。

　　十九岁那年冬天，在大学的生协书店里买下这本书时自不必说，即便三十岁那年写出"'小老头'之家"那篇文章——后来成为建造这座房屋的契机——的时候，自己也未能理解题为《小老头》的诗歌。眼泪就是因为这个想法才流出来的。虽然没能理解，却感受到这首诗歌中存在着预言般令人惊恐的力量。所谓感受，不同于理解个中意味。古义人甚至在想，十九岁的自己未能领会那诗句倒不失为一种幸运。直至建造这座房屋时，自己和繁才开始领悟到，对于两人各自的人生，这首诗具有预言性意义，从而一点点地领会了那

诗句。

　　后来经过一些岁月，古义人意识到，早在十五年前，"小老头"就已经定居在自己的内心里了。他之所以打消拆毁这座房屋的念头，并说服千樫把工程限制在略微扩建的范围内，是因为他在想，尽管不能据此认为自己完全理解了这诗句，可这首诗却将因此而在自己的内心里扎下根来，它今后也肯定会像树木那样枝叶繁茂、树干粗壮。在自己前行的途中，倘若那一天，把下面这节诗果真作为自己的东西而接受的那一天到来……

　　新年又在等待春天
　　猛虎基督往这里而来。

如此怀着可怜的期待并流淌着泪水，即便过去了十五年，

　　新年里猛虎跳了出来。将我们，吞噬。

　　也从不曾有过如此体验，现在，已然成为一个没有信仰的小老头。古义人在想，在自己的内心里，较之于五十来岁——那般带着醉意哭泣、像是在苦口劝说远方的某人——时的自己，现在更觉得凄凉。

2

　　这一天将近傍晚时分，两个年轻人出现了，由于仍在下雨，周围一片昏暗，却还没有黑透。古义人当时有所感觉，便从壁炉旁的窗子望去，只见在繁喝醉后时常站在那儿朝屋里观望的粗齿栎前，他们正撑着雨伞注视"小老头"之家。

　　其中一个是体格健壮、身材高大的年轻人。他身穿没有衣领的深蓝色夹克衫和灰色长裤，虽然融于昏暗之中，却还是能看出一只脚

脱去了鞋子，正搁在另一只脚的鞋面上……与其说是为了长久站立在那里，不如说他本身似乎就是这么一种性格，借这种方式享受惬意。

另一人有着宽壮的肩膀，是一个中等身量的清瘦青年，浓密的头发竟使得额头看上去窄了不少。此人看起来像兄长一般沉稳，正在那里等待时机，以便开始他们的行动。他在暗紫红色的T恤衫上罩了一件更显黑色的长袖衬衫，下身穿着一条棉布长裤。

这时，身材高大的年轻人将原本倚靠在粗齿栎上的后背——正因为采用了如此姿势，才可以单腿站立——抬了起来。看上去，这只是他依据自己的感受而做的相应调整，其实是在配合另一人的动作。他想要赶上先走的同伙，可把那只脚插进鞋里的动作却耽误了些微时间。尽管如此，他还是拎起两个旅行提包赶了上去。

在这两人走上阳台之前，古义人已经打开大门在等候了。身材高大的青年先于同伙脱去鞋子后刚进入室内，便放下旅行提包寒暄起来。

"我是小武。繁先生说是已经和您说好了。从今天晚上起，就要承蒙您关照了。"

紧接着，跟在他身后的那位年岁稍大的年轻人说道：

"我是大武。从八月开始，将在轻井泽的餐馆工作。听说您把房间借给了奈奥，只是奈奥要晚两三天才能来……"

古义人把两人让了进来，从大武手里接过湿漉漉的雨伞，麻利地收起雨伞后，插在已插有自己雨伞的伞架上。在这过程中，大块头的小武毫不掩饰自己的兴趣，他看着古义人。在卫生间和浴室前，古义人对他们表示了自己的意思，说是在大房间里，两人可以自由选择具体位置，他还指示了放有寝具的床垫。暂且把他们安顿在房间里后，古义人便去关闭大门。因雨水而膨胀出来的地方，使得门扉在关闭时发出很大声响。在被安排好的房间里说着话的两个人，似乎在为这个安排而吃惊。刚才寒暄时还显得悠然自得，但终究还是另有一种紧张。

古义人把事先用咖啡机做好、倒入满满咖啡的咖啡壶，还有繁送来的奶酪和火腿以及面包全都送到餐厅的餐桌上。那两人在卫生间的洗脸室里安静地处理好了洗手等琐事。

古义人在美国的大学作短期停留时，大多是从学院或系的俱乐部借出小而整洁的房间，唯有早餐在一楼或地下室的自助餐柜台取用。在那位名叫奈奥的姑娘来到之前，自己只须发挥那种场所的管理人的作用就可以了。古义人这样想着，同时等待新来的投宿者露面。

两人出来时，大武身着浅黄色棉织长袖衬衣，小武仍穿着刚才的服装，但扣上了罩衣上的纽扣，显得衣着整齐、利索。古义人邀请两人共进已经准备好的简单晚餐，而他们两人接受邀请的方式则自然且愉快。小武把摞在餐桌上的盘子分发在各人面前，然后把放着涂有奶酪的火腿的大盘子和盛着面包的小篮推到三人都方便取用的位置。这种顺畅的动作使得古义人相信了他们是餐馆打工人员的说法。

"我想，您已经从繁先生那里听说了，"大武说道，"我们和奈奥一同前来，用餐之事将由奈奥负责，所以，本来打算不给长江先生添麻烦的。"

"奈奥的烹饪可棒了！"小武不慌不忙地接着说道。

"繁大概已经说了我们之间的关系。不过，来到年龄差距如此之大，而且完全陌生的人身边，你们刚才感到拘谨了吧？"

小武将充满活力的视线投向大武，仿佛觉得这句话比较滑稽，因为遭到软禁的是对方，感到拘谨不应该是自己一方。大武没有理睬他的示意，转向古义人说道：

"小武和我曾听过您的讲演。

"是那个叫作'驹场陀思妥耶夫斯基之会'的小组主办的。我并不是学习俄语的学生，而且，当时还是高中生的小武也受到了邀请，当时我以为这是一场专业性很强的讲演，因此感到有些紧张。但是，您提到了陀思妥耶夫斯基作品里的人物中您所喜欢的那些人的话题，我也因此而轻松下来了。

"由于小武热衷于阅读《群魔》，因而觉得您的话语特别有趣，我也因此而再度被吸引到《群魔》中去了。"

"你们与弗拉季米尔比较亲近吗？最近，同繁他们吃饭时，弗拉季米尔说起了《群魔》的话题。"

"由于以前就热衷于阅读《群魔》，所以我认为小武的阅读方法是独特的。包括他喜欢的人物在内……"

"那是谁？"

"基里洛夫，"小武用挑战的眼神回答，"曾经这样问过弗拉季米尔，却被他嗤之以鼻。在天真的伙伴中，基里洛夫很有人气，我们高中里有的家伙也公开宣称喜欢基里洛夫。本来以为你们不想问这个问题的。"

"不妨说说你自己究竟在哪一点上喜欢基里洛夫。"大武建议道。

"斯塔夫罗金不是在那个住着好几个家庭的大屋子里访问过基里洛夫吗？在'夜'那一章里。基里洛夫用红皮球哄逗房东家亲戚的婴儿。因此，斯塔夫罗金就问他，'您喜欢孩子？'回答是'喜欢'。'所以您也爱人生？''是的，也爱人生。'经过这些对答后，斯塔夫罗金追问道：'您已经决定用手枪自杀，难道这也是爱人生？'基里洛夫便反问道：'可您为什么要相提并论呢？'这段对话简直太棒了！

"接着,基里洛夫说到人们不知道自己是好人,因而人们就成了不好的人。他表示,人们有必要知道自己是好人。他还说,如果人们知道自己是好人,就不会去强奸幼女。这些话说得真是光明磊落。然后,他对无法正面回答的斯塔夫罗金说:'请想一想,您在我的人生中具有何等意义啊!'对方却只说了一句,'再见,基里洛夫。'……

"当基里洛夫终于要自杀时,彼得为了掩饰他们那伙人的犯罪,前来确认基里洛夫是否真的被利用而按照约定写下虚假的遗书……我认为,即便在现实社会里,也很难遇上这种骇人听闻的卑鄙和下流……当时,基里洛夫不是对彼得说了吗?……把那个宝贵的红皮球给我!"

"红皮球呀,是啊,彼得把它放在屁股后的口袋里出去了。"这激起了古义人新的兴趣。

小武接口说:"是那样的……"

"我喜欢沙托夫。"大武说道,"他也喜欢孩子,当抛弃自己离家出走很久后又回家来的妻子要分娩她与别的男人的孩子时,沙托夫尽心尽力地照料妻子。他也曾对斯塔夫罗金说过,'在我的一生中,你是一个具有重要意义的人。'说起来真遗憾……他也和基里洛夫一样,在斯塔夫罗金身上感受到了相同的不安。他对斯塔夫罗金说:'你是否引诱过少女并使她们堕落?这是真的吗?如果是真的,我就杀了你!就在此时此地……'

"沙托夫说他相信俄罗斯的未来,我认为的确如此。长江先生,您在讲演中却说,沙托夫相信的俄罗斯的未来不曾到来,即便作为世界的未来也没有到来。您现在还这么认为吗?"

"我认为,至少在我死去之前,那个未来恐怕是不会来的。"古义人说。

"所以您才想到,要和繁先生……在死前……干点儿什么?"

"说起和繁干点儿什么,那个什么还很不清晰。

"不过,无论是读过的情节还是曾听到的话,你们记得都很清楚呀。"

"您在那次讲演中不是还说了吗?——不能正确地记忆,是一件极其糟糕的事。"小武说,"长江先生,您喜欢谁呀?"

3

"年岁和你们相仿时,对斯塔夫罗金产生了兴趣,不过后来就讨厌他了。那也是因为一个简单的事由……斯塔夫罗金的法语说得很巧,书写俄语时却对所犯的错误满不在乎。就是这一点!

"关于那个斯塔夫罗金,不久前与妻子说起这个话题,却发现一件意外之事。("就是塙导演的妹妹。"小武说。)说是这个吾良呀,在高中一、二年级那些早熟的朋友里设计了一个游戏,就是把《群魔》中的人物比作自己。她说,吾良对应的是斯塔夫罗金……

"吾良由于是才貌兼备的美少年,因而在朋友间受到特别对待,是有可能被委以斯塔夫罗金这个角色的。不过,我不认为高中生吾良只是那种被动承受这个角色而没有自我意识的家伙。

"吾良自身存在某种东西,也就是他感到斯塔夫罗金与自己相近的某种东西。后来他意识到,是护士这个因素。说起来,对于陀思妥耶夫斯基来说,护士不是一个特殊的角色吗?

"在《罪与罚》里,一直跟随洛迦·拉斯科尔尼可夫来到西伯利亚流放地的索妮亚,就被洛迦·拉斯科尔尼可夫身边那些囚徒们依赖着,虽然洛迦·拉斯科尔尼可夫本人是个万人嫌,可最终居然有人前来找索妮亚治病。我无法阅读俄语原文,在借助英译文本读到那一段时,注意到索妮亚对他们的照料①。她扮演的不是医生,而是护士。

"在《卡拉马佐夫兄弟》里,前来拜访佐西马长老的贵夫人的会话中,作为护士的奉献志愿这种信念,得到了戏剧化的描述。

"你们当然也很清楚,斯塔夫罗金与母亲的养女在瑞士逗留期间发生了性关系,后来又把她抛弃了。他对那个姑娘说,自己如果走投无路的话,请她作为护士到身边来。事实上,他确实在穷困潦倒后从藏匿之处写了一封信,要求她,'到我这里来!'当养女和母亲正要赶往那里时,斯塔夫罗金已经在丝带上涂抹上肥皂后上吊自尽了……

"从十六七岁那时候起,吾良在遇到很大麻烦的同时,邂逅了一位一直为他扮演护士角色的女朋友,此人后来甚至成为他一生中的女性形象。也就是说,吾良把那般需要护士的斯塔夫罗金与自己重叠了起来。我是这么认为的。"

"塙吾良导演的自杀,是因为那位收到信件的护士没能赶过来吗?"小武问道。

"这不是说,把护士限定为人生的最后一人了吗?长江先生……"

大武这样说道。他的话让古义人再度感到新奇。在大武身上,似乎越发显现出不可预测的性格。

"假如长江先生参加了那个游戏,"大武把矛头转向古义人,"不仅在年轻时,包括已经步入老年的现在,假如被邀请参加那个游戏,您将接受《群魔》中哪个人物?"

"彼得的父亲斯捷潘先生。"古义人随即答道,"斯捷潘先生是贯

---

① 原文为英语 tend to。

穿《群魔》全书的一个悲惨角色。也不知是尽管如此还是正因为如此,我就是喜欢他。有人说,他是十九世纪四十年代的俄罗斯自由主义代表人物的模特,而彼得所代表的则是与其对立的、六十年代的虚无主义者那一代。恰好作为父亲那一代……

"他终于感到绝望,从长年保护他的斯塔夫罗金母亲的住宅里逃了出去。当然是漂泊不定的生活,很快就发病,发现了可以看护他的人,连续几个夜晚对那个贩卖《圣经》的女人说个不停。就是这样的梗概。说话的内容也带有戏剧性。

"不过,我认为其中却表现出了陀思妥耶夫斯基很大的肯定性。《群魔》的版本大多以斯塔夫罗金的告白为最后章节,把读者的内心弄得漆黑一片后再结束全书。我觉得,还是不采用这种阅读方法为好。

"尤其是斯捷潘先生请贩卖《圣经》的女人为自己朗读《路加福音》第八章的那部分……被群魔缠身的猪群溺死的那部分。紧接着,可怜的斯捷潘先生又继续说话。你们如果再次阅读《群魔》,就仔细阅读这个部分……"

"在长江先生看来,我们就是被群魔附了身的猪,"大武说,"而斯捷潘先生本人,由于是信奉自由主义的那代人,因而自觉到同样是被群魔钻进了身体的猪,是吗?"

"作为长江先生的自知,你自己也是自由主义……说是战后民主主义的也未尝不可……的人,可你是业已改悔的猪吗?"小武说道。

"我认为并没有把群魔完全驱除干净。对于斯捷潘先生所说的以下这段话,我很有同感。

"我呢,或许就是走在最前面的那个领头的。于是我们疯狂,被群魔缠身,从崖头跳入大海,全都溺水而死。那是我们理当前往的道路。为什么？因为我们所能做的，充其量也就是如此。

"长江先生，您可不是走在最前面的那个领头的，如果是繁先生的话，或许还是有可能的。"小武说道。

接下去，大武以仔细阅读了《群魔》的人所特有的、可称之为冷静的沉着态度发言：

"斯塔夫罗金请求护士予以救助。而斯捷潘先生直至病危前请其为自己朗读《圣经》的那位贩卖《圣经》的女人，也曾在彼得堡当过护士，书中是这样写着的。如此一来，斯塔夫罗金、塙吾良和斯捷潘、长江古义人这两条线不是也有相交之处吗？假如长江先生拥有可以依赖的护士的话……"

雨继续下着，窗外一片漆黑。小武机敏地把头刚一转向窗外就说道：

"繁先生的护士可是警告我们了，大武，我想起了她说的那句话——即便长江先生邀请你们喝酒，也不要接受。可我们本来就不喝酒。"

树丛中的黑暗里，有人把手电筒的光柱照向地面缓缓走来。打着电筒的那人确实是清清。不过，就连这两个年轻人竟也看出清清就是繁的护士！古义人这样想着。

繁的根据地迎来的这些年轻人好像相当不好对付并拥有实力。可是，古义人体内那个有着怪异之处的年轻家伙，却发现自己乐于如此感受。

4

大武和小武返回他们的活动范围后——那里有阿亮观看古典音乐节目的电视机，还有音响装置——古义人所要干的事就与此前毫无变化了。坐在壁炉前的扶手椅里拿起了读书卡片。然后喝了一个小时的酒，并没有深醉，上了二楼便躺在床上。楼下的年轻人发出的响动以及说话声都很自然，不会妨碍自己沉入梦乡。只是古义人灭了灯后还是无法入眠。在这过程中他注意到，深夜里独自躺在森林里所感觉到的、像孩子那样对黑暗产生的恐惧，此时却不见踪影。是那两个为监视自己而来的年轻人带来了这份安心。这时，一个思绪却出现了，那就是繁不把他们介绍给自己便出了门，这是为什么？

该不是因为繁对纠纷感到厌烦，便将自己扔在这里，而他本人却回圣地亚哥去了吧？古义人做游戏般地如此想着。这种考虑使得对繁的、早已休眠了的怀念又复苏过来。是啊，除了繁以外，目前还不曾在任何活着的人身上有这样一种感情。

繁和自己确实是 couple。这个英语单词，是古义人在美国批评家用挑出他小说固定样式的方法批评他小说的文章里发现的，Pseudo—couple，奇怪的一对。古义人还意识到，这个词最初出于贝克特的小说《无名的人》。老年的自己躺在黑暗中安静呼吸的处所，正是繁设计建造的"小老头"之家。同时，如果不是繁，也不会有人使自己陷入这种奇怪的窘境之中。而且，与那两个送到身边来监视自己的年轻人之间，也会因为不乏愉快且充满令人担心的、含带讥讽的交谈而忘记时间。难道每逢繁闯入自己的生活时，情况都是如此？从战争结束前他来到山谷里的第一次见面时起……

古义人蓦然感到一阵惊悸，不禁在黑暗中睁开了眼睛。

九岁那年夏天，古义人沿着自家屋旁那条圆石铺就的狭窄坡道往下走去，差点儿淹死在河水里。他潜至由激流冲刷大岩石而形成的深潭深处，发现在岩石水下裂缝内里的明亮空间里，雅罗鱼群在逆着水流游动。听年岁稍大的孩子们说起此事后，古义人也想去看看。一天早晨，他下了决心，从激流的上游顺流而下，贴伏在大岩石上。

他倒立起光裸的瘦小身子，从岩石的裂缝向里面窥视……在接下去的那个瞬间，头顶和下颚蓦然被叼入岩石缝中，自己便手忙脚乱地挣扎起来。然后，腕力近似强悍的手腕抓住双脚拧了一小圈，帮助自己回到了自由的水中……

从刚脱险时起，古义人就隐约感到那是母亲在解救自己。不过，最终相信这确实是母亲所为，却是在去年身受重伤那生死悬于一线的关键时刻。当时，恰好也有一只眼睛在自己的上方看到了这个情景。

可是，那天早晨是谁看穿了古义人的意图，并把这消息通报给母亲的呢？难道正是这情报，才使得母亲追赶那愚蠢儿子的吗？

现在，古义人终于解开了长年以来的这个谜。那人一定是繁！一定是那年春上独自从上海来到山谷里、住在"上海阿姨"家里的繁！

"上海阿姨"家位于可以环视谷地全貌的高岗上，可以监视从沿河的街道至河岸的岩石和沙滩上孩子们游玩的场所。刚开始的时候，古义人和加入到村里孩子世界中来的繁还保持着良好关系，可很快就结束了这种关系的古义人发现，倒是自己渐渐处于孤立的境地。山谷里的所有孩子，全都成了繁的手下。

早在繁还没有回到山谷里之前，古义人就一直在收集以下情报：如何寻到那块大岩石？把手指扣在岩石表面凹处后，如何确保准确的位置？还有，如何深潜下去并对准岩石上的夹缝？孩子们大概都知道古义人一心想要冒险的事。集中在"上海阿姨"家的孩子们监视从古义人他家下坡后通向河滩的道路，甚至也会是他们惯常的游戏吧。

于是，在这谁都还没下去游泳的大清早，少年用揉烂了的艾蒿叶片擦拭着模糊的潜水镜片，同时迈着没把握的步子往大岩石走去。

看准这情景后,繁便让手下的少年赶紧跑去古义人家通报……

然后,繁大概向孩子们发布了禁言令。因为这样做本身,足以让他满足对于权利的感觉。少年想让这个将来会为自己而死的对手继续活下去。每当在街道上或运动场看到这个可怜的家伙时,也肯定会让自己拥有一种优越感。而且,对于自己曾救助过的弱者,繁该不是一直自觉到一种保护意识吧?虽说长时间断绝了交往,可繁还是为古义人——前景尚不明了、刚刚起步的新进作家——送来了"小老头"之家的计划。在他的身上,依稀看到了这一切……

"或许确实如此。不,就是这样吧!"因着独自生活形成的习惯,古义人说出了声。

仿佛在回应他的话一般,在嘤嘤作响的绝对寂静中,又出现一个新的裂纹:

"啊——啊——"是年轻而哀切的声音。

另一个对其进行哄劝的稳重声音在持续着。应该是小武被噩梦魇住,大武在一旁安慰。古义人这样想道。于是,他第一次意识到了同住在一个屋檐下的其他人,在内心里这样说道:

"无论为了吾良还是为了篁,我岂止没把自己置于险境之中,而且,我甚至不曾为他们而牺牲过工作的进度。对于繁来说,情况就更是如此了……

"来到北轻井泽以后,与繁一起喝酒,并乐于听他说出计划的真实情况,这是事实。不过,我那是认真的吗?生气勃勃地接受了这一切的,是寄居于我体内的那个有着怪异之处的年轻人。"

古义人再度合上眼睛并翻了个身,肯定已然沉入睡眠之中,却从内心里盼望或许已经离去的繁和死去的朋友们一同归来。

第六章　三岛＝冯·佐恩计划①

1

从竖在厨房窗外的脚手架的铁管间，传来了清清打招呼的声音。开课阅读艾略特的那些日子里也不曾出现这样的事。大武和小武前往轻井泽的店铺上班后，古义人起床开始做早餐。估计是清清先登上阳台并从那里招呼，后来还敲了大门，却没被古义人觉察，这才绕到后门来的吧。

古义人正在煎鸡蛋，听到动静后便从平底锅上抬起眼睛，于是看到了站立在枹栎树丛中的清清。也就是说，是有了急事。从大门出来一问，被告知是真木来了电话。古义人赶紧走出屋子，追赶着快步行走的清清。她脚穿系着皮绳的凉鞋，不同于日本人的、光润的脚后

---

① 此处的冯·佐恩典出于陀思妥耶夫斯基的《卡拉马佐夫兄弟》第一部第二卷"来到修道院"一节，是作者陀思妥耶夫斯基取材于现实生活中的"冯·佐恩事件"。该事件的经纬大致如下：上了年岁的尼古拉·冯·佐恩是个七等文官，于一八六九年十一月在彼得堡失踪，后查明是在嫖妓过程中被妓院老板伊万诺夫所杀，动机则是图财害命。据凶手交代，冯·佐恩的尸体被塞入旅行皮箱，于翌日送上了开往莫斯科的火车。办案人员后来在莫斯科火车站找到一个无人认领的旅行皮箱，打开一看，里面果然装着冯·佐恩的尸体。

跟上沾满了草叶。

"阿亮需要接受泌尿器科的检查。"真木说,"妈妈讲了,希望带他去医院。已经和医院作了预约,是明天上午十点钟。"

即便"能否及时赶回东京"这句话只是形式上的征询,可根本不问才是真木的做派。古义人在考虑目前这种奇妙状态下让繁——也就是让弗拉季米尔和清清——理解这事时的麻烦,可嘴上却应承道:"今天晚上赶到东京。"

听了这个回答后,真木仿佛与她本人的不安做斗争似的报告了这几天以来的经过。最先发现阿亮听 FM 时半起半蹲着的,也是真木。当向她细问阿亮为什么既不坐椅子也不坐在地板上时,真木回答说:

"他感到睾丸里面疼痛。因此就为他感到担心,反复盘问之下,他就不高兴了……后来到了晚上,阿亮去上厕所,却突然'啊!'的一声叫了出来……妈妈过去一看,便器里一片血红。因此就等待看病的日子,同伽杰特大夫(长期得到其关照的主治医生,与木偶戏电视节目里的奇人相似,因而真木和阿亮便这样称呼他)商量了血尿的事情。"

古义人接听电话期间,清清在肯定能听到他说话的厨房里准备茶水。然后,她便招呼二楼上的、像是也在窥探动静的繁,放置好两人份的红茶后,就回到自己的房间去了。并不见弗拉季米尔以及他叫来的那些援军的动静。

"阿亮需要到泌尿器科,他不允许别人接触他的性器。因此,今天我必须赶回东京去。"

古义人单方面地这样说道。从繁的面部表情可以看出,刚才他一直在伏案工作。古义人继续对他说:

"不一起去吗?千樫和真木会高兴的。"

"……并不希望那样吧？"繁说着，猛然把头往后仰去，以表示对于清清和弗拉季米尔来说是那样的，"这两个不知道要干什么的老人，假如像情人那样挽着手臂出远门的话，怕是难以让人放心吧。"

"不过，我可是要回东京去。"古义人说道。

"Don't be terrifying。"繁说。古义人在想：说的是"别威吓我"吗？

"那么，可以等到几点钟？"

"今天晚上只要从轻井泽坐上特快就行了。我可以服从你们软禁我的意向，但这件事不同寻常。只要我不在场，如果有人想要触碰阿亮的性器，即便那是医院里的人，也会非常麻烦。可是问题在于他们必须触碰检查，但阿亮却不知道个中缘由……"

"……让大武和小武在午餐营业时间后收拾完店面就提前回来，做好与古义同行的准备工作。

"不过，古义，你可是没接受过如何控制自己不发火的训练，还是和在森林里当毛孩子的时候一样。已经将近七十岁了……真是让人吃惊。"

2

大武和小武通过因特网租来出租车连锁店的车……不会驾驶汽车的古义人并不了解其中详情，这是一辆本田新车。在离傍晚高峰期还有一段时间的高速公路上，小武以非同寻常的高超技术超越了前车。古义人猜测，这两个年轻人或许有什么动机而必须抢在警车前面，大概会是这种动机吧？

刚一抵达成城的家门前，古义人和大武便抱着各自的宽底旅行提包下了车。先前驶出高速公路时曾用小武的"手机"通知了真木，现在真木坐进助手席，引导车子驶向车站附近的出租车连锁店停车场。关于两个年轻人与自己同行的理由，千樫肯定已经从繁那里听说了他所能传达的一切，因此古义人并未予以说明。刚才坐在起居室里的大武以及被真木带回来的小武，都向千樫自然而得体地表示了礼节。认生的真木只是带路前往停车场，她与小武大致算是同代人，表现出的那种同代人的交往方法令人觉得新奇。

不过，阿亮不仅对两个陌生人，即便对父亲也毫不掩饰自己的忧郁。古义人落座于背对着庭院的那张扶手椅上，他在东京时总坐在那里工作。左侧的沙发上坐着大武和小武，千樫和阿亮则坐在往右侧拐过去的沙发上。阿亮深深低垂着脑袋，对于端上茶来的真木，他也只略微瞟了一眼。

"他就是阿亮，听繁说起过吧。"说了这句话后，古义人便对儿子说了起来，"阿亮，明天早晨去医院时，要请这两人中的小武驾驶汽车。爸爸和真儿也一起去。虽然是没去过的医院，可伽杰特大夫为我们写了介绍信。我们要去的，是泌尿器科吧？"

"我想是的。"阿亮仍然拧着脑袋回答道，像是要把额头贴在桌上一般害羞地低下头。

"因为是第一次去嘛，阿亮，"端着托盘站在旁边的真儿鼓励着，"为了在医院里不会看错，还记下了泌尿器科这几个汉字呢。不是还查看了辞书吗？因为旁边也标注着 HITUNYOUKIKA①，阿亮不是还说了谐音的双关语吗？"

"说的是什么笑话？"古义人也附和着问道。

"不是说了'我要 HITUNYOU②'吗？"千樫从中周旋着。

---

① 泌尿科的日语发音。
② 泌尿的日语发音。

唯有小武像是感受到了愉快似的笑了起来。寒暄告一段落后，千樫便让真儿把阿亮带回寝室。

"真是不得了啊。"收起笑脸的小武用充满真情的声音说道。

"你们也让我感到不得了啊。"古义人孩子气地对应道。

"听繁叔叔在电话里说了，这两位和你一同生活在'小老头'之家，我想，两位年轻人要多操心了，像这样陪护着一起到东京来，也是如此。"千樫说，"晚餐以前，就请两位客人在这里休息。你要去二楼整理那些邮件以及寄来的书吗？明天还要返回北轻井泽吧？"

"是啊，就这样吧。"古义人振奋起精神，接着说，"大武和小武他们对《群魔》有兴趣，真儿，你领他们去看书橱里与陀思妥耶夫斯基有关的书籍。如果发现了感兴趣的书，带到北轻井泽去也没关系。"

3

古义人和阿亮、真木还有小武共四人，来到大学附属医院门诊部，接诊处位于沟通四面八方的交通要冲，四人在墙边的长椅上坐了下来。阿亮低垂着大脑袋，显出中年男人般的郁闷神情，平日里表现出的那种一举跃过年龄的不可思议的幽默，今天却丝毫不见踪影。

由于来得太早，原以为会被最先叫到诊察室去，因而感到一阵紧张。然而，喇叭开始呼叫三十分钟后还不见叫到阿亮，小武便前往挂号室窗口询问情况。

这种精明灵活，与因事乘坐轻轨列车去了东京都中心的大武那种沉稳形成鲜明对照。不过，在昨天的晚餐中，就"小老头"之家的设备等话题与千樫进行实质性对话的，却是大武。至于小武，偶尔也会对真木和阿亮说上几句像是年轻人的话题，却只引出对方极为有限的几句应答。

"介绍信的收信医生是一号诊察室的有名大夫,说是正在收拾整理。"小武回来后向真木报告,"要注意'阿亮君,请进一号诊察室'的呼叫。如果喊的还是别的名字,我就去提意见!"

已经没了这个必要,广播里响起了阿亮的名字。由于要见的不是熟识的大夫,阿亮脸上露出了忧郁的神情,却还是带着这副神情坚决地行动起来。真木陪护在阿亮身旁,古义人也跟了上去,只留下小武一个人。

接诊的医生五十来岁,是个身材瘦小的男人,他身着白衣,在面对窗口的办公桌前读着介绍信。介绍信像是以商用便笺写成,印着粗重的格线。桌旁有两把并排放置的椅子,一个身量高大、胸背厚实的护士让阿亮和真木在椅子上坐了下来。古义人则多少离开一些,站立在他们后面。

医生读完介绍信后,并不理会古义人在点头致意,将目光转向了阿亮。他先简单问了诸如情况如何之类的话语,然后便放低声音询问起了细节。阿亮摆出一副姿势,想要认真回答问题,可这似乎不是阿亮能够准确回答的问题。

较之于阿亮本人,真木显得更为紧张,她向大夫述说了阿亮身上的变化以及观察到的情况。虽然是第一次来到泌尿器科,可真木的回答却好像她在这里早已往来二十多年了。古义人觉得,她已经向医生述说了必要的内容。阿亮也热心地倾听着,不时点头表示赞同。

依然沉默不语的医生向护士做了一个手势,在一间比诊察室宽敞的房间的深处,护士走在前头,把罩衣和长裤腿的裤衩递给阿亮。在真木的招呼下,阿亮异常麻利地脱去衬衣,露出宽厚的后背,向前弯下身子换上短裤。接着,他按照经真木翻译的护士的指示,躺倒在病床上。医生照例不看古义人一眼,径直走到病床前站住。古义人认为这是在让他回避,便俯视着楼下种有一株百合的方形院落。

这时，古义人觉察到某种不寻常。他转过身来，只见躺在病床上的阿亮将左手从面对他的医生腰侧伸出来，握住了护士的右手手腕。护士弯下被医生的背部遮住一半的上身，从裙下露出的两腿用力挺着。

护士将左手移到右手手腕上，把阿亮的手腕从自己的右手上掰下来。接着，古义人好像听见护士向医生问道"全身麻醉①……"

热血涌上头脑的古义人走上前去询问道：

"请问，要进行全身麻醉吗？当然，你们会请麻醉师到场吧？"

医生转向古义人，只见留下明显手术痕迹的那张气得涨红了的面孔逼近过来，医生不知如何是好。倒是护士表现出满脸抗争的怒气，向古义人反击道：

"连预约都没有，怎么约定麻醉科的医生？你，在想什么呢？这个患者到泌尿器科来，究竟打算治疗哪里？

"我呀，心脏有问题，一直在吃防止血液黏稠的药物。明天我的手腕就会一片紫黑。这叫什么劲！"

"傻劲与智障者之间，有什么关系吗？"真木诘问了护士后，便向阿亮发出指令，"好啦，起来换衣服吧！"

走出诊察室后，在走廊里并未看到小武。对于阿亮来说，既有未能接受诊察的愤懑——其中也有针对他自己的成分——还带着因那种对待自己的方式而产生的愤怒。在走出诊察室并穿过护士室前面的过程中，甚至都不让真儿握住自己的手腕。有必要在大发作尚未开始前就赶到家里。

只有真木一人比较沉着，她要去收费处支付费用，然后再回到长椅处等待小武，因此，古义人在留神不以手臂触碰的前提下，在

---

① 原文为英语 general anesthesia。

仍然不让握住手腕的阿亮四周圈出一个空间,乘坐电梯时尽量不让他与其他患者碰撞。乘上出租车横越多摩川驶向成城的路途中,阿亮依旧背过脸去,连一句话也不说。于是出租车司机便向阿亮问道:

"在医院发生什么事了吧,客人?"

"是发生一起让我孩子感到不安的事。"古义人代阿亮回答。

"能够医治那种事情的,并不是医院吧!"

阿亮那燃烧着郁闷和愤怒的神情,经常诱发第三者无偿的同情。阿亮刚进大门便与迎出来的千樫打了照面,这时他才以可怕的声音说道:

"我什么也没让他们给我治疗!"

然而,外出归来后正坐在客厅沙发里的大武,也显得很不寻常,一句话也说不出来,一副左思右想苦恼至极的模样。阿亮从他面前横穿而过,走进了自己的寝室,千樫也随之而入。古义人在大武的斜对面坐了下来,同样不说话,开始整理从楼上搬下来的书籍。大武也没有对古义人说什么。

大约三十分钟后,真木和小武回到了家里。由于焦急再加上疲劳,小武的面孔变小了。从这张面孔以及大武射向走进客厅来的小武身上的强烈视线中,古义人醒悟到,在小武和大武之间,此前肯定存在着某种东西。

在小武来说,他大概是估算了阿亮接受诊治的时间后便到医院外面抽烟什么的去了,因此延误了回到长椅处的时间。当他去传达室询问而被告知古义人已带着阿亮回去的消息时,因自己必须监视的对象已然逃遁一事而惊慌失措了吧?

或许,当时正在市中心的大武接到小武用手机传来的报告后,一定是以最快速度赶了回来,想象着在此期间,古义人很可能径直前往报社去见自己的熟人，并说起了北轻井泽的事态。也许还会用电话与警察进行联系。在这段时间里，大武大概既想责怪小武，又在思考如何应对这个局面，从而苦恼不堪吧。

真木走进阿亮的房间，把医院那事的来龙去脉向千樫一一做了说明。阿亮只是躺卧在床上，对真木所说之事似乎多少做出了一些反应。现在，正狼狈地并肩坐在一起的大武和小武都显现出与其年龄相称的不成熟，古义人决定消除他们的担心：

"即便在小武没能监视的那段时间里，我也没做让你们苦恼的事情。本来就没必要让你们充当监视我的角色。"

"明白了。"大武说。

无论是大武的面部，还是被满院子里那些茂盛的蔷薇吸引住目光的小武的面部，都眼看着红起来。落入如此绝境而给他们带来的震撼，显然更甚于就要哭出来的表情。

4

第三天，久未露面的弗拉季米尔现身于"小老头"之家。

"在那以后，阿亮的情况怎么样了？繁先生、大武和小武都在担心。"

"这是我女儿在发给繁的电子邮件上说的，说是那以后没再出现血尿，还要观察上一阵子……"

"繁先生提醒我们，说是我们干的那些事肯定给您带来了不愉快，要请您原谅。还说，古义反倒会协助我们。

"他说，如果可能的话，打算把与长江先生的关系恢复到原先状态……已经把'怪老头'之家收拾为适合于召开小型会议的场所，正在考虑一个讨论三岛问题的晚宴。能请您一起参加吗？原自卫队干部羽鸟猛先生为主宾,说是曾与长江先生在国际联合大学①举办的活动中谈过话。"

翌日,黄昏尚未降临,清清就前来迎接,古义人便出现在地界深处的"怪老头"之家。确实放置了能坐不少人的椅子,餐桌重又被放回到早先的餐厅,弗拉季米尔他们都列席而坐,清清安排古义人坐在弗拉季米尔的右侧。坐在对面的那位男子身穿裁剪合身、像是掺混着丝绸的衬衫,他向古义人点头致意。

"我是羽鸟……久违了。听说发生了非常严重的变故,这还是我作为讲演者,参加一个集会——相当于老说法中的战友会——去松山时,才听说这事的。告诉我这消息的那个朋友,对于算是同乡的你呀,似乎并不怀有善意……"

"就像现在这样,正在恢复之中。"

"我们这些人呀,身体倒是比较健康,只是干不了任何建设性工作。"

繁随即想要把话题引到今天的集会预先设定的主题上去。好像这也是他在美国长年的教师生活形成的习惯。

"为什么邀请羽鸟先生来这里的呢?那还是在大武和小武来到这里之前,我们在超市旁的餐馆吃饭,当时弗拉季米尔提起了三岛问题。说得还算有趣,只是没能充分展开。

"且说最近乘坐特快从东京回来,遇上了羽鸟先生,就说了长江先生目前正住在北轻井泽家里的事。至于羽鸟先生嘛,从年轻时起,就同三岛有着某种关联。在倾听其中原委的过程中,咱就在想,不如和年轻伙伴一起,将他与弗拉季米尔的三岛问题联系起来好好听听。羽鸟先生还说到了长江先生的话题。听到这里,咱就想到你年轻时

---

① 位于东京都涩谷区神宫前。

曾经收到三岛来信的事。也想请你给弗拉季米尔他们说说这事,便安排了这个会议。

"在会议的后半部,预定一面用餐一面自由交谈。现在就首先请羽鸟先生开个头吧。"

"三岛先生和古义人先生虽说是不共戴天的敌人,不过,三岛先生不也很钦佩古义人先生的文学吗?当年,在伦敦的大使馆里,我从事的工作是向外国人作介绍,是被称为大使馆武官①的那种工作。三岛先生会见记者的内容被刊登在《卫报》周六版副刊上。那人在文章中特意表示,他非常讨厌长江的政治思想。从国防这个角度来说,我的专业就是政治,因而我并不认为长江先生的那些社会性发言……当着本人的面说这样的话未免失礼……称得上是政治思想。同时,我注意到其实这是三岛先生的弦外之音,承认长江先生小说的弦外之音。"

"当时从事国防专业的羽鸟先生,你如何评价三岛的军事思想?"繁问道。

"我认为类似于儿戏。"羽鸟像是抬起上半身似的用力说道(从他那尚不见赘肉的脖子到脑袋,都让人联想到了海鸟)。

"你怎么看待他的政治思想整体?"弗拉季米尔提出质疑。

"那要听了大家的讨论之后,我再发表自己的看法。"

"在转移到讨论之前,"繁介入进来,"是否请长江古义人谈谈三岛给他的信函?"

"羽鸟先生当然了解将要说起的那个时代背景,"古义人开始说道,"可这里还有几个年轻人。在这一点上,羽鸟先生可能会感到不畅快,还要请你忍耐。

---

① 原文为法语 military attaché。

"二十六岁时,我借叫作《十七岁》①的美国杂志之名写了一部小说,那封信就是对这部小说的回应。当时,我打算用题名本身来进行批判,对那位在讲演会场刺杀了社会党总书记的少年恐怖分子进行批判,这就是创作那部小说的动机。

"先是第一部,还算受到好评。刊载小说第二部的杂志出刊的那一周,在我学生时代就曾第一个起用我的那位编辑(偶尔也担任三岛的编辑)拿着他的信来到我这里。

"那可是一封非常热烈的信函!他在信中写道:'首先要全面肯定这部小说。'说是'最重要的是,反映了你真正的立场'……

"'报纸呀杂志都写道,你支持占领之下被制作出来的宪法。也就是说,你那作为战后民主主义者的政治思想,理当遭到唾弃。不过,对少年恐怖分子自我形成的描写中,却隐含你在最为深奥之处所做的自我告白。

"'在现在这个社会上,标榜右翼思想的新进作家肯定很快就会遭到批判。因此,你首先详细描述了热衷于手淫的少年。在此基础上,这个奇怪的家伙加入了右翼社团,而且还从事恐怖活动,最终在少年拘留所上吊自杀……社会上只能认为,那家伙是认真的。你极为巧妙地描述了这个过程!

"'我要指出三个可以证明这个策略的明显证据。第一,你在东大学习的是法国文学,做出一副热衷于那个丑陋的萨特的模样。我发现,你只要模仿那家伙的《一个领袖的童年》,就能尽心描写右翼少年自我形成的过程。

"'第二,是你描述少年在练马少年鉴别所自杀的场面时写下的那首诗。我认为,"纯粹天皇"这句话不会只是你心血来潮的话语。

---

① 原文为英语 *Seventeen*。大江健三郎曾于一九六一年发表中篇小说《十七岁》。

然后就是第三,你父亲在战争结束后很快就奇怪地去世了,我通过在四国组建短歌社团的过程中结识了一位青年,他曾接受过你父亲的指导。我和他谈了话,真实的你随即就浮现了出来……'"

"那封信目前还在你手上吗?"弗拉季米尔迫切地问道。

"不在了。接到三岛信函的第二周,右翼团体向刊载小说的杂志社提出了抗议。就在出现那篇报道的晚上,刚才说到的那位编辑就来索取信函……"

"关于这一点呀,古义你从年轻时起可就是老奸巨猾了。当时,你喜欢六隅先生有关拉伯雷的课程,因此为了复制从参加该课程的研究生那里借来的课本,你就买了带有近拍功能的照相机。千樫可是说了,你肯定用那台照相机拍下了信函。那东西真没留下来?"

"关于三岛的评价,当时,我和千樫看法不同。她确实对我那么说了,可是……"

"那么,长江先生写了什么回信吗?"弗拉季米尔继续问道。

"由于刚才所说的原因,已经没必要写回信了。"

"那样就好。"繁说,"你对那封信产生了共鸣……不管怎样,古义你毕竟对可怜的右翼少年竟如此投入了感情,即便那是对同一人物产生的双重矛盾感情……假如你参加了三岛路线,这个国家的文艺新闻不就会是另一副模样了吗?"

"在文坛上与三岛比较接近的,不是芦原吗?"清清问道,"我不明白,为什么三岛没把芦原拉到他那个方向去?"

"那时,与三岛先生比较接近的,当然是芦原先生。"羽鸟郑重其事地回答,"不过,芦原先生在政治上很高明,对于三岛先生的狂热,他直至最后也没有跟他同行。虽然他口无遮拦,其实是个谨小慎微、非常实际的人。我曾一度被说成是这个人的智囊,因而非常了解这个人物。"

"刚才就想向你请教的，"弗拉季米尔接着问道，"羽鸟先生，如果从三岛的……军事性质的政变计划进一步发展下去……你现在还会认为，他的政治思想和行动类似于儿戏吗？

"至于我本人的看法，已经对繁先生说了好几次。就本质而言，三岛的行动并没有错，只是太早了，他早熟于时代的潮流。也就是说，完全可以作为今后时机成熟时起事的典范。

"采取闯入自卫队东部方面总监部的行动过后，随即就切腹自杀。现在不是这么一种结束方式，而选择在现场被自卫队员逮捕的方式。我在想，假如接受以精神鉴定为参考因素的审判，经过几年服刑，然后再度回归社会的话……因为需要追赶时代，如果重新以其自身的先行事例为范例而东山再起，就不会那么孤独了吧。"

"这可是很有意思的话题！"羽鸟仍然用力地回应道，"其实呀，我知道一些朋友，为了三岛……早在市谷事件十年以前，他们就已经在考虑这样的问题了。

"关于这个问题，我在长江先生也出席的、由国际联合大学举办、世界各国有识之士参加的集会上做过报告。会议的反应只是'主题过于特殊'。"

"是'三岛＝冯·佐恩计划'吧。"回想起来的古义人说道，"尼日利亚代表生了气，说是过于日本化了，是特殊事例……"

"说的是我哥哥和他的朋友们想要着手进行的一个计划。这个计划发端于一个想法——让一个如此优秀的文学天才殉死于类似儿戏的政治思想是否合适？在刚才说到的假如给予三岛几年时间的延缓①这个想法上，我和弗拉季米尔君是有共通之处的。"

---

① 日文原文训读为 moratorium。美国心理学家爱利克·埃里克森（Erik Erikson，1902—1994）提出的理论。指在心智上已经成熟的青年延缓履行作为社会人的义务与责任，也可指处于这种心理状态的时期。

弗拉季米尔全神贯注地注视着羽鸟，却全然不见羽鸟想要继续说下去的迹象。于是，小武开口问道：

"所谓三岛＝冯·佐恩计划，都是些什么内容呀？冯·佐恩计划这个称谓有什么特别意义吗？具体来说，那是怎么一回事？"

"你们新生代呀，今天不会去读陀思妥耶夫斯基吧？"羽鸟表现出权威性的态度说。

"《卡拉马佐夫兄弟》里有一个情节，说的是老人用那个名字招呼朋友并招致厌恶。"大武说，"无论在《少年》还是《群魔》里，都只出现了名字，可是……即便阅读译注，那译注也没写清楚……好色的老人在与娼妇约会的场所被杀，（"是被装在旅行箱里送去的，陀思妥耶夫斯基对这则报道产生了兴趣。"小武插嘴说道。）我们所知道的，只有这些……"

羽鸟仍是一副与那些年轻人保持距离的态度，于是古义人为缓和气氛说道：

"只知道这些，也就够了吧。"

"我也不知道冯·佐恩是被什么样的怪女人迷住并大肆挥霍而被杀。因为我对这件事本身没什么兴趣。"羽鸟开始说道。

"我哥哥和他的朋友们作了各种设想，总之，是想为三岛设置一段延缓时期。那个构思的基点呀，就在于那人是同性恋这一点上。哥哥那些朋友的文学修养也是非同寻常，他们以作为翻译家而自成一家的龙男为首，组成了对色情小说和怪异风格有深入了解并乐此不疲的小团体。我那时还很年轻，认为他们属于业余文艺爱好者，因而对他们感到厌恶。如果不是自己真正入迷的对象，是不可把它作为一生的事业并长久持续那种兴趣的。

"我想对年轻人说，像我这样辞官以后再来看，我呀，我的所谓专业也就是业余文艺爱好者的水准。

"总之,在多方面具有奇特能力的他们想要干的,是这么一件事:三岛所具有的希世绝代之才,被'楯会'等东西羁绊住了腿脚,而他们则想结束这种被羁绊住腿脚的无聊。

"可是,'楯会'早已不会因为三岛念上一句'消失吧'的咒语便自行消灭。障碍继续存在。政治性人际关系的障碍,朝向悲剧性结局开始了自我运动。在这过程中,被'楯会'成员平庸的政治行动所推动,三岛走向毁灭。这个计划,就是要从这种无聊的进程中将其解救出来。

"在东京,集中了顶级美少年……也就是从幼儿年龄开始,建造地下魔窟,再将三岛诱入其中。然后向官方进行举报。就是这么一个计划。"

小武想要讥讽饶舌的羽鸟,便向大武说道:

"也就是'嗯,这是真的吗?您……'那句话吧。"

大武不置可否,羽鸟则像被学生的窃窃私语惹得心头火起——尽管如此,他还是闭口不语,好像在思考刚听到的话语。从他现在的神态中,可以窥见担任自卫队官僚时的模样——的教授。古义人知道,这是熟读了《群魔》的兄弟俩想起了沙托夫诘问斯塔夫罗金的那些话语。"这是真的吗?您在彼得堡成为兽性的色情秘密团体的成员?就连萨德侯爵①,也要对您甘拜下风?您诱惑了少女并使其堕落?这是真的吗?……"

"实际建造那个魔窟并用于三岛=冯·佐恩计划了吗?"大武询问道。

"你呀,那还是难以实现的吧,"羽鸟说,"哥哥他们死了心。后

---

① 萨德(Marquis de Sade,1740—1814),法国情色作家,出生于贵族世家,一生中因写作情色作品而多次坐牢,《索多玛一百二十天》即于巴士底狱写成。

来，就是我们大家都知道的那个结局。就是这么一回事。"

这一次是弗拉季米尔劲头十足地加入进来：

"可以考虑另一个大致相同的方案。假设其他团体，把那个魔窟作为'楯会'建立起来，将会如何？以那些美少年的魅力吸引三岛，把他推向那个奋起行动。但是，计划的主谋本人将志愿为切腹自杀后的三岛砍头。一无所知的三岛于是切腹。听说发出'呀——！'的叫声后就把刀刺进了腹部。但是，仅仅如此是肯定死不了的。原定为他砍头的人于是按照计划磨磨蹭蹭。自卫队的突击队员趁机破门而入。扣押了人质那一方的指挥官已经把刀子切进腹部，因而这段时间不是可以不用担心了吗？

"三岛在监狱待了十年后再度复活。就是这么个程序……这样做难道不可能吗？"

"如此一来，也就是说，在三岛先生待在监狱里的十年延缓期间，他的政治思想被原样搁置，一直等到十年后的政治性复活。是这样吧？但是，我哥哥他们是为了守护住三岛先生的文学天才……是为了将其从政治性活动中剥离出来，这才构想了三岛＝冯·佐恩计划。

"动机正好相反呀。假如以猥亵包括幼儿在内的少年为名逮捕他的话，三岛先生就不会再有政治性复活的可能性了。因此，三岛先生会像奥斯卡·王尔德①那样生活在监狱里。如果服刑期满，为完成天才而需要的寂静时日则会等待着他。就是这么一个计划。"

"我所考虑的团体，正相反，是政治性的。'楯会'虽然开始活动，但政治之神所恩宠的三岛却远未成熟，尚无在自卫队发动政变的

---

① 奥斯卡·王尔德（Oscar Wilde, 1856—1900），英国诗人、据作家和小说家，在创作活动达到最高峰时因同性恋入狱两年。

运气,一如三岛在市谷发表的演说所证明的那样。

"但是,假如经过了十年,情况又会如何呢?自卫队也好,这个国家的社会氛围也好,不都发生了变化吗?与此同时,经历了狱中生活后,三岛作为其政治思想经过锤炼的角色回到狱外世界。这时,社会再也无法忽视身为政治领导人的三岛了吧。

"而且,'楯会'在其领导人服刑期间,也历练得更为坚定了吧。因为,那个阴谋的几个主谋当然会继续运作。在新的情势下,十年前曾是丑闻的'楯会'以独自的历史为背景,开始提出新的主张!领导人才五十五岁!

"至于完成这个思考的基础,最近向繁先生和长江先生都作了叙说。现在,我一直在大力完善这个思考!"

对于弗拉季米尔的这一番雄辩,羽鸟并未予以反驳。古义人感到,毋宁说,羽鸟甚至被这番话语给吸引了。包括这个羽鸟在内,大家全都沉默不语。在这片沉寂之中,一个年约三十的姑娘第一次发现了发言的机会,就开口说了起来。此前,她一直忙于在餐桌上准备晚餐。

"如果三岛还活着,并在监狱里服了十年刑,那就是一九八〇年吧。从国际上看,入侵阿富汗的苏联军队占领首都喀布尔,发生在这一年的年头。我们都还记得,为抵制那年夏天在莫斯科举办的奥运会,日本人的社会生活也因此而发生了变化。在西德,提倡环境保护的'绿党'成了全国性政党。

"在美国,因日本汽车的进口量剧增而开始批判日本。到年底时,日本的汽车产量突破一千万辆,成为世界第一。而在韩国,则发生光州的反政府示威游行。在波兰,格但斯克造船厂举行了大罢工。也是在这一年,里根被推选为下一届美国总统。

"长江先生应该记得很清楚吧,在中国,对于毛泽东的评价开始明了。不知道是否与此有内在联系,中国总理访问日本,出席了昭和天皇在皇宫举办的晚宴。

"那么,在这样一种世界局势中,三岛和'楯会'即便开始他们的复权活动,结局又能怎样呢?"

餐桌旁的每一个人都注视着这位姑娘。餐厅和厨房分界处的隔板上挂着电话,姑娘还承担着接听电话的工作,现在她正站立在电话机旁,把先前从身旁架子上取出的古义人那部年鉴抱在左臂中。她的目光径直投向弗拉季米尔,等待着他的回答。

"不,我可没有局限于一九八〇年。正如奈奥刚才所说的那样,三岛早在那个时间段的十年前就被砍头而死了,我被羽鸟先生的话所刺激。之所以重新考虑政治性的三岛=冯·佐恩计划,是因为我在思考这么一件事:一些人假如以那次失败为教训,考虑着与那几个主谋相同的问题,在那以后的三十年间,倘若不断进行准备的话,又将如何呢?

"在这个国家里,能够承担这种计划的文化英雄,唯有三岛一人而已。难道不是这样的吗?即便长江先生也难以胜任吧……"

大武和小武笑出声来。古义人果断决定接受这个挑衅:

"现在的文化英雄可不是小说家,而是动画片导演,或是流行音乐的制作者,或是 IT 产业的创始人。"

"我认识自卫队一些干部,他们比当时在市谷的指挥部里工作的同仁要晚一代或两代。"羽鸟说,"在他们围绕将来所做的模拟试验中,没有把文化英雄的介入视为必要条件。大体上,听说主要是二二六武装政变与北一辉①的关系。到了第三代,就觉悟到自己的计

---

① 北一辉(1883—1937),日本法西斯理论的代表人物,著有《日本改造法案大纲》等鼓吹国家改造运动的书籍,后被指控为二二六事件的幕后黑手而被逮捕并处以极刑。

划始终要靠自己来实施!"

"也就是说,有一种趋势,认为政治性的三岛＝冯·佐恩计划失去了必要性,他们有力量依靠自己行动起来……"

弗拉季米尔这样说道,羽鸟却不予答复。

"在我来说,聆听了羽鸟先生这番深刻的话语,已经超出了我的期望。"弗拉季米尔显现出放弃的神色,"那么,就开始吃饭吧。"

清清和奈奥用从当地买来的猪臀尖肉做出了酷似维也纳肉排的菜肴。

"这可超越了相似的程度。"一直沉默不语的清清说道,"我们无论干什么,都不是模仿,而是以独创性为目标。"

5

三岛问题讨论会之后的晚餐结束时,还是无法看穿树丛间的空隙,满天的卷积云令人产生火烧云的感觉。弗拉季米尔希望坐上清清陪送羽鸟的汽车。为了帮助在讨论会和晚餐中一直劳作的姑娘——她就是大家已经知道名字的那兄弟俩的朋友——从租住的轻井泽别墅里搬出来,大武和小武也要驾驶他们自己的汽车出去。

在头顶耸立着脚手架的阳台上——壁炉的烟囱也完全隐去了——古义人和繁坐在从地界深处的家里搬过来的金属管椅子上,小酌羽鸟作为礼物送来的、兑了水的苏格兰威士忌。日渐增多的别墅住客们——面临房租就要涨为旺季租金的奈奥,应该会搬到这里来——走在大学村的公路上,路过这里时似乎都会仰视那脚手架。

"他们该不会把古义和咱,看作被软禁在铁管包围着的居所里的老人,以及因负责监视的家伙不在而代为监视的另一个老人吧。'Long hoped for calm, the autumnal serenity/And the wisdom of age?'

或者还会认为这是正在体会那种感觉的两个老人?"

"我也想起了这段诗句。"

"西胁的译文,是怎么说的?"

"是长久企盼的静寂或是秋日的晴朗/抑或老年的智慧?"

"你落入到截然不同的困境之中……咱感到对千樫负有责任呀。"

"繁你呀,曾给我们送来照片,当时我认为,唯有照片上的景致,才真的是静寂或是秋日的晴朗。你还邀请道:难道不想抱着一起居住于此的打算到这里来吗?

"千樫从中感受到极大的诱惑。当时她正情绪低落,因为阿亮被确定为延期就学,也就是说,从健康儿童的教育课程中脱离了出来。"

"那地方是在调查中南美的村落时遇上的。被强制在哥伦比亚的太平洋沿岸劳动的黑人集体逃亡,在深山……可不是像四国那样的森林,而是在绵延起伏的高山深处……里建造起草葺屋顶的房屋并形成了村落。"

"是叫丰沙尔①的地方。千樫告诉我,从粗犷程度上看,那里的房屋与非洲热带雨林中的村落比较相似,是从那种地方用奴隶船贩运来的黑人建造的村落。"

"是叫丰沙尔啊。千樫比较喜欢那里……"

繁说完这话略微沉默了一会儿,然后又说起了那位叫作奈奥的姑娘:

"她呀,在加利福尼亚大学圣地亚哥分校本科学习建筑史的过程中,围绕日本法西斯时代的建筑物,开始专攻日本的近现代史。一

---

① 原文为 Funchal,位于南美洲。

回到日本,就做起进入博士课程的准备,因此与咱保持着联系。"

"从大武和小武那里也听到过奈奥这个名字。"

"老爷子是犹太裔美国人,母亲则是日本人,户籍上的名字也是与日本名字相通的 Naomi①。说是自从上了横滨的美国人学校以来,就一直沿用这样的称谓。

"总之,你出席了今天的聚会,弗拉季米尔和清清都因为有望与古义你恢复关系而高兴。另一方面,他们临出门前也曾告诉我,在他们回来以前,千万不要从古义身上移开目光。

"假设你带阿亮去医院时甩掉大武和小武,向警察毫无保留地说出弗拉季米尔和清清他们到日本来的目的,如果事情发展到这一步,咱是不会平安无事的。即使弗拉季米尔和清清销声匿迹,为了向'日内瓦'有所交代,不也是会处理了咱以后再离开吗?因为呀,就像咱对你说过的那样,他们那些家伙是新种族……古义你回到了这里,就说明你也许真的是咱的替身。"

"我倒不那么认为我们在按母亲所认定的方式生活……"

对于繁的这种奇妙而深刻的表达方式,古义人依据自己的性格说了这句半带诙谐的话。繁没有应答。昏暗下来的天空转换成了淡墨色,已经难以辨认就在自己眼前端着酒杯的繁的脸色。

---

① 与日本人常用的直美、尚美等名字的发音相同。

第七章　在狗和狼之间

1

　　一进入八月,截至秋季为止,所有的施工工程都被冻结。这是大学村的规约,不过"小老头"之家因屋顶漏雨,被批准每天下午可以进行三个小时的修缮。

　　繁还说,从事这项工作的那些人将住在"怪老头"之家。他们前来工作的那一日,古义人从包围着房屋的铁管脚手架内侧向外看去,注意到领着几个年轻人的那个中年男子,正是软禁开始那天,自弗拉季米尔从东京召来的那辆车上走下来的人物。如此看来,那几个年轻人也会是他当时的同伙吧。

　　繁说,他们中间有人在自卫队里干过三四年,对于枪械的使用非常熟悉。利用在自卫队培训的木工技术,头头承包了平时活动——一本正经地使用这种语言,也是繁的做派——中的修理和拆毁工作。虽然"小老头"之家的屋顶将在秋季全部换葺,可应急修理也打算进行到相当程度……

　　说起来,屋顶的修理是因为千樫向繁诉说漏雨才得以进行的。古义人也发现,连接着壁炉烟囱的那间如同瞭望小屋般的三铺席房间里,堆放在角落处的笔记和资料已有很多腐烂并硬结起来。

最初提起"小老头"之家这个话题时,千樫和古义人一样都还年轻,应该是与其兄长吾良秉性相似的缘故吧,当时她根据自己的喜好,表示希望使用西班牙瓦片。然而,繁在对屋顶工匠交代铺葺这种瓦片的施工方法时并不彻底,因而对由此产生的不妥当,繁也是有责任的。

繁告诉古义人,"自那以后,东京的民宅中也经常可以看到西班牙瓦片的屋顶,只是出现了被台风刮落瓦片的事故,现在已经有了特殊铺装方法,即使在局部修理中也会使用这种方法。那就是在屋顶每一排瓦片下都横向固定一根木条,再把一块块瓦片用螺丝钉固定在木条上,因此,还要请你忍受打那个洞眼时的钻孔声。"

翌日,奈奥为前往轻井泽工作的大武和小武准备了饭食,古义人将那饭食作为早中餐吃了之后,便爬上二楼读起书来,却惊异地听到就在头部近旁响起了移动着的脚步声。紧接着,更多的脚步声移向屋顶。古义人想象着那些工作人员,在已然被埋入地下的自己上部的地面上的那些工作人员……

两个小时过后,古义人坐在客厅的壁炉前读着书,听到修理屋顶的工作人员正在阳台上交谈:

"脚手架,相当牢固啊。"年轻的声音说道。

"因为不单是要把毁坏了的瓦片拆下来,还要把那排瓦片全都拆下并堆放好。还要把为铺上新瓦和拆下的好瓦时所需要的碎土堆在那里。"仍然是陌生的声音在回答,只是觉得这声音有些年长。

"不过,脚手架的作用并不仅仅是这些。即便秋天把屋顶修葺好了,希望还能原样保留上一阵子……就是出于这种打算,才把铁板给搬上来的……在那上面还能搅拌水泥……

"因为,还设想要在这脚手架上进行提着机枪来回移动的训练,以及把铁板竖立在脚手架外侧以做防护装甲的训练。"

"假如进入战斗状态的话,那就是必要的。"繁也随声附和着。

古义人把放着卡片、书本和笔记用具的画板搁在侧书桌上,站起身来从大门旁的窗子向外看去。端着咖啡杯的繁坐在阳台的木架上,站在他身旁的高个子中年男子也在喝着咖啡。上次见到正站在阳台下的那两人时,还觉得他们是年轻人,可要是和大武和小武比较起来,他们可都算是有岁数了。

"所谓机枪云云,这话就过激了。"古义人开口说道。

繁不动声色地劝诱道:

"不到外面来吗?这里有一个要介绍给你……其实,你们好像已经认识了……的人。"

古义人趿拉着木屐刚来到外面,繁便继续说道:

"在古义你三十五六岁时写的小说①里,不是有这样一段吗?说是某团伙固守在建成待售的样板间核避难所内,受到机动队的包围。咱对此产生了兴趣,就出了这个课题,让本科班的学生将其设计出来。

"但是,其中有一个优秀学生……他是在越南服了兵役后进入大学的,非常认真……为此而感到苦恼,说是如果按你写的那样进行设计,就没有安装螺旋楼梯的位置了。

"由于设定为机动队用装甲车从平地攻来,于是他以铁板围在避难所屋顶四周来应战。

"咱想起了这个设计,便在搭建修理屋顶的脚手架时,顺便把铁板也运了上去。咱在想,如果进行以此对抗警察包围的训练,还会为古义你构想的小说提供一个现实的范例哩。

---

① 大江健三郎曾于一九七三年发表长篇小说《洪水淹及我的灵魂》。

"手提着机枪的年轻人在围绕着'小老头'之家的高高脚手架上奔跑的情景,不就成为一幅画作了吗?!"

"虽说是'跑',可很快就会跳起来吧。"此前一味注视着古义人的中年男子插嘴说道。

"古义,此人是木庭君,或许可以把他称为大武和小武的前辈,对于在大学里做的学问,他可是失去了信心,改而按照自己的方式生活。算是一个理论家,一直以来却也干些动手的活计,有铺装西班牙瓦片的经验。

"而且呀,咱可听说他与古义你并不陌生。前一阵子,把他那一伙人从东京叫到这里来的,是弗拉季米尔。不过,在把咱介绍给他们并互相交谈时,发现木庭君和你并不是毫无关系。既然如此,那就干脆让你们正式见个面吧。"

这一天,吃了早午饭后临上二楼之前,古义人看到了那个名叫木庭的男人。当时,负责大学村这一片的邮递员从位于长野原的邮局骑着单人摩托来到这里,古义人收取的,是寄到东京的邮件经真木汇总装入袋子后转寄来的快递。引擎声逐渐挨近,为了免去邮递员来到门前再掉头转向的麻烦,古义人便迎出去收取邮件。

这时,木庭足踏脚手架上的横向铁管,低头俯视着收取邮件后正往回走的古义人。他的身边搭着一架轻金属材料制成的梯子,若用于人员上下则显得过于窄小。旁边安装了一台用小型马达驱动的运货专用升降机,像是要把堆积在梯子周边的西班牙瓦片和装着碎土的袋子运上脚手架。看上去,木庭也好像在观察装运的状况,可是修理屋顶的工匠对于委托他们工作的房主竟然不予理睬,只是一味注视,这却是让人难以放心的……

"木庭君曾到过古义你家好几次,其中见到你两次,还见到过千樫,尤其是与阿亮之间好像有一些过节。似乎发展到了很麻烦的程度。"

在繁如此叙说的过程中，木庭从脚手架上俯视下来的强烈目光投在了古义人身上。于是，古义人知道了这是一个什么样的家伙。

2

第一次前来会面时，还很年轻的木庭自我介绍为在京都大学搞政治（"是政治学专业？"古义人这样想，结果却不是）。但是，并不是舍弃了学问。要收集六隅许六的所有翻译并进行研讨，以观察这个学者的法国文学翻译文体是如何形成的。教授告诫自己，不得烦扰六隅先生本人，不过听说府上收有先生的全部译本。首先只想编出目录，请允许观看书库。云云。

当被问及因何选择六隅先生时，对方回答说，因为先生是从中世到二十世纪进行纵向翻译的学者。古义人也能够领会比较文学领域内的构思。而且，古义人的书库里存有对方想要查阅的那个书架。

无论木庭还是同他一起来的朋友，都穿着已经难得一见、解开了立领的黑色学生服。那天，木庭一直待在书库里。第二天古义人必须外出办事，可木庭再度来到家里。晚上他回去后，古义人查看了书库，看样子他是先取出六隅先生的书，然后又按顺序放回了书架。

第三天，古义人为处理尚未完结的工作又出了门。木庭则连午饭也不吃，只是闷在书库里制作卡片。于是，千樫便去一家新开的面包铺，说是买点儿三明治什么的。就在千樫外出期间，木庭领着阿亮失去了踪影。

被用电话叫回来的古义人徒然地骑着自行车四处奔走，从编有残疾儿班级的高中，到曾与阿亮一同去过的唱片店、餐馆以及咖啡馆。千樫前去向警察提交报案材料。到了晚间，第一天曾与木庭一同前来的那位始终沉默不语的学生挂来了电话,说是我在想,姑且还是告诉你们为好。

学生开始批判起来:府上是在媒体上一味从事买卖的反体制文化人,在实际上并不行动的大义名分下推出有智障的儿子。原本想在对那个儿子进行管理的状况下与府上展开彻底的对话,却又感到了厌倦,因此在东京车站内释放了你儿子,然后就回关西去了……

古义人于是前往东京车站寻找,此时已是深夜,在因站内还有一处剪票口而先前没能巡视到的新干线月台上的小卖店旁,发现长靴里积满尿液的阿亮正站在那里。

过了十多年后的某一天,自称在法律事务所工作的三十五六岁的男子带着一个女性来到家里,说是长年来一直在批判古义人的那位新闻记者终于决定提起起诉,建议古义人还是准备对抗并起诉为好。

当古义人回答说此事没有意义时,那男人指着正在一旁收听电视中古典音乐的阿亮说,唯有那才不是没有意义,对吗?话说到这里,古义人意识到这个男人就是木庭——却也有些疑惑,难道这家伙转入法学系了吗——便将其从大门处推了出去。这时,那女性威胁地说,要投稿给那位新闻记者主编的周刊杂志,然后扬长而去……

当时,木庭穿着西装,还是和穿学生服时敞开领口一样,在解开了衣扣的衬衫上系着一条领带。而现在则是一副紧身打扮,穿着正式作务衣①,照例敞开领口,鼓着喉结。

"长江先生,"木庭招呼道,话语声既显得过分亲昵,又像是要保持距离,"第二次见面的时候,为什么要发那么大火,还把咱给赶了

---

① 僧人在禅寺从事杂役等体力劳动时穿用的外衣,以多层蓝色棉布衲制而成,上衣为筒袖,下衣为长裤状。

出去？跟咱一起去的那女人几乎要歇斯底里大发作,咱可是没反驳你,却还是感到不可理解。

"起初那一次呀,咱的行为几乎就算犯罪了。夫人如果告发咱的话,估计咱就会有大麻烦了。不过第二次呀,咱可是心平气和地在和你说话,你却那样冲动,甚至都有些暴力倾向了……"

这时,繁介入进来。

"也就是说,你们呀,并不是毫无关系的。咱与这具有暴力倾向的古义之间,也可以说是并非毫无关系。只是呀,两人都错失了理解对方的机会。

"因此呀,就把此前的那些事情全都一笔勾销吧。古义啊,也许唯独不能理解这样的成语……"

古义人已然理解的是:对于繁——即或对于弗拉季米尔和清清也是大致如此——来说,木庭似乎是一个必不可少的人物。

在"怪老头"之家与羽鸟进行的交谈即便使得软禁被相对化,可那也只是古义人的理解。对于弗拉季米尔、清清以及繁来说,已经开始的进程就算是开始了,其现实表现,就是木庭和他的手下在"小老头"之家的作用。

这种想法向古义人袭来。更有甚者,定居于自己身体内部的那个有着怪异之处的年轻家伙也像是在挑唆着自己:唯有与木庭这种家伙再会,才能为现在的生活增添新的趣味!

略微沉默过后,木庭再度开口说了起来。即或在他身上,也可以看出想要继续与古义人说下去的意愿。

"长江先生,咱呀,对于学问这个问题早就看透了。早在边缘学科研究开始流行以前,就知道京都大学有一个这样的研究所,这才去了京都。但在那里直接受到了本科学生的歧视。如果是这样一种学究主义,那就干脆毁掉它!这就是咱开始政治活动的契机。

"咱着眼于这一切过早了,不过,在当时也算是一个出类拔萃的领导人了。因此呀,咱在批判长江先生那种学究主义的自卑的同时,也在考虑是否可以利用作家的经济能力。

"咱之所以迈出把阿亮君带走的那一步,是深信长江古义人因获得文学奖而过上了相当水准的生活。然而,在前往长江先生家的那几天里,咱明白自己的估计是错误的。先生的生活很简朴。过了一段时间再去看,还是没什么变化……

"自那以后过去了三十年,目前在这个国家里呀,超过战前那些财阀规模的特权阶层又出现了。在他们与天皇家族之间,还产生出了新型的关系。你没出席过他们那个阶层的慈善音乐会吗?哎呀,今后将会出现的,咱说的是在这个国家里,理当被颠覆的实体的出现……

"长江先生,你没能像蟹行君、织田君他们那样深入到反对越战的运动之中去。如同那位新闻记者所说的那样,这就是长江风格的处世之术。认定这是你的处世之术的原因,也在于你被要求捐款时,只拿出一点点来应付了事。

"当时,中南美某国大使馆曾传唤与该运动相关的人员,说是可以筹划附带弹药的自动步枪五至六支。听了这消息的相关人员于是感到害怕。

"你听说过这事吗?不过,流氓无赖却没有感到害怕。在一个并不把这种传说视为荒唐之言的社会的缝隙里,咱一路干了过来,而且取得了相当好的实际业绩,现在还赢得了弗拉季米尔的信任。"

"古义,在木庭君刚才所说的话中,有一些是不能相信的。比如说他在日本一直干着可能存在的'死亡商人'[①]的活计,其实并非如

[①] 喻指军火商。

此。弗拉季米尔和木庭君似乎同在曼谷工作过。我只能对你说这些了！"

"那么，木庭君，就请你回到体力工作中去吧，咱想和古义彻底讨论房屋内部受损的问题。"

木庭领着刚才一直在侧耳听他说话的那班三十来岁的家伙向脚手架登梯口走去。古义人和繁则进入"小老头"之家，那帮人蹬踏脚手架的声响沿着铁管把两人封闭了起来。

"木庭所说的那些事有很多是无法验证的，因此只能听上四成左右。"繁说道，"可实际上，据弗拉季米尔说，好像经常可以得到那些难以穿越国境带进来的东西。

"刚才的谈话里曾经提到，在越南战争期间参加反战运动的日本知识分子，不是若无其事地在杂志上写了那些非常危险的事情了吗？这样一来组织的机密还能保得住吗？真是不可思议。美国那边是不可能不派遣间谍潜伏其中的。在这个国家里，那些毫无戒备心的人的谈论是无处不有呀……或许正因为如此，才不想让咱说的……咱真是这么想的。"

3

对于建筑，繁是一个怪异的理论家。就连古义人也知道，无论他早在日本期间还是去了美国以后，都完成了得到很高评价的住宅建筑，还在伯克利周边地区翻建了成为文化遗产的木造民宅并因此受到好评。繁明显地显示了他的实力。

四处查看了屋顶的受损处后，他随即确切地指出屋内的受损状况。当千樫告之挨靠着烟囱的三铺席房间有漏雨现象时，就有必要对平堆在那里的书和文件进行大扫除了，可古义人当时只是将床单覆盖上去而已。现在,在繁的提醒下刚一揭开那床单,就发现沿着墙壁流下的雨水已使得文稿和文件腐烂,地板的腐败也很醒目,还维持着原型的可谓少之又少。

古义人决心进行整理,在轻井泽的餐馆修业那一天,大武和小武都来帮忙。他们俩在挨近壁炉的地方铺上旧床罩,然后从二楼的小房间里把书和文件的残骸搬运下来,古义人则将其投入壁炉中烧掉。那些都不是夏日里要在此处阅读,并将于秋天带回东京的书,基本都是美国的大学出版社出版的大开本平装书。是关于布莱克的,关于但丁的,关于叶芝的⋯⋯

在整理过程中,从堆积物的下方却发现大量法语原著。简单装订的书本经雨水浸泡过后,书页已经无法揭开,由粗劣纸张印制而成的简装本等书籍,已经如同砖块一般。早在从大学毕业后的数年间,他还经常阅读法语原版小说。

把那些硬结而成的大疙瘩扯开或砸开后,最终现出装在合成树脂封袋里、未曾受到损伤的书,是皮埃尔·加斯卡尔①袖珍版②的《野兽们》和《死人的时代》③,以及岩波书店版"现代文学"中的《野兽们·死者的时代》⋯⋯

由于投入壁炉中的书本燃烧起来的火头渐大,火势越发旺盛,古义人后退到搁在墙边的扶手椅那里,重新阅读其中两本画有红线以及写上注解的地方。

把所有理应处理掉的书本全都搬下来后,大武和小武蹲在继续阅读的古义人身旁,守望正燃烧着的火头。一旦火势减弱,便替代古

---

① 皮埃尔·加斯卡尔(Pierre Gascar,1916—1997),法国小说家、剧作家,曾发表《野兽们》《死人的时代》等小说作品。
② 原文为法文 Livre de Poche。
③ 原文为法文 Les Bêtes et Le Temps des Morts。

义人，把还剩有一大堆的那些腐烂并硬结的纸疙瘩扔进壁炉。在焚烧废纸的同时，两个年轻人看样子被古义人的过于专注勾起了好奇心。终于，小武向古义人招呼道：

"那是法文书吧。"

"是的。对于我来说，这是两本……原著和译书……非常特殊的书，因为，这是我从只读法文原著转而开始写小说的转折点。而且，建起北轻井泽的这个家以后，我会怀着这么一种心情回到这里，那就是：即便只在夏季里，也要回到这个转折点来看一看。

"刚才回过头来读了一些，觉得探寻到了这种情感的来源。在我开始写小说的那个时期，确实受到这个加斯卡尔的文本和译本的影响。我深切地认识到了这一点。"

"用日语写小说而接受翻译文本的影响，我觉得是很自然的，可是，还会被原先的法语影响吗？"大武问道。

"那是我的特殊之处，作为法国文学专业的学生，而且开始用日语写小说的人——恰巧处于和你们相当的年龄上——来说。最初，在教养学部开始学习法语，从那年秋天起，逐渐阅读起小说作品来。又过了一年半以后，便升入位于本乡的法国文学系。

"就在那次欢迎新生的仪式上，一位教授加斯卡尔和法语文典的老师告诫我们'你们不要阅读翻译文本'。我遵从了这位老师的教导。然而，不久却听说六隅先生好像在修改我们前辈中一位年轻研究者的翻译……就在想，将来我也要从事翻译，因此便弄来了这两本书。细说起来，阅读六隅先生有关法国文艺复兴的书是个契机，由此决定继续听先生的课程。可在文学方面，却只为这个翻译所倾倒。后来，在把六隅先生的译文与加斯卡尔原著一行一行地进行对比阅读的过程中，自己也写起了小说……"

"说是这位叫作六隅的学者的翻译很了不起，可实际上究竟是怎么一回事?"大武表露出了兴趣。

古义人本身也来了劲头:

"《野兽们》这个小说集里,有一个题为"在狗和狼之间"①的中篇。这个篇名是一句意为黄昏的成语。也就是说,在那个时刻,森林中的狗和狼已经难以分辨了。六隅先生将其翻译成'日暮时分'。这难道不是出色的翻译吗?

"从这里开始,在语言的层面上形成独自的风格,文章的文体确实雄浑。当时是战败后的第十个年头,对战争中的往事记忆犹新。这个中篇的叙述在很大程度上把我推往那段记忆。于是,我就开始写了起来,写战争末期和战败以来身为孩子的体验,这其中既有现实的体验,也有内心的体验……

"在这一方面,较之于翻译带来的影响,更应该归功于加斯卡尔作品本身的魅力。德国国境附近的森林里,有一座军犬训练所,那里训练着一百三十条军犬。每当临近拂晓或可疑之人接近时,这些狗便一同狂吠起来。"

"长江先生在大学的校报上发表的处女作中,有着相同的主题,那是一个关于杀狗人和狗的故事。"大武说。

"是的,完全彻底地受到那个中篇的影响。现在回过头来读一读这个中篇,我本人甚至都感到惊愕!

"加斯卡尔用前来视察的那位巴黎官吏的视角写了这部作品。为狗做陪练的人被称为人体模型。他身穿用马鬃和软木片缝合而成、里面塞满填充物、类似于潜水服的训练服,在像是竞技场的地方承受那些狗的袭击。

"就作品的结构而言,是那个充当人体模型的男人向官吏述说

---

① 原文为法文 *Entre Chiens et Loups*。

自己的内心世界。男人的国籍原本是波兰,现在拿的是俄罗斯护照。这个失去了回归之国的男人,充当的是被狗撕咬的人体模型。然而,要说他是无奈之下才这么干的,那倒不是,是出于这个男人自身的文明观……

"现在,就来引用他所说的话语。

"'你也许把我想象成了疯子或傲慢的家伙。没关系。情况是这样的。我之所以留在这里,是因为要履行自己那悲惨的任务,每天,不,可以说是每个小时,我都要接受"类似于战争的启示"。(中略)所谓战争,就是一个血腥味的、归根到底只能用那种含混不清的语言表述的、正向几乎整个世界扩展着的"敌对关系",其背后则是我们这个时代阴险的恐怖、难以名状的格斗、没有名堂的苦恼和日积月累的压抑。'

"因为那男人是这么考虑的,因而他呀,可以说是'我只是要尽己所能地履行作为人的良心的义务而已'。

"话说在夜晚森林里的训练中,队长想让来自巴黎的那些客人看到他训练的军犬是如何了不起。然而,再次回到人体模型角色的那男人却爬到树上,或投石块或使用木棒,反过来狠狠地把狗整了一顿。在他的意识里,为了不使能够'有效地'、有耐心地、每日每夜感受着现在以及将来肯定会到来的那个'时代的恐怖人'消失,打算把这个角色继续扮演下去。

"叙述者终于抱有这样的感想。当时,男人已经被那些训练者从狗的身边拉扯开来。

"'……那个模样,与其说是被打垮了的男人,毋宁说,令人联想到了极为伟大、极为魁伟的原始人,在沉重地担负着人类最初的使命,不,是在穿越没有尽头的大森林,向着将造访世界的第一个清晨正等待着的森林边缘行走而去时的模样。'"

"能把那书借给我吗？只要日语文本就可以了。"大武说道。

"大武看完后,请让我也读读。"小武补说道,"大武是对那男人的思想有兴趣吧,而我则想知道用马鬃和软木片加强的、让狗撕咬的训练服……穿着这样的东西,让撕咬过来的狗也好,观看撕咬的官吏也好,全都上个大当。对那样的玩意儿,我怀有兴趣。

"这本书,如果还有其他被引用到长江先生第一部小说中去的作品,也请让我一起阅读。繁先生说,从发表处女作算起大约两年之内,长江先生的小说很棒；后来那本连装帧都请六隅先生帮忙的《我们的时代》①则不行,长江古义人先生也因此而认为一切都结束了,可阿亮的出生却使得情况出现了转机。听说,繁先生因而开始想要和长江先生重新交往,于是建造了'小老头'之家。"

4

这一天,大武和小武将木庭的施工队堆积在脚手架下方的西班牙瓦碎片捡拾回来,把收拾完书籍和文件的残骸后显露出的腐朽了的地板处完全铺盖起来。他们还把原本竖立在"怪老头"之家地板下的木板搬来搁上去,做成了一个搁架。古义人也振作起来,整理了早先连脚也迈不进去的那个三铺席房间,把阿亮少年时代使用过的床垫搬了进去。

躺在那里望上去,只见与壁炉混凝土壁面相接并露出来的房梁,像是唯此才能让自己体味到"小老头"蛰居在那里的气氛。实际上,

---

① 原文为法文 Notre Époque。大江健三郎曾于一九五九年发表长篇小说《我们的时代》。

年轻时自己总是那样。在长期独自生活之后，即使结了婚并生下阿亮，仍然感到在心理上有这样的需要，那就是蛰居在这种地窖一般的地方……

这段期间，和在楼下壁炉前时有所不同，大武和小武也逐渐频繁前来，与在这间小小书斋中面对着书桌的古义人说上几句。在这狭小空间，两个年轻人的身体有着镶嵌进自身的柔韧，只要古义人转过办公转椅的朝向，这里就成为适合于聊天的场所了。

但是，木庭仿佛想了起来似的，领着那帮人爬上脚手架干这干那的期间，古义人却好像被他们踩踏着头顶一般。木庭也曾通过繁与古义人进行过深入的交谈，可在那之后，与其说想要接近古义人，毋宁说他旁若无人地在脚手架和屋顶上四处走动，也许是借此炫耀着自己的控制权。

大武和小武却与此不同，尽管他们才是承担着监视古义人的任务而住进来的，有时却试图让古义人淡忘此事。

话虽如此，可能是放心不下哥儿俩自己的举止吧，大武还曾向古义人询问过：

"看到像我们这样的年轻人，你会不会生气，并感叹，'如今的毛头小伙子呀？'"

"并不是最近的事，已经有很长时间了。正像你所说的那样，确实存在让我认为'这家伙可是不行呀'的人。因为是在北轻井泽遇到其代表性人物的，所以一到这里就会想起来。由于那种人是让我时常引作例证并进行思考的类型，我还为他们起了'小船铺里的打工者'这个名字呢。

"阿亮那时才五六岁，附近一个人工湖对外开放，还有用于乘坐小船的上船码头。我把阿亮放在船上划了一会儿，就想登上搭着跳板的船码头。在那里打工的两三个学生便固定住小船的船帮。我坐在小船里，阿亮想先行走上那跳板，那小船却由于跳板的弹力作用而摇晃起来，阿亮就感到害怕。我在阿亮身旁鼓励着他，可他却只是欠着身子在原处犹豫。

"于是呀，三人中那个身材高大、穿着学生服的家伙就对其余两人招呼道：'这样子不行啊！'说完就一同离开小船，上岸去了。他们走后，我奋斗了大约二十分钟，这才让阿亮走上跳板。我想，假如头脑在那段时间里没能冷静下来，我会追上那几个家伙，惹起一场纠纷的。一看就知道存在智障的儿童，因惧怕摇晃不停的小船而难以行动，可他们却抛弃了这个儿童扬长而去。

"那家伙大学也该毕了业，或进公司或进政府机构了，现在大概有五十四五岁了吧。而且，我觉得他还是'小船铺里的打工者'那个模样。之所以这么说，是因为我此后不断偶遇外务省的家伙、广播电台、报社和出版社的家伙等诸多'小船铺里的打工者'。"

这么说着的同时，古义人大致回忆一下，意识到此事已过去三十多年，却从不曾对任何人说起过，唯有"小船铺里的打工者"这句话成为他判断人的基准。说完这番话后，他甚至觉察到自己那满是皱褶的面孔因激愤而红了起来。与此同时，不仅大武，连小武的面孔也涨得通红。一种别样的冲击使得古义人为之所动——还是有一些怀着廉耻心的年轻人的！

5

名叫奈奥的姑娘搬入"小老头"之家后，除了大武、小武和古义人的餐事外，还负责打扫和洗涤，但这个女性并没有给人留下独自控制这个家的压迫感。而且，她在很短期间内，便试图决定这家生活的基调。

她重新规划了一下空间,作为另外三人和她本人的共同空间一楼、厨房自不必说、餐厅和客厅——至于壁炉前取用读书卡片的那个空间,古义人的自由没有受到侵犯——的空间。关于大武和小武一同居住的房间以及奈奥那个细长房间,古义人不曾进去过,并不了解其中情况。尽管如此,年轻人生活圈里的过剩能量也没从大武和小武的房间漫溢出来。大概是年岁稍大的女性针对小伙子的制约力在发挥作用吧。

　　奈奥搬到北轻井泽以来,让古义人生活发生的变化,就是不能直至深夜过后还在壁炉前的扶手椅中喝酒了。回到二楼后,古义人仍会在千樫的寝室看书,然后将平底酒杯斟上五十毫升威士忌,再各来一个黑啤酒和三百五十毫升的罐装啤酒,从厨房带到三铺席房间饮用。这就回到了住院以前的习惯。而奈奥虽说不知道东京的千樫所发挥的管理者作用,却准确无误地扮演了这个角色。

　　奈奥准备四人份的西洋风格早餐。大武和小武用完早餐出门后,古义人再下楼。咖啡壶里留有温热的咖啡。古义人虽然因上了年岁而早早醒来,却饮用枕旁的瓶装水,然后就在床上看书,在大武和小武一面悄悄与奈奥说话一面吃早饭期间,古义人没有下去。在那之后,再独自一人享用奈奥为自己做好的鸡蛋、腊肉和火腿以及沙拉。

　　古义人已经多年不用午餐,这个习惯只在住院期间被改了过来,可出院后随即又变了回去。晚餐则是被告知已准备妥当之后,便下楼去用餐。奈奥本人要等待大武和小武迟迟归来后,再一同吃先前做好后放在那里的晚餐。

　　在早、晚餐之间,奈奥同样不用午餐,她把下午三点定为饮用茶点的时间,从客厅里招呼古义人下来品用。为饮茶而准备的茶点,由大武和小武从轻井泽的餐馆里带回来。

备下的茶点有切得很薄的法国面包，还有火腿和奶酪，在古义人看来，即便考虑到日本家庭的饮食生活有了变化，可这些食品还是以在美国经历过的生活为基调的。在家里见到奈奥时，她身上显出美国大学里研究生的韵味，可在饮用茶点期间坐在古义人对面时，挺着笔直腰背饮茶的奈奥穿着平针织就的淡茶色夏日毛衫和蓝色牛仔布衬衣，下身则经常是和弹性灯芯绒毛衫相同颜色的裙子，让人为之感到潇洒精干。

饮用茶点将近结束时，繁从"怪老头"之家来到这里。说是被替换下的自己要去轻井泽休息一会儿，然后，奈奥——她肯定也是监视古义人的人员——便穿上仍是淡茶色的皮质长靴，其装束非常和谐。

奈奥并不把正在下着的小雨放在心上，为借用繁或弗拉季米尔的车子而走向通往深处的小径。繁透过脚手架铁管的空当目送她远去的背影，说了下面这一番话：

"这个姑娘的生活形式呀，就像看到的那样，非常干净利索。她组织的研究项目中的程序也是如此。并不显得急躁，却是切实地进展着。不去考虑取得博士学位后工作岗位之类的事情。而且，这不是装腔作势。她没从家里得到经济帮助，也没向研究机关申请奖学金。是个全部自费做学问的人。因为是同声翻译的高手，不时去干一些同声翻译的工作，其余时间就自由地从事研究。在这个家里，她也是整天不停地干活儿吧？

"而且，奈奥既会照顾古义你，为了大武和小武，她也是会不辞艰辛的。因为呀，她从心底里为他们好。依我看，奈奥早已成了知识分子，是个成熟的大人了。而大武和小武却还带有很重的孩子气。奈奥曾经说过，若是为了他们俩，即便放弃她人生中至为重要的研究也未尝不可。

"嗯，大武和小武也都是非常特别的家伙……今天只因为是大武和小武要提前收工的日子，奈奥就如此生气勃勃！"

听繁说了这番话的第二天，面对隔着桌子从容自在地边吃饼干边喝红茶的奈奥，古义人问道：

"你对一九八〇年的年表了解得非常详细，那是因为弗拉季米尔关注三岛的缘故吗？"

奈奥似乎正在思考其他事物，见古义人主动与自己谈话，便显出既诧异又高兴——面庞也微微涨红了——的神态，她断断续续地说道：

"临搬到这里来之前，在轻井泽参加了年轻的国会议员开办的夏季研讨班，而熟悉那年表则是必要的。因此，就核对了年表。那一册年表估计是长江先生的书，因为是在'怪老头'之家的物品……"

"会议上有什么议论？"

"对议员们发表讲话的是哥伦比亚大学的教授，其主旨是公明党当时为了夺取政权，要重新解读截至那时为止的现代史。那年的一月，社会党和公明党就建立联合政权的构想达成了一致意见。社会党通过大会的形式对此予以承认，从而更改了有关《日美安全保障条约》的方针。那一年，也是社会党和共产党之间的关系彻底恶化的年头。

"原本那是社会党和共产党这两党间的问题，可美国的政治学学者却站在公明党立场上，对研究进行了归纳和整理……与社会党和共产党这两党间加深彼此对立相并行的、公明党的动向是问题的焦点。党内首脑去世的自民党在此通过双选举获得了稳定多数票。这一年的年底，公明党决定了在八十年代建立联合政权的纲要，删去了此前的反自民党条款。那位学者表示，他对于自民党在死去党内首脑的困难时刻却恢复了势力而感到无法理解……"

"他或者她如果是美国人的话，"古义人说道，"对于同情票这种事,也许就超出其理解能力了。"

"假设三岛出狱并重新组建了'楯会',那时,他或许可以召集得到的支持,仍然可以说是'同情票'吧?因为,十年时间,他在监狱里待着……"

"不,出狱后的三岛大概会情绪高涨吧,毕竟才五十五岁,你不认为他会更积极地开展政治活动吗?很快就进入泡沫经济的时代,由于遭遇泡沫经济崩溃……也许会形成一股相当大的势力。"

"遇上这样的机会,大武和小武又很关注,因而就查阅了有关长江先生的年表。"奈奥说,"当然,从年轻时开始,你就一直从事文学活动,有时也会在社会性声明上签名,可是……对这个国家的社会,究竟带来了哪些影响呢?我曾被大武和小武这么质问过,当时我没能做出回答。

"再来谈谈三岛,在或许存在可能性的这种设定下,弗拉季米尔提出了这个问题。三岛毕竟是花样不断翻新的社会人物。"

"三岛的亡灵呀,比起活着的我来,即便当下也在发挥着很大作用。"古义人坦率地说道。

"繁先生对于长江先生的自我约束呀,忽而焦躁不安,忽而又像是理解认同,不过……我很坚定地对大武和小武他们俩说,长江先生不是那种花样翻新的社会人物。我对他们说,不要抱着任性的幻影了……"

奈奥并不介意古义人如何理解她的话,只顾把自己考虑已久的想法说出来。就是这种性格,也是一种生活准则。

因着那部收拾旧书和文件时发现的、成为开始写小说之契机的法文原版书,古义人浮想联翩。而且,他有心对奈奥说起四十五年前的那些往事。那是因为他回想起一个人物,一个与现在正和自己谈话的年轻女性酷肖的人物。古义人在想,对这个甚至连家人都不是的年轻女性叙说那些往事，是从不曾有过的，毕竟还是上了年岁，已经难以区别判断了。

"如果从外部看，奈奥就是一个追求自由生活方式的研究者。早在大武和小武这个年龄上，我曾遇见过一位相同的女性。之所以不曾和女儿说起此事，是因为想不起对方多大年龄等细节，那时，她是一家在知识界享有较高地位的杂志的记者……

"我的一篇作品在大学校报获奖是事情的起因，当时，我在给好几家文艺杂志写短篇。那人就领着摄影师来采访我。

"我的大学毕业论文是以萨特为主题的，可在此前一年，我阅读了一位获得过龚古尔文学奖的作家，并接受了他的影响。大武也说起过这事，意象描写与其相似到了重新阅读时甚至为之惊愕的程度。

"自那以后，我作为职业作家开始写起小说来，同时继续阅读这位叫作加斯卡尔的作家。可在那过程中，这个加斯卡尔本人改变了文章的写作风格，像是为了反复加深印象而将文体写得稍长。于是我又模仿他的文体，用日语紧随加斯卡尔在文体上的构思，也开始写那种文体的文章……

"作为新锐作家，我参加了出版社于年底举办的晚会，正闲得无聊之际，那位记者走了过来，然后对我说：'我很清楚地知道，你起步之初的作品写得干净利落。现在却是杂乱无章。之所以如此，并非如同批评家所褒扬的那样具有丰富的资质，而是你不知道现在该写些什么，这才拉起形容词的烟幕的吧？'说完这话后就离去了……

"那天夜晚，回到租住的房间后便取出采访时得到的名片，当时我在想，如果明天往这里打去电话，再度听听那些话语，自己或许就能走出已经闯入的迷途……可是，我没有那份勇气，事情就这么不了了之了。

"很久以后，那位记者用法语继续学习，最终以法语写了越南或柬埔寨在战争间间和战后与日本的关系史。后来,听说那位记者病故……

"就是这么一些往事。可我经常在想,假如我不是从森林里出来仅四五年,连给人打电话也不敢的乡下青年,那么,自那以后一直在写小说的人生该不会变成另一种情形吧?"

奈奥以尚未从倾听中醒过神来的表情看着古义人。然后说道:

"不过,长江先生作为作家度过的这大半生,不是挺好的吗?"

"说是这样说呀。"这么说的同时,古义人觉察到依依不舍的乌云正在自己的内心滚滚涌起。尽管如此,却也时常考虑到此事称得上是自己文学生涯中的最大分岔口。

"我很奇妙地与大武和小武他们俩邂逅相识,由于估计到他们想要给我打电话却又畏畏缩缩,就从我这里打了过去,往他们两人留给我的手机号码上。现在,我觉得长江先生是在说'你做得对'。"

第八章　鲁滨逊小说

1

　　下一周刚开始,古义人就听说弗拉季米尔要在泰国与人会面而出国,便自然地想到此事也和弗拉季米尔的要紧事相关联。繁则另有不少必须去做的工作,无法前来邀请古义人一同散步。他对古义人说,为了保持运动,可以让大武和小武陪着在大学村转上一圈。说是从这个星期开始,大武和小武就不在轻井泽那家餐馆工作了。实际上,他们俩已经不时在脚手架上干点儿这样那样的活计了。

　　在此之前,奈奥向古义人提出一个请求,是在繁因要事需出远门,让大武开车随同出发的那天下午。古义人正在二楼躺着看书,奈奥破天荒地闯了进来,与平日里的成熟稳重不同,她天真而性急地开口说道:

　　"长江先生,这里是大武和小武帮着整理出来的房间,可从现在开始,能借给小武和我使用吗?在此期间,还要请你不要一个人外出。"

　　古义人原本想反问一句:到底为什么需要这个监视小屋一般的三铺席房间?却只是手忙脚乱地把正看着的书以及辞典抱入怀中

说道：

"当然，当然！"同时站起身来。

古义人在壁炉前的扶手椅中坐下时，传来了小武被奈奥招呼着踏上楼梯、开门关门的声响以及奈奥的笑声。

共同生活刚刚开始，奈奥就想让她那个专事研究的房间独立，显出不打算让其他合住者介入的架势。在大武外出期间，倘若又不屑因此进入属于两个年轻人生活圈的大房间，便只有眼下这个处理方法了。古义人是这样理解的。

在那期间，只一度传来奈奥"啊——！"的叫声，其后便是两个年轻人进入轻松假寐的安静时间。

大武开车载着繁回来的那个傍晚，小武在寝室里一副独自读书的模样。奈奥满脸欢畅地照顾大家用了晚餐。过了两三天后，繁这次让小武开车一同外出，大武和奈奥则度过了相同的时间段。在自己的内心里，古义人找到了对这三人中每一个人的亲密感。

2

这一天，奈奥对古义人表现出亲近的表情，她向古义人问道，与读书时做卡片的方式不同，眼下在这本包着厚厚封皮的大开本笔记上写写画画的，是在写小说吗？

"是啊……因为要修改五六遍才能出版，所以从出版后的小说中，就难以看出草稿上相应部分的痕迹了……"

"繁先生说了，他把这里的伙伴们邀约到一起进行大决战，而长江先生则从准备阶段就同步写下这一切。他认为，即便对于古义来说，也是第一次用这种方法写小说。"

"起先，我由于不可思议的原因受了重伤，在医院里躺了半年。

因此，从年轻时起就一直写小说的习惯便中断了。当时就在想，即使不再写小说，也会有老年的生活。

"可繁却暗示说，那也会很寂寞。说是虽然不了解故事的整体，却可以一点儿一点儿地试着写构成其局部的细节呀。"

"在长江先生本人看来，有必要把繁先生他们要干的那事写进故事中去吗？"

"之所以这么认为，也是因为繁先生曾说：大决战只要一结束，古义笔下的故事的终篇也将写完；咱们拥有任何实施者都不曾拥有的宣传人员，他可是曾在斯德哥尔摩获得大奖的作家呀……"

"可是，去干这种事，对于长江先生来说，究竟具有什么意义呢？"

"是呀，"古义人一面考虑着一面说道，"作为长年来一直写小说的人，不管写什么，只要写着草稿就会感到充实。至于那细节，只要是在改写，就会感觉可靠了……"

"或者，作为小说家来说，即使到了晚年，对于下一部作品也还会产生'这次一定要写好！'的想法？倘若果真如此，不就会产生一种感觉，此前完成的所有作品……就某种意义而言……都是失败之作的堆积之类的感觉了吗？"

"我并不认为此前的作品全都没有意义。不过，说到以前从事过的那些工作的总量，我同样不认为现在正握着钢笔的自己是徒有躯壳的老不死。

"还活着，进行着又一件工作的自己。这种说法倒是很有意思。

"在我因受伤而长期住进医院、临出院前后的那段日子里，觉得自己什么也不会写了。"

"长江先生，听繁先生说，你曾在病房里低声吟诵如同'别了，我的书！'那首诗歌似的文章。"

"当时,浮现在我脑海里的我的书,用你的比喻来说,就是堆积在仓库里的小说的全部。可现在一旦开始写起草稿来,我的脑海里就好像又浮现出另一部我的书。"

"如果把小说家一生所写小说的总量比作 A,"奈奥说,"那位小说家就像长江先生这样,只要把草稿一直写下去,他的小说的现有量就是 A-a 吧？那么现在的长江古义人的评定是 A-a。不过,在你本人看来,唯有 a 才是长江古义人吗？"

"还没什么东西能够确切地证明现在的草稿就是自己的 a。但是,我觉察到迄今为止,自己似乎一直在相当冷淡地说着,'别了,我的 A-a！'"

"关于如此这般地通过写草稿而创作小说,繁先生认为,他们的行动大功告成之时,从肯定的角度加以理解并进行写作的你呀,迄今为止所获得的所有社会好评可就危险了。说是'古义是在意识到这个问题的基础上与咱们交往的'……"

"有一次繁曾说过这样的事,可我却没有切实感受。"

"繁先生还说,'假如情况恰好相反,计划彻底失败的时候,古义则会写出此前全部作品中所没有的,也就是 A-a 中所没有的那种有个性的小说。

"'即便计划遭到失败,可在这个计划的准备阶段就同步记录下全过程的草稿,则会存留在古义手边,他可以将此当作素材来完成小说。虽说那是一个悲惨失败的故事,可作为防范规模巨大的恐怖事件于未然的故事,或许会成为他整个生涯中难得一见的头号畅销书吧……

"'那时,对于长江先生来说,哪里是在从事对自己不利的工作,简直就成了对他非常有利的独家取材嘛。'

"'如此说来,那个老朽作家会试图把事情向让我们失败的方向运作吗？'小武当时这么问。繁针对他的疑惑说，'他不那么做也可以。'可我……

"可那一点我必须考虑到，失败时的善后。即使这种时候真的来临，弗拉季米尔和清清也会得到'日内瓦'的救援，因而可能在失败之前就离开这个国家。就算这位繁先生，也是一位有着美国国籍的人。

"然而在这一点上，大武和小武却是毫无防备，因此我打算从事救援他们两人的活动。即使繁先生他们的设想获得成功，情况也是同样如此……"

3

古义人从奈奥本人的口中——尽管与繁所说的相重复——再度听到了详细的内容：

奈奥是为报考研究生院而来到这里的，这三年间在日本的生活费用，将靠从事同声翻译挣钱维持。繁吩咐道，在此期间，要将生活场所迁往日本，并寻觅有意思的年轻人。

与大武和小武这两人结交为朋友时，奈奥的头脑里还是想着这事儿。然而对自己来说，这两人的重要性很快就超越了结交之初的功利性目的。今年初夏，奈奥把两人介绍给了来到东京的繁。大武和小武起先与繁、后来与弗拉季米尔和清清亲近起来，也是因为这两人找到了夏天在轻井泽打工的机会，他们便和奈奥一起也在北轻井泽住了下来。

现在，大武和小武正要参加繁所构想的——奈奥尚不了解其真实面目的——计划。像是为使奈奥理解而提供担保书似的，两人抬出了长江古义人的大名。奈奥曾询问过繁，被告知是始自于孩童时代、拥有特殊交情的朋友。毋宁说,自己也想知道长江先生将发挥什么样的作用,因而决定与大武和小武一同照顾你的生活起居……

可是,自己原本认为繁是一个可以完全信赖的人。直至高中时代都一直在这个国家与自己共同生活的父母迁到了美国,尽管没有一个可以依赖的熟人,可自己仍然在研究工作中生活了过来。之所以能够如此,是因为,那个人虽然只字不提那样的事,可曾担任自己硕士课程导师的繁,是他,为自己介绍了一个大承包商。

即便在同声翻译的工作上了轨道以后,他还是以优越条件让自己翻译文件资料。弗拉季米尔和清清为了生计而干的工作,也都是繁预先为他们安排好了的。他虽然如此关照学生们,可他自身的生活好像欠缺了一些重要的东西。

因此,当繁陷入窘境时,以往的同僚和学生们是不可能不设法帮助他的。之所以接受繁和他的那些年轻朋友,或许也是这种情感在起作用吧?

这时,古义人对奈奥说道:

"不,不是这样的。是因为在长期住院之后的恢复期里,自从孩童时代起就关系很深的繁提出了这个共同生活的建议……"

从这里开始,奈奥把谈话转到另一个全然不同的话题:

"长江先生,你读过斯坦尼斯拉夫·莱姆[1]的《索拉里斯》吧?我转入美国的中学后,曾看过安德烈·塔科夫斯基[2]拍的老片子。上幼儿园时让我感到惧怕的东京的高速公路,听说被他用实拍手法

---

[1] 斯坦尼斯拉夫·莱姆(Stanislaw Lem,1921—2005),波兰科幻作家,其代表作为《索拉里斯》(Solaris),该作品分别由苏联(1972)和美国(2002)拍成电影。莱姆还著有《星空归来》和《机器人大师历险记》等重要作品。

[2] 安德烈·塔科夫斯基(Andrei Tarkovsky,1932—1986),苏联电影导演,于一九七二年将《索拉里斯》搬上银幕。

摄入未来景象之中,就看了那电影的录像。后来我读了莱姆的原著,从此就喜欢上了那位叫作哈瑞的女性。也曾听说莱姆对塔科夫斯基的这部电影不满意,可我还是认为:挺好!

"名叫索拉里斯的行星上的海洋具有不可思议的力量,为探索其秘密而来到空间站的宇航员库利斯邂逅了一个女性,这是由索拉里斯海制作出来、与库利斯业已自杀了的妻子姿容相同——就连内心情感也非常相似——的女性。库利斯担心自己被其所惑,便把她封闭在一人乘坐的飞船上,从空间站发射出去了。然而,哈瑞很快再度现身。这个哈瑞在和库利斯交谈的过程中,觉察到自己不同于库利斯记忆里那位自杀了的哈瑞。可是,她被制作出来就是为了爱恋库利斯的,因而只能感到非常痛苦,便喝下液氧……她呼出的气息带有的寒气,使得雪花在肺和胃都烧坏了的身体周围飞旋……尝试着那种可怕的自杀。即便如此,过了一段时间后,被索拉里斯海制作出的肉体便又恢复了原有形态。如此下去,就只能永远纠缠在库利斯……由于库利斯是个人,不可能永生……身上了,哈瑞无法忍受这种命运,打算借助微中子系统的物质毁坏装置完全消失。

"由于哈瑞并不知道自己是如何被索拉里斯海制作出来的,因而也不知道该如何利用曾制作出自己的索拉里斯海来帮助库利斯,为此感到痛苦的哈瑞决定结束自己。

"我从未读过这样的小说,让宇宙、世界和所有一切都变得可怕的小说。而且,哈瑞是那么可怜。我从这部小说中解读到的,是任何一个页码都没有写上的可怜这个词汇……

"而且,现在正要被卷入繁先生那个大决战中去的大武和小武,也是可怜的。

"我并不知道繁先生、弗拉季米尔和清清他们那个计划的具体内容。繁先生就把这样一个我作为工具,将大武和小武引诱入伙。

那两个人好像也不知道所要干的内容。可他们还是孩子，仅仅是繁先生大决战这一句话，他们就决定也参与进去。

"那两人虽说还是什么也不知道的孩子，可一旦决定干些什么，就决不会停下手来的。如果你要问为什么，说是假如自己的人生中出现有意思的际遇，那就决不能错过它。尤其是他们深信，倘若错过现在终于发现的大决战，就会度过如同窝囊废一般的人生，那将无异于死去。总之，长江先生你不是书写这个大决战全过程的作者吗？因此，由于希望你在写作过程中不要矮化大武和小武，我才对你说了这些……

"直至刚才，那两人还在脚手架上踏出'咯吱——咯吱——'的声响。是木庭在进行训练，要让他们明白究竟为什么而爬上脚手架战斗。喂，他们是那样纯真，脸上洋溢着干完工作后的满足神情，一只脚踏着升降机下来……不是很可怜吗？"

自弗拉季米尔去了曼谷以后，实际上繁本人也上过脚手架，同木庭——当时他领着大武和小武——谈论有关作战的话题。这样做，是有意识地让在二楼看书的古义人听见，从而为他写作小说提供相关材料。古义人躺在室内，听着近在咫尺的、繁和木庭在距地面五六公尺高的脚手架上的谈话，觉得这种战争游戏式的谈话既奇怪，又令人产生不安定的悬空感。

繁和木庭站在用铁板围住外侧的脚手架上，像是在眺望"怪老头"之家。听他们谈话的口气，对于眼前的视野好像非常满意，从这里不仅可以环顾两家中间那个生长着杂木林的洼地，就连包括周围林子在内的所有地形都一览无余。倘若据守在这个高处，机动队无论从大学村的公共道路，还是从北侧开发出来的别墅区的私有道路攻打过来，都可以轻易将他们轰走！较之于在"浅间山庄"事件中固守抵抗的联合赤军进行的枪战，自己所处的位置显然远为优越……

听了此番谈话,古义人大致是这样理解的:繁和木庭估计是在进行设想枪战的训练,让同伙们设想枪战的情形,在铁板的掩护下往来移动于高高的脚手架上,狙击隐身在树丛间的那些进攻者。

在古义人的脑海里,浮现出一旦发生这种训练在现实中果真发挥作用的事态时,自己在那个场面狼狈乱窜的景象。这显然是荒诞无稽的想法。尽管如此,自己内部有着怪异之处的年轻家伙,却仍然兴趣十足。

4

真木寄来了"鲁滨逊小说的资料"和用中规中矩的圆体文字写就的好几个邮包。这一天也是如此,繁领着大武和小武出了远门,古义人便独自查看那些包裹。里面计有:作为六隅先生的遗物而得到的一九三二年初版的《茫茫黑夜漫游》①;七星丛书版的《塞利纳小说集》②全卷本和《塞利纳笔记》③八卷本;法国和美国出版的好几册研究书;国书刊行会版的《塞利纳作品》全套;还有真木依据古义人的笔记和卡片用电脑整理出来的有关塞利纳的资料。

古义人最先拿起原本在书库里却被自己遗忘的《塞利纳评传》,此书——意外的是,上面竟有写给古义人的献辞——是一位叫作帕尔代尔·佩尔吉雅的人写的。书中甚至有一处将鲁滨逊称为巴尔达缪的、这里用的是法语、doubles④ 中的一人,这句话下面被用红铅笔

---

① 原文为法文 *Voyage au bout de la Nuit*。
② 原文为法文 *Céline Romans*。
③ 原文为法文 *Cahiers Céline*。
④ 法语,意为一对或一双。

画上了记号。从即便自己也几乎忘却的很早以前开始,古义人就一直在考虑所谓的 pseudo‑couples① 问题,那也是受《茫茫黑夜漫游》中巴尔达缪和鲁滨逊的影响。虽然,那是直至最近才发现的语言。

古义人写在卡片和笔记上的文章,基本都是引用《从一座古城堡到另一座古城堡》三部曲和《茫茫黑夜漫游》,是自己一直思考的内容。就以这一张张的卡片为线索,再度阅读起了《茫茫黑夜漫游》。

在这过程中,一如繁所主张的那样,对作为自己晚年作品的鲁滨逊小说进行思考,直至制作备忘录时碰到了那些卡片。

沿着鲁滨逊之轴线进行了重新阅读,却还是认为这是巴尔达缪的故事。这个巴尔达缪的故事里有着简直像鲁滨逊小说般的独特的调味料。可对于人生最后时期写作的小说,我觉得现在将其理解为鲁滨逊小说的方法是有效的,虽然它还只是模糊不清。

因此,将《茫茫黑夜漫游》有意识地解读为鲁滨逊小说,是作此备忘录的目的。

在此期间,对于自己被繁说起鲁滨逊小说却没能回想起来这一事,古义人有一种异感。接着,古义人惊悸地联想到了头部负伤的后遗症……

在一个比卡片上的记录写得稍长的笔记里,抄写着鲁滨逊之死的那段情节。巴尔达缪守护着处于弥留状态的鲁滨逊,同时认为自己非常卑小。因为,自己不拥有对别人生命的爱怜。在这样一个自己的面前,鲁滨逊用双手分别紧紧握住他与另一个人,像是突然间挺

---

① 法语,意为所谓的配偶。

起来似的死去了……

接着,古义人把米兰·昆德拉的小说中的人物所说的话语翻译为日语——对人世间的权利所进行的战斗,就是对忘却所进行的记忆之战——并加上注,然后继续引用塞利纳的话语:

> 言说忘却,其实是最为惨痛的败北。尤其是忘却那些打垮了咱们的家伙,若是不知道人将变得多么肮脏而死去的话。虽然将被埋在坟墓之时,你做出像是知道一切的模样,却已经没有任何意义。话虽如此,也绝不可忘却所知之事。你必须不含丝毫谎言地说出在这个世界上曾见到的人类的所有堕落。然后,你就闭上嘴巴进入坟墓之中。作为人这一生的工作,只要做了这些也就足够了。

在黎明前的侦察行动中,学生出身的新兵巴尔达缪被派往某小镇侦察是否还有残留德军。不见任何踪影。一个像是掉队士兵的男子往这里走来。那家伙图谋开小差。一同走在深夜的战场上,然后,并不考虑再度相见的这两人便分开了。那个男子,就是鲁滨逊。

巴尔达缪后来成为伤病员,去见一个想打听战斗情况的、阵亡者的母亲,那个绝望的女人却已经上吊了。这时,将这个女人视为教母的士兵前来造访,巴尔达缪只觉得那士兵眼熟。

然而,即便此时交往也还不深,两人就此分别。巴尔达缪从陆军医院出院后获得自由,乘上前往非洲的轮船。在殖民地的港口小镇,他得到在公司任职的机会,第一个工作则是前去内地。为了与正在怠工的公司驻当地办事处负责人进行交接,他必须和那个男人一起在破屋子里先过上一夜。那时,他觉察到此人可能是鲁滨逊,刚要想进行确认,对方却早已人去床空。

噩梦般的生活进一步降临,最终巴尔达缪沦为桨帆船上划桨的船工,被迫开始了前往美国的幻梦般航海。不久后虽然到达了美国,却由于要在小海湾的小村庄里度过检疫隔离期,便从那村子里逃走了。巴尔达缪在纽约的旅馆里找到了住所,催促他前往市区的,则是不知何时潜入到他体内的鲁滨逊的声音。

  咱呀,由于略微看穿了阴暗的事物,因而难以保持闲适的内心。既过度了解那家伙,又有并不十分了解的地方。必须溜走!咱这样说给自己听。必须再次溜走!或许还能见到鲁滨逊。当然,这是一个愚蠢的想法,可这就是咱说给自己听的再次溜走的借口。(下略)

总之,巴尔达缪在美国社会的角落里开始了自己的生活,并被领事馆的馆员告知:鲁滨逊是个正在被搜捕的逃犯。自那时起,咱就整日里想着与鲁滨逊相遇。

果然,在一个拂晓时分的电车终点站上,鲁滨逊叫喊着他的名字。在那以后,他又遇见过鲁滨逊两三次。然而,巴尔达缪却离开了在美国结识的女朋友和鲁滨逊,踏上前往法国的行程。

在直至这里的叙述中,巴尔达缪每次都在特殊的场所,与鲁滨逊不寻常地相遇。不过也就仅此而已,两者在小说中结合得并不十分紧密。这就是鲁滨逊小说前半部分的写法。

小说的后半部分刚一开始,曾在阵发性的爱国热情下志愿从军的医学院学生就把医生头衔弄到了手,在巴黎郊区开了诊所。巴尔达缪怀有一种不安——是否还会与鲁滨逊不期而遇?这个担心不久便成了现实。现在正阅读这部小说的读者,恰好是在读着鲁滨逊小说……

与巴尔达缪重修旧好的鲁滨逊和一个老太婆相知相识,又很快参与到儿子夫妇想要杀死这个老太婆的阴谋中去。然而,他自己的眼睛却受到了伤害。后来就是在儿子夫妇照顾下的生活。搬迁到法国南部后的生活。在那里结识了一个奇妙的女人，被那个女人一直追逐至巴黎，终于落得个被杀而死的结局……

引用了鲁滨逊死去时的情形之后，当时还很年轻的古义人在笔记本上写下的，才是作为自己的鲁滨逊小说的构想。

在小说的最后一幕，死去的鲁滨逊躺在中央。巴尔达缪恭恭敬敬地站立在一旁，在鲁滨逊的引导下已经说完了整个故事，正要第一次面向自己的未来而开始茫茫黑夜漫游……

假如能够把鲁滨逊引入自己那个鲁滨逊小说的构想，就可以彻底以我国黑暗的现代史为背景，写出我自己的分身巴尔达缪。在小说的结尾处，那家伙将会把目光死死地投向自己这伙人所处时代的茫茫黑夜……

5

还是近午时分。这时，绿色辉耀在梢头，阳光越过这绿色的树冠直接射到屋里。古义人把自己在二楼使用的被褥和毛毯抱下客厅晒太阳。他本人则躺在一旁，也算是在日光浴。他觉察到有人兴冲冲地爬上了阳台。繁透过铁管空隙确认了古义人后，刚走进大门便大声喊叫起来：

"弗拉季米尔从曼谷打来了电话。明天下午将到达成田机场。要让清清开车送咱去迎接。因为，有很多在电话里不方便说的话！"

繁又对静静地从厨房里出来的奈奥喊道：

"告诉大武和小武到这里来！要进入状态，进入实施弗拉季米尔带回来的决定的那种状态！"

"我来收拾铺在这里的东西。"古义人止住试图上手帮忙的奈奥。自己内部那个有着怪异之处的年轻家伙显现出了活力。

　　劳作一番的古义人从楼上走了下来，繁已经独自坐在餐厅的餐桌南端，直盯盯地注视着反射着阳光的铁管。由于大武和小武坐在客厅一侧，电话则早已被弗拉季米尔切断不能使用了，古义人于是背靠具有物体实感的电话/传真两用机坐了下来。为大家送上红茶后，奈奥则在繁和古义人之间坐下。

　　"咱曾向你说起过，要在这里建立根据地，咱对你是有用的，"繁开口说道，"就是喝得酩酊大醉、面向摄像机说的话。不过，那可是酒醉人不醉呀。为了不流血地实施计划，对于咱来说，那是必不可少的程序。

　　"古义你呀，像是把咱说的话，当作你要写的鲁滨逊小说的梗概来听的。"

　　"你是围绕六隅先生应该传承给我的东西而展开谈话的。为了让我对你的大决战发挥作用，你说，决不能让我背叛六隅先生那种人道主义的生活方式。

　　"你所说的仅仅就是这些。你可真是酒醉人不醉，并没有说出更多的东西。"

　　"现在，咱可以具体说出'日内瓦'业已认可的构想了。而且，对于大武、小武和奈奥，这也是第一次说起。"

　　繁一面这样说着，一面像是估算似的打量着两个小伙子和比他们略微年长的那位姑娘。然后，他转而注视着古义人，一变为鼓舞自己的口吻：

　　"咱对古义说起过在纽约九一一事件中的经历。咱还说，'日内瓦'那些人如果来到东京，首先引起他们注意的超高层大厦是显而易见的，负责那些大厦的设计和施工的建筑家和技术人员，是咱大体上都知道的伙伴。咱还提到，说起来，超现代建筑都建立在极为脆弱的这个基点之上。

"尽管如此,咱还是有两点没说出实话。其一,是咱为什么要参与弗拉季米尔他们的'日内瓦'行动。古义,咱呀,向来自'日内瓦'的那些人提供撼动东京都中心的破坏设想。该设想的提供者也将参加实际行动。大武和小武也会有相应的行动吧。正因为是在基层,自立的头脑和手脚才显得重要。

"而且咱呀,并不很了解'日内瓦'这个组织本身。对于这一点,弗拉季米尔的口风也很紧。至于'日内瓦'如何把这个大决战与纽约的恐怖事件联系在一起,咱也没听说过。毋宁说,那正是咱所期望的。

"因为,咱的构想是更为本源性的东西。当然,九一一恐怖事件与今后将要发生的事件是不可能不联系在一起的。那些事件在二十一世纪的初始阶段……咱认为会……各自独立,连续性地、每隔上一段时间便会发生。那一个个单独的恐怖事件其意义会显得暧昧不清,然而作为整体,却会指明方向性。也就是指明历史!

"古义你大概想说:'基地组织'如何?咱认为呀,它与目前正要开始发起的'日内瓦'行动同属一列,是其中的一项。今后将相继发生的巨大恐怖事件,其规模将远远超出单独的政治党派的控制范围。而且,过了一段时期以后人们将会明白,在世界史的这个阶段,这种巨大暴力的解放如果不在世界各地发生,人类就无法走向下一个阶段。

"为了这个目标,那些各自独立、按各自的步骤在殚精竭虑工作着的人肯定为数不少。咱通过弗拉季米尔偶然邂逅了其中之一的'日内瓦'。然后便向其提供最为出色的构想。这就是咱的大决战!

"古义,咱就用你所熟知的领域作为例证来说明咱的构想吧。你关注核扩散这一课题。说到使用了核武器的恐怖事件的故事,你大概读了许多吧。把装在旅行皮箱里的原子弹带入大都市。这种构思当然显得过时，是间谍电影的水平。更为可能的是，将实际建成的大厦，用原子弹和氢弹完全、彻底地炸掉。

"可是呀，古义，这是你与咱的看法相一致的地方：核武器的暴力，是属于国家的。而咱，则想要提供另一种东西以对抗国家的巨大暴力。也就是说，是在履行选择爆炸物构造的手续，选择足以撼动超高层大厦、撼动国家的那种规模的，却并非核武器的那个爆炸物构造的手续。如果是这样的话，甚至可能获得一定的支持。古义，你老夫子本人曾有过这样的梦想吗？

"其实，咱的手法很单纯。咱先签约包下特定的超高层大厦的几个房间。然后以开设办公室的名目着手进行内部装修。只是改造这座超高层大厦那几个易于被摧毁的①……你曾介绍说，这个单词呀，在用于核战争的科学时，被翻译为诱发攻击性的……房间，把经过精确计算的、具有巨大爆炸力的装置安装在整座大厦上。

"接下去，就是咱迄今从不曾说过的另一个问题。那就是你的具体作用了。古义，咱们要爆炸一座超高层大厦。即便没能完全炸毁，爆炸也一定会使东京所有人全都目击并承认发生了这个事件。为此而进行的计算将由咱来完成，还要演示其方法。而训练那些实施爆炸的人员，则由'日内瓦'负责。即使是咱们，也要做自费训练的准备。

"可是，咱并不想把你牵扯到杀人图谋之中。此前也曾说过，咱要做的与此刚好相反呀，古义。你不是六隅先生的弟子吗？假如按照咱们的构想和技术而原样实施，死者将高达千人甚至超过此数。让人们从那个大爆炸的现场逃生，是咱的构想中的要点。因此，唯有

---

① 原文为英语 vulnerability。

在这一点上，古义，你的作用将得以发挥！

"弗拉季米尔回来后咱们将召开的会议，也要请古义你出席。与此相关联的则是，古义你大概会被更为严厉地软禁起来吧。严厉的软禁，哈——哈！如果你践踏了咱们的友好态度，企图逃亡甚至告密的话，'日内瓦'将会对你处以极刑。

"不过古义，咱们相信你不会试图逃亡。假如你尝试逃跑却失败并因此而被杀的话，就无法使得咱们策划的大爆炸在不出现死者的情况下结束。可是呀，那也只是咱个人提倡的方针，对于弗拉季米尔来说，并不是什么大不了的事。因此，大决战仍是要断然实施的。如此一来，将会有千人或超过此数的很多人死去。对于这种事态，六隅先生的弟子是不会视而不见的吧？

"那么，现在就说你的任务。在大爆炸的开关被摁下去的前一段时间内……这个时间，在对实施爆炸做具体调查的基础上进行计算……你呀，古义，出现在 NHK① 的临时新闻节目里，披露大爆炸的场所和时间。也就是说，呼吁大家进行疏散。仅仅就是这些！

"曾获得国际性文学大奖的作家，来到 NHK 主楼的传达室，说起正要发生的大爆炸。或者，即使向其负责人递交'日内瓦'的声明也行。然后，你就那样在 NHK 的休息室里等待。

"十分钟后，会通过'手机'向你通知将实施大爆炸的那座超高层大厦的名字。然后，你自己或是播音员在电视画面上劝导大家进行疏散。再往后，你也会在播放室里看到实况转播的疏散场面和令人无法相信的轰然坍塌的画面，全世界的收视者很快就会看到的那个被反复播放的画面……"

繁结束了这个滔滔不绝的长篇大论，面部因兴奋而布满斑驳的

---

① 日本放送协会（NIPPON HOSO KYOKAI）之日语发音的首字母。

红潮。古义人转向繁的那张面孔——这时,古义人的头脑里浮现出托马斯·曼作品中的主人公,那个装扮得很年轻的老知识分子形象——回答道:

"在电视节目里出镜之事如果不经事先安排,出现在 NHK 传达室里的我呀,是不可能受到负责人接待的。繁把选人的方法给弄错了。"

"是这样的吗?总之,广为人知的、大致还清醒着的老作家,揣着东京都中心的那座从 NHK 也能看到的超高层大厦将被引爆的情报出现在电视台,却在大门口吃了闭门羹。随后很快就发生的大爆炸造成超过千人的死难者。假设事态发展到了这一步,作为公共媒体来说,再也没有比这更糟糕的丑闻了吧?"

"我认为,长江先生最终会接受繁先生的劝导。"奈奥说道,左思右想不得其解、使其腮帮处棱角分明的面庞略显黑色(日本人的血统非同寻常地显现在表面,一副混血姑娘的表情),"纵然我拼死反对,对于繁先生的大决战,大武和小武也是不可能袖手旁观的。我一直旁听到这里,自由选择的空间也不存在了,可是……"

"可是,繁先生为什么还要让大武和小武在维修屋顶的脚手架上接受战争游戏的训练呢?这里发生的所有一切,事后其实都会成为被称为'那很滑稽'的笑料吗?假设情况果真如此的话,长江先生暂且另作他论,大武和小武不是受到过分的愚弄了吗?"

"只会要求他们做必要的事情。"繁说,"归来途中的弗拉季米尔肯定会带回来自于'日内瓦'的若干帮手。假如他们因某些蛛丝马迹而被警察盯上,就会使我们刚一开始就遭受挫折。即便为了争取时间,大武和小武在防卫方面的动向也是值得期待的。"

奈奥没有更多时间做进一步质询,清清连招呼都未打一声就走进大门站在了那里。与奈奥正好相反,清清那东方人冷峻的白皙浮

现而出,她用急迫的声调说道:

"繁先生,我一直通过电子邮件和弗拉季米尔保持联系,他说,自己所说的话语与繁先生的理解好像存在分歧。'如果不尽早和繁先生直接对话,就会……'则是我们一致的看法。听说他将立即前往机场等其他旅客退票。如果他搭乘今天晚上的航班到达的话,我和繁先生还是准备去成田机场为好。"

第九章　突如其来的虎头蛇尾（一）

1

不到一个小时，弗拉季米尔就往清清的电子信箱里发来通知，说是已订上末班飞机的机票。正在为繁和清清备车的大武和小武就留在了"怪老头"之家，同时也好接收来自于弗拉季米尔的联络。

古义人心神不定，无法继续从事曾在壁炉前的扶手椅里一直做着的工作，他坐在餐厅顶端的藤椅中，思考着繁和盘托出的策划方案。这时，奈奥离开自己的房间走过来，却不像是送上咖啡的模样，只是一动不动地坐在餐桌的顶头。古义人突然涌起一个念头，便向奈奥问道：

"繁在话语中，说是他的计划一旦开始实施，我就会受到比此前的软禁更为严厉的处置。繁吩咐奈奥你要严加看守了吗？"

奈奥挺直了正托着腮的身体上部，面部毫不掩饰地显现出不愉快的阴影。

"没有那种事。"她简短地回答道。

过了一会儿，这次是奈奥开口问道：

"长江先生……整理三铺席房间时，大武和小武帮了手。当时你好像把被漏雨淋坏了的书放入壁炉里焚烧。我还听说,你从中发现年轻时阅读的法语小说而非常高兴。不过,长江先生的初版书有各种各样,可你却撕下封面、零七碎八地都扔到壁炉里去了。大武说,这种做法像是把没有价值的东西扔掉一般……他对你的举止产生了兴趣。

"繁先生则说,这是因为长江先生下了决心,不惜把此前的所有好评全都扔到污水沟里去。可是……与此有关吗?"

"繁是那么说的,因为他是一个想当然的人嘛……不过,目前仍工作着的作家,把以往的作品非常珍惜地一件件留存起来的人,不也很罕见吗?

"以前我也曾说起过,还是今后想要写的东西,才是我真正关心的对象。至于实际上能否写得出来,则另做别论……

"只是,保存下来的那些初版书里,就有最初的广告和书评等夹在其中,在读这些广告和书评时,感受到了年轻的编辑为我的作品倾注的心血。同时我还感受到,自己是将其作为同时代的文学事件而接受的……最终我感觉到,现在,我是一个比年轻时更加孤立无援、只想再写出一部作品来的老作家。"

"'我也目睹了长江先生焚书的场面,'小武这样说道,'繁先生正要进行大决战,是个劲头十足的老人。上了年岁的人有两种类型。'……

"听了以后,我就在想,还是年轻人的感受方式不一样呀。搬到北轻井泽之后,可以和繁先生进行久违了的从容交谈。然而,他却说了这么一段话:

"'年轻时,每逢朋友因事故之类的原因死去,那已然死去的朋友好像就会凑到正好好活着的自己的内部来,真是个负担。然而,现在自己成了老人,当为数不多的那几个还活着的熟人和老友中的谁死去时，自己所感受到的，则是彻头彻尾的梦幻。因为，有关那死者的记忆，也随同他的死去而消失。实在是一场虚幻！

"'沉甸甸地真切感受到这一切的，是在五年前，当时，在美国和自己结婚的妻子去世了。这并不是忘了或是没忘她的问题，而是作为记忆载体的咱本身，在不久前就已经被敲打坏了……'

"我回想起这一段话后，大武对小武这样说道：'繁先生正因为是上了年岁的人，才想要在这里进行大决战。'繁先生想要干的事情是他作为专家仔细思考和周密准备过的，因而越听便越会为其所惑。同时我在想，这果真是'怪老头'的心血来潮！

"'如果考虑到像长江先生这样长年进行创作的作家也参与其中，曾与上了年岁的老友们再现示威游行的场面，被扮演机动队角色的人打伤头盖骨……仍然是奇怪的人才参加的活动，可都不是寻常之人啊……'

"确实像大武说的那样。其结果，作为繁先生和长江先生的晚年迎来悲惨的最后一幕，那是老人们的自由。不过，被身为专家的繁先生的伎俩弄得晕头转向的那些年轻人会怎么样？'怪老头'们的愚行难道就有将那些年轻人的牺牲予以正当化的理由吗？"

"至于那种愚行的意义，"古义人（毋宁说，是缠住古义人的那个有着怪异之处的家伙）说，"是繁雄辩地这么说的吗？

"这就像奈奥也说到的那样，我之所以决定为繁的大决战干点儿事情，只是出于那个原因，因为，这好像是为了避免在行动中出现大量死难者的一个手段。"

"你就那么信任繁先生所说的话吗？即便将要被牵扯到无可挽救的地步……

"繁先生和长江先生真是不可思议的老人二人组合！古老的动

画电影里有阿尔发发老爷子①,你们就是二人组合的阿尔发发老爷子!"

2

第二天上午,古义人很晚才下楼来吃早饭,他从奈奥那里听说小武曾谈起迟归的弗拉季米尔他们的事情。在浅浅的睡眠中,古义人一度从梦境中醒来,那是一个与繁有着关联、内容并不清晰的梦。醒来时,古义人也听到了汽车的声音。当时,三人疲惫地商议着像是比较麻烦的事情,与一直等待着的大武和小武只简单地说了几句话后便走进了各自的寝室。即便如此,繁还是要他们转告古义人,说是明天一大早,弗拉季米尔和清清就动身前往东京,他们走后,请古义人到繁的房间里来谈话。

"我觉得,早在听说清清收到那份电子邮件时,长江先生就已经觉察到了,甚至说'日内瓦'的考虑,与曼谷之行以前的弗拉季米尔和清清以及繁先生他们所期待的方向并不一致,因此,'怪老头'之家那三人的情况就有些险恶了。

"听说弗拉季米尔曾嘱咐,在他们前往东京期间,要大武和小武其中一人留在后面那个家里。这次不仅长江先生,连繁先生也被软禁了吗?"奈奥嘟嘟囔囔地说道。

早餐后,古义人在昨天放下的小说创作笔记上记下繁此前所说的大决战的要点。倘若繁的构想被"日内瓦"驳回,那么受他启发的鲁滨逊小说就将变成别的故事。不过,在整体进程尚处于模糊不清

---

① 保罗·泰瑞(Paul Terry)于一九一六年创作的早期无声卡通片《农夫阿尔发发》(*Farmer Alfalfa*)中的主人公。

阶段记下的笔记，将来反而不会成为无用之物。

这时，大武从阳台上把奈奥喊了出去，传话说是繁正等待着古义人。

湛蓝的晴空之下，几个星期未从这里通过，四处繁茂的叶丛早已失去新叶的嫩脆，古义人往坡上走去。黢黑的大凤蝶原本停歇在潮湿的地面上，直到古义人前行到非常近的距离上才飞逃而去。古义人穿出树丛时回首望去，只见被铁管、铺板和铁板围住的"小老头"之家，宛如在阳光中闪烁着光辉的小城堡一般。

此前曾在无意中听到繁和木庭的对话，说是要把那里作为堡垒与警察进行战斗，当时自己并没有特别放在心上，可现在看上去，还确实存在一些现实性。古义人如此想道。

面向"怪老头"之家的后门，经由斜坡上不曾修剪过的草坪横穿而过时，一只松鼠沿着白桦树粗壮的树干跑向地面。它叉开双腿站立在落叶上，举着空无一物的上肢注视着这边。古义人感到，自己已经误入业已归属他人的宅地范围之内。

大武打开后门，请古义人前去繁的房间。小武正躺在沙发上守着面前的电话机。

繁正站在窗边看着窗外——倘若果真如此，则一定会俯视到自己在两处宅邸交界处回顾被脚手架包围着的家，以及因被松鼠盘诘而吓了一跳的情形。

古义人觉察到，自己曾住过的这个房间处处可见建筑家居室般的明显构思。那里摆放着古义人并不知晓，却感到不舍的三把椅子。可能繁也顺便去了千樫曾购买东南亚藤椅的轻井泽那间家具店吧。

在房间深处的书桌周围，零乱地堆放着文件、书籍、杂志，还有好像是从美国寄来的邮件之类的东西，给古义人留下的印象与清清所说的裸体照片的后宫这个形容大相径庭。这大概也反映了从中国前往美国苦读的姑娘在男性社会中的生活感受吧。

繁坐在富有情趣的、用疑是意大利布料蒙面的扶手椅上。为了古义人，他把辞典以及纸夹从那把用涂了清漆的白坯木和布料制成的椅子上搬放在了地板上。古义人把那轻便的椅子移到窗前，打量着用大头针固定在身旁那面制图用画板上的邮件呀剪下来的报纸之类的东西。显眼之处有两张照片，其中一张写有被带到一九〇四年圣路易斯世界博览会去的"菲律宾高地的易隆高①人"字样的说明。

裸露着上半身的年轻人那如同平板一般的胸部，可见淡淡的对称性文身。给人留下强烈印象的，是迎视着照相机的那对满是忧郁和疑惑的黑眼睛，以及天真烂漫、充满挑逗性纯真的口唇。相邻的那一帧，则是一个将近四十岁的日本男人的照片，他身穿的那件 T 恤上印着大学社团常见的标语。他的眼睛和嘴唇显现出来的那种罕见的打动人心的力量，与另一张肖像竟是一模一样。

"一页页复印下来的，是以前曾对你说起过的那个批判人类学学者的书。"繁迎着古义人的视线说，"另一个人，是大学里的年轻同僚……这两人相似吧？因此把他们并排钉在了那里。

"这个日本人呀，咱回到大学时，他还是个三十刚出头的副教授，此人有着不可思议的经历。早在还是孩子的年龄上，好像就上茶道宗师家里当了入室弟子。美国一个与东洋有关的财团有个建造茶室的计划，便把建筑师派到了京都，他就充当建筑师的翻译，抓住了这个机会。后来他被招到宾西法尼亚州立大学，经过刻苦学习，取得了建筑学科的博士学位，在咱一度被赶出去的那所大学里任了教职。

"为了获得终身教授资格，副教授一般都会在大学出版社出版英语专著。可他呀，却只在日本的媒体出版。他在专著的腰封还写

---

① 用片假名标示的英语单词 Ilongot，菲律宾少数民族之一。

上了美国的大学副教授职称,却是用欧美的流行思潮来解说茶室的美学。这家伙为什么会被咱老巢的系里那些教授们高看一眼呢?

"在思考这个问题的时候,觉察到这些照片中的易隆高人的容貌与副教授相同。这可是有别于男同性恋那种影响力的层面呀。是人的一种特别的力量。

"话说咱之所以被赶出大学,是你也认识的那个女生告发咱性骚扰。结果,咱就被赶到农场去劳动改造了。然后呀,也像古义你所知道的那样,发生了与伙伴使人致伤的事件,最终咱被送进了精神病医院。

"在那里,咱制作了被称为未来的精神病医院的建筑样板,在国际上获得了多种奖项。后来就出现为咱恢复名誉的运动,与那个女生也达成了和解。因为刚返回去时,咱在大学里是一个文化英雄嘛。当那个副教授和咱熟识到足以为他所倚重时,他可能就有一些想法了吧。

"在同赴饭局之类的过程中,咱看准了一件事,那就是这个家伙假如还这么下去,是不可能取得终身教职的。为了获得终身教授资格,他有必要调整研究学问的方式,必须停下杂役式的各种琐碎杂事。实际上,来自日本的那些客座教授全都受益于他的英语能力和办事才能。只要他能获得专心学习的时间并找到资助费用就能成功。于是咱就邀约了建筑系有影响的人物以及大学里研究日本的机构的头头吃饭,就说了这事情。假如仅止于此也就好了,可咱却攻击了他的茶道美学中的后现代文献!

"当时他什么也没说。拂晓时分,传真机呜呜地叫了起来。然后,咱就被燃烧的眼睛和火舌所喷吐出的怨恨词句给缠住了。咱在大学里感到心冷的最初起因,就是因为这么一件单纯的事。

"咱觉察到了。那个眼神,正是咱逃往美国时的,也就是三十五年前的咱自身的眼神!那个副教授和年轻时的咱倘若一起混过事儿的话，咱们这对 pseudo- couple 当时就会发挥出相当大的力量。就连巴尔达缪和鲁滨逊这对二人组合，恐怕也是要退避三舍的。哎呀，为了将其作为自我批评的依凭，就把这些照片保存了下来。"

接着，繁突然沉默不语。古义人只得转过话题，提起昨晚以来繁他们怎样地接受了什么。

"不过呀，"古义人开口说道，"还是转入繁你叫我来的正题上去吧。你制定的大决战的构想，是要搁置起来吗？"

"非常漂亮的アンチクライマクス①，如果是古义你的话，就会混杂着汉字写成'尻すぼみ②'，在标示为アンチクライマクス的日语汉字注音片假名旁。"繁仿佛自言自语地说道。

"突然的虎头蛇尾，就是这个意思。"

然而，在他浮肿且黑红——或许是昨夜在不眠中饮酒过量的缘故——的面部现出傲然的神色，驱散了古义人在刚才那场忆及往事的谈话时诱发的思念。

3

繁说起了他刚才提到的突然的虎头蛇尾。

"咱们想要干的那项计划，从根本性视野看来，现在，无论在世界上的任何地方实施都没有什么可奇怪的。因此，咱和弗拉季米尔还有清清一直在不断讨论的，是为什么要在东京干？然后，弗拉季米尔和清清就积极地接受了咱的提案。由于是这种背景之下的曼谷之行，弗拉季米尔当然把具体内容向'日内瓦'做了介绍。

---

① 用片假名标示的英语单词 anticlimax，虎头蛇尾之意。
② 虎头蛇尾之意。

"纽约的九一一事件打开了潘朵拉的盒子,大规模破坏活动将会相继袭击这个世界,很多人对此已经有了精神准备。因此,美国的社会舆论对于布什接连攻打阿富汗和伊拉克没能形成有效的反对。毋宁说,即便是噩梦,大家不都在预测全面动乱的火苗将在整个世界被点燃吗?

"咱通过弗拉季米尔和清清了解到,在这个转折点上,在想要重组世界秩序的各种势力中,处于最前沿的,就是这个'日内瓦'了。把他们主导的第一次大爆炸放在东京,这难道有什么值得犹豫的理由吗?

"准备爆炸的超高层大楼已经选定。爆炸的结构已经计算完毕,炸药的获取途径已经开通。爆炸技法的教程已经写好,并出示给了'日内瓦'。对实施爆炸的主力进行训练的工作,由'日内瓦'负责,可东京的部队也已经准备停当。为了迎接实施爆破的部队进驻,还设立了根据地。

"接着,弗拉季米尔终于直接见上了'日内瓦'的干部,向其请示决断何时开始行动。也就是说,他们何时把实施爆破的部队送过来。咱们在等待着先遣队的到来。

"可是,'日内瓦'却干了些什么呢?驳回了弗拉季米尔的提案!倘若这是在巴枯宁①时代,在临时作为会场的那家面临湄公河、名为'东方②饭店'的室外餐厅,弗拉季米尔肯定会被扔到为等待客人残羹而汇集起来的大群鲇鱼之中。然而,弗拉季米尔却安稳地回来了,只对清清和咱说了句'日内瓦'驳回了计划。只有这么一句话!"

从再度沉默的繁身上,古义人解读到他内心里因被弗拉季米尔

---

① 巴枯宁(Mikhail Aleksandrovich Bakunin,1814—1876),俄国思想家、无政府主义者,多次参加革命运动,从西伯利亚流放地逃至伦敦后加盟于第一国际,后因与马克思对立而被开除出第一国际,最终死于瑞士。

② 原文为英语 The Oriental。

所辜负而引发的郁闷。在这种心境中，他说起了美国的大学里他想要帮助的那位与菲律宾易隆高族人相似的日本人那些出乎意料的反驳他的话语。

在古义人来说，还有一个可以开口询问的疑惑：

"那么，今天弗拉季米尔和清清是为干什么而去东京的？"

"由于'日内瓦'驳回了咱的提案，弗拉季米尔要对一直在做着的准备工作进行善后处理。清清之所以同行，或许是因为带着咱的银行卡吧。"

"是要转移到三岛问题上去吗？"

"不知道。"繁说，"也就是说，咱呀，满脑袋都是突然的虎头蛇尾。"

繁站起身来，再次走近窗前。那里放着一张橱柜和桌面一体的桃花心木桌子，其幅度略小于窗框，橱柜则高至天花板。这也是古义人初次看到的家具。古义人靠近繁，看着他正俯视着的东西。在已经打开了翻盖的桌面上放着好几张图，是用有色铅笔和黑墨水在写生集撕下的画纸上描绘出的室内写生，以及用规尺画出的线条绘制而成的制图。繁恢复了闲适的神态，任由古义人观望那些画图。

"……这两种类型都是为建筑而绘制的画图吗？"古义人终于找到了话头，"都很漂亮嘛！干这种工作……可以把这说成工作吧？在这里，你一直干着这种工作……"

"让他们从纽约寄来的桌子已经送到了……说起来，这也是有契机的。咱去成城你家同千樫说事那天，真儿正在客厅的桌上整理邮件。其中有一个色彩夺目、设计新颖的信封，是荒君的展览会的邀请函。他正在南美实施他的新建筑计划'Discrete City'①，那个展览

---

① 英语，意为互不关联的城镇。

会也包括新建筑计划的报告。

"回来路上顺便去看了一下，荒君和夫人为了重新安排展览已经来到那里。向荒君学习了分体型理论的学生正在智利建造村落的单元型样板房，把每天的进展的照片通过电子邮件传送过来。荒君和夫人当时正在做的，就是把这些内容也加进展览。"

"说是由于那些父母把孩子藏起来不让他们与荒君一行人接触，没人帮着引路以进行调查，说是感到很困难。这就是印地安人村落的类型。"

"是呀，受了重伤后，古义因此就像印地安人的孩子一样不再露面，让咱非常惦记啊。

"荒君让学生们绘制的设计图和工法素描，还有用暗红色、黄色和同是暗调的蓝色铅笔绘制的画图，咱看了很多。于是，自己原以为早已死去的建筑家的本能便被激活了。因此，就开始用素描来绘制设计图，以及细节的工程方式的图解……

"荒君他们从事的，是作为分体型村落的单元型住宅。而咱呢，如果使用发音近似的词儿，那就是破坏型样板。也就是如何把大厦中的某个房间建成可以确切进行破坏的一个单元。就是这么一个研究。

"拆毁超高层大厦的工程是有专业公司承包的啊！咱要干的可不是这种工作，而是施工指南，是向那些在短时间内避人耳目进行准备的人提供的施工指南。首先，需要在任意一座大厦的要地确保可供自己这些人使用的密室，要首先从这里开始。要把那个空间建为效果最好的、连同那房间在内的爆破装置。

"为此，咱要设计各种破坏型房间的样板。还要进一步设计即便外行也不会受到伤害的安装炸药的工程方式及其工具。如果感到时间紧迫，自己无法制作那些工具的话，就一页一页地切割下来进行彩色复印,再去寻找大都市里到处都有的批量出售工具的店铺。

"最初,设想得到'日内瓦'指令后便立即开始大决战而着手进行了设计。然而,由于图面是以一个个房间为对象的,甚至可以使用于小规模的大厦……也就是说,是具有普遍性的样板。

"眼下,大决战已是虎头蛇尾,可这个样板并没有因此而浪费。实际上,大武和小武已经对这些画面产生了兴趣,从而唤起了咱的教师秉性,今天一大早,就为他们讲授了解读这些画面的方法。作为学生,他们的素质非常优秀!在看难以操作的小器具……的确很小,却是很不好操作的危险家伙……装配图时,会像手艺人向师父叮问那样提问呢!"

"大武和小武也说,情况确实如此。"这时,古义人被涉及奈奥的一个念头占据了思绪。

繁注视着陷入沉思中的古义人。

"今天到这里来,你有什么想要向咱打听的吗?难道你就不想向咱、向落入突然的虎头蛇尾中的咱这样打听吗?根据'日内瓦'的指令爆破超高层大厦这事,咱是认真考虑的吗?……

"如果被你这样询问的话,咱呀,与其答复这个问题,倒是更想进行反问。古义,当时你是认真的吗?真的打算前往 NHK 出演那场很可能把你此前作为一生的事业积累下来的一切变成笑料的闹剧吗?"

古义人和繁互相对视了一会儿。当古义人泛起想要离开的念头并做出这种姿态时,繁追上一两步说道:

"古义,你在生活过程中积累了大量工作业绩。要说咱呀,辞去大学工作那阵子,学生和同僚们策划了题为'Unbuilt&Unbuild'[①]的

---

① 英语,意为未建和拆毁。

回顾展……尽管设计好了却没能建成的有很多,也就是 Unbuilt。另外,也有已经建好了却被拆毁了的情形。拆毁,Unbuild,也就是破坏。这就归纳了咱的建筑论要点。

"咱的出发点本身,是广岛和东京大废墟全景图给咱造成的冲击,目前正在做的,是在尝试为了破坏而绘制的设计图。可是,即使是这样的咱,在此前的生活中也曾积累了一些东西。在这积累的延长线上,咱也曾思考过自己的未来。

"然而,咱是在用倒计时法进行思考,那是一种把咱现在的生、把咱确切死亡的时间点作为终点,从那里开始倒计时的方法。医生在告知癌症时,不也是会宣布今后还有两年或今后还有三年,以此来表示患者存活时间的长短吗?咱也是如此,今后只有那么一点点年月,也该考虑考虑将来了。

"既然如此,咱现在即便策划任何破坏性计划也都可以,把年岁相近的古义你卷入其中也未尝不可。难道不是这样吗?"

对此,古义人同样没有立即予以回答。而繁本人,似乎也没有期待他答复。

4

翌日清晨,在前一阵子阅读艾略特时定好的时间,清清出现了。她并不提及软禁事件开始以来的诸事,只问了一句今天有时间上课吗?

"今天早上,繁先生问我课上到哪里了?我告诉他'东科克'已经读到 II 了,于是他就说,古义大概会表现出特殊感慨的。

"这是怎么回事儿呀?"

古义人沉默不语,如果是繁想起的诗行,他随即就能猜想到。古义人让清清重新大声朗读Ⅱ的后半部分。尤其在听到非常熟悉这一小节时,西胁顺三朗的译文便宛若音乐一般在头脑里鸣响。

> 我已不愿再听老人的智慧,而
> 宁愿听到老人的愚行,听到
> 老人对不安和狂乱所感受到的恐惧
> 老人厌恶被缠住的那种恐惧
> 老人惧怕属于另一人、惧怕属于其他人
> 惧怕属于上帝的那种恐惧。

古义人在想,自己并非是想要讲解老人的智慧的合适人物,关于这一点,繁比任何人都清楚。而自己干下的愚行的来龙去脉,你也早已知道。但是,若是说起老人的恐怖之心,无论再多我也可以说给你听……

在繁的主导下想要实施的大决战计划,试图把自己也给牵扯进去,如果说这是另一个愚行的话,则是繁的主意。

"我担心的是,对于繁先生所说的话,长江先生去认真理解了吗?"清清用唐突的强烈语气说道,"繁先生所说不是 of his folly① 吗?"

"如果尊重艾略特文本的话,这里应该是 of their folly②……"

"弗拉季米尔和我并没有把繁先生的思考视为 folly,虽然我们非常认真地接受了'日内瓦'的决定。

"长江先生决不会反对繁先生那个方案……长江先生本人也早已深陷其中……不过,当时是否真心要和繁先生一起干,实际上我们也不很清楚。

---

① 英语,意为他的愚行。
② 英语,意为他们的愚行。

"当弗拉季米尔把繁先生的方案带去曼谷却在那里被驳回时，他就想回到一直在考虑着的三岛问题——那也是朝向由赞同自卫队武装政变的年轻人发起混乱的起义这一方向——上来。

　　"另一方面，繁先生好像开始关注起大武和小武来了。他是一旦想起什么新的东西，就会热衷于此的人物。于是这一次，他就伺机把长江先生也给拉拢进来。请你为繁先生认真地考虑。"

　　说完这些话后，清清改变身体朝向，回到朗读艾略特的课程上来。是从"东科克"Ⅲ开始的。

　　一旦由文字转为声音，就明显感觉到了诗行中的黯淡。经历了这十多天之后，清清的发型、化妆、身着的中国女装虽说都是原本看惯了——唯有她带来的那个装有教科书等、是弗拉季米尔作为礼物从泰国带回的金汤普森泰丝牌大提包让古义人感到新奇——的东西，可是说话的态度也好，眼睛里的表情也好，现在都有一种毫无保留地全部倾诉出来的强硬。

　　　　O dark dark dark.They all go into the dark,
　　　　The vacant interstellar spaces,the vacant into the vacant,

　　朗读声中的迫切，较之于西胁的译文，更深地沁入古义人的心里。

　　　　啊黑暗黑暗黑暗黑暗。人们全都去往黑暗之中，
　　　　那个空空如也的星辰的空间，空旷前往空旷，

　　"到目前为止，长江先生一直通过我的朗读来纠正自己发音中长期形成的毛病，可现在并不是这样，"清清说，"似乎是在仔细考虑诗行中一个个单词。

　　"这种方式今天就先到这里为止，还是一点点地回到以往的方

式上去,好吗?"

"也就是说,清清你还想按照规则上课,是吗?"

"因为对我来说也是如此,从长江先生这里得到的收入是很重要的……拜托了!弗拉季米尔也说了,要过来恢复被他破坏了的电话系统。"

奈奥把红茶和小甜饼送到了餐厅的餐桌上。先前,她应该是在厨房里听了这边的上课内容以及与此不即不离的话语。端上茶点后她并没有返回厨房,而是加入了谈话的行列。

"刚才,清清说自己不清楚古义人先生是否在认真地对待繁先生的方案,是吗?我也在考虑相同的问题,只是思路与清清的考虑正好相反。

"虽说这是在反复对长江先生提出相同问题,还是请让我再问上一次。像长江先生这样的人,为何想要参与到繁先生这个或许是老人所吹牛的计划中来?而且,你是在真心接受分派给自己的那些工作的吗?假如你从一开始就洞察到该计划不可能实现的话,你就是不认真,即便为了繁先生,我也要表示愤慨。可事情并不是这样的吧?"

"如果繁的大决战得以实现,我会按照自己的风格竭尽全力往前走的。因为,在自己的内部,有一个把我推向那个方向的、有着怪异之处的年轻家伙嘛。说实在的,关于繁今后将要干的事,我不认为自己会采取不同的态度。"

奈奥沉默不语。清清把红茶的茶杯放在餐桌上,然后从桌上取过教科书。

"'东科克'里还有下面这一节。我预计今天会进展到Ⅲ,便提前进行了练习。就朗读那里吧。奈奥对英语非常精通,可是长江先生,就请你像往常那样继续朗读西胁的译文。

I said to my soul,be still,and wait without hope
For hope would be hope for the wrong thing;wait without love
For love would be love of the wrong thing;

我对自己的灵魂说,静静地、不怀希望地等待,
因为希望经常是对于错误事物的希望。
不怀爱情地等待,
因为爱情经常是对于错误事物的爱情。

朗读完译文后,古义人说道:
"我对繁的感情,在你们来说,有点儿像是爱情那东西。"
三人一同发出了笑声,紧接着又同时停了下来。

5

弗拉季米尔沉重的脚步声一下子终结了正在觅饵的白脸山雀那干巴巴的骤雨一般的嘈杂。他是来修理电话的。电话刚刚无法使用那阵子,古义人曾经考虑过,如果电路只是被拔去插头什么的,就自己动手恢复通信。然而,就连房屋外面的线路都遭到了彻底破坏,古义人当时由此看出了弗拉季米尔的另一面。

听到屋外传来干活儿的响动后,奈奥起身把弗拉季米尔迎了进来。拆下的电话机和传真机被安装回原处后,奈奥与"怪老头"之家的清清相互收发了对方的传真,以确认修复工作的成果。因此,古义人也走下楼来,同弗拉季米尔一起喝起了咖啡。

虽然这期间经历了很多事情,弗拉季米尔却没有说起辩解之辞。这种不拘一格的做派,使得古义人回想起他当初前来借用别墅相关文件时的寒暄方式。尽管如此,古义人在内心里还是理解了他说的

那些话有效地触及了问题的核心。

"繁先生一旦转换方针,就很敏捷而且麻利,所以呀,他想见见我以三岛问题为基础而见过的那些人。"

"前天我见到他的时候,却是一副不像是繁这个人的郁闷神情。"

"那人低头服输的时间决不会达到三天甚至四天。

"而且,繁先生现在正一张张地亲手绘制设计图。无论在圣地亚哥的研究室里还是在纽约的办公室中,这都是他让那些年轻的研究者干的工作。"

"那些工作我也看到了。当时我就在想,或许繁原本就是独自绘制那种精密而且漂亮的设计图的类型的人。我还因此而想到,信口开河的繁竟长期从事了他那建筑师的工作……"

"如果你看了他在教室里发表的议论,还会因为那人的教育思想而有新的发现。

"当自己所推动的计划被驳回后,繁并未拘泥于此,而是把他的关注点转移到了我的计划上来。我这个计划可是慢性子计划呀……"

"我不知道你那个慢性子计划。不过,繁本人或许也并不确切地了解吧。慢性子年轻人的计划与急性子老人的构想相重合,将在现实中制造出事件。如果真是这么一回事的话,好像就要发生什么有趣的事了。"

"这种灵活特性正是长江先生和繁先生这二人组合的妙处,"清清说,"当繁先生用脚手架把你家围起来并在上面铺了铁板,让木庭他们开始战斗训练的时候,我曾担心长江先生会感到不愉快。"

"你认为那是什么样的战斗训练?"

"说是当警察有可能对这里进行搜查时,登上'小老头'之家脚手架的那些人就开枪狙击警察队伍以争取时间,然后从'怪老头'之家乘车逃脱。"

"一九七二年,浅间山那一侧曾发生联合赤军武装据守事件。繁先生让我们观看了当时特别报道的电影,是他让奈奥找来他编辑加工的片子。

"这样做的原因,是在我们以此为根据地而进行准备的阶段,防备因人密告而导致警察前来搜查……

"'考虑到这个情况,要尽快搭建用于战斗训练的坚固脚手架!'这种说法,就是繁先生的做派。"

"发生了枪战,登上这座房屋的脚手架进行抵抗的那些人,不是毫无胜利的希望吗?"

"即使只有三十分钟,发生的这场枪战,也是这个国家三十年来所不曾有过的。"奈奥说,"现实中发生的这个事件,作为涅恰耶夫式的、在整个国家引发动乱的其中一环,也不是毫无意义吧。繁先生也曾说,这个事件完全有可能同那些与我们方向相同,却是各自独立策划的第二、第三波大爆炸相衔接。"

"不仅仅是爆炸这种程度的事件,你们的'日内瓦'还驳回了更大的计划吧?"

"这次被认为是不合时宜的大决战,与繁先生以方法论的方式精心安排的配套措施,以及与因此而产生的系统,其维度各不相交。"弗拉季米尔继续冷静地说道。

"繁先生的构想,本来是想让人数不多的游击队在建筑师的理论和情报的引导下,对超高层大楼中的脆弱部分进行破坏。而且,在曼谷的会议上,只是对于被选定的目标大楼是否经过充分研究表示怀疑而已。

"这并不意味着繁先生的构想在原理上已经无效,尤其是繁先生新制作的小型化样板……我用彩色复印机复制了那些设计图以及施工方案草图,把它寄给了留在曼谷的活动家。

"在他们之中,有人知道作为建筑师的繁先生的业绩,他发表过叫作'Drawings to Unbuild'①的专事破坏建筑物的建筑论。据对方在电子邮件中说,将其小型化的教程很有意思。繁先生的设计图,今后大概会在意想不到的场所接二连三地发挥作用吧。

"曼谷会议结束之后,繁先生即便情绪低落,也很快就恢复精神并投入到工作中去了。他之所以能够这样,是因为他相信自己的设计图将来所发挥的作用。只是即便如此,他还是持有异议,认为已经没有多少时间了! 也就是来日无多②。"

6

这一天,也是在早晨,木庭再次出现。古义人本以为工作服样式的装束是上屋顶干活儿时穿用的,可今天并没有安排那种工作,可从停在建筑用地入口处的汽车上独自下车的木庭,却正是一身那种风格的装扮。他一面从坡上往这边走,一面环顾着他们搭建的脚手架全貌。由于他走到阳台下并站在了那里,古义人便走了出去。

木庭扬起像是不高兴的脸,开口说道:

"自己过日子的房屋,被挂上如同甲胄似的玩意儿,真叫人难以忍受啊。

"由于繁先生这么说了,所以从明天开始就拆除这架子,因为,屋顶的修理工作大致已经结束。早先还说是好不容易搭建起来的脚

---

① 英语,意为拆毁流程图。
② 原文为英语 Time No Longer。

手架，要用来进行战斗训练。

"确实呀……身子闲躺在别墅的二楼读着艾略特，头顶上却在被迫接受城市游击队的战斗训练……"

木庭再次挺起下巴，用眼睛描画着脚手架的整体结构。古义人想起前一阵子木庭以威严的态度支使着都是约摸三十出头的年轻人时的模样。或许，那并不是木庭把现场原有工作人员都集中起来的人数，而是他率领着戏剧演员或舞蹈演员等伴有体力训练的表演性团体在打工。这种修理屋顶之类的力气活儿，也是他们兼顾锻炼的一种临时工作吧。

"我们昨天出远门了，却收到繁先生发来的电子邮件，说是此前的准备活动全部终止。我们要求他说明原因，可他没有回复电子邮件。昨天很晚的时候，清清打来一个电话，说是繁先生由于明天一大早要去轻井泽和东京会见什么人，已经入睡了……于是，刚才就去后面那座屋子露了露面，说是已经出门了……

"虽然清清说繁先生正在着手新的工作，要我们不要打扰他，可我们根据繁先生的计划做了各种各样的准备，现在却不知所措了。

"也就是说，我们为了做好准备，就连危险的桥也已经走了过来。因此，有必要请求支付相应的经济津贴……长江先生能为我们向繁先生说说吗？清清并不理解我们的心意，弗拉季米尔也是，好像他就在寝室里，却连面也不露一下……

"还有呀，至于大武和小武嘛，我们是一起干的。请转告他们，他们感兴趣的那部分——当然，这么说并不是要避开繁先生——如果有什么问题想要直接问我们，就同我们联系。"

木庭说完这些话后正要返回汽车时，被古义人叫住了。

"木庭君，繁好像是对你说了那些话，可我本人并不那么讨厌繁挂满我家四周的脚手架。或许，是存心想要触犯大学村第二代和第三代居民那种保守的气氛吧……

"那么沉重的东西好不容易才搬上去的,就不用着急忙慌地拆除了。繁本身说不定会回心转意,还想要训练青年诸君。"

古义人并未注意到停下脚步的木庭半信半疑的神情,也没多说什么就走进了"小老头"之家。奈奥似乎一直站在窗边偷听,这时她像是惩罚调皮的孩子似的,挥动着举到脑袋两边的拳头。

第十章　突如其来的虎头蛇尾（二）

1

深夜，楼下的电话响了起来。古义人只是听着那里的动静，觉察到奈奥拿起话筒后的应答声起初还比较沉稳，却很快就透出了紧张。一个想法闪现在古义人的头脑里——阿亮那厉害的癫痫发作了！然而，奈奥并没过来呼叫古义人，却用压低了的声音对好像同时起床的大武和小武说着什么。

古义人穿好衣服下楼来的时候，已不见两个小伙子的身影。电话机前，奈奥身穿像是女中学生的睡衣，垂着头将双臂抱在胸前。

奈奥抬起没有血色的扁平面庞，喃喃低语道：

"繁先生出交通事故了，但好像没有受伤……说是已经是那样的老人了，真是不可思议。

"听说是从浅间山腰往坡下行驶，在草原扩展开来的地方，冲到山那一侧的斜坡上去，车子翻了一个滚后停了下来。在电话里，警察是这么说的。已经建议他对头部做精密检查，可目前无论看那模样还是他自己的陈述，都没有什么问题。总之，已经被救护车收治了，可他说自己想回来，让我们前去接他。

"繁先生让他们看了美国国籍的护照,说是住在北轻井泽朋友的别墅里……好像说到了长江先生的名字。警察确认了这里的确是长江古义人的电话号码后,就问起了叫作SHIGE TSUBAKI①的第二代日裔客人的情况。繁先生大概是用英语和他们交谈的。由于现在正是轻井泽的旅游旺季,因此巡逻车上搭乘了一位会说英语的女警官。"

古义人再度换好衣服下楼来时,奈奥已经发动了车子在等待他。

古义人回想起,当时还比较年轻的千樫告诉他,当繁以美国做派高速飙车时,千樫既觉得刺激又感到害怕。千樫是乘坐繁的车子前往那个草原采撷山野花草香青的。那时,繁去美国还没有多久,每当回到日本后,就会顺便过来看看。

"刚才听到'叫作SHIGE TSUBAKI的人发生了交通事故'时,我觉得繁先生真可怜……"逐渐显得昂奋起来的奈奥说道,"那个繁先生说呀,假如因为身受重伤而死去的话,将是多么可怕呀……"

"那个繁先生说?……这是怎么一回事?"

"相反,我觉得倒是长江先生不明白了……那是因为,你的事存在于繁先生的意识里……"

古义人只得任由能说会道的奈奥用低沉的声音唠叨不休。

"繁先生呀,无论是为自己提出的大决战而四处奔忙,还是遭遇软禁风波,其实他对长江先生安安静静地读书非常在意。你们是从孩童时代就开始的竞争对手,现在两人都已经是老人了,可繁先生觉得,长江先生沉稳、从容,走到了自己的前面……

"这个夏天,长江先生一直在读书并记卡片……这有别于鲁滨逊小说的创作笔记……你如此阅读的是晚年的艾略特,这事一直没有离开过繁先生的头脑。

---

① 用罗马字母标识的椿繁的日语发音。

"自从半个世纪前在四国的森林里邂逅之后,繁先生就一直认为,当自己处于危难的时候,你就是那个能够为他而死的替身。这个人现在正要以那样一种态度面对最后的年月,可自己却在为一个奇怪的计划而奔走……那也可能只是在白费力气罢了。这么想起来,会后悔吧?

"昨天也和那个人谈了话,就有了这种感觉。清清昨天对木庭说是繁先生早早睡下了,可很晚以后,我听到后门口有动静,就悄悄看了看,原来是繁先生正站在那里。

"他说呀,直到软禁之前,每到这个时间,古义都会在壁炉前喝酒,咱的酒喝完了,就过来想和他说一声……于是,我就把长江先生的威士忌和水拿了过去,在粗齿栎树下陪着他。当时月光非常明澈……

"繁先生现在为什么要回到这个国家来呢?在他的动机之中,确实存在着弗拉季米尔和清清的诱惑。而且,一旦开始建造根据地,他就以超越弗拉季米尔他们的势头干了起来。这就是繁先生的生活方式。

"然而,昨天夜晚在繁先生单纯、天真的话语中还有另一个动机,那就是最重要的,是想要和长江先生一起生活。

"繁先生在美国得知长江先生遭遇不测时,因受到冲击而感到畏惧。'就想到了自己的生,也想到了自己的死,而当时的参照对象就是古义。平常也总是在参照着古义,认为那家伙还活着呐……然而,现在自己却被古义给撇下了,就要在毫无精神准备的情况下,只能独自一人去死了。'他说当时就是这么想的。

"可是呀,长江先生却活了下来。得到这个消息后,繁先生决心回到日本来。而且,还要在和古义时常会面的情况下度过晚年。听说他就是这么考虑的。

"繁先生在加利福尼亚大学的工作本来比较顺利,却遇上了那个问题,其后又是这事那事的,终于被送进了精神病院。当时,由于大量服用了'酣乐欣'①的缘故,每天都早早醒来,不知该如何熬到天亮。'虽然感受到了巨大的恐怖却不曾上吊自杀,是因为考虑到有一个人会替代自己去死。这话说起来很不中听——那家伙自己一人任性地死去了,真可恶!

"'在年近七十岁的现在,并没有考虑那替身的事,即使想让他替代自己去死,那也还需要两三年呢。可是,'繁先生说,'哪怕比自己稍微早那么一点点,也期待古义死在自己的前面。而且,还想站在他临终的床前,想听听古义的最后感想,想以此为略微死在他后面的自己提供参考。援用古义引自于沃尔·索因卡②的《死神和国王的导引者》③的话,就是咱要把古义作为自己死亡之时的导引者……

"'因此,能够在北轻井泽相邻的家里如此生活,就是求之不得的好事了。而且,古义热衷于《四个四重奏》是意味深长的。因为对自己来说,《四个四重奏》是关于人们如何接受死亡的研究。比如说,贝多芬后期的弦乐四重奏好像就是这样的。'

"在粗齿栎树下,繁先生一口气说了这么多话。我觉得繁先生很可怜却又无可奈何。作为建筑学教授,同时作为建筑师,他可是一个曾受过那么多好评的人,却在死的问题上被如此单纯的不安所困扰……"

古义人悄悄看了一眼沉默下来的奈奥,只见宽大得不可思议的

---

① 一种超短效睡眠药。
② 沃尔·索因卡(Wole Soyinka, 1934—),尼日利亚剧作家和小说家,其代表作有剧本《森林长舞》《死神和国王的马弁》以及长篇小说《阐释者》等,一九八六年获得诺贝尔文学奖。
③ 在我国,亦被译为《死神和国王的马弁》。

面庞在微暗中浮现而出时，却显出一种智慧，泪水就从这面庞上流淌下来。

已经看到对面车道上纵向停放在路边的巡逻车和救护车。奈奥带着静静的威严坐正了身子，把车子谨慎地靠了过去。

令人吃惊的是，在古义人他们的车灯照出的那些人影中，上前一步指挥车子掉过头来停车的人，正是刚刚经历了交通事故的——虽然脖子上缠着白色丝绸围巾的立姿有些不胜凉意——繁本人。

2

奈奥随即走近繁，古义人则对负责北轻井泽的当地警察署的人说，自己是近四十年来一直在大学村度夏的会员。古义人还说，发生事故的这位美国国籍的大学教授，是自己多年的老朋友，自己现在正住着的房屋就是这位建筑师朋友的设计。目前，他确实住在自己地界内的另一栋屋子里，事实上，那是已经转卖给他的房屋。

几步开外，与奈奥站在一起的繁刚才大概一直只用英语进行交涉，此时便对古义人所说的话做出一副听不懂的模样。尽管如此，繁的身份还是得到了证明。由于还有几个事务性问题需要处理，古义人因而被告知可以留下繁他们而独自回去。最初与古义人谈话的那个警察还表示可以把他送回大学村的别墅。

可目前虽说是夏季，也不好在深夜里把繁留置在这山风吹拂的露天公路上。古义人决定回到和奈奥同来的那辆汽车上等候，直到所有手续办理完毕。繁的车子倾倒在国道和山坡之间那条宽沟里，令人感到滑稽的是，那车子竟然没有损伤，古义人一直眺望着被月光映照着的那辆汽车。

不久之后，当古义人坐在驾驶车辆的奈奥身旁、繁则躺在后座上往回行驶时,无论是同向车道还是对面车道都不见其他正行驶着的车辆。奈奥非常缓慢地开着车子,甚至让人担心,倘若有汽车从后面赶上来的话,反而有被追尾冲撞的危险。

起初,古义人以为奈奥这是在考虑繁遭受巨大冲击后的身体——比如包括脑部的内脏器官因冲击可能造成的异常——状况,然而他很快明白,这其中自有奈奥自身情感上的原因。

把汽车安静地、非常安静地滑行到超市前院那株巨大的栗树下后,奈奥用双手捂住脸开始哭泣起来。

"最先得到事故通知的是奈奥,好像还有昨天夜里很晚了还在听你讲述生死观的缘故,奈奥在心理上已经承受不了啦。"古义人劝解道。

胡乱动弹着坐起身来的繁调整着身体的姿势,同时说道:

"奈奥说出要找古义取代咱做心理咨询的吧?"

"奈奥说了繁你一面喝酒一面说出的生死观。那也是我这一时期正在思考的问题。我们不也曾实际讨论过这个问题吗?这并不表示奈奥泄漏了你的秘密。"

"奈奥告诉了你吧,咱考虑着的那件厚颜无耻的事,也就是咱希望到场见证你的死亡。"

"我听说了,而且没有异议!

"因为,在我的朋友中,还活着的已经很少了。监护我的最后时刻的医生如果问起要喊谁来时,千樫会和你联系的。"

繁沉默不语。

"尽管如此,奈奥还是为繁你想了许多啊。"

"不,现在占据奈奥内心的,是大武和小武。她在非常认真地考虑他们的前途,同时也在盘算对此具有影响力的咱和古义你。就是这么一回事!"

3

　　如果只从表面上看,繁的这番话语是无情的回击。然而,奈奥并没有予以反驳,而古义人也想接着听繁下面的话。繁本人感觉到了这一切。

　　"现在呀,咱感受到了有关生死的体验,希望向古义讨教关于艾略特的问题。眼下咱想要猛烈地述说,这种心情就是……听说有一种'彻夜躁狂症',咱要说的是与其有些相似的……'事故躁狂症'。

　　"总之,关于艾略特,咱有话要说。如果说到起因,那也是因为古义在'小老头'之家持续阅读艾略特的缘故。

　　"……首先咱要为这场事故分辩几句。古义,咱在美国开了三十来年汽车,此前从没有发生过事故。开始时是惦记着在取得美国国籍之前不能被吊销签证,后来就一直这么驾驶汽车了。那么,今晚是因为什么情况而发生事故的呢?其实,咱并不认为这是事故。为了让古义和奈奥理解这句话的意思,就涉及了艾略特……

　　"当然,这种解释也需要放在古义对艾略特的阅读这一光环之下。咱不得已只好接受经由弗拉季米尔传达的'日内瓦'的决定,虽说绕着弯子,也亲口对古义你说了。而且,在你返回'小老头'之家以后,咱还是无精打采,再没有心情去绘制新的设计图。

　　"咱零乱翻阅着从古义你那里借来、清清却根本不想阅读的那本研究专著。在那本书里,有'小吉丁'①。最初那一节的解说。咱认为呀,这一部分对于你古义来说比较有趣。死去的那些人回到此界来与自己说话,那可是古义你所关心的内容……

---

① 艾略特的长诗《四个四重奏》之第四篇。

"所谓研究专著,指的是海伦·嘉德纳的书。书中有一段引自于艾略特笔记的记述(古义人点了点头),是关于死去的人与其他类型的存在之间可以进行意志的传达……作者以其中一个共有的思想交流为例,也就是地上的教会的代表与天上的圣者以及炼狱中的那些魂灵所共有的思想交流。在那里,大家发出的声音汇集到了一起,形成朝向圣灵的 invocation。说是艾略特就是这么写的。

"咱呀,被这个叫作 invocation 的单词给刺了一下。如果置换成日语,那就是希求这个词汇,古义,在森林里的新制中学,你从刚刚颁布的教育基本法中学到的希求!

"距现在大约三个小时前,在往回返的路上咱一面开车一面考虑着那个问题。从孩童时代起,古义你的身上就一直有那种自始至终的、令人可怜且单纯的专一,实际上,也是越想着可怜就越觉得可怜。咱在这么思考的同时,意识到自己身上没有那种东西……

"接着,从通往东京大学的地震研究所①的道路向上去的岔路口,咱就一直向坡下驶来。直至那时为止,咱可确实是在此界。因为,证据就证明了咱是在往下行驶的。

"然而,一个想法突然出现在头脑里——那条道路是通往极高处的飞机跑道!假如继续踩住油门,咱就会呈直线状地被推送出去。在前方,那些被选择的人组成了一个圆阵。

"他们每个人都发出自己的声音,随后汇集到了一起。包括吾良、篁、六隅先生等人在内的圆圈,是在痛苦中希求得到救赎的、炼狱中那些魂灵的圆圈。向着与那光芒的连接处,咱车子的直线以一百英里时速被推送了过去……

"然后,当咱醒过神来时,发现自己被安全带吊在翻倒在宽沟中

---

① 正式名称似为"八岳地球电磁气观测所"。

的汽车里。尽管如此,咱还是隔着发暗的车窗东张西望地打探那个光圈现在正处于哪个方位……"

说完,繁便沉默下来,古义人和奈奥也都沉默不语。这时,手机的来电铃声响了起来,三人全都打了个寒战。

下车接听手机的奈奥走了回来:

"是清清打来的电话。"奈奥说道,"说是弗拉季米尔和她都请繁先生尽快休息,就不过来探视了。大武和小武在客厅里铺好繁先生的被褥后就去了'怪老头'之家,这边就只剩下我们了。"

"想让亢奋的神经镇静下来,真对不起,想请古义陪咱一会儿。准备好酒水后,奈奥就去睡觉吧。

"如果现在还没有感受到的疼痛发作起来的话,就只能叫你起床了。上午,警察署的人还要过来……"

奈奥把车子开了出去。早先还少见往来车辆的国道上,长途运输的大型卡车已经开始通行,因而奈奥把车子开上在高大树丛间亮着淡淡灯光的街道,静静地行驶着。在树丛的连接空档里,大片的卷心菜田扩展开去,排列着难以计数的、微微映出光亮的、圆溜溜且成群成片的卷心菜。

"已经算是昨天的事了。咱请羽鸟先生领着,参加了很久前就从自卫队退下来的那些干部的聚会。

"从市谷那座建筑物的阳台上,三岛向集合在下面的自卫队员发表了演讲。在那期间,建筑物内的人们则在坚持工作的同时,用他们自己的话来说,就是黯然和发怒。咱见到的就是这些朋友。

"咱取代弗拉季米尔,向他们提出这么一个疑问:'三岛问题对于他们的直接部下,也是现役的自卫队干部们具有号召力吗?'

"然而,那些朋友并不理解三岛问题这个争论点的立论。咱怀疑,他们原本就不可信,这才做出那副姿态来的吧。因此当时咱就在想,不会给弗拉季米尔添加麻烦吧?咱随即把话题转到日本各地自卫队基地里的小团伙上。这些小团伙正在谋划再度掀起三岛问题。

"在冲绳,一些并不谋求正式工作的青年组成小团伙,说是要用自杀性攻击对当地的美军基地进行袭击。那里的自卫队基地里郁闷的年轻人比其他任何地方的都更为谨慎,能够看出这些年轻人与小团伙之间的交流。

"然而,这些计划全都告吹了。羽鸟先生不辞辛劳地试图活跃沉闷的气氛。即便对于咱来说,这也是毫无意义的、劳役的一天。翻车就是在这种状况下发生的!"

"小老头"之家的前院和屋里亮着灯光,奈奥把车子开进地界范围里。看到再度躺下的繁艰难地想要支起身子的模样,古义人伸过手去想帮上一把,却被繁推到一旁,从他身上传来一股难闻的味道。这种气味尽管充斥车内,但是当繁下车后站在被露水濡湿了的绿叶之间时,却再也感觉不到……在那气味之中,凝缩着被突然的虎头蛇尾打垮了的气馁和疲劳,甚至还有事故造成的负荷吧。

倘若果真如此的话,我自己身上的老人气味又当如何?由于没有真心参与繁的大决战,也就没有被突然的虎头蛇尾所打垮,老人的气味当然会比较轻微。大概就是这样吧。

繁依靠自己的力量调整好姿势后下了车,非常仔细地注视着阳台周围,然后对古义人招呼道:

"咱不是中原中也①,可看到零乱撒在黑暗之中的白色物体,就不禁想问:'那是咱的骨头吗?'是搭建脚手架时用剩下的碎料吧?把它们拾起来集中到一起,再放在壁炉里燃烧,因为这会儿还冷了起来。"

---

① 中原中也(1907—1937),日本诗人,在诗作中多表现现代社会中的虚无感,其代表作为诗集《山羊之歌曲》等。

4

在古义人点燃凉冰冰、湿漉漉的碎木料期间,奈奥把繁领去浴室并照料他。看样子,是在周到细致地检查繁的身体上是否有摔伤。

大武和小武已经在客厅东侧的窗子与壁炉之间为繁准备好了就寝的地铺,古义人也从二楼抱来了毛毯。他打算坐在扶手椅上,陪着地铺上的繁说话。奈奥在餐厅的餐桌上备下威士忌酒瓶、麒麟瓶装啤酒和罐装黑啤以及酒杯,然后就回自己的房间去了。

繁把用摄像机摄影时坐在屁股底下的那块木板放在自己的被褥和扶手椅之间。接着,在古义人为使火焰持续燃烧而调整开始烧起来的木板碎料期间,繁也开始调制酒水。为了方便前去卫生间,只留下了厨房的灯光。繁的调酒方法非常精细,首先把啤酒各分一半,然后极为细心地将威士忌注入其中。这时也还是先为古义人调制,然后在自己的杯子里注入更多一些威士忌。

古义人和繁默默无语地喝着杯中之酒。接着,由于两人的脸紧挨着面对面的缘故,繁很自然地用比刚才更压低了的声音说道:

"古义,有一件事要和你探讨。之所以这么说,是因为现在看来,还是死去显得更自然,咱觉得就是这样一个事故。警察用酒精检测器对咱进行了检测,可酒精含量近似于零。就这一点而言,咱是在精神正常的情况下,在笔直的国道上开飞车的。

"也就是说,咱想到自己该不是在下意识地想要自杀吧?古义,你是怎么想的?"

"奈奥说了,繁先生是不会自杀的人。"

"那只是咱自己的分析。而且,现在咱怀疑真的是那样吗?吾良自杀时,咱和你正处于绝交之中,就给千樫写了信……当时,说是真儿会把寄给千樫的邮件首先送到你那里进行检查。"

"因为那时有一些严重的中伤……我读了你的信,"古义人的额头感受着壁炉中呼啦啦飘忽着的火苗传出的些微热度,他回答说,"你在信中表示吾良不是自杀,你还说,吾良曾拍摄非法从事垃圾处理产业的黑社会的现场电视报道,该不是因此而被杀害的吧?……"

"你无视那封信件,是千樫给咱写了回信。她在信中说:吾良以前说过古义人不会自杀;现在回想起来,吾良本人却从不曾说过自己不会自杀。"

"……是这么一回事:那还是很年轻的时候,当时的文坛好像在谣传我可能会自杀。被刚刚出版的全集收录在内的三岛信函中,就有文坛伙伴间的相互询问,说是长江尝试自杀却好像失败了。千樫所说的就是当时那件事。

"那时是出版社所属周刊杂志的高潮期,出版了三岛全集的那家出版社的记者就来到我这里,百折不挠且赖着不走地逼问传言是否当真。于是,千樫就和吾良商量,那时他还是演员,就在附近的电影制片厂工作,因此就代替我来应付那位记者。

"吾良的论旨是这样的:长江古义人不会自杀,因为,他害怕在但丁的《地狱篇》第十三曲中的自杀者森林里被变成树木!当时吾良还说,对于自杀,自己倒是没有什么禁忌。这些都在千樫的记忆之中。"

"也就是说,自杀身亡者将去地狱,是这样吧。"繁说道,"吾良之所以加入到咱幻视到的那个圆阵中来,是和篁、六隅先生他们一起……作为将要得到救赎的痛苦灵魂栖身于炼狱,就是这么一回事。也就是说,即便咱在无意识状态之下,也还是相信吾良不是自杀的。"

"如果这么说的话,繁,你也不是试图自杀而把车子加速到一百英里的。因为,你自己也想要加入到炼狱里那些灵魂的圆形阵容中去。"

虽说繁似乎并没有毫无保留地认可这番话语,却是沉默不语。于是,古义人也闭上了嘴巴,这次则是由自己来往两人的各半杯啤酒里注入威士忌了。调制好以后,古义人和繁又喝了起来。

然后,繁开口说道:

"咱通过艾略特还想起另一个与但丁有关的话题,这仍然是炼狱里的故事。

"艾略特不是写了斯塔提乌斯①这个诗人吗?当斯塔提乌斯意识到正要通过炼狱的是维吉尔②时,长久躺在那里的斯塔提乌斯就要去拥抱老师的脚。

"山川的译文是这样的:兄弟!无须如此,汝为魂灵,汝所视者亦为魂灵。③从而遭到了呵斥。双方都是亡灵却还如此,就显得假惺惺了。"

"就是那一处,古义!在用铁管把这座屋子围起来之前,咱经常站在对面那株粗齿栎树下喝酒,眺望着古义你在这个客厅里或陷入沉思,或在和谁攀谈,或倾听对方的回答。

"对于和你正在谈话的那些死去了的老师和朋友,你只是没有搂抱对方的腿脚,态度却很郑重。透过黑暗注视着你的咱呀,现在总算明白了,你是在迎候着哪位返回来的死者。那可真是津津有味啊!那就是:古义如同对待实体一般对待灵魂。"

---

① 斯塔提乌斯(Papinio Stazio,约50—96),出生于那不勒斯,以诗人之称居住于罗马。
② 斯塔提乌斯晚卒于维吉尔数十年,阅读维吉尔著作之后生出同住的想法,但丁在创作《神曲》之际,便使此二人邂逅于静界山。
③ 详见《神曲》"炼狱"第二十一篇。

接着,繁推开垫放在后背的垫子,躺倒在被褥上面。古义人为了压下壁炉里的火头,长时间地把灰烬覆盖在红彤彤的炭火上。即便繁已经就寝,古义人也打算就那么坐着,用毛毯把自己从胸部以下包裹起来。

壁炉东侧的细长窗子由于上端为三角形,尖尖的顶部便露在了窗帘之外,只见伸到那里的铁管映现出微弱的光亮。天际开始泛起些微白色,古义人把头部仰靠在扶手椅的上端。

"你读但丁,读艾略特,"繁说道,"可你依然没有信仰。而且古义,对你很重要的人之中,有人或许悄悄地皈依了宗教并有了信仰,你却并不知道。咱也是如此。六隅先生、篁,还有吾良,他们都是……

"因此,在咱高速行驶的前方,就有了他们共同组成的圆形阵容……

"当咱被倒吊在颠倒过来、引擎平稳震动着的车体上时,就在想呀,究竟是什么在保佑咱还活着呢?现在,咱在微暗中和你说话,就像森林里发大水的那个夜晚一样,咱们呀,古义,没有任何确切的东西可以抓住,就这样活到了将近七十岁这个年龄上。

"你呀古义,难得在众人环顾之下因事故而死去——也就说,不会被人说为'那家伙终究还是自杀了'——却又以足以让你哭喊起来的痛苦为凭依回到了此界。而咱呀,也是在肯定被认为是事故之死的情况下得以生还的……咱记不清楚了,大概是豁出命地鼓捣那车子的缘故吧……然后就活了过来、身心疲惫、被睡意所压倒、躺在了这里。

"咱们俩该不是仍然为了干点儿什么,才在这里如此黏黏糊糊的吧?而且,咱们拥有的时间已经不多了。即使把两人那不多的时间汇合到一起,如果不能干上一件什么事的话……不是太过分了吧?

说是你在住院期间,曾在深夜里模仿哭泣,咱也想模仿你学那哭泣……"

话未落音,繁便"啊——啊——"地发出哭泣的声音。然后说道:

"古义,现在你是在哭泣吗?咱可是听到那哭泣了。即便你是在模仿哭泣,也是过于逼真了,因此让咱吓了一跳!"说完这话后,便开始在睡眠中发出粗重的呼吸。

第三部　我们必须静静地、
　　　　　静静地开始行动

老人应该成为探险者

现世的场所没有问题

我们必须静静地、静静地开始行动

——T.S.艾略特

西胁顺三郎 译

第十一章 "进行破坏"的教育

1

小武给成城那边家里的电话留了言,告知"小老头"之家的电话和传真已经恢复功能。当天晚上,真木就挂来电话,询问"能否回东京几天",而妈妈则认为东京持续着异常暑热,因而在犹豫是否该说出来,其实她本人染上的热感冒还没有痊愈,精神状态比较消沉,却又遇上加重这种状态的事情,应该是想和爸爸直接商量……

为了向繁说明这件事,古义人再度造访了那个工作间。为进行事故的善后处理而前往轻井泽警署,并在综合医院接受详细检查数天之后,繁又投入到描绘设计图中,没有在"小老头"之家露面。工作间的书架和墙壁自不必说,就连地板上也铺满了设计图和草图。"真儿打来这个电话,表示千樫的忧郁症有了某种程度的发展。"古义人刚说出自己的这种想法,正在设计图和草图之间工作的繁随即就赞成他回去。不仅如此,还提出一个新建议:

每当在东京办事时,繁都会抽时间顺便去成城那边的家。于是就听千樫说起,这座屋子建起三十年了,目前已出现一些毛病。就在事故发生前不久,听千樫说起房屋中钢筋混凝土部分还很结实,只是与增建的木结构部分之间产生了缝隙,繁便让千樫领着自己去了二楼。

所谓增建部分,就是古义人的寝室和书库。可映现在繁眼中的,却是堆垒在那里的书籍的数量和极为庞大的体积。倘若真如报纸最近频繁警告的那样直下型地震袭击东京的话,这里坍塌后很可能会压碎千樫和阿亮的房间。需要立即着手去做的,就是处理掉其中的大部分书籍。繁做了如此判断。可是,千樫却要求暂时不要对古义人说起此事,繁也就尊重了她的意旨。现在,就让古义人前来用自己的眼睛看看那寝室和书库如何。如果以进行大幅度处理为原则的话,看待那书山的态度也会相应发生变化的……

古义人翌日起身前往东京。在新干线上,占据他头脑的,全是如何处置那批书的问题。

在书库北侧的三分之一范围,装入瓦楞纸箱的书籍一直堆放到天花板附近。大学毕业那一年,古义人决定就此开始继续当作家的生活,在报告里表示自己为了结婚而作此选择,因而断了升入研究生院的念头。六隅先生便告诫前来递交这份报告的古义人,要他每隔三年确定一个主题,集中进行阅读。如果只是一味写小说的生活,说起来,自己并不认为有必要这样做,最主要还是因为没有其他可做之事的缘故吧。因此,六隅先生才会说,"每三年阅读某一主题的书籍;由于并不是要成为专家,所以三年后就转向另一主题;半途而废的研究者=作家,倒也算不上不负责任之人。"……

古义人就这样坚持了下来。包括像目前阅读艾略特这样重新回到某一主题的书籍,每当三年课程结束之时,古义人就要对排列在书架上和装入贴有书名清单的瓦楞纸箱中的书籍进行遴选。而不在此列的书籍,则让朋友开的书店前来取走。每一次整理,都会有大约三个瓦楞纸箱被堆放上去。

原本以为,对这些书籍的处理应该放在自己死后进行。然而,处理了北轻井泽工作间那些因漏雨而损毁的书籍后，认识到这对老年的自己正是一项合适的工作……

在做如此考虑期间，古义人身体中那个有着怪异之处的年轻家伙在并不很大的压力下冒了上来。

"好啦，那就干吧！最近这一阵子记忆力衰退，处理那些书籍就等于忘却了阅读它们的那些岁月。不过，就由我来承担这一切。干吧！"

看到古义人精神抖擞的神情，在车厢内往来贩卖的姑娘显露出期待被招呼的表情，终于还是失望地走了过去。

2

古义人经由比北轻井泽更为郁暗、繁茂的庭院走入静谧的玄关，只听见空调发出的微弱声响。阿亮坐在餐厅的餐桌旁面对五线谱稿纸，全然无视古义人的出现，用橡皮细心地擦去乐谱中的某一处。千樫和真木似乎不在家。

古义人选择只要阿亮一抬头就能进入视野的位置坐下来，取出弗里德里希·谷尔达①那套十张一组的CD，这是他在与新宿那家大书店同在一座大厦里的CD专营店选购的。自从十多年前通过FM第一次收听到他的曲子以来，阿亮就一直在收集这位钢琴演奏家的录音。如今，一起行走在街上时他已经不会嘎噔一下猛然站住，从而给挽着手的古义人造成冲击了，不过也有例外，那就是听到谷尔达演奏的曲子之时。

古义人把贴有头戴毛线帽照片的立方体小盒放在膝头，拿掉上

---

① 弗里德里希·谷尔达（Friedrich Gulda, 1930—2000），奥地利钢琴演奏家，经典演奏曲为贝多芬的《月光》和《热情》等。

面的玻璃纸。再度看去,阿亮正用铅笔在刚才擦净的地方填写着,侧脸却开始现出了红晕。古义人移坐到了阿亮正对面的餐桌旁。离家外出的这段时间里,家里的氛围发生了一些变化。理发后身着天蓝色夏令短袖毛线衫——应该是真木采取的措施,以防他因吹空调而感冒——的阿亮也略微消瘦了一些,却显得心情舒畅。

"繁叔叔来过了吧?他说阿亮正在创作大提琴组曲中的《快步舞曲》……从乐谱上看起来,快速的地方接二连三呀。"

"……是《库兰特舞曲》①。"回答过后,阿亮好像在四处打量。

如果真木在家的话,就会说明这是组曲中的第二支曲子,以此来补充阿亮的话。

"真儿和妈妈买东西去了吗?"

"真儿与梅子舅母的税理士战斗去了!"

搞吾良的未亡人还在继续电视剧以及剧场公演的工作。不过,她的税理士同真木战斗?

"这个谷尔达,还是第一次看到吧?"古义人转换了话题。

虽然没有抬起头来,阿亮的手指却已经触摸到了 CD 盒。他渐渐摆脱自闭状态,一张张地查看那些 CD,然后开始播放舒伯特的即兴曲。无论在住院期间还是在北轻井泽,古义人都不曾听过感受到内心如此温柔的钢琴曲。

这时,都穿着正式服装且满身大汗的千樫和真木回来了。她们回到各自的房间后,最先出来的是真木,苍白的面庞上显现出倦态。古义人虽然为此放心不下,却还是递过也是在新宿那家 CD 专卖店发现的、由 BBC② 制作的《荒凉山庄》DVD。

---

① 流行于十七世纪的舞曲。
② 英国广播公司的缩写字母。

"在北轻井泽,一直阅读艾略特,当记忆含混不清时,就对照艾略特的评传进行阅读。看着那些用红铅笔做了标记的地方,就那么读了下去。书中写道,晚年的艾略特在和秘书结婚前不久,把狄更斯的《荒凉山庄》作为礼物,赠送给了未婚妻以外的、在社交方面一直帮助他的另一位女性。于是,我用了一个小时的时间出声朗读。真儿,能帮我看看吗? 看看其中是否有什么地方能让我理解那种不可思议的关系。你读《荒凉山庄》,是因为喜欢这作品吧?"

真木从体积同样很大的纸袋中取出其他 CD 并拿给古义人看。

"是从梅子舅母那里得到的,"真木说,"税理士把吾良舅舅的电影全都拿来了。"

"真儿根本没有工夫仔细观看 DVD,可是……"回到这里来的千樫坐在真木身旁,"你休息得像是很好,看上去比较健康。我也担心在东京这么热的时候让你回来是否合适,可是,还算不错。这个问题今天已经得到解决,你只是听听就可以了……

"由于是外婆名下的银行账号,必须请吾良的几个孩子在放弃继承的文件上盖上戳子,因为有这种必要。"

"是这么一回事呀。所谓梅子舅母的税理士……听阿亮说了后,我就在想,这是怎么一回事呀? 那么,问题都已经解决了吧?

"比起这个来,我还有一个问题。繁考虑到东京的直下型地震……他是 unbuild 的专家,也就是说,是毁坏建筑物方面的专家……说到这座房屋二楼的书。他最初是和你说起的吧? 因此,我决定把书库中瓦楞纸箱部分的书全都处理掉。"

千樫看上去因消瘦而小了一圈,面部皮肤前所未有地开始转暗,她低下头像是在思考一般。

"……即使不用再去阅读,可那都是年轻时读过的书……以后会感到寂寞吧? 我也认为繁叔叔的诊断是正确的,可是……"

"高中时曾说过自己死后的寂寞,却被吾良不客气地抢白了一通,说是'自己'那时肯定早已不存在了。我原本考虑或许存在着亡灵能够感受到的寂寞。大概有与此类似的感觉吧。然而,这已经是决定好的事了。

"真儿,请给不识书房打个电话。你在读小学时,曾经上过家庭理财的课,课上讲授了公司的薪水呀蔬菜店的营业额等内容,当时你就对不识书房的叔叔说'请付钱吧'……"

"一直以来,爸爸就是这样把家里的经济问题当作滑稽的话题,从而让自己置身事外的吧?"真木说道,"我知道自己说的话很滑稽,可那不是说谎,我是在努力回答。

"为了填写申报资料,妈妈每年都工作到很晚。一旦算出应交纳的所得税款额后,就给芦屋的外婆挂电话借钱。虽然妈妈如此辛劳,可爸爸不还是买了足以压塌二楼的那么多书吗?"

"确实如此,胡乱买了许多当时还很昂贵的外文书籍。那倒不是因为具有学力,而是正好相反。每隔上三年,或阅读但丁或阅读布莱克的研究书籍。在最初那一年里,由于没有选择合适书籍的眼力,在丸善书店和北泽书店里,只要看到同一主题的新书,就会全部买下。"

"在那过程中,逐渐形成了选择能力,不到三年的时间内,就把买下的那些书处理掉了一些。"千樫说,"这样一来,有很多书都只是前半段加了注,真儿和我就用橡皮把那些地方擦得很干净,然后请不识书房过来取走。每当收到卖书款,真儿也好我也好……就连爸爸都会显出幸福的神情,阿亮虽然感到不可思议,却也露出了笑脸……

"装在瓦楞纸箱里的书呀,都是挑选剩下来的,处理起来不容易吧。"

真木转而显出闭锁般的神情,其中含有针对古义人的一些痛苦回忆。她并不理会母亲的调停:

"梅子舅母到医院探视外婆时,为那间非常漂亮的病房感到吃惊,大概以为住院费和陪护人费用全都出自于外婆的资产。"

("吾良舅舅说了,'如果费用有问题的话,就告诉我。'"千樫提醒道。)

"但在这十年间,妈妈什么也没对吾良舅舅说。硬撑着为爸爸的随笔集画了插图并获得二分之一版税,随即就存到外婆的账户里,用以支付相关费用。

"后来,外婆刚一去世,梅子舅母就派来税理士,说是要看看外婆被冻结了的银行账户。妈妈对此感到胆怯。爸爸把这种有关金钱的事务全都推给了妈妈。"

"真儿,接下来由我对你爸爸进行说明。晚餐的时间已经推迟,在那之前你先去睡一会儿。真儿要寻找这十年间收入的资料,还要拿去让税理士过目,比谁都要紧张和疲劳……"

"真儿与梅子舅母的税理士战斗去了!"阿亮直勾勾地看着古义人,口里反复说道。

千樫让真木上床后又折返回来,古义人听了她的一番说明:与税理士的交涉已经结束,从下周开始,外婆名下的银行账户将被解冻并可以使用,因而眼下的生活费将从中支出。

"是这么一种状态啊!真儿对我的口吻感到焦躁也是自然的……作为我来说呀,早先听真儿说,繁购买北轻井泽的土地和建筑物的款额,至少可以供我们开支两三年……税金的事情暂且不论,当时我也就放心了。"

"从繁叔叔那里得到的只是定金。你的住院费的不足部分,就是用那笔钱支付的。"

"后来催促繁了吗?"

"经过仔细考虑后,真儿给他发了电子邮件,很快就收到了回应的邮件，说是当然要支付余下的额数，只是自己的账户和根据地的经费已全都交给清清管理。是否可以先行紧急支付当前急需的费用？于是，我就和真儿商量先请他支付多少。这时，围绕让吾良几个儿子盖戳一事，和税理士达成了一致。真儿至少可以松一口气的是，眼下不用再麻烦繁叔叔了。"

3

晚餐后，真木和阿亮在客厅里通过刚得到的 DVD 观看吾良的电影《安静的生活》①。

为了扮演好以阿亮为原型的主人公伊耀这个角色，吾良和年轻演员好像去了残疾人设施进行参观，以观察多动性自闭症患儿的行为举止。然而，那孩子与阿亮的行为举止全然不同，因为阿亮是举止温和、行为安静的人。吾良也知道这个情况，或许考虑到如实进行拍摄不算是电影艺术的缘故吧，便采用其他类型的模特了。

尽管如此，当古义人、千樫和阿亮前去观看现场拍摄时，坐在导演座位旁边的阿亮凑过上身，对吾良耳语道：

"那个人，就是我呀！"他指着演员说道，喜悦中带着纯真。

摄影完成那天，在摄影棚举行的记者招待会上，当艺能周刊杂志的女记者要求阿亮就电影中饰演自己的演员说说自己的感想时，父亲、母亲和吾良都很紧张，就在这种紧张氛围中，阿亮从内心里说道：

"伊耀，戴着很好看的帽子！"吾良于是显现出更为纯真的喜悦……

---

① 原文为英语 *A Quiet Life*，由大江健三郎出版于一九九〇年的长篇小说《安静的生活》改编而成。

正在观看DVD的阿亮把盒子放在膝头。古义人注意到,盒子上贴着的那个钢琴家照片上的毛线帽与演员的帽子非常相似。阿亮已经没在关注演员的演技,当然也包括那帽子在内,而是入神地倾听着由自己创作、被电影原样引用的音乐。

或许是不能让阿亮睡得太晚的缘故吧,真木使用了快进功能,跳过好几个镜头后再让阿亮观看。在这过程中,来到了即便再度看到也还是觉得唐突、确实有些阴暗的镜头处。一个与伊耀毫无关联、估计是高中生的年轻人,把姑娘逼进了道路旁边稀疏的树林里。真木想要在此处关闭DVD,却注意到古义人正在观看电视画面,便领着阿亮去他的寝室了。

古义人独自继续观看。年轻人把姑娘按倒在斜坡上的草地里,在他与拼命抵抗的姑娘厮打过程中,姑娘突然处于假死状态,年轻人绝望地站在旁边。一个中年男子从路边的公共汽车里下来,他感觉到了昏暗的树林里的异常情况便去调查,发现了年轻人以及露出内衣并弯着一条腿仰面躺倒的姑娘……

男子走近年轻人,对他严厉呵斥道:"干下了这种无法挽回的事,却还没能干成吗?"从中年男子的口吻上,估计他是附近高中里那个年轻人的教师。"包括这一切在内,全都由咱来替你承担!"男子剥下躺倒在地的那位姑娘的内衣,强奸后掐死了她。姑娘下肢的动作逼真而生动地表现出来。

黑色的圆溜溜的公共汽车从漆黑的道路折返回来,从车上涌出用铁锹和镰刀武装起来的人群。中年男子在他们的追赶下奔逃,于黑暗中登上梯子并爬到上面的鸽子棚里。然后,在周围猛烈的振翅声中,男子把绳圈套在脖子上跳了下去……

回来好一会儿的真木把DVD置于暂停状态。

"因为,这一段声音让阿亮觉得讨厌,"她对古义人说道,"要一直快进到最后那段。"

画面再次开始播放，就出现伊耀与袭击了妹妹的那个暴力型游泳教练打斗，最终救出妹妹，在下个不停的雨水中抱着妹妹的肩膀走下去的镜头。这时，阿亮创作的长笛和钢琴合奏的曲子开始奏响。真木于是说："阿亮一定是上了床在听那支《毕业，就是改变》的曲子，请把声音调小一些，以免影响他休息。

"我觉得刚才片子里晚间树林的情节很可怕。干下无法挽回之事的年轻人不是突然得救了吗？电影没再拍摄被救下的年轻人，只拍了那个替人承受无法挽回之事的男人死去的可怕镜头。可是……

"我不明白，这一段情节为什么非要不可呢？我惧怕的是这件事。妈妈也说，作为故事来说，现在这一段情节既不自然，又不能融会到电影整体中去。"

"……那一段呀，看了电影后我也不明白。而且，现在即使再看上一遍也还是不会明白。我的原作里确实有这一部分。毋宁说，这是很久以前就已经存在的主题，却一直没能融汇到故事中去。是说就这样吧……还是说就这样过去吧……在写这个后来被改编成电影的中篇小说时，就把这个主题产生的印象给掺混进来了。那是为什么呢……

"然后，吾良就将其作为自己电影中的一段情节而原样采用了。而且，在他的电影中，制作成了让我最受魅惑的镜头……倘若果然如此，这或许就是吾良在摄制电影时送给我的私人性致意。而且，看了好几遍我也不知道其中的意思。"

"妈妈曾经说过，说是爸爸无论陷入怎样的痛苦，都有一种乐天派的个性，从而巧妙地借助乐天个性恢复精神状态。

"现在说是不明白吾良舅舅致意的意思，就将其搁置一旁，这种处事方法就含有乐天个性吧？"

晚餐前被千樫催促到寝室里去时,真木的面颊附近如同石块一般,现在那里则现出了斑块状血色。古义人意识到,以前经常将其作为孩子看待,可现在自己则把她视为具有抵抗感的、已经自立了的女性。

真木喘了一口气,缓慢而明了地做了这样的总结:

"当我知道吾良舅舅从大厦的平台上跳下来时,就想起在鸽子棚把带子缠在脖子上跳下去的镜头。然后我就在想,吾良舅舅是为了谁才做出这种事来的呢?

"那一阵子,周刊杂志刊载了把吾良舅舅的自杀写成丑闻的报道。爸爸买了很多这样的杂志……至于读过与否就不得而知了……堆放在书库的床边,我读了那里的杂志。当时我在想,吾良舅舅承受了别人干下的无法挽回之事,也许这些杂志就写着那人的情况呢……

"那时我什么也不明白,自己总是在为阿亮而感到恐惧……想起了很久以前的事情。因为,在任何一篇报道里,性方面的隐讳暗示都如同肮脏的秘密一般被写在其中……

"这部电影刚开始时,主人公伊耀家附近发生了小女孩遭到袭击的案件,妹妹就担心那犯人不会是伊耀吧?

"我也曾为这事害怕过。若说起我为什么而害怕,那是害怕阿亮做了案,而知道了这情况的爸爸结果把阿亮干下的无法挽回之事当作自己的事而自杀。"

千樫换上短睡衣返回到这里有一阵子了,她想要分担古义人正在承受的冲击。

"真儿之所以担心那种事,是因为在大学的福利社团活动中认识的一位残疾人曾受过流氓的侵害……是那时候吧?刚好那一阵子爸爸尊敬的一位哲学家在文章里提到,对于孩子,你如果强奸了她,你就必须自杀。真儿发现了这段话，还对我们说起这件事……"

"……确实是乐天性格，关于那天读了这报道的印象，我必须说上几句。"古义人说，"那个哲学家在更早以前还写过这样的话语：性问题是人生的巨大重荷。进入老境后，这个问题将自行消失，这实在是件快乐之事……（随即意识到自己现在已经是老人，彻底变得快乐了。刚想要接口说出来，终于还是闭合上了嘴巴。）"

"那时，真儿读了新翻译的岩波文库版《西游记》，就说起了黑风山那地方的黑熊妖怪。"千樫说道，"说是由于三藏法师的袈裟被盗并难以取回，孙悟空就去向观音菩萨求助……观音菩萨取回袈裟并收服黑熊后，打算将其作为仆人使用便带走了他。"

"是黑熊怪。"

"真儿当时说，最好能请观音菩萨现身，把男孩子身体中的黑熊怪全都带走……"

"……我觉得那时在考虑问题时强烈地以自我为中心。"真木说，"因为阿亮是个有智力障碍的人，所以或许会发生问题。在社团被毫无根据地说了这种事，我就感到害怕了……

"不过，我觉得反而是阿亮牺牲了自己体内的那种东西，比健康的常人提前度过了危险的年龄……妈妈曾经说过，一想到青春这么早就逝去，便感到寂寞。我虽然不很清楚……可我还是认为，阿亮所守护的，是我，是妈妈，是爸爸。"

随后，三人都默默无语地坐在那里。刚才的谈话使得真木显出钻牛角尖的趋势，古义人的话语中则含有要把真木的思路加速引往深刻方向的因素——他自觉到，归根结底，这也是乐天性格的另一个侧面——可只要千樫也在这里，就能够把话题转向别处。她目前由于热伤风而消瘦，从整体上看显得比较精神，将短睡衣穿在外面，把头发梳拢到脑后，恍然一副古印度女武士的模样，这时她搂过了真木的肩头。卸妆之后和摘下远近两用眼镜后因晃眼而眯缝起眼睛的神态,使得千樫最近越发与吾良相似,她那美丽的面庞看起来全然就是一个女武士。

4

古义人在书库里工作了五天。他首先把纸箱搬运到一楼。如此一来,也就不好不打开纸箱以确认箱中之书了。于是,在新干线车厢里抖擞起来的精神和决心很快便开始动摇。结果,他把再度送往北轻井泽的书籍,分装在看上去比较结实的十个纸箱里。

还有一个问题,那就是自己的那些书该如何处理?也就是屡屡加印时的样书以及版权代理人送来的外文译本。能阅读多种外文的年轻编辑也已经不再有往来,于是古义人用细绳将堆放着的外文译本捆扎起来,让真木在收集可再生资源垃圾的星期一①分批处理掉。也曾有一段时期,阿亮擅长于这种力气活儿,可现在他的腿脚软弱,甚至不时绊倒在从玄关至门口之间那块放鞋的脚踏石上。

刚一回到北轻井泽,就见"小老头"之家唯有脚手架显得有些异样,却仍然令人感怀地耸立在已有秋意的淡蓝色天空背景下。阳台前已经成为白花败酱②的白色世界。就像与古义人走下出租车进行替换似的,一辆上门送邮件的车子开了出去。那是前一天从成城寄付的纸箱已经送到。大武和小武正小心翼翼地分开白花败酱的花房,毫不费力地把纸箱抱往可以遮风挡雨的内里那间废屋。繁从"怪老头"之家来到正注视着搬运情形的古义人身边。

---

① 为有效管理和利用垃圾中的资源,每周按规定的日子分类回收垃圾。
② 败酱科多年生草本植物。夏秋季节开白花。

古义人打开宽底旅行提包，取出千樫托付的几种乳酪和生火腿，以及三瓶红葡萄酒放在阳台上。繁打量着葡萄酒瓶上的商标，说"这可是在纳帕河谷也算是上品的种类"，①他的行为举止在整体上显得活泼、麻利，表情也充满了活力。

"医院的诊断好像还不错吧。"古义人询问道。

"也有这个原因。"繁以很有力度的声音回答说，"另外，还因为咱正热衷于新的计划。迄今为止，你尽管对于是否能够实现而心存怀疑……似乎也就是作为老人的愚行而陪着咱。可现在这个计划，却具有了高度的现实性。

"由于是以大武和小武为中心进行考虑的，与此前完全不同的方向性就显示出来了。目前正集中性地和他们对话。咱也需要对他们进行观察，希望能够充分了解他们。假如他们不是咱所预期的年轻人，不妨就像让他们从咱身边离开时那样，从其背后推上一掌。

"咱决定向他们支付和在北轻井泽打工的店铺里相同的薪水，以巩固一同工作下去的方法。

"那么，有件事想要托你。古义，你能为大武和小武授一门课吗？咱在'怪老头'之家为他们办了建筑学基本讲座，尤其是大武，对建筑设计的直感非常好。此前我也说过，他对绘图细节的解读是正确的。"

"我可不懂建筑学的知识。"

"咱想请你举办的讲座，是关于鲁滨逊小说的，希望你能够让他们知道鲁滨逊小说具有的意义。咱们已经接近鲁滨逊小说中那两个人物，重新把握了咱们互相的、相对于我们互相的意义；咱那时试图

---

① 美国加利福尼亚州东部城市，位于纳帕河畔，是旅游观光之地，也是葡萄酒产地。

让你把大决战的来龙去脉作为鲁滨逊小说而同步写作；而小说中的重要配角，曾是弗拉季米尔和清清。

"现在，弗拉季米尔和清清的角色将由大武和小武来承担。因此，咱希望大武和小武能够知道鲁滨逊小说是怎样的作品。咱已经让他们阅读了你放在这里的《茫茫黑夜漫游》的翻译文本。可是呀，那两个人好像进入不了塞利纳。也是因为两人目前需要学习的东西太多了。如此一来，古义，请你讲授鲁滨逊小说不就是一条捷径吗？"

繁和古义人坐在阳台的木架上交谈期间，大武和小武已经将书箱搬运完毕，并顺手整理好了废屋的堆柴场。眼下，这两人透出好兄弟的感觉，正肩挨着肩地在休息……

"那就干吧，反正我也不忙。"古义人说道，"由于翻译文本比原著还要陈旧，因此对于现在的年轻人来说，阅读塞利纳是比较困难。可能也是因为这个原因吧。不过，大武和小武认真阅读过陀思妥耶夫斯基，所以呀，通过阅读《白痴》来说明鲁滨逊小说如何？'小老头'之家有全集版的《白痴》，今天晚上他们就可以预习。没有必要重新阅读全部作品。"

繁举起手来对大武和小武发出信号，两人随即站起身往这边走来。对于由繁主导的教育，这些年轻人显然持积极态度。现在，大武和小武也将头部周围剪得很短，只有中心部位的头发留得较长，是头顶冲天而立、状若鸡冠的发型，这像是在表现一种自由感情，从法国餐馆的侍者这一角色中解放出来的那种自由感情。

5

在针对大武和小武制定的讲义中，古义人首先从繁来到北轻井泽后很快便提起鲁滨逊小说，而且回忆起很久以前古义人说过的话并充分予以引用等处开始:"自己一生中虽说没有有趣之处,却也有一个奇特之事,那就是有关出身的来龙去脉。此处已然与繁相关。从那以后,繁便出现在有关自己身世的各种场合,总之,将自己卷入到了既痛苦又有趣的变故之中。此类事例,今后也还会发生吧。把这些经历连接起来,繁和我相互缠绕的生涯也就浮现出来,于是就将成为这样的小说……"

小武随即应答道:

"从繁先生那里也听说了出身的来龙去脉。毋宁说,是繁先生本人出身的来龙去脉。说是繁先生的母亲和一个即将前往商社驻上海分店工作的人结了婚,很快就怀有身孕并感到不安,便叫来了自儿时起就是朋友的长江先生的母亲,然而自己却流产了,还不能将这个消息报告给丈夫的双亲,更糟糕的是,身体今后再也无法受孕了。于是,就请长江先生的母亲,用现在的话说,就是代理受孕和生产。在这种情况下,自己就出生了……繁先生还说,长江先生的父亲前来接回长达一年没有回家的妻子,就是因为这个原因……"

的确,古义人为之哑然!

"那并不是繁先生的断定,"大武立即接过话头说道,"只是他自己相信事情是那样的。他也说了,父亲并没有把一切都讲出来。他还说,自己是在战败之际被母亲抛弃的,一回到日本就受到长江先生的母亲的珍爱,因此,或许就这样开始相信这件事了。"

不安之余,古义人说道:

"能够泰然说出这种梦想的人,就是繁了。到目前为止,繁带到我的生活中来的那些既难堪也有趣的变故,无一不是从这种假话开始的。在制定'小老头'之家的计划时,建筑公司的负责人对我说,建筑师在自我介绍时说自己是长江古义人的异母弟兄。不过,我们还是撇开繁的这种特殊癖好,开始干我们的事吧。"

古义人把塞利纳和陀思妥耶夫斯基的翻译文本放在餐桌上，三人围坐在了一起。此外，古义人用传真机附带的复印功能，复印了这些文本中以前画下几重红线的页码，并分发给了大武和小武。

"为什么要选择鲁滨逊小说呢？因为，我听说围绕那位鲁滨逊，繁建议你们读一读《茫茫黑夜漫游》。是从刚开始的、在深夜的战场上图谋当逃兵的那个不可思议的配角出场处开始阅读的吧？

"那种奇怪的男子，深入到并不起色的作家的生活中来，要把他卷入奇特的变故里去。这其中的来龙去脉，就由那位长年作为小说家生活过来的作家进行写作。而且，较之于自己，更要把焦点集中在那个男子身上，作为事件整体的故事来写。这就是鲁滨逊小说。深入到我生活中来的男子，则是鲁滨逊。

"具体说来，就是繁从圣地亚哥迁回到日本，把一位老作家……也就是把我卷入到奇特的冒险中去。最初的构想，你们也从繁那里听说了。出面照顾病后老作家的繁以弗拉季米尔和清清为主要人员，在北轻井泽的根据地开始生活。情况就这样发展下去。

"接下去，将要写'日内瓦'的部队负责实施的、繁策划的大决战。繁把我作为登场人物为我准备了从不曾干过的重大任务……"

"长江先生，你为什么要接受那个任务？"大武问道，"奈奥也说，她认为你除了接受外别无选择……"

"我只能说，那是我和繁的鲁滨逊小说。"古义人回答道。

于是，大武和小武也都立刻回到听鲁滨逊小说讲义的态度上来。

"然而，繁的构想却在由弗拉季米尔担任联络员的上级组织的会议上被驳回了。不过，并不是连同支撑繁的构想的那个新方法也给否定掉。好像是认为时机尚不成熟。

"因此，弗拉季米尔要回到自己早先的构想。他是为关注三岛问题而来的，说是要传播肯定还存活于其中的火种，从而在这个国家发动政变。但是,从繁和自卫队老队员谈话的情形来看,那好像是不现实的设想。弗拉季米尔似乎也一点点地明白了这个情况。据清清说,弗拉季米尔甚至好像在向上级组织探询,是否需要从设在日本的根据地撤退?

"但是,繁产生了新的构想。关于这个新构想,即便你们不知道整体,也应该知道其根本架构。繁以大武和小武为主要人员,提出了新的鲁滨逊小说,要求我立即着手写创作笔记。我接受了他的提议。现在我这样对你们讲述这件事情,你们明白了吧。

"不过,我并不知道你们打算和繁去干的那件事,所以只能对你们讲授鲁滨逊小说的原理。繁说了,要我借此让你们知道此前他和我一直试图去干的事。因此,我打算把你们所知道的陀思妥耶夫斯基的小说,把《白痴》,作为鲁滨逊小说的范例进行讲述。

"我认为,《白痴》人物里的罗戈任发挥着鲁滨逊这个角色的作用。在塞利纳的小说里,鲁滨逊出现在战场上的夜雾之中。而在陀思妥耶夫斯基的小说里,对身处接近首都的彼得堡·华沙那趟列车上的罗戈任所做的描绘,尤其吸引了小武吧?

"罗戈任带着十万卢布闯入庆贺纳斯塔霞命名日的晚会,纳斯塔霞将其扔进火里并让充满野心的青年从中取出,冷眼观看这一切的罗戈任因此而把自己放在了与梅什金公爵平等争抢纳斯塔霞的位置。'……罗戈任,好了,我们出发!再见,公爵,有生以来,我还是第一次见到真正的人!'

"然而,罗戈任此后继续受到纳斯塔霞的愚弄,甚至对公爵产生了杀意。与此同时,公爵却在寻求与他的友谊。尽管罗戈任一度予以拒绝,却不得不说出以下这番话语:他举起双手,用力抱住公爵,喘着粗气说道:'如果那是命运的安排,你就把她拿去吧!让给你了……忘掉这个罗戈任!'

"纠葛越发深了。终于,梅什金公爵也被卷了进来。然后就是悲惨的结局。纳斯塔霞遭到杀害。公爵在同一个房间里和杀人者罗戈任并排躺着度过了一夜。'此时天色刚刚放亮,公爵终于完全失去了力气,好像被绝望打垮一般躺倒在垫子上。然后,他把自己的脸贴靠在罗戈任那惨白的、凝然不动的脸上。泪水从他的眼睛流到罗戈任的面颊上。然而,他这时恐怕已经没有气力感受自己的眼泪并丝毫不记得与此有关的情形……'"

小武让内心里洋溢着明朗的感觉,同时开始萌发斗志。

"繁先生说,'假如长江先生引用这段文字以图结束有关《白痴》的讲述,你们就注视着古义的表情!如果他把自己比作梅什金公爵的话,那就是滑稽。而且,咱在农场虽曾伤害过同僚,还不至于犯下杀人的罪过……"

"那只是繁先生的笑话。"大武责备着小武(两人间的这种角色分工,就连古义人也已经知道),"繁先生说,'两人都知道彼此已经陷入困境之中,决定一起干下去,这其中也包括长年如此生活下去的关系……'他还说,'要将其作为鲁滨逊小说的故事来听!'"

"作为繁来说,我觉得他大致就是这样的。"古义人说,"思维方式与繁未必一致的人物,也就是我,就在你们想要实施的计划的近旁,你们难以放心,对这个家伙难道不需要戒备吗?你们是这样考虑的吧?弗拉季米尔和清清也曾把我软禁起来……

"因此,一如你刚才所归纳的内容,就是让你们从我这里听有关鲁滨逊小说的故事。

"但是,如果繁把我想象成将自己比照为梅什金公爵的人物的话,即便是我也是要生气的,所以,你们就告诉他,我引述的是《白痴》中的其他场面。引自于《创作笔记》。

"被憎恶他的母亲称之为'白痴'的男子,用暴力手段强行侵犯了整个家族非常珍惜的朋友、那个叫作米廖的姑娘。他甚至在家里放起火来……这是一个与梅什金公爵完全相反的'白痴'。而且,在直至今日的现实生活里,我并不是全然不曾考虑过这种类型的人物。

"大武和小武在成城我的家里也曾见过阿亮,当阿亮到达一定年龄时,我的老师六隅先生告诫我,决不可忽视他有关性的冲动。在我的一生中唯有这一次,我对老师动了怒气。然而,对这个问题感到担心的似乎远不止六隅先生一人。

"即便在塙吾良以阿亮为原型摄制的电影里,吾良也介入了这个主题,塞进相当于父亲年龄段的男子为承受少年性犯罪的罪行而自杀的情节。而且,这段情节还是我将其与阿亮分隔开,相对隐讳地写在小说里的。吾良像那个男子一样看穿了这一切。

"前几天我回到东京,偶尔在 DVD 里看了那部电影。与吾良血缘相通的真木说是惧怕那段情节。然后,她就从那里说了起来,表明早在孩童时代,她就担心因为阿亮的性犯罪,作为父亲的我会因此自杀,她惧怕这种发展趋势……有关阿亮的这个担心是杞人忧天了。

"因而我就思考了这个问题。假设实际发生了此类事件,无论朋友还是家人都认为我会对此负责并引咎自杀吗?那么,谁会把我视为作家这种社会性存在呢?

"可是,由于自己同时还是长江古义人,所以,当真的发生这种事件时,毋宁说,我或许会写出帮助阿亮的作品。而且,也许会把社会良知以及其他东西全都视为自己的敌人。毋宁说,那才是作为作家的自我……"

"当问及'为什么决定加入到繁先生的大决战中来'时,被告知'是因为鲁滨逊小说'。这次也是,随着事态的进展,我觉得长江先生被卷入到了丑闻之中。"小武说道。

对于这番话语,大武在古义人回答之前就说道:

"'事情一旦到了那种地步,古义是不会让他们自己碰壁的',这是繁先生的看法,'这是因为古义上了年岁,经历过身受重伤的磨难,与以前长年交往的古义不同了。而且,这原本就是那家伙的秉性'……"

"或许,繁是为让我对大武和小武说出现在这样的事,才请我准备鲁滨逊小说讲义的。

"也就是说,今天我所做的,应该是繁的'进行破坏'的教育之一环,我的身份并不是什么客座讲师,而是接受这种教育的……在美国的大学体系中,就连走进教室参加讨论也是被许可的,只是不能获得学分。当然,也相应没有被要求发表成果的义务,也就是那种叫作旁听生的……学生。"

小武仿佛得了一分似的显示出天真的兴奋,而大武反而像在反省一般。尽管如此,两人那朝气蓬勃的脸上都现出红潮,指向头顶中心部位的那些剪剩下的黑发的火苗正升腾而起。

第十二章　怪异之处处于优势

1

下午较晚时分,繁带着清清过来邀约古义人同去散步。

"为大武和小武讲授鲁滨逊小说的故事后,听说还承认自己在接受'进行破坏'的教育。清清好像也知道。"

古义人为两个年轻人开设的讲座,与此前和清清阅读艾略特的时间段相同,从上午开始,到正午结束。和没吃早餐的古义人一起用完已是午餐的那顿饭后,大武和小武便兴冲冲地前往"怪老头"之家的繁的工作间。估计繁早已充分听取了年轻人的汇报。

这一天,北轻井泽商店街的焰火大会将在镇子边缘的运动场举行,往那个方向去的别墅住客的身影引人注目。古义人把繁和清清领往相反方向,脚下的道路通向可以俯视熊川峡谷的台地尽头。从这条未铺柏油、中间突起的道路迎面而来的人群中,也有一些人面熟,在那场借古义人获得外国奖项、阿亮发行 CD 的机会举办的演讲会/音乐会上见过面。然而,人们谁都不向古义人打招呼,显然,是因为竖立起模样怪异的脚手架和在此出入的那些施工人员而得罪了大家。而且,现在和古义人走在一起的,是像第二代日裔老人的繁,以及刻意显示自己是出身于中国的美国人清清。

　　当开始与别墅住客们断断续续地错肩而过时，先前因感觉到那种氛围而默默走着的繁回到了早先的话题：

　　"咱很开心地听了大武和小武所说的那些话。不过，清清却嘟嘟囔囔地说：'对长江先生如此不加提防，这合适吗？'于是咱就告诉她：'那么，你就对古义说说你的担心吧。'便把她给带来了。毋宁说，古义呀，清清似乎是想确认你目前的社会观和政治观点。"

　　"至少，事到如今还想向你们隐瞒的社会观和政治观点，是不存在的。"古义人只得说道。

　　"我一直希望你能坦率地回答我的问题。"清清随即便开始了询问，"长江先生出版《广岛之书》①已大约四十年了。在那以后还写过许多随笔，在国际会议上也提出了相同主张。

　　"你反对现有核大国继续持有核武器，既反对中国的核武器，也反对法国重新开始的核试验。

　　"因此，你相信过核武器国家会自发地向着废除核武器这一目标而努力的进程吗？"

　　"科学家们有关'核冬天'的警告，影响了冷战中的两个阵营，然后苏联解体了。那个时期，我怀有实际的希望。"

　　"可那是徒然的希望。"

　　"正如你说的那样。"

　　"你怀有这样的希望吗？也就是说，在你有生之年，将在世界范围内废除核武器。你会说，即便对此不抱希望，也还是要继续自己反对核武器的言论吗？当然，那是你的自由。

　　"听弗拉季米尔说，你经常从六隅教授的著作里引用以往的法

---

① 一九六五年六月，大江健三郎出版长篇随笔《广岛札记》。

国人的言论：'人终究要灭亡。或许就是这样。然而,会是一边抵抗一边灭亡的吧。'那也是你的自由。

"我曾对弗拉季米尔说,长江先生不是那种一边抵抗的类型,而是属于艾略特的'静静的,不抱希望地等待！'那种类型。可弗拉季米尔却说：因为那个人现在就像繁先生所说的那样,正处于大病过后的恢复过程中……

"我在想,长江先生既不抱有希望,又不进行抵抗地等待着的,该不是自己的死亡吧。

"而且,这对于老年人来说也是很自然的。像繁先生那样总是精神十足,总是想要惹发事端的人毕竟是例外。我觉得,长江先生其实认为今后自己将活不过十年。你认为核武器会在这十年内被废除吗？"

"我不这么认为。"

"那么,你觉得这十年内,在国际政治领域,废除核武器的动向会实实在在地成为趋势吗？"

"在冷战结束后的数年间,我所抱有希望的,是估计那个动向会出现。然而,现在我放弃了这个希望。目前任何一个大国,包括苏联解体后的俄罗斯在内,都不考虑废除自己的核武器。"

"在和长江先生阅读艾略特的过程中,我感觉你不是基督教信徒。"

"我没有信仰。"

"那么,你也就不把愿望寄托在死后,是吗？"

"也有人虽然不信仰基督教,可对自己死后的社会发展寄以了愿望。然而就我而言,已不再考虑在自己死后,世界的毁灭和核武器的废除这两者谁更可能。

"据说,在病房里陪护我的女儿曾告诉千樫,说是我在梦中哇哇地哭泣。我只记得其中一个梦境。不知怎么回事,在得知当天是自己死去之日的那个早晨,我阅读了报纸的每一个角落,都没能发现废除核武器的迹象,便伤心绝望地哇哇哭了起来。就是这样一个梦。而且,哭泣中的我知道,和走向死亡的肉体上的痛苦相同,这种心理上的痛苦造成的失望感,也将在数小时后因自己的死亡而消失。毋宁说,我是在安心感中哇哇大哭出声的。"

2

又是一个别墅家庭的成员走近了。古义人沉默不语,清清也是如此,让过好奇地打量着自己这一边的孩子们。

"古义,刚才清清向你确认了的,是这么一回事。"繁再度提起话头,"基本上呀,你是希望站在非暴力一方的人。而且,你知道现在的世界趋势,现今最大的暴力装置,也就是核武器的废除和缩小规模这样的趋势都没有出现。你还知道,自己将在看不到废除核武器这一前景的情况下死去……毋宁说,你甚至不再说自己对此还抱有希望……是的,你不再抱有希望。清清想要确认的,就是这些。

"听了古义的这一番话后,咱也在思考一个问题。对于废除现代世界中的、实际上也是由美国占据绝对优势的暴力装置,你已经不再抱有希望。既然如此,咱对古义阐明计划的具体细节又何错之有?却被清清和弗拉季米尔告诫为要出言谨慎。

"咱在考虑的是,让大武和小武以他们这个两人小组组成暴力装置的一个单位,以对抗极大的暴力装置。一个单位,这个概念非常重要!因为它是单位,是可以无限繁殖的最初的那个一。而且,其本身就是提示增殖方法的单位。

"他们的这个暴力装置,在咱通过弗拉季米尔向'日内瓦'提交的大决战构想中,原本是作为构想整体的基本模式而制作和应用的。该构想遭到了驳回,意味着目前失去了把那种基本模式予以扩展的途径。然而,也仅此而已。

"于是,咱就逆向而行,把基本模式转向小型化并以多种方式予以应用的方向。咱绘制了很多'进行破坏'技法的绘图。咱已经开始这方面的工作。在大决战的前景逐渐远去之后,咱回到了多年来所做的……如果用古义的话语进行表述,就是……人生习惯的手工作业。

"一直在绘制那种设计图,一直在用彩色铅笔绘制那绘图。大武和小武被吸引了,这就是事情的开端。

"大武和小武要求咱讲述如何实际运用你也看到过的、咱绘制的绘图之一……也就是对其进行解读的方法。这件事也曾对你说起过吧?咱就像给建筑系本科生讲课似的,为大武和小武进行了解说。然后,就发现他们是非常优秀的学生。说起来像是在多愁善感,大武和小武或许将会是咱最后的也是最好的学生。而且,他们还是实干家。

"咱的'进行破坏'设计图和绘图呀,简单说来是这样的:只要在建筑系找两个以上的本科生认真解读,并把那里标示出的爆炸物定量搞到手,就能把大楼的一个楼层给炸飞。

"就原理而言,则是把被'日内瓦'驳回的方案进行小型化处理的产物。只是这么点儿随机应变。很少几个人就可以实施。

"首先,签订合同把大楼中一个乃至两个房间搞到手。此前需要研讨大楼的整体设计图,选择位于大楼最脆弱处的房间。对爆炸物有所限制,也就是在哪里以及如何安装爆炸物。

"为此而绘制的绘图、自制起爆装置的方法、安装之时的步骤等,将全部写在实施爆破的教程里。还要结合尽量多的具体例子制作成若干册，所以把那些分册综合起来后，就会合订为'进行破坏'建筑技法的巨著。不过，首先还是从单个具体例子的分册着手。

"说了这个构想后，大武呀，提出是否可以开设因特网的网页，然后经由网站扩散开去。"

"但是，在九一一之后的世界上，这种原理和技法的教程，能够公然通用于可以自由登录的因特网网站吗？"古义人不好再不插嘴。

"是有这个问题。"繁承认道，"利用因特网，世界的各个角落都触手可及，咱们知道，那里有非常危险的东西。利用儿童制作的色情玩意儿就是其中一例。'进行破坏'教程的网页，更会被严加防范吧。可正因为如此，因特网才更有魅力。大武说了，要想方设法寻找到某种方法。

"如此一来，小武也开始表示，假如用正面进攻的方法无法建立'进行破坏'教程的网页，不妨采用游击方式，把咱已经完成的分册用更为稳妥的手法一点点地送出去。而大武的思路，则包括将其作为网页电子告示牌的插注传送出去，进而寻求有效方法。

"但是，大武使用因特网的方法固然是一个方法，另一方面，在推进这个构想的同时，小武……他在这个问题上更是劲头儿十足……提出实验性地实施第一次爆炸，再以摄像资料做成详细报告，然后运用游击战术把资料传入因特网去。咱们如果将其合二为一，就将成为实实在在的教科书。

"而且，这种样式是这个两人小组的独特之处。大武和小武决心由他们俩成为首先以这种样式进行思考并第一个启动的暴力装置单位。"

对此，古义人毫无应答之法。可是，繁像是匆忙地进一步说道：

"如此一来，对于大武和小武的上述策划，从设想的出发点就开始收集信息并用于写作鲁滨逊小说，就是古义的工作了。今后你也要处于可以与大武和小武进行对话的关系。当初制订的计划就成功了。"

从后方极高的高度上,传来了焰火的爆炸声响。即便回过头去,也只见天际明亮,虽然听到声响,却无法判断发射到了哪个空域。黄昏时分的蓝天安详地舒展着。

"就是这么一回事。怎么样,古义?"繁对正仰视着天空的古义人问道。

"鲁滨逊小说的、新想法吗?"

"说的对,关于大武和小武将要开始的那个策划本身。"繁显现出烦躁的神情说道。

古义人没有回答这个问题,而是转向清清说道:

"从这里稍走不远,就到了大学村东端的悬崖边,再往北侧绕过去,就是面向西方且视野开阔的地方了。天一黑下来,真正的焰火大会就将开始。那么,我们去那里观看吧。中国的焰火和日本这个国家的焰火或许会是全然不同的印象……"

走上古义人提议的那条道路后,清清对繁说道:

"长江先生刚才说,他不认为在他的有生之年,能够废除核武器。我觉得这是诚实的回答。如果有人说美国和中国将要就废除核武器开始谈判,并会在未来十年内取得成果,那么,会有美国人相信这一切吗?对于中国人来说,情况同样如此。

"繁先生作为拥有美国国籍的人,我作为中国人,当然会这样考虑问题。可是,长江先生则是作为日本人来思考这个问题的。我在想,那时候最为深切地体味到无力感的,该不是日本人长江先生吧?繁先生你曾经说,长江先生之所以写《广岛之书》,并不是拥有希望,而是正好相反,那是自己对长江古义人进行再认识的理由,认识到他和自己是互补的二人组合中的一半。现在,我觉得自己好像明白了这句话。(古义人小声对繁说起刚想起的往事:"耶鲁大学的弗雷德里克·詹姆逊引用了贝克特本人的话语,将其称之为 Pseudo‐couple。也就是奇怪的二人组合吧?")

"我之所以要说那样的话,是因为我实际上在为是否要立即把这次新策划告诉长江先生而感到犹豫。可繁先生却说,对于鲁滨逊小说的写作,这样做无论如何也是必要的……

"因为我还想起,假如对长江先生和盘托出以大武和小武为中心的新计划,就会和录像带事件时那样,弗拉季米尔和我肯定会疑神疑鬼……不过,刚才听了繁先生详细地对长江先生说的那番话,就觉得这样做也行,何况繁先生本人也有这种需要。"

"清清,咱和古义呀,是鲁滨逊和巴尔达缪式的'奇怪的二人组合',尽管彼此是完全不同的人,可也有非常相似的地方。咱现在抱着一个幻想,那就是大武和小武式的微小单位或许会在全世界扩展开来。也就是说,咱认为只能是如此。那是因为,在咱死亡前的这数年间,美国不可能发生变化,咱因此而感到灰心失望。

"如果一门心思认为覆盖全世界的核武器的状况在自己的有生之年不会有任何改变,为此越想越苦恼,古义也是很有可能去做自暴自弃的愚行的老人的,而要压制大武和小武的决心,则是不可想象的。你与他们又有什么不同?"

轰的一声传来了焰火的声响,这次三人都仰视着正面的上空,却还是什么也没看见。古义人略微瞥见清清呆若木鸡的表情,从中感觉到某种滑稽。那大概就是繁的强烈质问在某处蕴含着分歧,而这分歧就如同那焰火的轰然声响一般,让清清难以捕捉。

"可是呀,"古义人对两人说道,"你所说的'你与他们又有什么不同'这句话,或许对繁也是一句合适的话。"

繁对此未作回答,清清也沉默不语。古义人向清清说明眼下正走着的道路。古义人的家位于大学村尽头的所谓新开发地区,从那里走下去,就是与深谷相连接的高台的尽头了。经由高台尽头的那条南北相通的宽路,是大学村的主干道,在道路两侧排列着宽敞的地块儿,古义人和千樫都与那里的别墅客没有来往。清清被缓坡上那所时髦的别墅所吸引,古义人告诉她,那是与他年岁大致相同的诗人的别墅。清清于是表现出了兴趣,说是此人即便在中国也是广为人知。

一条细细的小径穿过高台边缘后便是通向西边的上坡道。在那个峡谷旁,可见一处明显带有昭和初期时尚风格的别墅,别墅正面是高大而繁茂的朴树。清清拾起确实很大的落叶,自从与她认识以来,古义人还是第一次在她身上看到姑娘本色的举止。

"从这家背面的书房里,老前辈女作家呀,好像告诉过编辑,说是经常看到我和阿亮蹲在溪流岸边的草场上。我每天要在那里钓上一条鳟鱼让阿亮吃,而阿亮则在那里收听 FM 的古典音乐节目。从上面看下来,就像是受了挫折的年轻父子了。"

"在这个国家特有的座谈会上,评论家迂藤就说呀,六隅先生去世后,古义就出入于那个老前辈家,对上流社会之家充满憧憬呀。"

"无论是前辈还是同辈,我不曾对那些小说家或者诗人有过任何私人性的拜访。"古义人说道,"我没有去过那座房屋,即便在东京的住宅,也只是为了新年计划而被报社拉去过一次。迂藤呀,在持续战前那种上流意识这一点上,他与三岛是同类。"

"即使在四国的森林间的峡谷里,不也有某种阶级感吗?"

"确实如此。就这一点而言,繁的母亲位于石墙之上的家,属于上流。我母亲则是河边密集搭建的房屋里其中一家的女儿。"

清清像是在偷看繁的神色。在繁对大武和小武讲述奇怪的身世时,她大概也在一旁听了吧。古义人也看着繁,然而,繁却只是俯视着道路左下方繁茂的树丛间变幻不定的光亮。

这时，从这条道路的岔路口转而向左下方行去，就到了用铁栅将开裂处进行加固的空地。这里就是古义人想到的观看焰火的地方。不过，下午的阳光还很强烈，即便传来焰火的爆响，开阔的视野里却什么也看不到。

"古义，要在这里一直等到天黑观看焰火吗？"繁问道。

古义人注意到繁的声音和语调里显露出了不愉快，这种不愉快早已深深地隐藏在了此前的说话语气中。

"你究竟是不是认真的？那附近的麝香萱①虽然开始绽放，可现在还是大白天。轰、轰的声响，只是在预告天黑下来后焰火大会才开始。仅此而已。如果在这里等到天黑后观看焰火，那么回去时，清清那鞋子怎么走漆黑的山路？

"古义，你已经到了这个年岁，现在却还这么不适应环境②。咱从上海去你那个森林期间，咱俩的关系之所以很快就不和睦，并不仅仅因为咱那邪恶的行为举止。对古义你那 misfit 的模样，咱那时实在无法忍受。

"迁藤和三岛之所以厌烦你，不也是这个原因吗？在这样的地方长时间地等待，观看了焰火之后，再在一片漆黑之中摸索着走回去。对于这样的事情，咱对不起了！"

面对繁的这番突然发作，清清不禁目瞪口呆。繁转向一旁，就连脖子上的青筋都变成了暗红色。紧接着，更是独自一人先回去了。

清清穿的皮鞋垫着一个虽不很高却还是有点儿高度的后跟，古义人把胳膊递过去让她搀扶，随即踏着确实难以行走的上坡沙路往

---

① 百合科多年生草，生于山地草原，约一公尺高。初夏季节，于黄昏时分开放，翌日上午凋零，其细长花形与淡黄色百合非常相似。

② 原文为英语 misfit。

回走。繁摇晃着宽宽的肩膀站在前面,像是上了年岁的猛男①二世的姿势,使得古义人想起了少年时代的繁的走路姿势。

"繁先生怎么了?"清清压低嗓门问道。

"大概是看我对他新近热衷起来的构想不太积极,所以在不好走的道路上生起气来,更有可能对我反问的'你与他们又有什么不同?'这句话记恨在心。"

"今天,繁先生已经生过一次气了,在和奈奥谈话时发出很大声音。这件事本身,也会给那人造成伤害。

"对于这个新构想,弗拉季米尔和我都很感兴趣,是仅仅依靠我们的根据地本身就可以实施的规模。而且,如果在东京获得成功的话,就能够向整个世界发出信息……

"然而,奈奥却表示反对。早在繁先生、弗拉季米尔和我进行研讨的阶段,奈奥就觉察到大武和小武是实施这个构想的核心人员。自从大武和小武把绘图带回'小老头'之家并说对此感到新奇,奈奥就开始反对了。

"弗拉季米尔和我对此不放心,担心她要把两个年轻人当作机会主义者。这也是繁先生的担心,因而才为了眼下这些小事而突然发怒的吧。繁先生今天是有些奇怪。"

古义人在想,清清从青岛到内陆,还是女学生那阵子,就已经形成这种缩短步幅,用鞋尖在沙地上轻轻触碰般的行走习惯了吧。她挨近古义人述说着,脑袋仿佛挨上了古义人的肩头。虽然说话的指向正好相反,却与刚才女检察官一般的讯问方式相同,古义人从中感觉到毕竟和日本人的行为举止相异的其他东西。

---

① 原文为西班牙文 macho,意为男子汉气概。这里指的是日本漫画人物中肌肉发达的猛男。

道路开始平坦,来到了将大学村纵横区分开来的棋盘孔目的南端的大街。繁在这里站下,颤动着他的肩头。

"从'小老头'之家二楼的烟囱旁,可以看到绽放在树丛上方的焰火。"三人并排走动起来后,古义人说道。

"那么,就请让我们顺便到'小老头'之家去看焰火。"

"不,没那个时间了。清清,今天晚上的会议非常重要,"繁说,"有必要做好相应准备。"

三人各自沉默着走在开始昏暗下来的两侧树木的繁枝绿叶之间,就在这时,焰火的发射音响逐渐缩短间距,甚至让人感觉到了险恶的迹象。

3

以往散步之后,繁会照例要求在阳台上小酌一杯。可今天即便回到了"小老头"之家,繁也没有提出这个要求。清清紧跟在繁的身后,步履匆忙地消失在那条从这里看过去恍若幽暗的隧道一般的枹栎树丛中。

古义人独自回到家里,在扶手椅上坐了下来,奈奥像是在等待着似的站在他身旁。

"清清提到大武和小武什么事了吗?"

"说是担心这两人会被你说服,成为机会主义者……还说繁也是这么想的。不过,你如果真想把大武和小武从繁的影响下拉过来的话,弗拉季米尔和清清就会像那时惧怕我一样,有充分理由担心你会把繁的新计划密告给公安或警察。我是这么想的。清清和弗拉季米尔为使你无法告密,会将你软禁或……"

"'或杀死吧。'"奈奥接过了话头,"说到弗拉季米尔,他很有可能这么做。不过,我不会为那两人而去告密。关于这一点,大武和小武非常清楚。

"我思来想去,暂时得出这样的结论。如果说,大武和小武如愿以偿地实施了这次计划,然后被送进监狱若干年,各自的个性即便在那里也得到发展,刑期结束后再回来,那么,我可以接受。

"我不知道监狱里的狱友是否能够互通书信,可由于我在狱外,可以为他们中转书信。而且,等两人被释放到外面时,他们已是壮年男子……我认为,从那时起,他们就会从事真正有趣的工作。

"前不久,原自卫队干部来到这里,说起有一个关于三岛的计划。我就是在那之后产生这些想法的。

"现在,大武和小武在这个国家里作为年轻人而活着,他们就这样涉及危险而自我毁灭,所以,我认为有必要不让他们去干危险的事情并再活上大约十年。为此,自己想要守护在他们身旁,于是一直做到了现在。

"再重复一遍,如果说,大武和小武即使进了监狱,也可以像羽鸟先生提及的那些人所策划的那样,在监狱里度过暂缓期后再回来,那么,我可以接受。

"然而,听了那两人非常着迷的计划后,我却害怕在实施的时候,两人都要死去……甚至是被杀死。如果两人都死去的话,那就一切都完了。

"大武和小武究竟要去干什么样的工作?按照繁先生的绘图所示安装炸药,并且要承担起实际爆破的任务。

"如此重大的工作,两个年轻人能够胜任吗?

"作为繁先生的大决战而汇报给'日内瓦'的计划,也曾期待长江先生发挥作用,以便最终不杀一人而达到目的。大武和小武也想效法于此,决心不出现牺牲者。

"不过,由于这不是繁先生的大决战那么大规模的爆炸,所以,NHK 的临时新闻节目不会愿意播放让建筑物内所有居民全部撤离的轰动性新闻。大武说,估计实际上不至于造成如此局面。说是当准备阶段结束后,在实施爆炸以前,会要求将要爆炸的那个楼层以及估计会受到影响的上下楼层的居民撤离。然后才是'轰!'的一声。

"但是,日本的公安也好警察也好,眼下正以惊人的规模开展反恐行动。他们一旦得到'三十分钟后将要爆炸'的情报,首先就会考虑强行冲入已成为爆炸中心的房间。承担爆炸任务的大武和小武,将使用遥控装置?还是定时炸弹?如果附近那些人的疏散进行得不顺利,那么需要返回现场重新安排的,不就是他们两人吗?!

"我现在只是这么一个印象:大武和小武在成功实施爆炸以前,就受到冲进去的机动队枪击,两人都被打得乱糟糟的。我不愿意他们落到那么可怜的境地。长江先生,请你考虑考虑这件事。"

说了这些话后,奈奥离开古义人身边,走到由厨房透过来的光亮中去。她在那里回过头来,确认浮现在已开始暗下来的室内的古义人面部后,便把手指放在自己的脑袋旁敲着。古义人在想,奈奥做出的这种看似眼熟的动作,也许是她在年幼、无力的时候用以吓人,后来就沿用下来的姿势。奈奥大声喊叫着说:

"今天晚上召开的,是繁先生向弗拉季米尔正式提出行动计划,然后请他用电子邮件提交给'日内瓦'……大武和小武相信,这次不可能再被驳回……的会议。说是要预先取得长江先生的同意,繁先生带着清清来请你出去散步了吧?因为,如果那些人在这里说事,我肯定会凑上前去。

"长江先生,希望你接受刚才讲述的内容,并请你做出负责任的发言,就说是'难道可以让这些年轻人陷入如此绝境吗?'……"

4

深夜,古义人在一片黑暗中用手电筒照着脚下前往"怪老头"之家时,烟花开始绽放,在枹栎树丛对面的一大片范围内,亮光不断闪现,爆炸声接连传来。然而,与此相呼应的观众的喊叫声却没有传来,使得再度降临的黑暗似乎更浓厚了。

繁正在积极主持会议,说是为了提供一个范例,将要在东京实施爆炸,这是一个把"进行破坏"教程送往世界的事件;希望通过这次成功,建立起使得"进行破坏"教程的设计图和绘图能够被认真接受的基础;倘若能够找到利用因特网的方法,情况或许会因其乘数效应而产生飞跃性变化。

进入质疑阶段后,弗拉季米尔提出,关于获取炸药的途径,教程里没有作任何表述。繁在回答这个问题时,强硬的口吻与他下午对古义人表现出的攻击性一般无二:"当前,在世界每一个地区——日本这个国家和美国,欧洲以及非洲,直至中南美洲的边境——里,而且还不是因为战争,不都在消费着大量的 TNT 炸药吗?在现在这个世界,要想搞到一定量的炸药并进行贮藏,该是多么容易呀!关于这个情况,弗拉季米尔应该非常了解。"接下去,繁的矛头便指向正默默听着的古义人:

"古义,获奖五年之后,你在'今后肯定不会再写小说了吧'的猜测中出版的长篇小说……也就是《翻筋斗》①……里,有这样一段插曲,说的是原理主义的宗教团体,用一对一教学方式招收理科专业研究生的方法开办了科学班,进而过激地占领核电站。

---

① 大江健三郎曾于一九九九年出版长篇小说《空翻》。

"一旦作战开始,就必须在尽可能短的时间内把核电站转变为核武器,而且必须以此来抑止权力的介入。至于具体技法,就是制作出用汽车可以运输的那种小规模'制造原子弹的成套工具',并将其运入核电站。

"最初咱是从吾良那里听来的,说是古义一度决定封笔,可现在又开始写起小说来了。咱在吾良那里还听说,对于古义来说,具体描绘这个成套元件是很困难的,似乎因此而陷入了苦恼之中。这是吾良在洛杉矶开设制片事务所时的事。

"这时咱作为'进行破坏'的专家已经有了一些名气,在与物理系合办的宴会上开玩笑地说,日本的小说家正为这么一件事而苦恼。那天是星期六。等到了星期一,一个男子就带着'制造原子弹的成套元件'绘图来到咱的研究室,对咱进行了说明!

"咱在那份草图上附加了说明的概要,就用传真机传给了吾良。他则用传真机转发给了古义你。当小说的英译本以 Somersault① 为名出版时,咱首先翻动书中页码查看,发现确实出现了'制造原子弹的配套元件',但是,若以那份绘图为素材就必然会表现出来的奇异的现实性却不见踪迹。

"咱就在电话里发起了牢骚,吾良就说呀,他自己也读了《翻筋斗》,可是'制造原子弹的配套元件'那些玩意儿却是丝毫没有出现。他还批判说,这是古义在斯德哥尔摩获得文学奖以后的自我约束,说是《广岛之书》的作者写实性地描绘把核电站改造为原子弹的技术秘密,将会成为丑闻,因而没有把那一段写进去。

"不过,由于古义你有软弱的地方,因此,在经由吾良得到的、附有说明的绘图上嗅出咱的介入后,就在送给美国译者的文本里,写上

---

① 英语,意为空翻。

收到了那份绘图,其实这是在向咱打招呼。说中要害了吧?

"但是你呀,古义,如果在那个长篇小说里写入'制造原子弹的配套元件'的详细介绍,肯定也会和咱现在想要借助因特网传送出去的'进行破坏'教程共同产生乘数效应!"

古义人唯有默然。"如果真那么写了,到底会是怎么一回事儿呢?"此前一直和古义人一样只是听讲的大武和小武——虽然开口说话的是大武,可发出的显然是两人组合的声音——发言了:

"交给我们的设计图和绘图,是按照繁先生以事务所用房为名签下合同、我们也已经预先查看过的那个房间的真实情况绘制出来的。事务所取名为'第一号拆毁模式'①(小武发出充满稚气的笑声,大武却无视他的笑声)。

"由于整幢建筑都处于地区性特别警戒之中,就连夜间,大楼的保安员也四处巡视。合同书上明文写着,每周将有几个白昼允许保安员进入警戒线内巡查。因此,爆炸要选在事务所实际开设不久,而且保安员不会巡查的日子实施。只有我们俩从清晨到傍晚进行准备,如果需要进一步解释的话,那就是我们作为事务所的工作人员往来进出,将在繁先生那里接受这样的训练。

"然而,今天奈奥对我们说,有一个情况要请繁先生、弗拉季米尔和清清进行研究。奈奥说,我们无论怎样反复训练,要想在保安员和附近其他事务所的人员的视线下非常匆忙地进行准备,她很担心能否在不发生事故的情况下完成所有工作。

"进一步说,一旦开始行动,就有各种工作需要处理,比如现场拍摄为在因特网上传送的'进行破坏'教程配套的录像;劝告周围其他事务所的人员进行疏散,等等。奈奥感到不安的是,在紧急情况

---

① 原文为英语 Unbuild Model NO.1。

下,我们果真能够处理好那些极为复杂的事务吗？关于这一点,你们是怎么考虑的？"

繁和弗拉季米尔都沉默无语。清清一个人显现出焦躁的神态,她高声说道:

"可大武和小武是在从一开始就在知道其中困难的情况下接受这个任务的,说是通过训练是能够完成的……而且,这个问题已经由奈奥直接对繁先生说了。"

在古义人的内部,有着怪异之处的年轻家伙开始躁动起来。古义人岂止不打算予以制止,甚至想到要帮助那个家伙。

"繁这个构想的目标并不是大武和小武要去爆炸的那座建筑物本身,而是意在向世界宣传自己的方法如何有效吧？"古义人说道,"想要拍摄为这个目的服务的录像,以证明年轻人实际上只要接受短时间训练就能够胜任这一工作。

"那么,你们有必要特地冒着危险爆炸东京都中心的那座大楼吗？如果你们想要解读繁的草图并学习爆破方法的话,不是可以破坏这个'小老头'之家吗？原本这就是繁建起来的屋子。我觉得 build 和 unbuild 在同一位建筑师的指挥下进行倒也合乎逻辑,尤其是想到繁的建筑思想时更是如此。"

大武和小武也显出强烈兴趣注视着繁。繁低下视线,然后用罕见的优柔寡断的声音说道:

"咱建起,再由咱来破坏这事,可没有什么值得一提的意义。加里·库珀[①]的电影中就有这样的玩意儿,那是因为存在伦理方面的原因吧？"

---

① 加里·库珀(Gary Cooper,1901—1961),美国演员兼导演,其代表作有《富贵浮云》和《日正当中》等。库珀于一九六一年获特别奥斯卡奖,同年五月因癌症骤发而去世。

繁没有继续说下去，于是古义人接过话头，面对大武和小武说道：

"那还是说起在不毁坏原型的前提下改建这座房屋时的事。内人说呀，室内取暖的方法出现很多新样式，壁炉可以不要了。当时我也赞成这个意见。不过，承包改建工程的那位年轻建筑师却认为，这个壁炉作为建筑物的纵向轴线显得很有情趣，要拆去这个如同碉堡一样坚固的混凝土塔将耗费相当费用。因此，壁炉就保存下来了。现在，将其作为破坏钢筋混凝土高层大楼的练习，不正好合适吗？！"

可以看出大武在犹豫，可小武却浮现出无忧无虑的微笑。

"繁先生的草图上显示着'小老头'之家的破坏方法。"他说，"看到图上的标示后，我就在想，如果这样的话，就真的可以干了。自己所熟悉的房屋内部，被原样表现出来……就连长江先生的扶手椅也被画了进去。与现在的'小老头'之家的不同之处，只在于房屋外面的铁管。那种玩意儿，拆去也没关系……即使原样进行爆破，也不会有什么障碍。"

"那可不一样。"繁显出教师本色提醒注意，"那些铁管以及夹具假如四面八方飞散开来的话，'怪老头'之家首先会遭受损失。还是原样保留脚手架，同时在周围挂上篷布为好……"

"不过，古义，千樫会怎么考虑？"

"……这，就说是地震造成的损害，只好在事情发生之后再告诉千樫。就这样吧。"

"那么，就这么决定了！"活跃起来的繁说道，"小武，你去一趟轻井泽，用彩色复印机把破坏'小老头'之家的设计图和草图各复制十页！"

接下去，会议洋溢着古义人从不曾经历过的生动和活泼。现在，自从来到北轻井泽之后，他本人也第一次实际参加了繁他们的计划。

5

第二天清晨,奈奥兴冲冲地侍候着下楼来到厨房的古义人。她说:

"长江先生的提案,比其他所有设想都要好。多谢了……可是,你为什么那么轻易地提供这座房屋?"

"最为坦率的说法就是,"古义人说出了会议之后自己在二楼的黑暗中思考很长时间的真实感受,"我觉得,对于自己来说,对物质的所有欲或是执着心……好像变得淡薄了。也许,这就是年近七十时出现的基本变化……"

"可对于你的家人来说,情况就不是这样了。"

"比起那个来呀,清清曾说,对于繁所考虑的大决战,我还有一个态度是她所不了解的。我觉得正像她所说的那样。

"繁和他那些年轻朋友共同策划的内容,我并不认为毫无意趣。因为,繁所说的那些也不知是否有根据的大话般的计划确实有趣。清清和弗拉季米尔是各自具有非同寻常的背景——在成长过程和实际生活中,全面接受了世界史般的转换——的人物。大武、小武以及奈奥本身,也都不是寻常之辈。

"然而,繁的大决战故事却在虎头蛇尾之中终结了。其后浮现而出的三岛问题,弗拉季米尔早在和我见面之初就提了出来,我认为,倘若以他为中心,这会是一个可以推进下去的计划,只是我怀疑,实现的可能性究竟有多大。

"细说起来,来自于美国的俄罗斯青年怎样才能和自卫队内部的小宗派建立联系呢?我曾表示,弗拉季米尔提出的自卫队政变提案即便有希望,也需要漫长的年月。清清指责我的态度不真诚,该不是听了我所说的这句风凉话吧？繁在这个问题上也很认真,去和原自卫队干部们见了面。而且,繁好像也因此而印象消极起来了……

"但是,这一次的计划,也就是把繁为'进行破坏'教育而不断绘制的设计图和图纸传向世界的计划,却有很大的不同。我开始感觉到了这其中的现实性。而且,繁的另一个设想——用年轻人成功实施爆炸的录像配合'进行破坏'教程——也很有说服力。这就是理由。"

"这样一来,就不再存在大武和小武被机动队射杀的危险,也不会存在来不及从自己安装的爆炸装置中脱身而出的危险。可是,爆炸之后他们将会如何呢?"

"昨天晚上,他们说的是这么一回事。两人对繁的'进行破坏'教育具有兴趣。那是繁的大决战构想被否决后提出的、有关以更小规模进行爆炸的实际方法的学习。然后,繁提交了实际爆炸东京一座大厦的计划。

"大武和小武被选为实施者的这个计划被推进,他们对此也极有兴趣,只是奈奥强硬地表示了反对意见。于是,我就提出了新的提案,并且被大家所接受,那就是用'小老头'之家来检验学习的成果。虽然爆破的规模很小,却是严格遵循了繁的'进行破坏'教程。爆炸的实际过程将会用摄像机拍摄下来,以便灵活运用于'进行破坏'教程。

"但是,没有任何资格和许可证的人却用爆破方法解体了房屋,这种做法本身就是违法行为,因此,大武和小武大概会在消防署或警察局遭到训斥。或许会被追究罪行,在监狱里待上几年。不过,与其无所事事地生活在挫折感之中,倒是这个计划甚至可能给他们带来获得教育的好机会。虽说我顺从了奈奥的意见,却也参与到繁的计划中来,已决定提供'小老头'之家……

"那么,这个计划既是为了大武和小武的教育,在繁来说,也是值得一做的实习,于是就成为带有乐趣的事件了。对于我来说,则会为鲁滨逊小说增加富有魅力的一章。爆炸过后,我还有一个工作,那就是为失去北轻井泽的家而向家人进行分辩……"

"长江先生竟能如此清晰地记住谈话的详细内容。"

"因为有个非常重要的鲁滨逊小说……真的,昨天夜晚上了床后,自从身受重伤以来,还是第一次想要认真地写小说……我觉得,写作所需要的精神和身体的状态正在恢复。"

"对于长江先生这次提出的提案,我不胜感激,可还是因为将要发生的事,也就是你的家将要被你所认识的那些年轻人炸毁这件事,觉得给你带来了麻烦。而且其后不久,拍下这次爆炸的录像资料和繁先生的'进行破坏'教程通过因特网传送到全世界去。对于长江先生来说,恐怕会成为丑闻吧?

"不过,长江先生,因为那部鲁滨逊小说,你或许会发表震撼日本文坛的作品吧。繁先生回到国内来的目的……至少也是目的之一……就是让一生中'奇怪的二人组合'里的另一半写出比较特别的后期作品。

"一切都协调得很好,可我却无论如何也无法从不安中获得解放。因此,我要一直住在这里,在一旁注视着大武和小武他们的行动。"

第十三章 "小老头"之家被爆破

1

　　繁给予大武和小武他们这个爆破队伍的准备时间是一个星期。这个短暂的时间,是"进行破坏"教程所指定的。
　　为了适应进度,不仅繁和那些年轻人,就连古义人也必须开始行动起来。"小老头"之家将遭到整体破坏。在超过三十年的年月里,古义人和千樫、阿亮以及真木一直在这个家里度夏。在破坏之前想预先取出的物件各式各样,尤其在千樫的房间里,排列的都是在此前历次整理中经过严格挑选而留下的物件。厨房的碗柜里的物品也都是千樫喜欢的特别之物。
　　不过,古义人觉得,与其把那些东西放在床单上转移到"怪老头"之家,还不如告诉千樫因"事故"而失去了所有一切,唯有如此,自己应付千樫的说辞才能够通顺。古义人在想,不久前对奈奥所说的、自己的占有欲开始淡薄——因用语言对其进行表述而再度得到理解——这句话,即便对千樫来说又何尝不是这样。于是他决定,只把被隔为三层的低矮书箱——装有艾略特参考书、词典类工具书、卡片、笔记和文具——以及六隅先生遗下的两幅水彩画、一直作为文件夹使用的旅行箱送到后面的"怪老头"之家去。

这样一来,古义人便注意到他本人对"小老头"之家的东西并不留念。也就是说,在不远的将来,自己行将消亡,这已经浸润到自己的生活感觉中来了。此外,繁还下了这样的指示:为应付爆炸之后将要进行的搜查,需要留下挂在墙上的时钟以及音响装置等足以证明家中此前的生活一切正常的东西。他还说,为了防止爆炸引发火灾,要预先用完两个丙烷大气罐。他早就知道,这两个大气罐很快就要用完,已经到了必须前往丙烷气站灌充的时候。

在这个准备阶段,繁让承担写作鲁滨逊小说重任的古义人一一了解事态的进展,其中一件很重要的事,就是准备阶段的最后一日,木庭运来炸药的到手途径。

"是弗拉季米尔通过一个长期交往的途径备下的。"繁说道,"向你介绍弗拉季米尔时,不是说过他和清清往圣地亚哥的教室里吹进了一股新风吗?当然,他还有一段前史。

"古义,你知道吗?奥姆真理教利用苏联解体后军队系统的混乱购进各种武器,由于此前已为该项目建立了基地,因此当地的信徒也得以获得了这些武器。这是一九九三年的事。当时,等候奥姆真理教的干部,在他们面前操纵和表演了可在东京大量撒布沙林毒气的军用直升机的那人,听说就是弗拉季米尔!"

在这个准备期间,说到的这位弗拉季米尔不曾出现在"小老头"之家,那是因为他在向"日内瓦"报告新计划,并围绕问题点进行调整。这一切都是通过电子邮件进行的。

"可是这一次呀,不可能在最后阶段予以取消。"繁说,"在提出你那个方案以前的,也就是以市中心的大厦中一个房间为舞台的计划,在坚决执行的阶段,其本身就是恐怖行为。

"而你那个新计划,在各国发行分册呀合订本呀,如果顺利的话，借助因特网开始宣传呀之前，则可以留下伸缩余地。

"至于如何展开这一行动嘛，弗拉季米尔正用电子邮件制作好几个试行方案。"

第五天下午较晚时分，木庭和他指挥下的那些三十来岁的男人出现了。他们堆放在大型卡车的车厢里的，是甚至可以用作马戏团帐篷的、染上草黄色和茶色迷彩的大量苫布。虽然已是用旧了的东西，可看上去还很结实，一个念头随即占据了思绪——使用时将会很困难，而且需要相当的体力。这辆卡车是木庭开来的，弗拉季米尔本人则坐在助手席上。男人们站立在车厢上的苫布堆里。把车子开入地界内的操作小心翼翼，甚至可以说得上是静悄悄地，从车厢上敏捷跳下的男人们引导着车子前进。

在此期间，弗拉季米尔走近迎出来的繁，向他细致地汇报一番。繁一面听着，一面向古义人若无其事地示意苫布堆下面的东西，装模作样地做着什么。

繁目送弗拉季米尔走向"怪老头"之家——弗拉季米尔也向这边挥舞着手臂——后，来到古义人的身旁。

"由于卡车到得比较晚，今天仅仅卸货就已经够忙的了。其后往'小老头'之家蒙上苫布的工作，由木庭和他的伙伴们完成。

"因此呀，古义，咱们离开现场的时候到了。明天和后天，咱要用车子把古义你领到一个地方去。

"出发时间定于明天上午。因为大武他们开始作业的时间已经比较晚了……咱们可以在此之前动身。你将要带走的旅行箱里，放上鲁滨逊小说的创作笔记和钢笔是绝对必要的。因为在那里住下后，要向你讲述迄今为止的整个经过。

"由于前一阵子出的事，你会觉得咱开的车子靠不住吧……总之，让清清从连锁店租来了'陆虎'新车。到了目的地后，你仍然会得到最好的款待。爆破之后,还得请你必须非常劳神费心地对付媒体。"

"如果繁决心取代大武和小武以应付消防署和警察的追究,那就很可能是困难的活儿了。"

"最重要的是,你还需要承担向千樫进行说明的重大工作。"

2

当天晚上一直干到很晚,一楼堆满了搬运进来的东西,连插脚的地方都没有,古义人很早就在千樫的寝室里躺了下来,却听到大武和小武在厨房里围着奈奥在议论着什么的声音。古义人甚至觉察到,尤其是这几个年轻人的说话声之所以激越起来,是他们在对三人之外的某人进行批判。

看守望楼般的三铺席房间里被雨水濡湿了的书籍已经全部销毁了,可每个夏天都会带到这个别墅来阅读、其后就放在这里的书籍,则被原样摆放在楼梯和楼梯平台的墙边。很快就要被堆埋于瓦砾中的那些书上透过来的、熟悉的文字,浮现在闭上眼睛并躺下的古义人的脑海里。在这期间,他爬上楼梯到了楼梯平台,传来了奈奥的招呼声:看你那急迫的模样,就下到厨房来吧。穿着睡衣的古义人便走了下去。

"繁先生和弗拉季米尔要把这次计划引往与大武和小武他们的思路相悖的方向。"奈奥这样说道,她的脸形轮廓显得有棱有角,面部本身却比较扁平。刚一停下话头,她就抬起发胀的眼皮,开始催促背靠水池站着的另外两人。

"繁和弗拉季米尔告诉我们,这是最终的决定。不过,这可是与一直托付给我们干的那个方向不同呀。"小武说道。

"并不是说要中止爆破。"大武补充道,"也预先检查了炸药。在繁先生的指导下,还确认了安装的具体步骤。

"明天,繁先生和长江先生从这里出发后,弗拉季米尔和清清也将前往曼谷,因此,其后要和木庭他们共同作业……接下去就是我们的工作了。由于繁先生的分镜头脚本已经准备停当,所以小武预先做了现场录像摄影的练习。"

那后来呢?注意到古义人的这种反应后,奈奥显出焦虑的神情。小武便敏感地开口说道:

"爆破工作将按照繁先生的教程实施,然后就是问题了。事到如今,繁先生在把我们当作小毛孩子看待。正因为如此,弗拉季米尔也好清清也好,对我们的态度也是这样,因此我感到不满。"

"这是怎么一回事呀?"古义人向奈奥问道,她却沉默不语。"能向我说明事情的整个经过吗?无论是我已经知道的抑或我还不知道的部分,要从最初说起……"

"你说是从最初讲起,如果这么说的话,长江先生不也很清楚吗?"小武反驳道,可大武却极负忍耐精神地主动承担起说明的工作。

"我们起初之所以参与繁先生的大决战……那才是作为小毛孩子呢……计划,是在奈奥介绍过后的连续性行为。即便在那个阶段,对于我和小武来说也是非常有趣的,可那计划最终却成了繁先生所说的虎头蛇尾。自那以后,繁先生反而把自己的想法更为详尽地告诉了我们。

"就我和小武的理解而言,那是起义,是抗拒世界巨大暴力的微小暴力发动的起义。繁先生说,支配着世界的暴力,也包括长江先生思索着的核武器暴力,是非常巨大的。而计划中的活动,则是要制作抗拒这种巨大暴力的、以个人为单位的暴力装置,并由零散的个人来承担。繁先生并不只是口头上说说而已,他为此写出了含有技术秘密的教程。从繁先生的角度来说,这是建立在他这位建筑师多年来的理论'build/unbuild'之上的。大决战也是要使这个理论适用于东京的超高层建筑,却被'日内瓦'以目前我们还不具有这种实力为由驳回了。

"在那以后,繁先生就把思考的焦点集中到刚才所说的以个人为单位的暴力装置这一点上,决心完成教程的编写工作。他让我们看了教程的草稿,我们因而被吸引了。繁先生为我们直接讲解了教程的内容,而且制作了在现场具体试爆的计划。然而,那个计划却因为奈奥提出异议而难以实现。结果,作为可以进行爆炸实验的场所,长江先生提供了自己的别墅。"

"是呀,如果说,我参加了什么决定的话,那也就是这么一个。"

"从那时起,他们的决定就开始与我和小武所理解的方向产生了差异。我也好小武也罢,最初并不是基于政治上的考虑才参加繁先生那个大决战计划的。在那个阶段,我们只是觉得有一个好像很有趣的大事。然而计划却被中止了,在那之后,我们对繁先生让我们看的'进行破坏'的设计图和草图产生了兴趣。

"繁先生在向我们说明时,将其表述为'与世界的巨大暴力进行对抗、以个人为单位的暴力装置'。即使阅读《群魔》,里面也不曾写着为发生大动乱而使用的手段以及技术秘密。然而,繁先生从一开始就交给我们以手段和技术秘密……

"我们原本打算,爆炸之后,当我们被警察……因为,不至于只在消防署被问问情况就完事儿吧……带走时,就告诉他们,我们对'进行破坏'教程产生了兴趣,就开始学习并进行实际试验。由于这些并不是谎言,因此如实交代就可以了。我们是这么考虑的,直到现在也是这么准备的。

"繁先生说，他本人认为，事件一旦成为新闻，我们的爆破是因为学习了繁先生的理论啦，为此而使用的房屋是繁先生老朋友的家啦等内情大白于天下的话，就很可能成为丑闻。如果自己出问题的话，他是能够渡过这个难关的，而长江先生也应该是有了相应的思想准备后，才提出这次新方案的。

"而且，过了一段时间，即便使用游击战手法，只要开发出使用因特网的手段，就有可能面向整个世界发出最为有效的信息，小武拍摄的录像资料也包括在内，如果一切得以实现，就进入下一阶段。那时，虽说我和小武处于什么状态还不得而知，但是，用'进行破坏'的理论和方法武装起来的、以个人为单位的暴力装置第一号，无论如何也只能是我们……虽然这是孩子气的话语，可我们俩就是这么说的。

"可到了今天，也许是受了弗拉季米尔和'日内瓦'商议结果的影响，说是爆破之后，我和小武在同警察谈话时要限制自己的言论。

"我们并不是怀着自己的想法爆破了'小老头'之家，原本应该由木庭他们那些专业人员爆破那座难以拆毁的壁炉，我和小武却独自行动，根据两人自己的判断，在没有得到许可的情况下实施了爆破。由于是外行，在计算炸药的药量时出了误差……要我们按照这个意思向警察招供。"

"繁先生的'进行破坏'教程之事，在这个阶段就不会浮现到表面上来，"奈奥说道，"长江先生本人，则是这些年轻人的冒险精神的牺牲品。事情可能会这样了结……果真如此的话，我觉得倒也不坏。

"只是大武和小武会感到不愉快，因为自己所干的事业，将被视为小毛孩子的炸弹游戏。如果他们从这个角度看待问题的话，大概就会这么认为吧。"

"那么你们自己准备怎么办？打算抵制明天和后天的行动吗？或是选择我来向繁通报此事？"

"根本没打算进行抵制！"小武说，"决不从如此有趣的事业中脱逃，这是我们的盟约（虽是一副愁容，奈奥也随之点着头）。如果有什么需要对繁先生说的事，我们会直接去说的。今天晚上的话说得也很重，结果就受到了威胁，说是如果我们不接受繁先生和弗拉季米尔的方针，这次就将由我们来承担使计划沦为虎头蛇尾的责任……"

"你们向我述说的动机是什么？"古义人问道。

"长江先生是负责把根据地所发生的事情写成鲁滨逊小说的人，"大武说，"既然如此，我们希望你知道，我们在接受繁先生和弗拉季米尔转变了的方针时是怎么考虑的。奈奥也说了，如果我们是作为玩弄炸弹游戏的小毛孩子而被写入小说的话，那将让我们感到恶心。"

大武的态度显示出，他要对古义人说的话到此结束。小武也不像要补充什么的模样。古义人觉察到，唯有奈奥的心里似乎还有未尽之言。

当大武和小武在"怪老头"之家进行如此麻烦的协商时，奈奥原本已经上床休息，卸妆后把显得发红的头发一圈圈束在脖子后面。平日里看不出奈奥是否化了妆，可现在暗淡的皮肤本身，却突出了隐于日本人相貌之下的混血特征。奈奥好像还有一些难以释怀之事想要和古义人商议，可直至古义人喝完没有掺水的威士忌后回到二楼时为止，大武和小武都不曾离开奈奥身边半步。

3

路虎车和木庭的卡车并排停放在阳台前，在和繁一同乘坐这辆车子出发之际，古义人打算最后再看一眼这座房屋的全貌，然而愿望却没能得到满足。包括脚手架在内，"小老头"之家被硬邦邦的迷彩苫布完全覆盖起来，在走出这个家之前，古义人一直待在亮着电灯的室内。汽车刚刚驶上国道，繁就说起了在此行目的地奥志贺的饭店正等候着的款待。

早在大武和小武负责实施的计划刚一得到弗拉季米尔的同意之时，繁就给东京的千樫挂了电话。当时，古义人从他的话语中联想到的，是繁大概想借此打探自己是否把"小老头"之家的爆破计划泄露给了千樫。尽管古义人已经对繁表示不会这么做，可繁还是惧怕自己没能守信，于是做了这番侦察吧。

据繁转告说，千樫表示自己还算精神，只是阿亮似乎比较忧郁。前年，住在同一街区的世界级指挥家伊泽保为训练那些年轻演奏家而在志贺高原办了一次集训，当时，阿亮、千樫和古义人曾前去观看。前不久，千樫领着阿亮在牙科医院遇见了那位伊泽先生并略微交谈了一会儿。伊泽先生还发出了邀请：今年夏天的集训也在那里进行，已经预定了集训结束后的汇报演出。长江先生如果已经出院的话，可否请三人一同去听音乐会？千樫当时虽然真心实意地表示如果可能的话就一定去，可并没有与北轻井泽联系。然而，阿亮却深信不疑地认为母亲已经接受了邀请……

"碰巧，集训的最后一天和音乐会分别是今天和明天。很快就要让千樫付出重大牺牲了，因此就提前给予补偿吧。咱就是这么考虑的，于是急急采取了措施。千樫和阿亮乘坐新干线到达长野。而咱和你为制造不在现场证明而远行的目的地也选在了奥志贺。如果说起那里饭店的音乐演奏厅，咱也参加了设计，尽管这么说有些牵强。

"这个想法进行得很顺利。古义，咱们目前正路过万座，还要绕行白根的山脚前往奥志贺。咱在挂念着北轻井泽的购地款还没支付，所以呀，咱要款待你们……另外，咱还有一件事想对古义你说。

咱对千樫说让她和阿亮一起到奥志贺来,就在打这个电话的过程中,咱在头脑里对这次构想做了细微调整。

"千樫的说话声和语气之中呀,体现了这个年龄应有的威严,与吾良不高兴时的声音和语气有些相似吧?同她一说话呀,咱们以'小老头'之家为舞台要干的那事就无法说出口来了。即便如此,咱也觉得需要仔细检查计划,重新考虑是否可以更慎重地实施。

"过上一段时间就公开'进行破坏'教程,其执行人将在即将开始的第一号爆破中发挥作用。不过,目前没必要暴露他们的真实身份。因此,昨天晚上对大武和小武作了说明,在爆炸之后,咱们的发言要慎重。他们对此有抵触情绪,甚至怀疑是否遭到了'日内瓦'的干涉。其实是因为刚才说到的原因。总之,说服他们要执行新路线。也希望你能够了解这一点。

"老实说,这次行动自从采用古义你的方案后,咱的心情一直很黯淡。北轻井泽一旦出事,大学村的事务所随即就会向成城通报。听到这一切后,即便只是一闪念,千樫也会担心古义你是否也在爆炸中受到影响。她的这种不安,会彻底传给阿亮吧?只要一想到这儿,就会感到很残忍。

"不过,就像刚才说到的那样,饭店已经预订好了,新干线的车票也到了手,阿亮的身体状况似乎也有了好转,咱嘛,心情也开始好起来。

"明天,首先是奈奥接通咱的手机,汇报大武和小武实施爆破的情况。再过上两三个小时,饭店的电视机将报道北轻井泽发生的事情。因为这是当地的事件嘛。长江古义人在发生爆炸的这个家里度过了夏天,现在无法与他取得联系……大概就是这种程度的评述吧。不过,在电视机里看到这条消息的千樫和阿亮身边却还有古义。然后就给真儿挂去电话,说是自己平安无事……"

古义人和千樫曾领着阿亮和真儿——在他们还很幼小的时候——在北轻井泽的原始森林里漫步。千樫热衷于在这个高原的草地上采撷囊兰似的兰类花草，以及以蓝盆花为首的、花儿比较显眼的山野花草，可在被繁茂的树木遮住日光的原始森林里却没有任何可做之事，她只是因为古义人喜欢观赏大树才伴行来的。可是她很快就看出来，古义人即便觉察到那些巨树的稀罕之处，也并没有当真喜欢。生长在那里的树木，与古义人平日在心里描绘的四国森林中的树木是不一样的。

眼下，汽车正上行在与那片原始森林相连接的地域，古义人在此期间也是如此，即便车子从新开发的别墅区旁通过，穿过枝丫繁盛的绿叶丛转而往山下一直驶去，他也只是注视着前方。当标高不断降低，房屋周围的植物分布与自己儿时的环境相近时，古义人才开始向窗外眺望。

繁集中精力开着车，刚一驶上出现"浅间白根火山路线"标示的高速公路，他就恢复了曾让千樫惧怕的、在美国养成的驾驶风格。在连续如此高速行驶了两个多小时的期间里，繁和古义人都沉默不语。然后，汽车驶入通往奥志贺的道路，一会儿是陡坡一会儿是急弯，繁在忙于驾驶之际，再度开口说起另外一个话题：

"古义，刚来到北轻井泽，咱就对你谈起鲁滨逊小说的计划……

"把场所设定在了'小老头'之家。从大病中恢复过来的老人坐在扶手椅上，膝头铺着软垫，软垫上面再放上一块木板，看那模样像是要写什么东西，可并不是他独自一人在写。在他身边，另一个老人躺在沙发上。这个老人基本沉默无言，可也有饶舌的时候……这两个老人是在用记录对话的方式进行写作……

"不过，这种方式已经难以实现了。咱曾经想到，只有'小老头'之家被炸毁，那个舞台装置也将很难发挥作用。不论是你还是咱，将要出事时,就会变得无话可说。一旦那事实际发生,不就更是无话可说了吗?!

"大体说来,贝克特的创作方法则是把重点放在什么事都不会发生之后,难道不就是这样吗?因为这是过于理所当然的文学论,你即便没有心情回答……"

4

古义人在饭店服务台收到千樫的留言,说是她和阿亮正在吃午饭。房间在从主楼往西突出的附楼里,因而古义人决定让服务人员只把旅行箱送过去,自己则去千樫她们的餐桌旁。繁也收到一个留言,他说必须用电话回复,要先去房间处理此事。

午饭时间——古义人和繁在途中去了一家荞麦面小店。若说繁还能显示出对日本传统事物的执着的话,也就只有这荞麦面了——早已过去,只见阿亮和千樫坐在空荡荡的大餐厅深处。窗子面对的草坪呈现出缓缓向上的坡度,千樫在窗边面对着一个身材高大的女性。在千樫的这一侧,身穿灰色立领上衣的阿亮正入神地看着摊放在眼前的那本大部头书,那一定是古典音乐的乐谱。

即便古义人走到近前,阿亮也照例没有抬起头来。古义人挨着他坐了下来,向千樫身旁的那位女性寒暄招呼。

"这是在柏林照顾过我的广子君。"千樫也随之应和道,"她是浦君的朋友,帮助过我们的托儿所。"

古义人也觉得那位女性眼熟。

"很高兴见到长江先生。我曾有幸在柏林自由大学听过您的课。我的研究报告提交得太晚太晚,最后就邮寄到东京去了。可您很快就批改了,让我得到了学分。谢谢您!"

"大学那边办公室的负责人和德国一位哲学家结了婚,她是里昂人……由于是用法语进行联络,事情就顺利多了。"古义人如此回答道。

眼前这位女性虽然剪短头发并将其染成了栗色,古义人还是回想起她在教室里把显得沉甸甸的乌发盘起来的模样。在把课桌排列成圆形阵容的学生们中,就像是一个不合时宜的装饰物品被放置在那里。

"你丈夫是柏林交响乐团的大提琴手吧。"

"长江先生上课时,每次都会把在很多地方用过的英语讲演稿分发下来,读上一段然后再作说明(转向千樫说了这段话后,她继续说下去)。有一天,他高高兴兴地把附有阿亮所作插图的传真连同那讲义复印件一起发给大家……因此,就说起了我丈夫的话题。"

"阿亮,"古义人说,"你画了自己和妈妈乘坐喷气式客机的画,然后就寄到柏林我那里去了,是吗?"

阿亮那又大又长的脑袋依然俯在蓝色封面的乐谱集上,同时回答了这个问题。他缓慢地、一字一句地用力说着……

"我想去听柏林交响乐团。施巴尔贝和安永先生都是非常优秀的第一小提琴手。我要带千樫去柏林。"

"阿亮大致都记得自己写过的信件和传真发送的文章。"千樫说明道。

"柏林交响乐团的情况,你知道得很清楚呀,阿亮。施巴尔贝先生和安永先生,都是我丈夫从学生时代起就尊敬的人物。"

"这次集训,就是与学生们一起组成弦乐四重奏乐团演奏贝多芬。从下午三点开始,让我们去观看演练。刚才看到伊泽先生,就过去打了招呼,说是他自己也要前往演练现场,嘱咐'阿亮也一起来听听吧!'"

"是要演奏十五号的 A 小调作品第 132 曲。"第一次抬起头来的阿亮说着，用手指在乐谱上指出正在阅读的部分。

古义人、千樫和阿亮走在主楼背后的草坪上，他们这是要去千樫她们和古义人以及繁的房间所在的附楼。箱型通道把主楼三层和观景塔连接起来，一架铁桥则从望塔伸向音乐厅那座建筑物。

从下面穿过时，阿亮提醒古义人注意草坪上四处开放的小黄花。这是千樫从广子那里听说的。昨天晚间结束练习回来吃晚饭时，她发现白日里就像现在这样争奇斗艳的黄色小圆花，却骤然褪去了色彩，那种感觉让人觉得不可思议。

蹲下去仔细一看，白天的那些小黄花全都如同铅笔笔芯一般卷成又细又硬的形状。

"还听广子说了一件事，说是生活在柏林的日本女性都有各自的工作，她们对于生孩子一事并不犹豫……结了婚的自不必说，即使离婚的和尚未结婚的……听说，我们开创的托儿所很繁荣，还说要搬迁到新地方去，浦君要在那里为我和阿亮备下居住的房间，说是即便半年在柏林半年在东京的方式也想请我们过去。她还说呀，我是那么喜欢托儿所的工作，而阿亮也可以增加前去听音乐会的机会……

"理当和繁叔叔一起吃晚饭……怎么样？在北轻井泽相邻而居的生活……"

"各种事情都有存在的可能，"古义人吞吞吐吐地说，"繁老来倒是越发活跃了。就是来到这里，也有事情要和北轻井泽的新弟子商议，就去了他一个人的房间……"

在主楼的西面，客房没有窗户，白色墙壁一直延伸到高高的屋檐下。岩燕在黑漆漆的木质构建的屋顶下建了巢，此时正频繁地飞进飞出。再仔细一看，只见在主楼和音乐厅之间的上方开阔的湛蓝天空，若干群岩燕正在往来盘飞。

"爸爸看上去非常健康,"这时阿亮正蹲在黄色小圆花的围拥之中,千樫一面拉他起来,一面仰视着正抬头看着天空的古义人说道,"不过,好像也不能因此就说明爸爸的心情也很愉快……"

5

离被指挥家伊泽选定的学生弦乐四重奏乐团的,还有学生管弦乐队的——"明天的演奏会上还有勃拉姆斯的曲子。"阿亮像是在直接告诉古义人——公开演练只有三十分钟了。

其实古义人自己也很想听听。较之于由林道尔·戈登这位专业研究人员撰写的《艾略特评传》,古义人更喜欢诗人斯蒂芬·斯彭德①的作品。这是一部充满男子汉热情的、由同时代人撰写的书。生活在柏林的斯彭德曾在信函中询问"是否听过在贝多芬去世后出版的四重奏曲",后在书中引用了艾略特对此问题所作的回答。

艾略特围绕 e 小调的四重奏曲这样写道,作为研究对象,在贝多芬那些令人觉得无穷无尽的后期作品——他说那是 some of later things——中,有着超越人的爽朗、快活和高兴的因素。在自己的想象里,那是作为难以计数的苦恼之后的和解与安心的成果而体现出来的,自己则想在有生之年将其中一些内容引入到诗歌里去……

淋浴过后换穿夏用上衣的过程中,古义人留意着被繁安排好的邻室——另一侧那间向西望去视野开阔的角屋里住着千樫和阿亮——的动静。然而那里却没有任何音响,去前台询问时也不见繁的留言。

---

① 斯蒂芬·斯彭德(Stephen Spender, 1909—1995),英国诗人,以奥登为其研究中心,著有《诗集》《废墟与憧憬》和《慷慨的日子》等诗集。

与千樫和阿亮再度会合后,三人便向与音乐厅方向相反那一侧平地上的演练场走去,古义人问起千樫在房间里可曾收到繁打来的电话。

"没有一个电话!"阿亮回答说。

阿亮没把曾经摊放在大餐厅的那部蓝色封面的大部头书带在身边,刚一问及此事,阿亮便回答道:

"因为,那个乐谱集太大了。"

"即使没有那个乐谱,你也全都记得吗?"

"不是全部。"阿亮谨慎地应答道。

"吾良舅舅去世时,在《纽约时报》上看到这个消息后,瓦蒂君发来的传真呀,除了悼念吾良舅舅之外,还开列了一个清单,列有推荐你当时去听的音乐,而 e 小调的四重奏曲呀,就是其中之一。因此,原本想和繁说,一起去听这个曲子的演练,即便出席明天的演奏会……"

"大概是有紧要之事需要处理吧。"千樫回答说,"假如预定好了,那就要和对方说一声。在那个时间之前就一直不露面,这也算是他繁叔叔的做派吧,可是……"

"瓦蒂推荐的 CD 盘是布许弦乐四重奏乐团①的作品第 132 号。"阿亮说,"由于是一九五〇年的录音,很遗憾,是单声道……"

"是瓦蒂一直从事的、有关艺术的'后期工作'的分析对象,与我也有一些关系。"古义人补充道。

演练场毋宁说更像是集会大厅,在集中起来的学生背后,是倒翻过来堆积而成的金属管坐椅小山。在大厅中央那个平坦的台面上,

---

① 布许四重奏(Busch Quartet),一九一三年以 Konzertverein 四重奏为名成立于奥地利,后转到美国,第一次世界大战期间终止演出,直到一九一九年更名为布许。

弦乐四重奏乐团的成员们正在稍事休息。

"刚才听到的,是第一乐章的结尾部分。"阿亮说。

等候在入口处的广子把古义人他们引领到学生座位中还空着的座席上。

"汉斯非常高兴,他说,阿亮君的大提琴曲将放在明天演出中作为幕间曲演奏。"

这个汉斯是一位比较显眼、既高且瘦的青年,像是被压在头盖骨上的那团缩在一起的灰色头发,不禁让人联想到了绵羊。他摇摆着手持大提琴琴弓的长长手臂往这边做了个手势。演练再度开始。第二乐章刚开始那段曾经听过的优美主题,被极为简洁地演奏着。

给古义人留下深刻印象的,是那些看起来如同孩子一般的学生们显现出的年轻。他们都是佼佼者,是从音乐系经过高度训练的毕业生和在校生中选拔出来的,这确实让人觉得不可思议。说起来,在古义人的眼里,比他们年长约摸二十岁的阿亮,一直就是一个比任何人都要年轻的人。

汉斯突然制止住演奏……这里是中间部分的开始,本来大提琴和中提琴正在休息,可也转而正面朝向拉第一小提琴的女生……像是在述说着自己的不满。

"在瓦蒂推荐的 CD 上,这里听起来仿佛风琴或苏格兰风笛一般。"古义人对着阿亮耳语道。

"因为是 A 弦和 E 弦。"阿亮用古义人并不理解的术语说道。

汉斯让第一小提琴进行纠正,两次三次地重新练习那大约十小节的内容。拉中提琴的男生放下手腕休息,同时沉入深深思考,却依然沉默不语地注视着正在提醒着的汉斯和被提醒的小个子少女。

注视的时间在延长。少女那恍若扑了粉的白皙圆脸上架着银色的圆形眼镜,头发被笔直地结扎到脖颈的高处,显然是一个不可貌相的倔强人物。如此一来，汉斯也如同发了脾性的绵羊一般毫不退让。在他的英语中，有一种古义人在柏林自由大学的学生中经常听到的语调，少女的英语则似乎是从英国回国的子女所说的那种。少女显现出听不懂对方英语的神态，可古义人却感到她能够理解对方语言的意思，只是不愿服从而已。

此时，身着与学生们相同T恤衫和棉布工作裤的伊泽从学生的座席中起身走到近前，虽然没有说话，却做出鼓励汉斯的姿势。汉斯从女生的身后，用毛烘烘的大手覆盖了正持着弓的白皙的手柄动起来。

于是，从刚才那地方开始的演奏顺利通过了出问题的地方。当再度从乐章开头处完整演奏时，充满表现力的强劲音乐便奔涌而出……

此前一直站立着的伊泽回首面向这边，做出让阿亮过去的姿势。阿亮敏捷地起身而去，伊泽随即直接和阿亮并肩坐在学生座席前的地板上。包括现在那个问题之处已被加工为有魅力的部分，伊泽和阿亮悠闲地确认着第二乐章作为整体在演奏时是否妥当。

不一会儿，经理引人注目地出现在集会大厅入口处，他紧挨在千樫椅子后面说了几句话，千樫便经由堆积如山的金属管椅子间的狭窄峡谷随经理出去了。

确认第二乐章完成后，就是喝咖啡的休息时间了。在休息时间临近时，千樫出现在入口处，面部特别僵硬地看着古义人这边。古义人环顾着学生们蠕动着的人流，只见阿亮正从广子手里接过咖啡和小食品。千樫面对独自走向出口处的古义人说道：

"真儿来电话了，她正处于非常不安的状态。在北轻井泽……就真儿的感受来说，好像发生了很严重的事情。也许正因为这个原因，繁叔叔才返回到北轻井泽的。"

"我也回房间去,给真儿挂个电话吧。现在就去把阿亮喊回来……"

"接下去就是第三乐章了吧?阿亮说,爸爸曾向他询问第三乐章,他因此而查阅了乐谱,请广子君翻译了乐谱中的德语,说那是病后康复者表示感谢的歌曲……

"既然如此,你最好在这里和阿亮听这演练并做准备,以便出席明天的演奏会。由于真儿目前似乎也只知道刚才说过的那些内容,因此我去打电话以获取新的信息。"

古义人于是被留了下来。他感到第三乐章同样完成得很出色。阿亮也曾两度回过头来,向古义人露出高兴的笑脸。古义人觉得,阿亮的这些肢体语言以及表情,好像使得他身旁的伊泽感受到一种愉快。

然而,在进入第四乐章之前,古义人还是向伊泽招呼过后便领着阿亮走了出去。薄暮降临了,饭店前方的高山已是一片漆黑。古义人感到了威慑。阿亮刚才还沉浸于演奏的激昂之中,可现在也感受到了古义人内心的不安,如同海贝提心吊胆地探出触手一般伸过手来。在相互握着手急急赶路的古义人和阿亮背后,强有力的重音节奏的主题追赶而来……

从便门绕行到附楼大堂的古义人发现,转播足球国际比赛的液晶电视画面下,插播的临时新闻的字幕正在滚动播出:"长江古义人在群马的别墅爆炸。发现因事故而死亡的青年尸体。"古义人在阿亮尚未将目光转到那里以前便通过了那里。

第十四章 "奇怪的二人组合"之合作

1

附楼的电梯位于东端，距另一端的千樫的房间就有了一段距离。阿亮以平常速度沿走廊前行，便落在了古义人之后。古义人并不等待阿亮，推开千樫房间的房门后，随即站在门口确认电视机是否被打开。

房间里并排放置两张床铺，千樫坐在里面那张床上正面向放着电话的桌子，此时她回过头来看着古义人说道：

"广子君送来的柏林交响乐团新演奏的勃拉姆斯的录音已经收到了，就让阿亮在你的房间听吧。"

古义人拿起放在面前床上的 CD 包裹，向刚巧进门的阿亮转述了这个意思。

"交响曲的全集，我有卡拉扬指挥的。"阿亮说道，一副很开心的模样。

两人来到隔壁房间，阿亮从三张一套的 CD 中抽出 E 小调①的

---

① 勃拉姆斯交响曲第四号。

交响曲。在此期间,古义人要求饭店的电话总机把挂到这个房间里的电话全都转接到千樫的房间去。就像每次进入陌生房间总要做的那样,阿亮去确认卫生间的位置,接着开始以小音量播放交响曲,然后在沙发上坐了下来。古义人从冰箱里取出低热量饮料易拉罐给阿亮,告诉他自己就在隔壁的房间里,说完便回到千樫那里。

"我看了电视快讯,"千樫说,"详细情况好像还不了解。据真儿第二次打来的电话,曾到成城家里去过的两位年轻人中岁数小的那位小武好像死了。

"我对真儿说,在镇定下来之前,把电话设定成自动答录状态,无论哪儿打来的电话都不要接听,然后服用感冒药去睡觉。还告诉她,睡醒后给这边打个电话……真儿哭了,说是她和那个叫作小武的年轻人很合得来。"

关于大武和小武爆破"小老头"之家的时刻,据繁告诉古义人,是明天的下午。当长野的电视台作为临时新闻播放刚发生的事件时,应该是明天晚间比较晚的时候了。即便古义人和家人出席伊泽先生的演奏会,那时谁也不会知道已经发生的爆炸事件。从后天开始,古义人也要面对由媒体带来的事件的余波。在此之前,则可以让古义人享受演奏会。这就是繁进行招待的意图吧……

"在电话里对真儿说了事故情况的,是在北轻井泽照顾两个年轻人和爸爸餐饮的……叫作奈奥的姑娘。繁叔叔之所以刚到饭店就不见了身影,就是收到事故通知后,随即返回北轻井泽去了。当地的报社和电视台的人都赶了过去,因为大学村的办事处发布了消息,说是长江古义人的别墅发生了爆炸,于是繁叔叔替代你会见了他们。然后,他好像追着小武的遗体似的,被传唤去了轻井泽或是长野原的警察署。他是在对奈奥嘱咐不要说出爸爸和我们在奥志贺的饭店后离去的。

"从真儿那里听到这些情况后,就往北轻井泽打了电话。在'怪老头'之家……奈奥接了电话,她叙说了发生的事情。爆炸并不是从外部扔进炸弹而引发的,是已经死去的小武和另一个年轻人("是大武。"古义人说。)有计划地实施的。听说,繁叔叔在会见记者时表示,这次爆炸的理论和实践方法,融合了自己长年来在建筑领域所作研究和教学的内容,而那些年轻人,则是自己的学生。

"……如此说来,这件事对你也算不得事出突然吧?"

乘坐繁驾驶的汽车前来志贺高原的途中,古义人也曾就"小老头"之家的事故而在头脑里准备了事后如何向千樫进行解释。写长篇小说时,一旦人物某种程度地开始活动起来,自己就只考虑那一天写作篇幅中的细节问题。其实不仅在写作期间,即便乘坐轻轨列车、前往泳池、开始游泳,以及在做那些事情的时候,也都在思考文章的每一行。这是长期以来养成的人生习惯。

然而,现在所发生的却和事先的准备正相反,是千樫通知自己"小老头"之家被炸、小武在爆炸中死去!在用自己的语言准备妥当的说明中,原本并没有小武之死。因此,在有些乱了阵脚的自己面前,千樫如同与人身等大的岩石一般屹立在那里。

当千樫前来书库的行军床前通知吾良自杀的消息时,古义人任由自己陷入不安之中,未能考虑到自杀者的妹妹的内心感受。那时也同现在一样,千樫的声音和阴郁、紧锁的表情中,有一种类似岩石般的实体……

"最初,我担心是否发生了火灾并给周围的人带来了麻烦。

"奈奥却说了一些令人不可思议的话:'小老头'之家已经完全毁坏,'怪老头'之家南面的窗玻璃也全都碎了,可两边都没有发生火灾,因为繁先生是爆破专家。她还说了一些不可思议的话,说是小武虽然知道安全范围,可为了拍摄录像而过于接近炸点……

311

"真儿感到最难以接受的，是小武的被杀……真儿没说是死。而且，她说自己上高中时曾受到属于政治宗派组织的大学生邀请，爸爸你听了她和我商量此事后便表示反对，现在她想起了那句话。

"可爸爸本身，却突然接受那个政治宗派以及与其对立的宗派组织或前来会见或夜间挂来的电话，然后便被叫出去，在其中一方为原子弹被炸者第二代建造医院的运动中，爸爸还曾捐献一些钱并在集会上讲了话，不过也仅此而已，其他什么也没干。因为，在这两个宗派组织之间，开始因'内讧'而杀人了。

"自己即便因为政治宗派的'内讧'，即便因为近似于战争的恐怖，只要杀死对方一个人，杀人者就必须有所精神准备，因为他自己也将被杀死。宗派组织的报纸甚至被送到家里来了，报纸上批判说，长江的感伤式伦理性，就是自己既不直接杀人也不被人所杀且能继续干下去，于是便心安理得。真儿，你如果作为少女斗士出手帮助杀死对方一个斗士的话，你就只能等待某一个人来杀死自己！真儿于是感到畏惧，参加宗派组织之事便随即终止。

"真儿之所以再次感到畏惧，是因为她深信那个年轻人被杀之事与爸爸有关。"

"……你们必须回到东京去。"古义人说。

"已经叫了出租车，听说从这里一直下坡行驶到长野，还能赶上九点半开往东京的那趟车。不能让真儿独自一人出现在媒体面前，从现在起到明天上午，媒体将会越来越多。只要一想到吾良出事时的情况……无论如何，这次将会是极度夸张的、你的丑闻。

"阿亮，打消明天听演奏会的念头吧。因为真儿感到害怕，必须要去鼓励她吧？"

古义人刚才虽然打开了隔壁房间与这个房间之间入口处门扉上的楔子，可发现阿亮静静地走进来听着谈话后，他还是吓了一跳。阿亮浮现出微微的笑意说道：

"勃拉姆斯的交响曲、刚才是第三十九分到四十分。我带着千樫、回东京！"

千樫却没有显出笑容，她说道：

"我从明天早晨开始回答媒体的电话。不会说出伊泽先生的名字，但会说，原本应该在这里听演奏会的长江，接到有关事故的通知后就回北轻井泽了，并告知'怪老头'之家的电话号码。这也是没办法呀。假如你有什么责任的话，自己如果不说出来……

"我们的家被炸毁了，一个年轻人死去了。听说繁叔叔已经向警察自首，说是自己负有责任。即便你说自己什么也不知道，可谁也不会相信……我想，既然是事故，就不会是繁叔叔和你致使那年轻人死亡的，可是……关于发生的这件事，还是由你来善后处理吧。"

2

千樫和阿亮离开饭店之际，古义人没有出门送行到大堂的前台处。因为，在千樫他们回到家里之前，必须考虑到尚未睡去的真木可能挂来电话。晚餐也是选择了送来房间的服务，古义人一直待在自己的房间里。

正在看九点的 NHK 新闻时，门铃响了起来。古义人打开房门，眼前出现一位远比现场采访记者年长的、神情稳重的绅士。虽说已是很久以前的事了，可古义人记得曾接受过此人的采访。

"长江先生，了不得的大事呀（说话的同时递过的名片上，印着长野电视公司董事的头衔）。已经有二十年了，曾请你协助我完成报社的采访，就在这次发生事故的房宅……别墅里，采访到那里去的人物。由于大多是政治家和实业家，就写成了别有趣味的报道。

"那时也是如此,建筑家椿繁先生出现在那里。前往现场的年轻同行就说呀,也不知是怎么回事儿,椿氏在长江先生的别墅里,怎么说呢?是那种长年交往的关系。那位椿先生会见了聚集在那里的媒体界的人。拍下那个场面的录像带已经送到了,不过,在如何处理这个录像带的问题上,我们还有一些难以判断的地方。能请你看看这个录像带,并说说你的想法吗?"

古义人请来人进入房间。对方在递过装有录像带的信封的同时,也把另一个很薄的信封交到古义人手里。

"这是实施爆破的那些人交给媒体的犯罪行为声明。我们电视台呀,已经以滚动形式播出了'长江先生的别墅发生爆炸事件、一人死亡'的简短新闻。更为详细的内容,肯定会在明天早晨新闻表演节目里播出。为了准备这个节目,我想请长江先生事先观看录像带中可能成为问题的部分。

"这些内容如果被公布出来,长江先生就不仅仅是过激派恐怖行为的受害者了,其他相关情况倒是更有可能被大书特书。因为有这些因素的存在……

我们在作家长江古义人氏的别墅(位于群马县北轻井泽大学村)实施了爆破,并获得了成功。我们的爆破技法,得益于建筑师椿繁氏的设计图和草图。椿繁氏因"unbuild/进行破坏"这种建筑理论,尤其在美国更是广为人知。

面对现代世界的巨大暴力构造,"unbuild/进行破坏"的理论和技法,将把对抗暴力的手段从自由的个人团体中解放出来。都市的超高层建筑所具有的脆弱性,正是巨大暴力构造本身所具有的脆弱性。在不远的将来,掌握了"unbuild/进行破坏"理论和技法的、数以万计的小团体,将会证实这一切。

我们用来学习的这种理论和技法的教程,与第一次爆破的详细过程一起,将通过因特网向全世界传送。

在古义人阅读声明期间,董事选择着录像带上应该让古义人观看的地方。屋顶瓦块、壁炉烟囱的混凝土塔、似曾相识的房梁等真实的破坏现场。堆积起来的体积庞大的苫布旁,还排列着脚手架的铁管。

接下去,就映出了繁确如"小老头"般并拢两膝、坐在建筑物消失后如同小岛一般突出的阳台上的石质构件上。古义人在想,就这种神态而言,在整个身体的表情上,与自己所熟知的人物比较相似。他随即还觉察到,这个形象与他自身也有几分相似。五六个记者身穿似有些寒意的衬衫围在繁的面前。

起初,繁以大学教师讲课的语调讲述着"进行破坏"的建筑理论与九一一恐怖主义。较之于繁正在讲述的内容,古义人更专注于看上去显得老态毕露的形象。因为记者的提问中出现了自己的名字,古义人便转而侧耳倾听。

3

"……为什么,长江古义人会参与这种事?为什么,他为了爆破的示范而提供自己的别墅?这座别墅的原型,是我将其作为约三十岁的长江的文学形象而现实化的……刚开始时我就说到了这一点,请大家回忆一下这个过程。

"从艾略特的前期诗歌里,把某一建筑物映像化,这对于长江来说,是文学中的一个发展。可如果仅仅如此的话,那就只能停留在梦想层面上,我通过建筑使这一切得以实现,他第一次经历了现实性体验。

"我认为,在长江的文学生活中,这可是一个很大的转折点。在此以前,他始终只存在于语言构筑的世界,而这次则进入了有实际感受的世界。在那以后,长江每逢开始构思长篇小说,我便在他的构思与现实世界之间架起桥梁方面给他出主意。

"不久后,把长江的作品……虽然在四国的森林里有原型……统合起来,并将其归类为想象性地形学的,是建筑师荒博。是我介绍他们认识的。

"荒君阅读了长江截至那时的所有作品,在他从事这项工作的过程中,由于我和少年时代的长江曾一同生活在森林里,了解村庄的地形以及与代代相传的故事相关的场所,便为荒君扮演了提供信息的当地人这一角色。荒君由于穿越了被提示的想象性地形学,长江的小说世界因此而被再度统合。从那里开始,再次帮助长江进行文学创作的,也是我。

"尽管给了他契机,然而将其在小说中作具体化处理并予以充实和润饰,还是要靠长江他自己的才能。不过,如果从写作的整体而言,可以说,我就是长江的合作者吧。"

"因此,这次你就向长江古义人演示奇怪的爆破计划,试图让他将其作为小说来写,是吗?"记者提问道。

古义人感觉到,在这样的场合,若是站在中立立场上的新闻记者,就会称呼长江先生。

"长江常年陷入写作低谷。刚刚成为作家时,嗯,自然发生般地就写起了小说。不过,写作的低迷状态也在反复着,为了抵抗那种重压,就只能继续写小说。

"就在这种时候,在故乡森林的地形里,荒君把长江小说中的神话范例一一组合起来,并从整体上予以构造化。对于长江来说,这就成了自己的作品世界的示意图,使他得以把作品中那些人物放在应有的位置上去。于是他在持续创作的同时,让那些人物也再次登场。

可是,二十年、三十年以来他就一直这么不断地写着,因此而走到尽头也是理所当然的。

"怎么应对这个'走到尽头'呢?在与之进行顽强搏斗的过程中,由于迫不得已,长江甚至一度回到四国的森林里生活。他大概是想借此把自己与神话性构造的根源重新连接起来吧。在那期间,长江参加了再现自己曾于六十年代体验过的示威游行,并在那个奇怪的活动中身受重伤。至于其中的来龙去脉,想必大家都已经知道了。

"此前我一直在美国工作,之所以在这个年岁上还来到日本,是受到长江家人的委托。长江试图超越'走到尽头',做出了超越常规的行为。我们对此感到担心。不过,首先必须让他从重伤中康复过来。让长江的身体和精神得以康复,还要让身体和精神之综合的创作活动得以康复。就在这个北轻井泽,在这个年轻时和他共同建起的家里……"

"你说得过于高尚了,具体的逻辑已经显现出来了。"另一个记者插嘴说道,"是这么一回事儿吧? 长江古义人为了摆脱低迷,这次同样决定依靠椿先生。让那些年轻人对这个家进行爆破。爆破方法很快就会传播到全世界。你从原理开始进行制作。那些年轻人向你请教了这一切。从制作工具阶段直至设置炸弹,他们都在按照你的设计图进行爆破的准备工作。除此之外,还要录制爆破的实况。加上这个实况录像,爆破教程将传播到全世界。

"而长江古义人则需要同步观察和了解整个过程,并将其加工为小说。试图借此得以康复并摆脱低迷。已经干了若干非法之事……以这种想法来进行文学创作难道合适吗? 这些话实在是难以理解。总之,其结果是一个年轻人的头部,被铁管从眼睛贯穿进去。情况就是这样吧?"

"……是这样的。长江知道我的'进行破坏'的建筑原理,这我已经说过了。不过,他却不知道相关技法,也不知道实际进展情况。只是在学习的收尾阶段,为那几个年轻人提供了实际爆破的试验场所。

"而且,一个年轻人死去了,那也是事实。不过,却不能把这个事故和长江直接联系在一起。大致说来,即便长江是这个国家为数不多的优秀小说家之一,他也不可能想象出这样的场景:在爆破现场,实施爆破的一个年轻人扛着摄像机往爆点走去……"

"那么,谁该为那个年轻人因爆炸而死负有责任呢?"

"是我。"繁说道,"提出原理和手法并进行传授的那人,凑巧没在爆破现场,其责任是不容逃避的。我没想到自己的教程及其实施方法,竟然存在着这样的缺陷……"

"炸药是如何弄到手的?外行是不可能得到许可以便进行这种爆破的。幸存的那位年轻人将被追究这个责任吧。此外,你已经承认了自己的责任,是吧?"

"我承认。不过,长江古义人所干的,仅仅是明知要进行爆破还提供了他自己的房屋而已。对媒体澄清这一点,正是这次会见的目的。"

录像放映到这里就结束了。电视公司的董事没有倒带就直接取了出来,装入盒里后搁置在自己的膝头。

"情况就是这样的……的确,椿繁先生试图把长江先生从这个麻烦中解救出来,可是……可是,你认为自己会因此而被无罪释放吗?"

"……总之,我不会要求你不使用这个录像,繁就是那么认为的,"古义人说,"我认为椿繁所说的话主观性很强。不过,我多次听到过他的构想,打算把繁和他那些年轻朋友写成小说,这些都是事实……

"椿繁说,我作为作家'走到尽头'……我确实有过多次这种经历。今年夏天,我出院后来到北轻井泽,实际上当时并没有任何新小说的构想。在这里听繁叙说那些事情的过程中,创作小说的力量似乎已经恢复……椿繁所说的那些内容不是无中生有。

"我不知道椿繁今后会怎样(古义人这么说着的同时,联想到自己何尝又不是如此),正因为如此,他在这个录像里所说的那些内容,如果你们能够用的话,那么就请使用吧。"

4

电话响了起来,这时已经是深夜一点钟了,古义人正躺在沙发上睡觉。刚拿起话筒,声音柔和起来的千樫便说道:

"由于临近十一点时到达了大宫,认为时间已经很晚了,估计高速公路也会很通畅,就从那里乘坐出租车回来了。我们猜对了。真儿已经……香香甜甜地……睡着了。大门和玄关的灯都没有打开,因此报社和电视台的人也都没有站等在那里。刚才听了电话留言,全是那些熟识的记者打来的,说是要去北轻井泽探望那个家。全都是这样的留言。

"你没有醉酒,我也就放心了。繁叔叔那边有电话来吗?"

"唯独繁呀,好像没这个空闲时间了。至于其他的联系,以前就认识、后来当了电视台董事的人物来这里见了面,让我看了繁会见记者时的录像……要说电话嘛,只有广子打来一个电话,说是她丈夫以及伊泽先生都在那个已经很晚了的晚餐上,邀请我也过去。我拒绝了邀请,说是要在房间里等候家里打来的电话。她好像知道了北轻井泽的事件,问询能为我们做点儿什么。我就说,阿亮已经有了勃拉姆斯的交响曲,还想听听弦乐四重奏曲的 CD。于是,很快就送了过来。

"如果阿亮惦记我目前所做之事的话……你就说在听斯美塔那①四重奏作品第132号。极为悲痛的演奏,我感到很吃惊。"

"吾良出事时,你喝了很多白兰地,我经常在想,你在最后时刻会去听音乐吧……我不会再从这里给你打电话了,你休息吧。迷你酒吧里有啤酒吧?或是威士忌什么的……如果是那种小瓶的话还不至于喝醉,你就喝上一点儿再上床吧。"

古义人前去打开冰箱,取出两个威士忌小酒瓶和两罐啤酒后便返回沙发。古义人在想,千樫刚才之所以说起真木在香甜香甜地睡着,大概是头脑里浮现出三十年前发生在尚未改建的"小老头"之家的往事了吧。

当时,真木热衷于从《暄软娃娃》改编而来的"红头巾"的故事。最初创作出这个角色的,就是她本人。自那以后,让千樫叙说故事的最新进展,就成了她的乐事。在入秋后的北轻井泽一个阴雨霏霏的日子里,千樫为买些东西带回东京而去了轻井泽,感到无聊的真木便罕见地来到古义人那里说道:

"'暄软娃娃'香香甜甜地、香香甜甜地睡着了……"

古义人全然没有来由地发起火来,接着真木的话头说道:

"狼来了,咚咚、咚咚地恶狠狠殴打着,把'暄软娃娃'给打坏了!"于是,真木便彻底崩溃了。

这就是真木特殊心理症状的最初表现吧。虽然千樫和古义人都不曾说出口来,却是经常想到——当两人中的任何一方想到时,另一方随即就感悟到——这个问题。

古义人再次来到冰箱前,又取回两个小酒瓶和两罐啤酒,而喝酒

---

① 斯美塔那(Bedrich Smetana,1824—1884),捷克作曲家。

的速度则比先前要慢了许多。接着,他决定打个电话试试,却又只得承认,当年吾良可以打电话给篁先生和金泽君,可自己现在却没有一个可以在深夜挂去电话的朋友。或者,繁从警察那里已经回到了"怪老头"之家也未可知……

电话里的待接听长音连续响了十次,古义人感到对方——并不是繁,而是有了几分醉意的奈奥——像是在数着这个数字似的拿起了话筒,然后缓慢地回答说:

"是长江先生呀……繁先生还没回家……事故刚一发生,弗拉季米尔和清清就坐上早已备好的车子装上行李后离开了……大武在爆破之后帮我干了不少活计,后来接过繁先生回来时的那辆车子也走了。就我一个人……留在'怪老头'之家。

"小武就那样死去了,铁管刺入他的一只眼睛,从后脑勺穿了出来……像是伸展开的六只手脚……就那么原样给运走了。要进行解剖……我知道,这样做并不是要让他生还……我问了,如果拔去那根铁管,从脸上到后脑勺的破损之处还能复原吗?可他们认为这是蠢话。

"大武藏身于地下那间小库房时,我们两人一面说着小武一面等待着,可是……啊,请稍微等一等,我还要斟上一杯酒。"

奈奥返回后虽然拿起了话筒,可在开口说话前,传来的却是液体流入喉咙的音响。古义人呼出一口气后问奈奥,在电视报道中,收看有关爆破事件的内容了吗?奈奥告诉他,天线被爆炸的冲击波给吹跑了,什么也播放不了。

"我和大武一面说话一面等待着。"当奈奥再次这么说时,古义人终于问她是在等谁。

"并不是在等谁,"奈奥说,"而是在等待天亮。因为害怕黑夜……

"长江先生,小武的右眼看不见了,你知道了吗?还不知道?小武也没有特别保密,他曾和大武一同借阅过长江先生的早期短篇小说集吧?他读了那作品,有一处写着叙述者被孩子们用石头砸伤从而失去了一只眼睛,因此,他觉得难以对长江先生说出这一切。

"小武一只眼睛的视界比较窄吧?铁管笔直地飞向另一侧那黑暗的正中央,因而无法躲闪。(古义人原本想说,另一只眼睛当时正看着摄像机吧?可他却控制住自己没说出这句话来。)至于为什么是右眼受到了伤害?那还是他上中学时的事儿了。在体育课上他参加了棒球比赛,加入对方阵营的老师的球棒断裂后往他这边飞来,就刺中了他的眼睛。

"球棒碎片忽忽悠悠的轨迹,向三垒手的自己这边飞来,可老师却说球马上就要飞到这里来了,要仔细看着!于是他就那么看着,挥动球棒的时机过于迟缓了……

"小武死了,大武则因为胆怯而躲起来了……或许就连长江先生也没有机会再见到他了。因此,我想请教长江先生,我记得曾有一位英国或美国女作家经历过与此相似的事情,你知道吗?"

对于奈奥这个毫无把握的询问,古义人并没有确切的线索,只是被奈奥因着那块向少年小武忽忽悠悠飞来的球棒碎片所吸引的心绪而唤醒,也是为了回应那心绪,古义人说道:

"我觉得与你记忆中的并不相同……弗吉尼亚·伍尔夫①在日记中写道,少女时代尚不能从水洼上跨越过去,终于开始思考自己存在的意义究竟是什么?她补写道:由于有了这种记忆,准确地说,人生非常奇妙,在我所做的这种事情中,存在着现实的本质。从少女时

---

① 弗吉尼亚·伍尔夫(Woolf Virginia,1882—1941),英国女作家、评论家,其代表作为《到灯塔去》和《海浪》等。

代开始,经过大约五十年后,有一天,弗吉尼亚·伍尔夫跳入自家门前的小河中死去了……"

"就是那样的!"奈奥用恢复了朝气的声音喊叫起来,"我试图回想起来的,就是弗吉尼亚·伍尔夫的那件事。大武离去时,对我说了这些话后就离开了。或许是认为我不太清楚这个情况,便前后说了两次,说是小武可能预见到了会因事故而死亡,因为小武曾经表示,从当年被球棒碎片刺中眼睛那天起,人生就开始了。死亡之时也是如此,另一根球棒……这次是铁管……将飞过来,在这两个事故之间,就是自己的人生……

"弗吉尼亚·伍尔夫也是这样,存在于不能从上面跨越过去的水洼直至她俯视着,并决心跳入其中的小河之间的,不正是她那刻苦勤勉的人生吗?

"大武在离开之前,疑惑小武为什么要说肯定会因事故而死?大武该不是怀疑小武或许并不是因为事故而死吧……我也有这样的想法。

"昨天很晚的时候,大武和小武才从'怪老头'之家回来,对繁先生改变方向表示不满。由于是繁先生委托长江先生把大武和小武所干的工作全都记录下来,我就表示,即便只是大武和小武的意图,也要请长江先生在写作时不要进行矮化处理。然后,就请长江先生下来听取了我们的意见,可那两人还有其他事情在期待长江先生,说是想请长江先生对繁先生说,要明确大武和小武的作用。他们认为,长江先生为了这次作战提供了一座别墅,因而估计繁先生也会听取长江先生的意见的……

"然而,说完这些话后,长江先生刚走上二楼,那两人随即也回到他们的寝室,虽然在与繁先生和弗拉季米尔商议时定于两天后断然实施爆破计划,可这两人却要改为明天……指的是今天……进行爆破,而且,要赶在繁先生前往警察局说明之前,把自己的犯罪声明送达媒体。他们决心通过这样的做法,让繁先生和弗拉季米尔上一个大当。我服用了安眠药后就睡着了,这是因为,为了从明天早晨就要开始的劳作,我想积蓄体力……

"接下来的话,是在爆炸之后,小武的尸体……头上就那么插着铁管,真可怕……被搬运出去之后,由大武告诉我的。

"昨天夜里,在长江先生当时正在那里睡觉的二楼房间的灯光熄灭后,小武对大武说,事情既然已经这样,就干脆把实施爆破的时间再度提前,连同正在睡觉的长江一起,把这座别墅给整个儿炸掉。咱们的爆破也应该包括对那些自以为非暴力手段总能行得通的民主主义者进行的批判。这个思路是合理的,而且,只要长江被炸死,繁先生也就不能无视咱们的呼吁!

"于是大武就说了下面这番话语,据说表示了反对:自己也认为这不失为一种方法,可是奈奥怎么办?如果把她叫起来外出避难,她一定会反对炸死长江先生。听说大武还这样说道:长江先生去年弥留之际,好像自认为把以塙导演为首的死去的朋友和老师都带回到生界来了。说是每到夜晚,他们就来和长江先生说话。难道要把那些幽灵也全都给炸飞吗?

"虽然最后那部分像是年轻人的玩笑话,可小武还是撤回了自己的主张。在危险时刻捡了一条命啊,长江先生!

"然后,就按照大武和小武他们的意思,今天过了正午就实施了爆破。以前一天夜晚要把长江先生卷进去一事为契机,小武可能开始考虑,为了呼吁爆破不妨死上一个人。即便今后自己不存在了,如果因此能够强化大武的行动,小武也就在所不惜了。

"于是,大武在安全处按下开关的那一小段时间里,小武扛着摄像机拉开架势,摇摇晃晃地往前走去。死亡或生还各占一半,紧密相连！我认为，大武由于比小武要大一些，因而后来想到了那个可能性并感到胆怯……"

在如此连续述说的过程中，奈奥的声音再度低沉起来，并像是被打垮了一般，回复到那个年龄的女性所常有的语音，其后又发出不成熟的惊叫：

"啊，是地震！非常强烈……啊，还在摇晃……长江先生，是地震！我来厨房检查，因为锅里还在烧着开水。因为，再酿成火灾的话，那就越发没法看下去了……啊，还在摇晃……太可怕了，这个地震，是小武听到了我刚才所说之事的象征吧？

"啊，实在可怕……还在摇晃……假如我不全力以赴地防止发生火灾的话，真不知道大武还能回到哪里去……即便小武作为死人归来之时！"

古义人也感觉到了摇晃。虽说这里位于规模庞大的饭店之中，却还是处于可以同时感受到同一个地震的位置。古义人在想，东京的情况会怎样？阿亮如果还没睡着的话，就会起床打开电视机了解地震强度吧。自从神户大地震以来，阿亮每当感觉到地震时就会这样做。古义人仍然把听筒贴在耳朵上等待着。电话虽然还连接着，却再没传来奈奥的声音。

在等候前往东京的出租车期间，就在千樫和阿亮他们那间朝西的、视野非常开阔的房间里，三人默默地坐下来之前看到的、染红了大半个天的火烧云，好像被奈奥所说的失火这句话给唤了回来。古义人体会到了彻底的无力感。奈奥所说的为了从明天早晨就要开始的劳作，必须积蓄体力的人，原本却是古义人这老夫子自身。古义人在自己衰弱的身体内摸索那个有着怪异之处的年轻家伙，却丝毫不见踪影。

终章 "征候"

1

繁给真木发来一个电子邮件,说是自己曾参加旧金山总领事馆改建工程,当时与一位外交官结交为友,现在,由于这位原外交官朋友的奔走努力,自己将有望进入日本。繁还说,因为要出席在泰国第一次召开的世界规模的建筑学会,归途中想造访古义正在隐居的四国的"森林之家"……

下一封电子邮件是从曼谷发出的,繁通知了自己从曼谷飞往新关西机场、然后转飞松山机场的航班号。古义人乘坐公共汽车前往邻镇,在那里转乘轻轨列车,然后在松山车站又坐上了开往机场的公共汽车。自从回到故乡以来,古义人就一直闭门不出,此时竟感受到许久不曾有的做了大事的心情。由于眼镜被打坏后再没配,加之头发完全白了,也清瘦了许多,相貌变化很大,因而没人认出古义人就是那个作家,当时因那个事件而在周刊杂志登了照片的作家。

尽管如此,当古义人为确认繁乘坐的航班的抵达时间而走近航空公司服务台时,那里的人还是招呼着古义人,把他引领到繁已经到达的特别候机室。繁一个人僵直地坐在房间最里面,他身着暗蓝色的双排扣西服,里面穿着一件丝绸衬衣,还是以往看惯了的那副打扮,只是从整体上看起来瘦了不少,西服的肋下等处显得肥肥大大。繁说,由于回美国的航班也是这家航空公司的头等舱,因此对方不仅提供了这种礼遇,还从连锁租车公司预约了左方向盘的奔驰400E型车,此时正等着市内的总店把这辆车送过来。

繁还说,在曼谷期间,他在泰国王室也出席了的全体会议上发表了讲演,还见到了从上海赶过来的弗拉季米尔和清清。他们两人现在都是获得成功的企业家,说是自从那件事以来一直没和古义你联系,要我一定代为问好……

"在你们那个世界里,没有把事件问题化吧?"古义人问道。

"因为发生在日本嘛……在那之后,出现了'进行破坏'教程的设计图和草图的大合订本问世以来,咱就经常被邀请到大学去演讲。"繁说道,"不过,咱可是让他们见识了'老人的愚行'的那个魔术师式的文化英雄。在咱来说,已经是第二次经历这种事情了。这次之所以邀请咱,也肯定是考虑到了吸引听众的目的,不过,能借此机会见到欧洲那些老朋友也是挺有趣的。"

然后,繁便沉默下来,随着运送行李的工作人员经过特别通道来到车前,开始驾驶车辆穿行在拥挤的道路上,在此期间,他都是一副性格孤僻、略有神经质的老年人神态。

车子行驶到山间长长的坡道之后,繁这才开始围绕汽车的话题开口说了起来:

"现在这条通往林中峡谷的路呀,无论是宽度还是路面铺的柏油,都和六十年前咱去你那里时完全不同了,不过路线还是一样的。当时,父亲通过军方门路弄回国的卡车,也是奔驰牌。你只顾目瞪口呆地傻看着。"

"不过,当时与其说我是看到德国造汽车吃惊,不如说我对所有汽车都感到很惊异。这么说起来,将近半个世纪前,我去了'人民公社好!'时代的中国,被领到农场一看,卡车竟是老旧的奔驰。

"或许,当看到你从驾驶室下来站在这里……想到从上海到长崎上岸、再来到这里的漫长路途……才目瞪口呆的吧。在你到之前,我和妹妹亚沙曾在地图上查看过,当时很惊异地说,会有一个从那么远的地方来的孩子呀……"

2

"当时,古义你家里有一种实在很郁暗的感觉……你外婆去世后不久,就像是与咱替换似的,你家老爷子搬到了修炼道场……确实是一个很昏暗的家。"

"对于母亲来说,外婆是一个特殊人物……她们两人一同守护着青面金刚小祠,还是村里传说故事中的守门人……母亲一直依靠着的这个人死了,而且在母亲看来,外婆的死亡方式也很不自然。你所感受到的,就是这一切带来的昏暗。

"母亲之所以对外婆的死一直无法释怀,是因为外婆临死时,母亲就睡在她的身旁,深夜里听到了外婆的大声喊叫。当时母亲被吵醒,坐起身往外婆的被褥那边看,却发现外婆用两只手掌捂住耳朵死去了……

"母亲把这些情况告诉了父亲时,我也听到了。再后来,我就去东京了。回村省亲时间,母亲又对我说起了这件事,像是长期以来一直思考并把找到的结论告诉到了上大学年龄的儿子。

"那也都是和死去的外婆为什么要捂住双耳有关的问题。母亲就是那种一旦开始思考……或是一旦开始放在心上……就不能再从那个问题转移开,最终甚至会服用头痛药的人。

"难道外婆是因为过于痛苦而喊出来,却又嫌恶自己的声音过于吵闹,从而堵塞住耳朵的吗?如果是这样的话,母亲在这个阶段理应听到外婆连续不断的喊叫,并因此而醒过来。外婆也许不是因为自己的喊叫声,而是因为听到了'巨大声音'而堵住耳朵的吧。由于睡在她身旁的母亲并没有听见,所以不应该是响彻峡谷的那种声音,而是从外婆身体内部涌现而出的音响。由于那种声音越来越高,因此尽管已经捂上耳朵,可那声音并不见减弱,外婆感到异常恐惧,自己也发出'哇——'的叫喊声,就这样死去的吧。

"母亲去世时,只有亚沙守护在她的身边。你也知道的,我母亲有一侧的耳朵明显很大,因此,即便在病房里她也要包上头巾。我问亚沙,'头巾是从上方捂住耳朵的吗?',她说'是那样的'。亚沙还说,母亲没有'哇——'地大声喊叫。我觉得,母亲是个有胆量的女性,所以没有大声喊叫,不过那'巨大声音'终究还是在她的体内响起了吧。"

"'巨大声音'呀……这么说来,当千樫赶到书库的床前通知吾良自杀的消息时,你正在听吾良送给你的录音带。你是这么写的吧?在那个录音带中,吾良刚说完咱要动身前往彼界了,随即就传来'咚——'的钝响。如果那是吾良下了'要从事务所楼顶跳下去'的决心之后录制的录音带,那就是他确实想让你感受跳楼时的情景,因为,吾良是个善于使用音响效果的导演。吾良在思考死亡时也曾一并考虑了'巨大声音'之事。这和你现在正说着的话题有所关联。"

"就是那件事:最近呀,每天凌晨天还没亮时我就醒过来,在黑暗中一动不动地睁着眼睛……经常在想,我该不是已经死去了吧?这种时候,接下来我又会这么想:不,自己大概还活着吧,因为,还不曾听到'巨大声音'从身体内部涌出来……"

"如果你还住在东京,就不会为这个问题而烦恼。荒君曾经分析过你小说中的地形学,咱还帮你对其进行解读。你作品中的所有人物……当然也包括叫作古义的那个人,那是你的写法……都在森林和峡谷这样的地形中产生。然后离开森林和峡谷,遭遇种种苦难,但是他们不会死在大城市里,因为他们的死只能是在返回这个地形之后。"

"而你现在就返回到了这里……"

"是这个道理。今后每当在黑暗中醒来时,我都有必要回想一下夜间是否听到过'巨大声音',有必要借此确认自己是否仍然停留在此界……

"而且还有一点,不过,这是醒过来以后的事儿了。现在,我在'森林之家'生活,感觉时间流逝得很快。那不是在时间过去一段之后才意识到,而是现在感受到时间正在流逝。当年还是生活在峡谷里的小孩子时,半夜醒来,挂钟正好打十一点。那之后再也无法入睡的时间,的确是漫长而难熬。

"不过,现在如果是在醒着时死去的话,我可以把时钟放在身边,无论是五个小时还是六个小时,都能够注视着时针的移动。时间在流逝……"

"然后,就是'巨大声音'从身体内部出现这个问题了吧?"繁说道,"咱的'进行破坏'教程中,安装定时炸弹的家伙注视着时间的到来。"

"被炸弹所杀害的那一方……这里说的是,假如繁不把避免杀人这个条款写入教程中去的话……却没有等待时间这个问题。外侧和内侧一起,突然响起'巨大声音'。不过我是明明知道这个'巨大声响'将会破坏自己的机体,却还是把时钟放在面前等待。时间在流逝!我再度感佩不已……"

3

"古义,自从鲁滨逊小说的计划告吹以来,你一直没有发表小说。或者,你还在写小说,只是自从那个事件以来,没有文艺杂志愿意刊登你的小说,是这样吗?咱一直在想,如果从一开始就以书的形式交由小型出版社发表的话,也并非不可能吧。该不是古义你本身失去了继续写小说的心情吧?"

"正是后面那个原因。而且呀,我显然已经无法写出小说语言了,无论是笔记还是别的什么。不写小说,已经很久了……这也是我在某一天突然意识到的。而意识到这件事,也并不是想到了小说的事情,而是突然在想自己曾用来写小说的那支钢笔被丢到哪里去了。这就是契机。当时,我还在成城家中的书房里……话虽如此,那时已经不怎么在那个书房认真读书了……突然觉察到想要找出钢笔的自己,身体却在往右拧,试图看见后面。通过这个动作,我想起来了。

"我在北轻井泽'小老头'之家的换鞋处坐了下来,准备穿上鞋子。旅行箱已经装上你的汽车。你先前问我,是否已经带上笔记本等文具。于是我折回去取文件包,却在坐下来之前,将其随手放在了角落里那张木雕靠背椅上。

"然后,就那么空手走出正门离去了。几个小时之后,我的钢笔和文件包一起被炸上了天……"

"咱知道,你在觉察到钢笔丢失之前,从不曾打算用那钢笔写些什么。可是,发现它不见了的时候,你却很想把它找回来。"

"是的,那也是因为这么一个缘故,真木曾向我提出一个建议,或许她事先已经和千樫商量过此事,因为那些日子我一直什么也不干,陷于郁闷之中。

"大学毕业后,真木曾在母校的图书馆里工作过一段时间。她向图书馆原先的同僚学习了可以印出与明体铅字相同字体的文字处理机的使用方法,还请教了进口纸张的店铺,是进口以往印制好书的那种厚纸的店铺,并买来各种纸张。

"说到装订技术,真木也学习过。因此,说是要印刷出来,制作成印数不多的私家版本。千樫也很有兴致,说她可以在印出的每本书上都绘上水彩画。然后她问我,是否可以写出刚成为作家时那种文风的短篇小说来,她说自己和真木都很喜欢那种风格……

"于是呀,我又有了写作欲望,所以寻找钢笔。因此,想到无论如何也要先弄到一支钢笔,然后练习写作。可一旦面临写什么的问题时,却感到自己没有任何可写的素材,就对真木她们说了,虽然想要练习写作,可目前就是这么一个尴尬状态,即便勉强恢复写作能力,估计连找到新素材的时间都没有了……

"在此期间,千樫应邀去了柏林,对方在邀请时说:'不来看看托儿所的现状吗?'那座托儿所是千樫和她在柏林结识的几个年轻人一同创建的。如此一来,由于她是那么一种性格,在那里发现了若干问题后,就要与伙伴们重新做起。于是,她索性去那里工作,这次把阿亮也给带过去了。当地有一个机构,向那些虽有智障却也有音乐和绘画能力的孩子提供教育。阿亮被推荐为该机构的一名助手。这件事激励了千樫,使得她甚至学起了开车。

"在接送阿亮的同时,千樫最想做的事情,就是照顾曾是吾良女朋友的那位姑娘的孩子源太,于是就在托儿所工作了。另一方面,真木则和上大学时就开始恋爱的男朋友同居了。

"这样一来,东京的家里就只剩下我一个人,那个事件以来,批判以及其他事情的电话连续不断,我便放弃了已使用多年、存在于阿亮记忆中的电话号码。千樫的信件首先发到真木的电子信箱——繁这次的联系之所以能够传到我这里,也是通过这个途径——中去。然而,每当门铃响起,我就会感到紧张。已经是这个年岁了,却还是这样,太痛苦了。

"于是,我处理掉成城的房子,开始打算家庭各位成员将来的生活。其结果,我就搬到'森林之家'来了。亚沙在这块土地上还算精神,我的饮食和其他方面,都由她来照顾。

"……这就是直至目前的经过。我把真木离开家时留下的文字处理机和纸张都带来了。此外,在出售房子前整理了书库,只留下千册图书,也一并带了过来。阿亮收集到的CD,则全部……

"就这样生活半年之后,不知不觉间竟摆弄起真木那台文字处理机了。"

"还是要写小说……写在笔记上之类?"

"就像刚才说过的那样,没在写小说!你在北轻井泽说过,我只有鲁滨逊小说了,这个看法是正确的。而且,我的鲁滨逊呀,自从那个事件以后,就一去不返了……"

"突然销声匿迹,即便再次出现,等待着的也未必是苦苦期盼。但是鲁滨逊却不一样。"

古义人注意到,如此说着话的繁,在这两年期间头发完全变白了,虽然红脸膛还是原来的模样,却整整小了一圈。古义人还感觉到,自己容貌的变化,同样也让繁看到了。

"……即便如此,我还是每天都使用那台文字处理机……真木为我买来的那些可以替代卡片的厚纸一旦用完就和她联系,她很快就会大量地给我补充过来。现在,我自己也会订货了……

"不过,我的写作并不是以原本应该让真木装订的那种小书为目标,而是正相反,如果装订成书的话,估计就是非同寻常的大厚书了。我没有考虑做成书的形式,只把用文字处理机写成的东西整体装入箱里并排放在书架上。亚沙的丈夫是原中学校长,他定期为此做好木箱以满足我的需求。"

"是什么内容的东西啊?"

"作为整体的名称,叫作'征候'。"

"choko①？是自传吗?"

"自传？……是啊,长年以来,我一直以围绕自己展开叙述的形式进行写作……毋宁说,我要彻底摆脱围绕'自己'展开叙述的烦恼,对于那样的写作,我已经失去了兴趣。这些便是在那之后产生的记述。"

"听到'choko'这个发音,咱的头脑里只浮现出你的姓。细想起来,自从那个事件以来,咱与日语的缘分也是越来越远了,与真儿和奈奥之间的往来电子邮件,用的也都是英语……"

"真木说繁来了一个通知,说是要'在曼谷演讲之后的归途中,顺便来看看你在四国的生活'。在那之后,收到真木打印后传真过来的通知,我就在考虑如何说明。

"刚才所说的'征候',首先就是 sign,即表现、标志、征候……然后则是 indication,好像也含有迹象、证据、疾病的症状等语意……也可以理解为 symptom,作为预兆和标志,用于不希望出现的负面事态……还有作为微弱征候的 hint……除此之外,还有用于表示异常的标志和征候的 stigma……

"我现在不读书……倒是经常躺在床上,用看歌剧时使用的双筒小型望远镜一直看书架上的标题……读的只有报纸,日本的各种报纸、美国的《纽约时报》和法国的《世界报》,读遍这些报纸的每一个角落。

---

① 在日语中,症候与长江的发音相同。

"若要问这样做究竟想要解读出什么来?是'征候'!刚才列举的英语单词中的任何一个单词所适用的……表现、标志、迹象、证据、症状。从大小报道中解读出表示异常的'征候'并进行记述。我持续做着的,就只是这些。

"在我们这个还幸存着的世界上,正在发生什么?关于环境自不必说,可问题远远不止于此。早在我刚开始从事写作那阵子,曾有一位前辈鞭策我,'要写全体小说①'!目前,我要解读出那些正是全体小说要素的、包括人事在内的所有一切的、微小的,甚至有些奇态的'征候',并将其记述下来,包括日期和地点。如果知道的话,还要显示证人的姓名。每天,都会发现两三个这样的事例。

"有时候,会发生我觉得是决定性的事件。于是,各种解说就会铺天盖地而来,说预兆是这样的,或者说,这些过程积累起来,就演变成了那个事态,等等。而我要做的工作,是在某些事件发生之前,就收集其细微的前兆。在那些前兆堆积的前方,一条无可挽救的、不能返回的、通往毁灭方向的道路延伸而去。如果说到对昭和前期的日本走过的道路进行回顾的分析书,长期以来,无论是我还是繁都读了不少。而我所要写作的'征候',则是要以全世界为对象,预先摸索出它前进的方向和道路。"

"古义你打算通过出版该书,是要最终获得预言家这一评价吗?"

"**做下那种事,成何体统?!**"古义人发出愤怒的吼叫。

---

① 萨特提倡并实践的一种小说创作理念,认为应通过一部文学作品表现出人的整个生存现实及其内在联系,《自由之路》即是这种创作理念的产物。其雏形可溯至十九世纪的《战争与和平》以及《红与黑》等作品。这种创作理念于第二次世界大战后流传至日本,野间宏以超长篇小说《青年之环》对该理念进行了实践。

繁在古义人的呵斥之下沉默了,什么也没有反驳,这一态度是古义人所没有意料到的,古义人用像是为自己辩护的口吻说道:

"对于出版来说太厚了,刚才不是说了吗?即便拆解成若干分册出版,也必须寻找合作者,必须编制数目庞大的索引。我是没有那个时间的。每天解读那些标志并将其记述下来,就已经让我尽了全力……"

"古义你有没有通过这个工作……在进行这项作业的同时,才有可能实现的……构想或打算,你应该有的吧?"

这种吞吞吐吐的说话方式越发不像是繁的风格了。古义人对自己感到厌恶,因为,明明是自己说起了"征候"的话题,却在繁做出理所当然的反应时突然发火。在一阵更为强烈的自我厌恶中,古义人再次回想起六十年前的那件往事。就在眼下两人正驱车前往的森林中的峡谷里,古义人用石块儿砸伤了繁的脑袋,而当地的孩子是决不会干这种事的。

古义人刚才明显无理的反驳使得繁颓丧下去,甚至连驾驶汽车也温顺起来。古义人也好一阵子没能对繁说话。

繁平静地说道:

"你的话才说了一半,可从山的形状看来,好像已经进入峡谷了。咱呀,想在日头正高的当儿去扫墓……顺便想去看看'自己的树'。

"处理完这些问题后,能让我看看'征候'的箱子吗?我想至少可以估计出最终会写成多大的规模。"

4

古义人走在繁的前面,往小路深处走去。小路东侧是郁郁葱葱的日本扁柏林，西侧则是横跨山谷的竹林。一株老柯树伸展开树枝，仿佛要把里面完全掩藏起来似的。在树根处阴暗的空间里，孤零零地兀立着两块墓石。这是两块形状相似的自然石墓石，就连青苔生长的地方也完全相同，只是雕刻在其中一块墓石上的文字痕迹还比较新。那是母亲的墓石。使苔藓的状态完全相同，母亲在修造外婆的坟墓时，就预先把自己的墓石也放在了一旁。

"你家墓地位于可以环视峡谷全貌的斜坡高处。墓地深处有一株枞树，那是你在孩童时代就认定的'自己的树'……"

"马上就会绕到那边去。"

"那块明亮的场地上明明有墓地，可你家为什么要把这两人孤零零地埋葬在这种地方？"

"母亲说是'因为这里有外婆的坟'，可早先把外婆的坟墓修建在这里的，正是母亲……她有好些事都没对我们说。"

古义人在母亲坟前鞠躬过后就把位置让给了繁，自己则用力地把坟墓后面的里白踩踏得东倒西歪，以便通风更为顺畅。繁压低嗓音再三祈祷，声音包含痛苦地喊叫道：

"妈妈！（古义人怀疑起自己耳朵）。"

昏暗的小道延伸到面向河流的斜坡上时豁然明亮起来，在与大道交汇的地点，古义人说道：

"从那个桥头往上走到这里，我正要前往'自己的树'所在的地方，繁跟着我来到了这里。最近，在向真儿说这件事的时候，曾经想起这个情景。当时，我对于一个人去感到犹豫。因为有一种传说，说是在'自己的树'下会遇见上了年岁的自己。此前我并未介意此事，那时却突然害怕起来。于是，繁爽快地表示要和我一同前往。那是我们关系还很好的时候的事了。

"在叙说的时候，我想起了更为详尽的细节。繁把木棒插在腰上的皮带里,往上衣口袋内塞了很多小石头。那是战争结束的前一年,我也穿着上衣,但母亲说是软塌塌的不成形了,就把厚纸放进口袋,从外面给缝了起来。也就是说,我本人没有带上小石头。

"繁你对我说,那木棒是用于自卫的,而小石头则用来攻击或许正在树下等着的那个上了年岁的家伙。于是我呀,也捡起一根大小合适的木棒。我家祖传的行业是黄瑞香加工,有些皮的根部牢牢粘着黑色的皮,就把这些难以剥掉……无法变成白色的真皮……的黑皮部分切割下来,我和亚沙把它收集起来,再撕成小片,用它制作出皮带。我记得,当时把木棒用力插进了这种皮带里。

"那么,用木棒进行自卫尚可理解……但是,繁想要攻击等候在郁郁葱葱的大树下的老人,也就是上了年岁的我,这又是怎么一回事呢?"

"哎呀,古义在这里的记忆可能有误吧。因为你要去寻找'自己的树',想遇见来到那里、上了年岁的自己,咱就想到要在咱'自己的树'下做同样的事情。于是,就把木棒插进皮带,往口袋里装上小石头,精神抖擞地出发了。"

古义人陷入沉默之中。听了繁说的这番话,他承认,繁挖掘出了正确的记忆。

"咱以为咱'自己的树'肯定在古义你那棵'自己的树'的近旁。"

"在那近旁吗?"

"至少,咱固执己见地硬说是在近旁。当时你就站在那棵枞树下,即便在我那小孩子的眼里,那也是一棵很漂亮的树。树的周围并没有上了年岁的老人,于是咱就沿着坡道往深处攀爬而去了。

"接下来,咱就发现了自以为一定是咱的那棵'自己的树'。那可是一棵树枝全都垂挂下来的大树呀,咱就在想,如果真是这棵树的话,就比古义发现的那棵树强多了。咱就大声喊了起来,你随即就赶来观看,说,'这也属于枞树类,叫作马利斯冷杉'!

"听了你这话后,咱想到了两个问题。其一,是古义真的知道环绕着这个峡谷的山上所有树木的名称。

"另一个,则是古义你呀,似乎并不认为这棵树就是咱的'自己的树'。因此,咱就要绝对坚持说那棵大马利斯冷杉就是'自己的树'。

"'那个上了年岁的人如果来到这里,就用这个砸他!'说着,咱还从口袋里掏出小石头让你看。"

古义人想了起来。

"是的,繁你是这么……不过,繁你怎么想到要用小石头来砸,伤害来到'自己的树'下的、上了年岁的老人的自己呢?"

"……与其说是伤害他,毋宁说是想杀死他。从咱那棵'自己的树'低垂下来的树枝对面,那个老头儿似乎渴望得到些什么似地转了过来,竟然想要遇见六十年前的自己?那必定是一个让人极端失望的家伙。而且,那家伙竟然是上了年岁的咱!

"咱期待有着更为美好的未来的咱,为此,咱想到杀死现在出现在这里的、六十年后的自己。"

"……我记得,十一岁的你和九岁的我确实经常围绕这个问题进行争论。"

"而且事实证明咱是对的,因此咱决不会忘记。

"古义当时是深山里的孩子,无论说到什么都显得很幼稚,只是一旦涉及有关树木的知识,就会把咱给彻底压倒。所以呀,咱就焦躁不安,想要拉开与古义你的距离,以使自己处于优势地位。

"于是,咱的头脑里闪过一个念头,那就是好好地教训你一顿,决不善罢甘休。

"现在说来是十一岁……当时说的都是虚岁,应该说的是十二岁,不过就这么说吧……的咱要扔小石头杀死七十岁的那个年老寒酸的咱,十一岁的咱不会因此而受到任何影响,今后六十年里咱能够自由自在地生活,能够成为更出色的老人……"

"我想起来了!"古义人说道,"我和繁顶了嘴,说是从马利斯冷杉后面走出来的那个家伙虽然上了年岁,却仍然是力量强大的大人,也许会把那石头再扔回来;那石头砸在孩子的头上,十一岁的繁的人生将就此结束;如果是这样的话,那又该如何?"

"在那个瞬间,把石头扔过来的老人也将随之立即消失!"

"当时,我醒悟到繁要比我聪明。然后,看着正在摇晃马利斯冷杉垂挂下来的树枝并大笑着的繁,我就在想,从上海来的这位少年具有自己无法与之相比的胆识。"

"……不过古义,这是你作为小说家……尽管你现在已经不写小说,可作为多年来的小说家……应该考虑到的问题。现在所说的'自己的树'的话题,还可以有另一个版本。

"是这样的:现在咱们实际上就在森林里。你就站在这棵大枞树下面。咱走进深处……已经过去六十年了,那棵马利斯冷杉树一定长得更繁茂了,我站在那树下面。这里和那里都将出现一个孩子。而且,会向咱们扔来石头。

"哎呀,比现在的古义年轻六十年的小孩子呀,是不会扔石头过来的吧,因为他是长江古义人少年嘛。但是,出现在咱面前的椿繁少年呀,却从口袋里掏出小石头高高地举在头顶之上。接着,现在已经成为老人且没有任何前途没有任何作为的咱呀,突然间便倒了下来。就在那个瞬间,另一个咱随即站了起来。一个新的椿繁老人,十一岁就杀了老人,将要度过与咱这六十年全然不同的人生的椿繁老人!

"……为了试试这是否只是梦中之梦,咱要爬到马利斯冷杉上去!"

但是繁并没有这么做,因为一群孩子大声喧嚷着、笑闹着,沿着那条细长的小道——干结而坚硬的土壤中凸起长年来踩实了的小石头和隆起的树根——走下山来。(孩子们像是在进行理科实习。)古义人立即想起艾略特的一节诗歌。繁也从小道踏入斜坡上较高那一侧的草丛中,与自己站在一起,以避让孩子们,他好像也想起了那一节诗歌。

绿叶丛中的孩子们的
隐藏的笑声传来
快呀,来吧,此地,立即,无论何时——

5

搬来"森林之家"半年之后,配合"征候"写作的进度,古义人对寝室兼书房进行了整修,把西侧和北侧用书架圈了起来。书架从上段到中段放满了从东京运来的书籍,下段的三分之一作为放置木箱的场所,木箱则用以存放"征候"的材料。在配置时,将目前正在写作的最新材料放在前面,以使打印好的厚纸便于取出。排列着书籍的那部分书架早已满满当当,可放置木箱的这一侧,即便连续写上五年也有充足的存放空间。

"'征候'的基本形式就像日志一样吧,即便只是今年的部分,也是涉及相当多的领域。正如你所说的那样,如果编制索引的话,那工作量可就太大了。"

"目前这个阶段呀,为了编制索引,每做十天就要在材料中插入一份整理清单,这清单上只摘录项目,可还是在一个劲儿地增加,好在放置存放材料的木箱的空间还有很多……可是,这些东西不仅仅是为了保管,所以考虑到读者的方便,把放置木箱的书架高度给降低了。"

"你预先设想了直接来到这里阅读的读者?"

"如果不是这样的话,那为什么还要写?"

"这样说来,古义你所干的工作就可以理解了。"

繁从箱中取出一份清单,在书架前方的空处摊开来看了一下之后,又把文字处理机打印的那些纸张礅齐并放回箱内。

"不仅仅是文字,还有贴着照片的呢。是放入照片的底稿吗……"

古义人摘下写作时戴用的老花眼镜,确认被繁指出的那一页。

"这位摄影师年轻时曾与我一同工作过,后来辞职专门拍摄世界规模的现场报道。或许是想安慰一下我的隐居生活,而寄来的……不过,都是些内容让人痛苦的报告……从中整理出的'征候'。

"战后,这个国家出现了数目庞大的失业者。当时,一些移民被送到了南美,就在我们二十刚出头那阵子。这就是前往多米尼加的移民分配到的原野的、现在的照片。如此全是石块儿的……都是当年还是孩子的我们无法扔得动的大家伙……非常荒芜的原野。

"据说,当移民申诉'这里无法耕种'时,外务省的官员却说什么'石头沤三年,也能成肥料'……这种话,首先就是我要收集的'征候'。

"被这种做法遗弃的那些被称为弃民的人,已经无法恢复,并将保持毁坏的状态。可是较之于此,我在'征候'中所发现的,却是说出刚才那种话来的年轻官僚也将毁坏并无法恢复。对,就是这么一回事!只要看了分项而立的'已毁坏的那些人的话语'以及'无意愿恢复的那些人的话语'等部分,繁你也是会理解的。"

"因为在古义你的身上,有着六隅先生教育出来的道学家的特质。你对大武和小武曾说过叫作'小船铺里的打工者'类型的话题吧?与那不是有联系吗?!"

"道学家式的人所作的批评,应该是针对还没有完全毁坏……还有恢复意愿的那些人的。我记录在'征候'上的,并不是处于这一层面上的人。

"我所记录的,是某人不再考虑恢复之事,超越这个分界点后在彼界说出的话语。刚才的话语已经是五十年前的旧话了,可现在依然可以不时听到。"

"嗯,古义,从社会动态直至气象异常,你一直以个人的感受方式来认识和理解……一直以'我'这一叙述方式写成小说……"

"现在所写的并不是小说……所以更为私人化,有些'征候',居然是从奈奥寄来的信件中引用的。当然,如果有意愿去领会的话,这种东西将有可能转变为正面的'征候'。

"奈奥现在写信来,还会说到大武和小武。就小武而言,他是一个已经难以改变现状的、已毁坏的人,一个不会发生改变的'征候'。但是,透过奈奥的描述,小武却变成了一个新青年,有些地方让人认为,他只能如此毁坏掉。"

"即便对咱,奈奥也是一直在代替大武和小武给咱写着信。奈奥是潜入地下的大武和已经死去的小武的灵媒。她甚至想说自己就是言灵①。

"尤其是奈奥有时说话直接又执拗,哦,她对你也是同样如此吧?

"她说,大武和小武是一对特殊的二人组合,不同于繁先生和长

---

① 语言的不可思议的作用。在古代日本,语言被认为寓有神灵的力量。

江先生的'奇怪的二人组合'。这就是奈奥想要主张的东西。奈奥首先这样说：某人不惜舍弃生命要干点儿什么，那时，谁都肯定会有一个牵挂。比如说三岛，他就想知道全世界在把他视作为了信条而舍弃生命的作家时是如何赞美他的。他肯定有想要看到那一切的牵挂。

"对于大武和小武的事件，情况也不例外。特别是小武不惜舍弃生命所干的事情究竟被如何评价？他也是想要知道这一切的，他的留恋其实是很大的。于是在这个事件之前，大武和小武之间就已经有了默契。

"大武和小武中的其中一人在爆破作业时死去……如果两人都死去的话，则是最为糟糕的情况，他们俩最最惧怕的莫过于此了，无论如何也要避免出现这个不幸……那时，幸存下来的那个人，则要全面继承死去伙伴生前所做、所见、所听、所读的一切。通过这种做法来替代死去伙伴重新开始新生。

"怎么样？古义，自从在北轻井泽和你共同生活以来，他们借助幸免于被'小老头'之家的漏雨淋湿的那些初版书开始对你进行解读，甚至有了相当的深度。正因为如此，他们才接受了那些影响。这不是在照搬你母亲对曾是森林中的孩子古义你说过的那传说吗？

"如此一来，他们相互间就构想出了在自己死后，对方能替代自己活下去的二人组合。两人中的任何一人都不会因为或事故爆炸致死或被机动队射杀而感到惧怕。奈奥是这么说的。她还说，这个构想较之于繁先生和长江先生的构想——假如繁先生面临死亡威胁时，长江先生将取而代之——似乎要实在一些。

"奈奥这样说道：而且现在我觉得呀，活着的大武正全力调整自己的人生以替代死去的小武；自己现在感觉到大武和小武已经合而为一了；自己之所以与繁先生保持联系，是因为相信如果微小的暴力装置在世界某个地方开始运作的话,那个报告就会送到繁先生这里来,而自己则想把这信息转发给大武。

"古义,咱自身也知道咱有这种期待,所以呀,即便在海外旅行,咱也是手提电脑不离身,每天清晨和晚间都要浏览咱的网页上的留言。

"由于大武和小武的那份作案声明,咱不好再像原先计划的那样通过因特网向全世界发送'进行破坏'教程了。不过,借助出版物,咱的设计图和草图正在广为流传。学了那些知识的家伙如果在世界某处启动其中一个微小暴力装置,咱那搜集情报的网址就一定会接收到相关信息。

"咱最为急迫的事情,是等待来自大武的留言。咱眼下正做着一个异常鲜明的彩色的梦。假如古义和咱一同观看咱那梦境的话,也许会认为这正是那真正意义上的积极的'征候'……"

古义人第一次感觉到要把存在于自己内心里的某种东西告诉繁的冲动。

"'征候'的书架被调到适当的高度,以便十三四岁的孩子谁都能打开箱子阅读其中资料。因为,唯有他们才是我所期待的阅读者。而且,有关'征候'的我的写法,也都是试图唤起他们颠覆记录于其中的所有毁灭的标志的想法。

"生长在这片森林中的孩子将来到'森林之家'……即便那时我已不在人世,亚沙表示她也会在白天为他们打开大门。在我家的谱系中,男人都很短命,而母亲和外婆却都活到百岁,所以亚沙能够长久地持续这一工作吧……翻出箱里的'征候'并开始阅读他们认为有趣的内容,我正在考虑这样的孩子们。也就是说,他们就是我今后的读者。

"如此一来,不就有可能把一个孩子全力抵抗从'征候'中解读到的一切并持续思考和生活的情况写入一本书之中吗?! 少年决定从事写作,并将终生修炼写作技巧,然后,便开始了自己的写作。就是这么一回事!而且,那本书难道不会带来具有现实意义的成果吗?!

"我也每天记录着'征候'……这其中有一些和繁相似的地方……与此同时,并非不去构想在此基础之上的逆转。"

"咱从上海来到这片森林时你还只是一个孩子,古义,虽然你还只是孩子,却会阅读所有'征候',直到今天你这个年岁上,也许已经写成了与此相对抗的书。如果说,你从最初就接受了一些方向性很明确的教育……古义,因此你是那种要把业已开始的工作一直干到底的类型。"

"当然,现在对你说起的这一切只是梦中之梦,或许在那过程中我就被'征候'之山所掩埋,从而听到'巨大声音'吧。不过,在那之前我可是要继续这作业。因为,除此之外再也没有其他值得一做之事……"

6

"'事件'发生之日,繁你到警察那里自首,就那么被拘留了。这次能够进入日本,肯定是确实有力量的人提供了帮助。"古义人说道,"托大家的福——包括被拘之前的记者招待会,你不辞辛劳地周旋,还有奈奥和大武,以及在奥志贺饭店发现了我却默不作声的那些人提供的帮助——当天夜晚,我才得以独自待在宾馆的房间里。

"因此,直至夜静更深,我一点点地喝着酒,听着音乐……虽然其间也有为事件而来的访客……甚至还和想要与之通话的人借助电话进行了交谈,得以安静地度过了那个夜晚。一想起翌日回到东京后将要遭遇的骚动,就更庆幸能有那样一天。

"就那么分别之后,由于一直没能见面,也就没有谈话的机会。这还是那天夜晚在电话里听奈奥说起的,估计繁也不会知道相关情况吧。

"你把'小老头'之家的爆破申报为事故,政治性意味的宣示一经搁置,就变更了原先的方针。知道这个情况后,大武和小武感到很生气,于是抢在你的计划之先提前一天实施爆破,他们甚至还发表了作案声明。因此,繁的困境自不必说,此前就已经遭到各种批评的、我的'战后民主主义'以及'和平主义'也都成了笑料。尽管如此,还是设法活了下来并出现在这里,彼此都超过了七十岁。

"不过,从奈奥深夜的那个电话里,我得知大武和小武的计划中还有一个方案。在那个方案中,他们要把爆破进一步提前到我和繁出发前往奥志贺的前夜,把我连同'小老头'之家一起炸个粉碎!

"可是,小武的这个提案却被大武所驳回。很多人都知道,我每天晚上喝着酒,在壁炉前的扶手椅上消磨时光,而那也是我与死去的老师和朋友们交谈的时间,有几个人知道此事。大武和小武也曾听奈奥说起过。

"如果要把身受濒临死亡的重伤却又脱险生还的我领回来的……嗯,在深夜里的酩酊大醉期间,也就相信了……六隅先生、吾良、篁先生、金泽君等灵魂一起炸掉的话,不就太多①了吗?据说大武如此说服了小武。于是,即或是很小一段余生,我也得以活了下来……"

"是的,即或是很小一段余生……去探望在那次重伤中活下来的古义时,咱就在想呀,就这样把古义作为没有任何积极意义的自杀

---

① 原文为英语 too much。

未遂放置起来,这合适吗?咱还对真儿说出了心里的担心。于是,就想要干点儿什么,那就是前往北轻井泽那个一同生活的地方,直至事件发生……

"然而,事件之后这次终于再度相逢时,咱感到现在的古义不同于住院时的你。事实上,你当时认定自己绝不能和六隅先生的灵魂一同被炸掉,是这样的吧?

"在前来这里的车子中,咱目睹了古义你那相违已久的激昂。咱回想了你喊叫的话语后意识到这么一件事,那是古义你在北轻井泽说起的一个笑话,是关于三岛四处说你自杀未遂的笑话。不过,那也是无风不起浪吧。咱从千樫那里听说,阿亮出生后,你被扛进了医院,出院后就被六隅先生给叫了过去,他对你训斥道:'做下这样的事,究竟想干什么?!'在车子里,你喊出了这句话。

"现在,古义正收集那些已然迈出无可挽回的一步并完全毁坏了的人的'征候',却并非为了在世界进入毁灭阶段后被人们吹捧为'那家伙是预言家'。因为,这一切完全源自于'做下这样的事,究竟想干什么?!'

"古义在记述之中试图探索一些逆转的预兆,即便自己不能发现,也希望阅读你的记述的后代能够从中解读出来,你就这样从事着看似无益的劳作。

"如果是这样的话,古义,阅读你的'征候'的人呀,就不能指望他们在成为老人之后再来从事这一切。必须鼓励他们年轻时就由自己进行写作,年轻时就要开始行动!已经没有时间了,若说起咱呀,也就是几年时间了,咱可不像古义你那样从容不迫。"

"……你自身的劳作怎么样了,繁?"古义人用确实遗憾的语气询问道。

"咱嘛,古义,已经很早就开始了行动。而且,与不久后将要结束潜伏、或在东京或在圣地亚哥出现在咱面前的大武一道,守望着大画面的电脑吧。画面上显示着用细细的轮廓构成的世界地图,地图上四处闪亮着红色小光点。那就是报告!是接受了'build/unbuild'构想的伙伴——即使各自都还处于很小的规模——在世界各处从事'进行破坏'工作的报告!"

"在那一天到来之前,但愿巨大的暴力……不管是一国抑或数国联合起来的暴力……还没把世界地图上用细细轮廓表示出来的东西给消灭掉。"古义人回敬道,"那么一来,就连放置你们电脑的那个小小空间都很难找到了吧。"

7

"古义,咱在你的'森林之家'期间……从今天算起,只剩三天时间了……曾想到此后要做的事,"繁说道,"由于一直受到真儿的关照,也想以此作为礼物送给她。

"在咱前去探视你的那家医院,你说自己曾翻译过年轻的纳博科夫在临离开柏林之前写下的小说中如同诗歌一般的结尾,是吧?"

"别了,我的书!犹若必死之人的眼睛那样,/想象之眼也必将于不觉中闭合。"

"既然笔下的人物得以存活,写出那本书的作者就必须离去……作者普希金被如此对比于其缔造出来的奥涅金。

"古义也到了必须与自己写出的书告别的年岁了。话虽如此,却不知道何时终结,便写起了有别于小说的作品。

"因此,咱决定为你写的书做善后处理。归根到底,咱这是为了真儿。而且,千樫目前已经在柏林招收了三十个儿童,他们不久也将需要日语辅助读本吧。

"在古义收集'征候'这一作业的空隙间,就让咱使用真儿选择的、可排版的电脑。除了真儿那份之外,咱做出三十份相同的东西并进行装订,然后请真儿按最初的构想制成小开本书,为了记忆真实的古义,哪怕一册也可以的那种小开本书。

"蓝本已经选好了,那就是你有生以来写出的第一部小说。当时也是年轻人的咱呀,在透过银杏树的绿叶洒下的光亮中,打开五月祭专辑版的东京大学校报,发现了在四国的森林中被抛弃了的古义你的名字。气喘吁吁地回到租住的房间后,就抄写已经读完了的短篇小说……这难道是打算借此与你进行替换吗?

"总之,由于做这件事时非常热心,现在还能背诵最后那个段落……:咱认为,善于记忆,是我们从母亲那里继承的特技。你作为获奖演说题目中的'暧昧的'这一表达,早已经在那部短篇小说之中了。看着从斯德哥尔摩播放的电视转播,恍若是自己在演说一般。"

　　　　火烧云开始出现在天空,一条狗高声吠叫起来。
　　　　"我们原本打算杀狗,"我用暧昧的声音说道,"可被宰的却是我们几个。"
　　　　女学生皱起眉头,唯有声音在笑着。我也疲惫至极地笑了。
　　　　"狗被杀了就会一下子倒下来,被剥去狗皮。可我们即便被杀了也还能四处走动。"
　　　　"不过,皮理应是被剥去了呀。"女学生说。
　　　　所有的狗都开始吠叫起来。狗的叫声相互拥挤着升向黄昏业已降临的天空。在此后的两个小时内,狗的吠叫应该会一直持续下去。

"这里还有一个引用,是在使用信息处理机时顺便为你备下、拟用于'征候'最后一页的引用。像你这样终生从事小说写作的作家,一定会在写作中不知不觉地为自己画上句号。不过,如果你在画上这个句号之前就听见'巨大声音'的话,咱就打算在你誊清的那些厚纸的最后一页附加上这些内容。

"古义,你该不是以为咱选择的那行是'东库克'的第一行?因为,就在刚才,在咱为你最初的短篇小说而作、纪念你'最后的第一次'的演说的语言中已经有所表示。

"也就是'在我的开始之中有我的结束'……不过并不是这一句,也不是'东库克'最后一行'我的结束之中有我的开始'。咱所选择的,是在它们之间的三行。这里所说的咱们,是指咱们这对'奇怪的二人组合'。"

  老人理应成为探险者
  现世之所不是问题
  我们必须静静地、静静地开始行动

小说作者大江健三郎与长江古义人的对话

[日] 大江健三郎

自我开始写作小说以来，及至明年春天，便是五十年了。此前，我不曾拥有制作特别装帧版的经历，这次却在亦为朋友的编辑们鼓励之下，烦请我们的"书籍装帧巧匠"菊地信义先生设计了装入函套里的这三卷本。

函套里的作品是《被偷换的孩子》《愁容童子》和《别了，我的书！》这三部曲，也是因为这三部曲没能得到总括起来的整体性评论而心有遗憾，在为这三本书作设计的过程中，便制作了一份小册子，让作者同与他重叠的小说人物在对话中坦率地探讨彼此。尤其这大约二十年以来，我一直有意识地作为小说主题并将其引为写作手法的单位是"奇怪的二人配"，现在，我亦将此用作三部曲的总书名。

我选择这三部曲的理由，首先是出于一种预感——虽然打算再继续写上几年小说，可是拥有如此结构和题材深度的长篇小说，这三部曲该会是终点吧。至于另一个理由，我想告诉大家，那是因为《被偷换的孩子》的序章，作为我此生中写出的篇幅稍长的短篇小说，它最为重要。

除此之外还有一个理由，那就是我在三部曲的最后一部作品

《别了,我的书!》里,频频引用西胁顺三郎翻译的 T.S.艾略特的《四个四重奏》,当我重新阅读这三部曲时,耳边似乎听到了我不曾直接引用的"小吉丁"以下这一节:

  在暮色渐淡的黑暗中/我直盯盯地打量那低俯的面庞/仿佛用锐利的目光审视这初次见到的陌生人之际/突然,醒悟到这面庞/与我熟识却已故去的一位大师相似。/然而,原本早已忘却、现在却想起一半来的/这既是一张脸、同时也是很多张脸。(中略)/因而我扮演了双重角色,一面喊叫,/一面听着对手的喊叫之声——/"怎么,你竟然会在这种地方?"

  是的,我竟然会在这种地方!我怀着如此感慨,谨将此书献给使我承蒙多年友谊并让我心怀眷念的人们,还要献给我希望其能垂读此书的新时代的人们。

二〇〇六年岁末

  I naturally thought of the Pseudocouple Mercier- Camier. The next time they enter the field, moving slowly towards each other. I shall know they are going to collide, fall and disappear, and this will perhaps enable me to observe them better.

—— The Unnamable, Samuel Beckett①

(一)

长江古义人(以下称为长江):我有这样的疑惑:你能清楚记得自

---

① 大江本人将这段英文译为:当然,我考虑到了奇怪的二人配,即梅西埃和卡米埃。其后他们将会出现,彼此缓慢地相向移动而去。我也知道,他们将会相撞、倒下并消失,因此,我或将得以更好地观察他们。
  ——《无名的人》,塞缪尔·贝克特

己已写小说的细部吗？之所以这么问，这也是因为呀，即便只限于我被赋予这个奇怪名字而出场的"奇怪的二人配"三部曲呀，也是多次出现了相同细部的缘故。大多是有关我自己的记述，嗯，即使写的是相同事物，我也只会觉得"该不是又来了吧？"。不过，那种相同事物在细微之处却有异于先前已出现过的事物，这当然会让我感到忧虑。

小说作者（以下称为作者）：我也是这样呀，的确是关于这三部曲的。首先从这些日子经常遇到的实际事例说起吧。也有作为小说技法而被自己有意使用的地方……可是一旦将其说出来，却又像是在辩解。

嗯，还有上了年岁这种告白，要写一个场景。在这一过程中，回想起曾写过与此相同的情景，觉得在以前的书里似乎也曾写过。可是呀，翻了翻眼前的书，却怎么也找不到那些处所，这就麻烦了。这类事情会经常遇上。忘记曾经写过这个场景，不知不觉间就会写出相同场景。这可不是被编辑指出来的。

长江：你所说的是"实际事例"……

作者：这无非是出场人物长江古义人经历的往事，而且是作为重要记忆而写下的事物，对你讲述这些事也是显得滑稽，不过……那是此前不仅在小说里还在随笔中也曾写过的、我这位小说作者本人的特殊记忆。

我曾因刚才说到的情况而多次查找肯定写过的小说内容。终于找到的时候，就会为今后的查对需要而夹上浮签纸片。还是来朗读一段吧。

首先是引自三部曲最后一部小说《别了，我的书！》中的如下内容：

九岁那年夏天，古义人沿着自家屋旁那条圆石铺就的狭窄坡道往下走去，差点儿淹死在河水里。他潜至由激流冲刷大岩石而形成的深潭深处,发现在岩石水下裂缝内里的明亮空间里,雅罗鱼群在逆着水流游动。(中略)一天早晨,他下了决心,从激流的上游顺流而下,贴伏在大岩石上。他倒立起光裸的瘦小身子,从岩石的裂缝向里面窥视……在接下去的那个瞬间,头顶和下颚蓦然被叼入岩石缝中,自己便手忙脚乱地挣扎起来。然后,腕力近似强悍的手腕抓住双脚拧了一小圈,帮助自己回到了自由的水中……

长江:啊啊,是这里呀。我也读到了小说的这一段,第一次把握了那天发生在自己身上的这件事的整体形象。而且虽说如此,却还是感到很久以前就知道了这件事的意义。也可以说这其中存有"想起"①的作用吧,在把握整体形象的瞬间,让我的记忆确切地恢复了这件事的全部。

作者:作为作者,我期待这一点。小说的出场人物从其被设定为"这样的人"那时起,有关过去自不必说,有时甚至直到未来呀,都理应从小说作者那里得到了身份识别牌。然而,其实无论对于出场人物还是作者,直至写出小说那一段来之前,现在实际感受到的某种体验之意义,对于该人来说都是模糊不清的。于是就经常会一下子变得清晰无比。

古义人九岁时差点儿淹死这个突发事件,没出现在三部曲第一部《被偷换的孩子》里。这对于《被偷换的孩子》中的你来说等于不存在,对于读者来说同样如此。然而,在第二部《愁容童子》里,从一开始就借助你母亲所说的不可思议的话语,你本人不就开始"想起"曾发生过什么事了吗?

长江:作为作者,你期待这一点,又向读者递送眼色,还使用唯有

---

① 原文引自古希腊语 anamneis,柏拉图曾借此表示人的灵魂通过回忆获得真正知识或理念的过程。

小说作者才能说出的"不可思议的话语"这种方法……

作者：小说中的母亲知道儿子的朋友吾良（一如《被偷换的孩子》开首处所讲述的自杀事件那样）已经自杀，于是对古义人说，那人"去世了，无论你一时间是当真那样想还是并非那样想的时候……都不再会有朋友劝你'不要干那感伤之事了'"。这就是说，母亲知道我一时间试图干那种感伤之事，也就是一时间试图自杀，而且差一点儿几乎就实施成功了。

长江：那个长江古义人，也就是我，甚至两次试图干那种感伤之事，第一次是以潜至河中深潭去看雅罗鱼为借口，关于想要干（不过是否当真想要那么做，我这个小说人物尚不清楚）的那个行为的情景，现在得以现实地"想起"来了。

作者：因为我这个作者在稿纸上是这样写的嘛：

> 孩童时代的自己为什么要冒如此之大的危险，把脑袋潜入大岩石上的夹缝之中呢？那夹缝深处恍若横卧了一柄大水壶，使得视野豁然开阔起来，数百尾雅罗鱼正在微光中游弋。指示出一个方向，静静地与水流等速游动着的、泛出银灰色泽的蓝色雅罗鱼。（中略）受到强烈的诱惑，想要挨近一些以便看得更清晰。然而，转向雅罗鱼的脑袋却被岩石紧紧夹住。恐慌来临了……巨大者的手捉住在水中扑打的双脚，向里面塞去。然后拧转身体。向着难以估算的巨大疼痛……

长江：作为自己的事而解读并领会这个场景，使我不得不了解到，自己在九岁时确实尝试过自杀，却被母亲借助暴力方式阻止了此事。读者也是和我一样。可是呀，你在写这个场景的时候，母亲已经去世了。在母亲生前，作为曾是这个场景中的九岁孩子的我本人，后来为了那时尝试自杀而道歉、为了得救而致谢了吗？

作者：……没能这样做。你认为能够对孕育出本人生命的人说出口来吗？说出自己不仅仅一次甚而两次企图自杀了吗？

长江：于是，你就在《愁容童子》结尾处，让我再次经受那般痛苦，一面哭喊着一面原原本本地告白了九岁时被母亲所救助的往事。

作者：确实如此……对不起呀。

（二）

长江：从一开始，话语就变得过于深刻……还是转到小说技法的侧面上来吧。我想看看三部曲中存在于根本之处的结构。你让作品中的我与作品中的各种人物勾连起来，把"奇怪的二人配"创造出来并发展下去。回顾在小说里如此生活过来的自己，确实只能被称为"奇怪的二人配"的其中一人，我承认自己与这个称谓很般配。因为是那么一种性格和资质的人，甚至是以夸张这一点的生活方式生活过来的嘛。不过，这个"奇怪的二人配"之话语，并不是你的发明。你不是写过吗，那是你在其他什么地方发现的吧？

作者：确实如此，这句话语直接显示在我面前的时间并不那么久远。然而，要说出现在自己小说里的二人组合，那我很早以前就意识到了。毋宁说，我知道假如不设定为二人组合，自己的小说就无法开始启动。在《饲养》这个短篇以及在稍短的长篇里展开这二人组合的《薅去病芽 勒死坏种》（连续写出这两篇小说时，我才二十三岁）中，少年叙述者和他弟弟这对二人组合就已经在发挥作用了。不过呀，如果去除孩子所具有的或多或少的滑稽，这个少年及其伙伴作为"奇怪的二人配"便不再独特……

从那以后，在长年写作小说的过程中，我充分意识到自己的人生观之根本存在于"奇怪的二人配"之中。即便作为读书人，我也会在小说呀戏剧（甚或在评传呀诗歌）中发现"奇怪的二人配"。现在往家里的书柜看过去，也全都是那种二人组合。

长江：在《别了,我的书！》里,作为出场人物的长江古义人、也就是我,同样拥有建筑家繁这个伙伴并到达了终极的"奇怪的二人配"。我和繁都曾有意识地对此作了种种探讨。首先,鲁滨逊小说的构想就是那样。我与奈奥姑娘谈起的斯坦尼斯拉夫·莱姆的《索拉里斯》中的宇航员和索拉里斯海送来的那位死去妻子的复制女性,也是一对在 SF 技巧方面达到极致的"奇怪的二人配"。

作者：且说对我这位小说作者指出"奇怪的二人配"这句话语的人物,正如你也知道的那样,我在小说里已经写明了,他就是评论了在这套三部曲之前不久创作的《空翻》的那位文学理论家弗雷德里克·詹姆逊①。"大江一直在写的,总是'奇怪的二人配'",说了这话后,他从塞缪尔·贝克特②的小说三部曲中引用了《无名的人》里的一段文字,用来定义"奇怪的二人配"这个术语。

我已把那段英语版的原文引用在我们对话中的格言诗里,按照自己风格翻译出来后是这样的:"当然,我考虑到了'奇怪的二人配',即梅西埃和卡米埃。随后他们将会出现,彼此缓慢地相向移动而去,我也知道,他们将会相撞、倒下并消失,因此,我或将得以更好地观察他们。"

在这里引为例证的梅西埃和卡米埃的故事,是贝克特的早期小说之一,作品里所描绘的"奇怪的二人配"模特儿那彻底的程度可真是厉害呀,比如业已做完这种古风般说法竟然脱口而出。而且,《等待戈多》自不待言,直至到达最后那套小说三部曲的道路,也让像我

---

① 弗雷德里克·詹姆逊（Fredric Jameson,1934— ）,美国文艺理论批评家,著有《马克思主义与形成》《语言的牢笼》和《政治无意识》等。
② 塞缪尔·贝克特（ Samuel Beckett,1906—1989）,出生于爱尔兰的法国剧作家、小说家,一九六九年度诺贝尔文学奖获得者,其代表作为《莫洛依》《马龙之死》和《无名的人》等长篇小说以及《等待戈多》等剧本。

这样平凡的小说作者因恐惧而简直要缩成一团……

即便如此，受詹姆逊那段评论所鼓舞，回过头来一看呀，我不仅在小说里一直写着"奇怪的二人配"，即便在现实生活里，也是作为若干"奇怪的二人配"中的一方而生活过来的……全然不接受教训地一直在重复着这样的生活！我就被这个自我发现所引导。

而且，与其说这一切始自青年时代，不如说始自少年时代，如果再追溯下去的话，从幼年时代起便是如此了。况且，倘若从那时一直连接到当下，就会发现在人生不同时期的"奇怪的二人配"中，曾为师傅地位的友人全都去了彼界，仍然存活着的，唯有我独自一人。这就要经受寂寥的孤独感的折磨呀，假如连我也移往那彼界的话，"奇怪的二人配"之记忆就将完全湮灭。于是，我就一直在写着连我自己都觉得执拗的这个主题。

长江：在你的如此这般的小说里，我经常被作为"奇怪的二人配"的一方而塑造，依我看来，身为小说作者的你的想法，照例就是我的想法。尽管如此，我还是有着自己的担忧，那就是身为小说出场人物的我呀，是否如同身为作者的你那样将自己的背景予以意识化。因此呀，我想借这次对话的机会，重新听听你这位小说作者的解说！假如你是在模仿贝克特最后的小说中的叙述者，那就是为了更好地理解我本人亦为其中一方的"奇怪的二人配"嘛。

作者：如果需要预先说上一句的话，便是刚才提到的贝克特小说里的叙述者，在说起那段话语之前，就已经否定了那个可能性啊。即仅有一语的句节"Wrong"，亦即"不是那样的"……

（三）

作者：尽管如此，总之，还是继续说下去吧……

我已经讲过,在幼年时期就遇上了二人组合里的另一方,我甚至想说,那是我最初的记忆。实际上,我与这个主题可说是非常熟悉的老交情了,曾在三部曲第二部小说《愁容童子》里写过此事。

长江:因此呀,也就是说,这还成了我这位小说人物的记忆,我要出声读出那段引文:

直至今日,古义人曾多次要把那个时间确定下来,虽说早已确认是五岁这个时间段,他却一直认为在与另一个自我一同生活,就像家庭其他成员所称谓的那样,古义人将另一个自我称为古义。

然而,大约一年以后,古义竟独自一人飘飞到森林上空去了。古义人对母亲说了这一切,却没有得到回应。于是,他又将古义如何飘飞而去的过程详细述说了一遍。古义起先站在里间的走廊眺望森林,却忽然踏着木栏下方防止地板端头翘曲的横木条爬上扶手,随即便将两腿并拢,一动也不动,然后就非常自然地抬腿迈步,悬空行走起来。当走到河流上空时,他舒展开穿着短外褂的两臂,宛如大鸟一般乘风而去。从古义人所在的位置看过去,他逐渐消失在被屋檐遮住而看不见的长空……

作者:起初那段时期,我经常说起去往森林高处的古义之事,这甚至都成了家人间的老话题。可是呀,这个古义渐渐地被我给内在化了……

长江:关于此事原委,我也因着《愁容童子》而知道了。而且我还在想呀,借助在家人之间发生的那件事,长江古义人的、亦即作品中我的性格是因此而得以形成的吧:

起初,亲属们都觉得有趣。

"要是古义到森林里去了,那么,仍在这里的古义又是谁呢?"

"是梦呀。"这样回答以后,古义人引起更为激烈的大笑。

秋祭那天,客人大白天就来了,古义人被唤到正开着宴席的堂屋,父亲让他与哥哥们当堂问答。

"古义,眼下你呀,其实在哪里?"

提出这个问题的,是亲戚中的某一位,但催促回答的,却是机敏而善于应酬的长兄。古义人抬起右臂,指向河那边森林的高处,却遭到了二哥的反对。或许,这位具有自立个性的少年,较之于不愿看到弟弟成为笑料,更是不能忍受一帮醉鬼的这种游戏。他用双手抓住古义人的手腕往下摁去,古义人却认为准确指示出古义所在地非常重要,因而绝不低头屈服,便与二哥扭成一团,一同摔倒在地,古义人右臂也因此而脱臼。

作者:可是我呀,并没有忘记二人组合的另一方,也就是说,不再对人说起就这样被我内在化了的古义,而是开始与自己交谈这位古义。其证据,则是从那时起,我每隔上四五年,就会前往森林的高处和峡谷里的河流去寻找古义,直至后来经历了那段濒临死亡的体验……

很久很久以后,我在结构论的文学议论热潮中了解到这两处场所的意义。构成我和家人生活于斯的峡谷里的民众之中心部的,是沿着县道的那条狭长平面。与此相照应的,则是以下这两个危险的周边、边缘。

森林高处

↑

平面

平面

↓

河流深处

我一无遗漏地偏向了这两个禁忌的场所。受其影响,此后当我沿着县道沿线行走时,就会听到"不要跟那孩子一起玩儿!"这种喝令孩子们的声音。

长江:在这两个经历里,关于潜入河流深处的那次偏向,先前我们已经谈论过了。然后,你给我说了孩子图谋自杀的那些行为中被本人清晰意识到的侧面和并非如此的侧面,还说了我没能很好记住(该说是你这位小说作者尚未写过)的往事。

可是更有甚者,较之于潜入峡谷这个共同体下方的边缘,你攀上共同体上方的边缘、亦即森林高处之事,在这套三部曲中几乎未被提及,所以我无法"想起"此事。

作者: 那是因为在《同时代游戏》里写过了呀,再说攀上森林那阵子,比我险些死在河里那时更加幼小嘛,其实我也记不清楚了,有时甚至怀疑那是不是梦里之事。还有一点,就是那次的偏向,与其说是我独自的断然决定,倒是被古义所诱惑的因素更大一些……

长江: 那么,这就属于我不知道的范围了。

作者: 直至十五年或是二十年前,每当我前往森林中的峡谷里省亲,都会有不少老人过来对我说起往事,说是当年在那株叫作"千年锥栗"的大锥栗树的树洞里,我感染上肺炎,就像一块滚烫的小肉团……还说呀,当年的那些消防队员呀,上山救援之际,由于山路因大雨而如同急流一般,救援工作非常艰难!

我上山的时候还没下雨,满月映照着森林,乌云在月面剧烈地翻滚着(已经起风了)。暗淡月光下的阴暗树丛间,我被古义引导着只顾一个劲儿地往山上攀去。在与我分开的那几年间,古义长大了,他身体的成长明显要早于仍在峡谷里的我。尽管如此,他还是穿着从里间扶手上飞起时的服装,因而从短外褂中伸出的两支胳膊长长得近似滑稽。露出来的两条腿也很长,那白白的小腿肚子,几乎是在擦着地面滑翔而去。就在一个劲儿地紧随其身后那期间,我振奋地想道,今后要跟古义在森林深处一同生活下去,决不再回到峡谷里去……

当时只惦念着一件事,那就是深夜里听到古义在外面呼叫,我刚离家出来,古义随即就开始前行,由于他都没有回头看我一眼,所以在不断地爬山期间,我没能看到古义的脸……

可是,那时我相信只要如此进入森林之中,就会以二人组合的形式开始那永久永久的共同生活,因此当我被从森林里抱下来时,虽然正发着烧且身体衰弱,却仍然凶猛地挣扎着……这段往事也成了当年的消防队员们讲述并传播下来的故事。

还有一个更玄乎的传说,说是我那小小身体散发出山里兽类的异臭,刚从森林里下到县道一带,峡谷里的狗就惊悚地狂吠不止……

(四)

长江: 这也无法成为我"想起"的对象(也就是说,由于这是你没写在书里的内容,也就不会存在于我记忆的历史断层上),不过《被偷换的孩子》这部小说里的故事,始于塙吾良自杀那个夜晚,这个塙吾良就成为从森林的高处……也是从河流的深处归来的古义了吧?再度归去的他的做法,既不是飞往高处,也不是潜往深处,而是"咚——"地一声坠落在混凝土路面上……

作者: 假如说起事情最初的形态呀,古义是存在于我的"内部"的。此后,即便他来到了外面,也是在我的身旁。突然间他飞到森林的高处去了,于是我就想要追赶上去。可是塙吾良却来自于"外部"。然后,就把我引去了我所不知道的场所。他与古义可是截然相反的存在。

长江: 在我转学去的那所学校里呀,(用现在的话来说,那也是遭到来自班级全体同学的欺负,不过我将其视为对转学来的同学施加的通过仪礼,从而独自一人打扫教室,就在此时出现的)塙吾良向我打了招呼。假如没有那个瞬间,我就不会如此这般地、成为小说故事里的人物……

作者：如果没有那事儿，当然我也不会成为小说的作者嘛。搞吾良这个人物的原型，就这样从"外部"出现了，最终却还是消失在了"外部"。这是"奇怪的二人配"中的、而且是师傅地位的另一方的、无可置疑的典型性类型。

长江：即便在三部曲的所有出场人物中，尤其对于搞吾良如何出现、又如何消失这个问题，比任何人都更为留神关注、仔细思考的，是他的妹妹千樫呀。

作者：是啊，甚至比我这位小说作者本人还要……重新阅读三部曲后，我深切地感受到了这一点。千樫两度失去其兄长吾良。毋宁说，唯有吾良，才是千樫的古义。就这样，发生了第一次失去兄长之事。这一点，是写了这部小说的我此前或许未能清晰意识到的。

长江：你说的这一点，我这里也全然没有考虑过啊。在《被偷换的孩子》终章处，千樫失去了以自杀形式死去的兄长，此时她想起了第一次失去兄长时的往事，我们就读读这里吧。在这里，被千樫唤作这个人的，是兄长的朋友、不久后与自己结婚的人物，换言之，也就是我这个人物呀……

千樫那位才华横溢、俊美异常、被很多人所喜爱——尽管还是孩子，却被大家敬畏般宠爱着——的哥哥，从某个时候起，身上开始隐藏着某种陌生的东西，变为与此前并不相同的人。

我还记得这个人早在还是少年的时候，就与年岁相仿的吾良出门去往"Outside Over There"/在那遥远的地方那个发生了某种可怕事情的场所，实际经历了可怕事情于深夜回来后的情景。现在细想起来，在那一夜之前，吾良确实在一段时间内缓慢转变了，而从那一夜开始，吾良便去了一个再也无法返回的场所……

就这样,从我和塙吾良这对"奇怪的二人配"创立之初的那个时点开始,直至吾良独自一人"咚——"地移往彼界那时为止,千樫是一直守护过来的。

(五)

作者:不过,在你和塙吾良这对"奇怪的二人配"中,从师父地位的吾良那里,身处弟子地位的你认为自己所受教育的核心是什么?

长江:你是在询问我这个小说人物吗?我所知道的一切、我在小说里絮叨的和思考的一切,不都是你构想和写出来的吗?

作者:是那样的。但是我经常在想呀,你说的我那写作方法呀,该不是把小说人物的原型、也就是小说家我,还有身为电影导演的朋友这实际上的两者关系,在小说里给写得单纯化了吧。作为小说人物,或许你曾怀疑这两者在现实生活中的相互关系更为复杂吧。我就在想呀,假如存在这种因素的话,我希望知道这一切。

长江:若说起在小说里我从师父地位的吾良那里所受教育的核心,那就是关于文学。更具体地说,是关于诗歌,尤其是关于兰波的诗歌。

从我们成为"奇怪的二人配"的初始阶段起,塙吾良就为我讲评兰波的诗歌。而且,在洞悉我过度依赖小林秀雄的译本后,他还把法国水星版的《诗篇》送给了我。(这就成了我一生中的第一部法文书籍……你明白这是多么大的一件事吗?)然后,他就以此为教科书,为我进行讲评。

作者:而且,他还特意住进我租住的房间……

长江:塙吾良的法语能力究竟达到什么程度,这我无法说清楚,不过,在我本人考入大学的法国文学专业之后,我们也经常以七星丛书版的兰波诗集为文本展开讨论。无论初始阶段还是后来,他所说的内容,都被我作为师父的话语接受下来。因为呀,塙吾良的兰波讲义始自于我们的少年时代,即便在他死后,在我从千樫那里收到的、附有图示分镜头剧本的电影剧本草案里,也包括我们实际讨论过的、有关兰波的对话记录。这种情况覆盖了我们这对"奇怪的二人配"的全部。

身为小说人物,要对小说作者你说这样的话未免显得狂妄,不过我总觉得,如果没有塙吾良的这番法语入门辅导,即便倾倒于法国文学学者六隅许六出版的岩波新书①(告诉我那位六隅先生是东京大学法文专业在职教授的,不也是塙吾良吗!),也很难说你能否考上东京大学法国文学专业。总之,就算你本人可能有所保留,我在文学上也是受教于塙吾良的。

作者:倘若这成了长江古义人你确信不疑的信念,那就证明我成功写作了《被偷换的孩子》嘛,因此作为小说作者,我为此而感到高兴。在塙吾良的原型与我之间长达约四十年的现实生活中的关系里,细想起来,我们从最初起就一直(中间也曾疏远过一段时期,却很快就恢复了良好关系,直至他去世为止)是只要见面,就只谈论文学话题。在这套三部曲中,考虑到小说应有的平衡,就插入了能够回想起来的、与文学并无直接关联的对话。是存在这种想法的哟。

长江:我们就寻往作品中的我与塙吾良之间有关文学的对话吧(而且用我所知道的方法,也就是结合小说来寻往尤其是关于兰波的讨论)。因为这种做法,能够最为自然地驱动我的"想起"机

---

① 大江健三郎在高三时曾于松山大街道的书店购买东京大学法国文学专业的渡边一夫教授所著《法国 文艺复兴断章》(岩波新书版),为其中的宽容精神所震撼,从好友伊丹十三处得知渡边一夫为东京大学法国文学专业的教授后,决定改而报考东京大学并师从渡边一夫教授。

制……

　　塙吾良坠楼而死的翌日,千樫和我前去看望遗属,我把千樫留在那里,自己独自返回了东京。夜深了。躺在书库的行军床上,我首先想起的,是一直与吾良借助田龟这个奇怪道具谈论着的最近的主题,即小林秀雄翻译的兰波的《诀别》:

　　拂晓,用狂热的忍耐武装起来,我们将进入辉煌的都市。

　　吾良对田龟录下这段话语之际,肯定已经下定死去的决心……
在小说后半部,我回想起与吾良邂逅相识后不久便把他带回森林峡谷间的老家那一天。查阅了先前谈到的、吾良遗下的附有图示分镜头剧本的电影剧本后,发现了此前一晚我们躺在一起时所作的对话,已被吾良详细地复原出来。他是这么说的:

　　那天夜晚,在林中峡谷你的家里,咱说,自己觉察到兰波的《诀别》一诗中,好像写着咱们的未来。你没有出声应答,不过咱知道你理解了咱的意思。

　　说了这些后,吾良(在小说里,我还原样写了把选中的新译者的译本送给吾良,而他则用那译本)再度朗读《诀别》中的诗人围绕其死亡而想象的场面,空想着假如出于某种原因,从楼顶平台坠落下来的自己尸体未被任何人发现的状态:然后,就像这首诗所说的那样"受到创伤"的话,咱就理当完全像那样死去。

　　兰波接下去是这么说的:"无奈!我必须埋葬自己的想象力和回忆!艺术家和说故事者的伟大光荣将被剥夺!"……"总之,我靠谎言为食养育自身,请饶恕我吧。然后,该上路了。"

　　现在,这一段对咱来说可谓感受至深。古义人,你也是这样吧?

　　作为小说人物的话语呀,我知道这么说同样显得不知分寸,不过我认为这对二人组合、如此深切交谈的二人组合,却是深深浸泡在钟爱文学的热情之中的两个人物。从青春时期直至迈入老境后不久，甚至在觉悟到死之将至之后，这两人都一直如此这般地以兰波为文本，谈论将来的人生以及业已实际生活过来的人生，我想把这两人称为生活在被文学之光照耀着的生涯里的人。在这样的交谈中应该还有喜悦，因而这未必就只能是悲惨结局的小说，难道不是这样吗？

而且，由千樫主导的、充满恢复预感的终章来到了……作为小说里的一个人物，我还想说的是，对你这位小说作者，我可是存有良好的感情啊。

（六）

作者：现在，我感到从你（而且，较之于从三部曲中的长江古义人那里，更是从通过我中期之后的几乎所有小说而处于中心位置的你）这里得到了令人喜悦的致意。

与此同时，我还感觉到惊悚——与小说里这位知根知底的伙伴分别之后，该不会相见无期了吧……坦率地说，我甚至都感到不知所措了。彼此已是这个年岁了（因为都是同年同月同日出生的嘛），无须再相互争论感伤之事。在三部曲最后那部小说里，我曾以《别了，我的书！》为书名，这可是让我感到呀，永远实在于那部小说里的你（这是说，倘若有人阅读的话），是在向我这位小说作者说"别了"。

然后，我回忆起来的，依然是艾略特的《四个四重奏》呀，而且是结尾部分出现的"小吉丁"里的一节。诗歌作者处身于德国空军夜间轰炸之下的伦敦。假如照例引用西胁顺三郎译文的话，则是"老人袖口的灰烬/是燃烧的蔷薇残留下的所有灰烬"。这些灰烬，就是落在正巡视着因遭轰炸而燃烧起来的街道的那位男子袖口上的灰烬。诗歌里的"我"，被意想不到的人物所招呼：

暮色渐淡的黑暗中/我直盯盯地打量那低俯的面庞/仿佛用锐利的目光审视陌生人/突然,醒悟到这面庞/与我所熟识却已故去的一位大师相似。/然而,原本早已忘却、现在却想起一半来的/这既是一张脸、同时也是很多张脸。(中略)/因而我扮演了双重角色,一面喊叫,/一面听着对方的喊叫之声——/"怎么,你竟然会在这种地方?"

就这样,我想象着你对尚存活于现世的我(可不是过于遥远之将来的某个夜晚呀)突然开口打招呼……的那个情形。唯有"小吉丁"中的这一节,与艾略特版"二人组合"的《J.阿尔弗雷德·普鲁弗洛克的情歌》中"那么就去吧,你和我,"之年轻的二人组合,仿佛在相隔多年后相互辉映。

长江：真就是这样呀……"怎么,你竟然会在这种地方"吗?……虽然我一直存在于你的三部曲之中(这也要一如你说的那样,假如还有人阅读的话),可是身为小说作者的你,却又在什么地方呢?

作者："别了,我的作者!"……唯有在你的这个想法中,才存有切实的现实感。我也要想象如何答复"怎么,你竟然会在这种地方?"之询问,这是针对在你说了这番话语离去后仍停留在这一侧的衰老的我提出的询问。而且,即便在那些场面中的任何一个场面里,小说作者的前景也比小说人物的更为沉重和严酷啊。

长江：可是,对于生活在现世的你来说,就像《别了,我的书!》的终章所描述的那样,"巨大声音"响起,一举得以解决。而我,却只能在有谁翻开书页时才存在于那里。这不也是要长久经历相当沉重和严酷的岁月吗? 也就是说,这是同病相怜吧?

作者：是呀……我也围绕长年与之打交道的、同病相怜这个问题向你请教:关于《别了,我的书!》的结尾部分,身为小说人物的你,是否想到可否有更为不同的应对之法?

长江：即便仅限于"奇怪的二人配"这三部曲而言,一个小说人物一旦被赋予小说叙述者的地位,他便兼有了小说作者其本人的身份,小说的结尾部分就将留有并不洗练之处。在小说尚未结束之际,甚至就已经让作者从楼顶上"咚——"地跳了下去,小说当然也将无从继续亦无从结束了。

不过,我可是认为,唯有这套三部曲呀,纵观其全作,有可能存在着不同于实际写出之内容的终结方法,存在着赋予长江古义人以明确的终结方法的手法。莫如说,作为小说作者,你本身已尝试着几乎写了那一切呀。

毋宁说,在你刚才提起"小吉丁"之际,我就已经在思考那个问题了。如果说,在艾略特那样地位的诗人不会以丑闻终结的人生中,也曾例外有过激烈瞬间的终结的话,就该是在"小吉丁"里的夜间轰炸下四处巡视之际,轰隆一声被炸死的情形了吧。即便试想一下他在伦敦的住所已被炸毁,就知道这不也是可能的吗?

我有个与此相同的空想。今天我们的对话或许会被指责为与其过于趋同了,那是《别了,我的书!》终章稍前的、"'奇怪的二人配'之合作"那一章的最后部分。作为小说中的人物,自己也是融入了对伙伴的亲近之情而这么说的。在这部小说里,我所喜欢的人物是名叫奈奥的姑娘。深夜里,这个奈奥在电话中对我说,她害怕地震。奈奥的最后这番话语让我很喜欢:"啊、实在可怕……还在摇晃……假如我不全力以赴地防止发生火灾的话,真不知道大武还能回到哪里去……即便小武作为死人归来之时!"在电话里接听这段惊恐话语的,倘若恰好是我,但不是作为仍活着的长江古义人,而是作为业已死去的长江古义人听到的话……我在空想着……以甘美且悲痛的思绪在如此空想着。

作者：那么,古义人是怎么死去的呢?

长江:你真的想不起来了吗？在你作为小说作者而选择并写下的那个故事周围，理应还有其他许多故事，即便你写完了自己的故事，它们仍会在那里摇曳不止。而且呀，其实你已经让奈奥在这个电话里讲述了古义人如此这般的死亡是可能的：

昨天夜里，长江先生当时正在那里睡觉的二楼房间的灯光熄灭后，小武对大武说，事情既然已经这样，就干脆把实施爆破的时间再度提前，连同正在睡觉的长江一起，把这座别墅给整个儿炸掉。咱们的爆破也应该包括对那些自以为非暴力手段总能行得通的民主主义者进行的批判。这个思路是合理的，而且，只要长江被炸死，繁先生也就不能无视咱们的呼吁！

于是大武就说了下面这番话语，据说表示了反对：自己也认为这不失为一种方法，可是奈奥怎么办？如果把她叫起来外出避难，她一定会反对炸死长江先生。听说大武还这样说道：长江先生去年弥留之际，好像自认为把以塙导演为首的死去的朋友和老师都带回到生界来了。说是每到夜晚，他们就来和长江先生说话。难道要把那些幽灵也全都给炸飞吗？

虽然最后那部分像是年轻人的玩笑话，可小武还是撤回了自己的主张。在危险时刻捡了一条命啊，长江先生！

作者:可真实的情况却是大武未能说服小武，长江古义人被炸死了。然后，古义人……总之……当然也得以在人生的最后阶段避免了那老一套的批判——"自己这个人是绝不当悲剧的（或是悲剧性）当事者的旁观者（不过那些年轻人将被杀害）。"……

我承认，这可是散发着魅力的情节发展。但是身为小说作者，我却有一个忧虑——我可以怎样写"奇怪的二人配"三部曲这个故事的结尾部分？

长江:关于这一点呀，你在三部曲第一部小说的第一页里，就已经揭示了具体做法。那就是头脑聪敏的田龟装置嘛。长江古义人也好,奈奥也好,这两人都被炸死了。可是这天深夜,微弱的电流将电话里的往来对话从一个场所传送到另一个场所。然后,未能"在危险时刻捡了一条命"的古义人和奈奥,也就是说,双方都在移往彼界的这两人,基于没有选择牺牲年轻人生命的那种满足感,平静地进行交谈……不这么安排岂不是太可惜了吗?"所以特地备下了这台田龟装置"嘛。"奇怪的二人配"三部曲在这本应平稳的地方为什么没能平稳下来呢?

作者: 大家都这么说啊,小说中的人物确实要比小说作者聪敏!如此这般重新装帧了的三部曲,被重新装入创意新颖的函套里送达读者。这三部曲直至被实际阅读将会经过一段时间,届时,恐怕小说作者也肯定去了彼界,他将借助田龟装置,向那些从已然陈旧的函套里取出并终于读完这三部曲的未来的年轻人送上感谢的问候。这个场面,也被我写了下来!

"就你那边的时间而言,现在已经很晚了。休息吧!"

许金龙 译
浙江越秀外国语学院外国语言文化研究院